Une cible si fragile

*

L'enquêtrice des Ozarks

DELORES FOSSEN

Une cible si fragile

Traduction française de
CHRISTINE BOYER

BLACK ROSE

HARLEQUIN

Collection : BLACK ROSE

Titre original :
TARGETED IN SILVER CREEK

HARPERCOLLINS FRANCE
83-85, boulevard Vincent-Auriol, 75646 PARIS CEDEX 13
Service Clients — www.harlequin.fr
ISBN 978-2-2805-1147-6 — ISSN 1950-2753

Édité par HarperCollins France.
Composition et mise en pages Nord Compo.
Imprimé en novembre 2024 par CPI Black Print (Barcelone)
en utilisant 100% d'électricité renouvelable.
Dépôt légal : décembre 2024.

FSC
www.fsc.org
MIXTE
Papier issu de sources responsables
FSC® C159065

Pour limiter l'empreinte environnementale de ses livres, HarperCollins France s'engage à n'utiliser que du papier fabriqué à partir de bois provenant de forêts gérées durablement et de manière responsable.

1

L'adjoint du shérif Jesse Ryland posa la main sur le revolver qu'il portait à la ceinture. Un geste qu'il n'avait pas en temps normal lorsqu'il se rendait chez Hanna Kendrick. Mais cette soirée n'avait rien de normal.

Avec un tueur en liberté, elle nécessitait des précautions extraordinaires. L'homme était sans doute à proximité du ranch de Hanna. Ou pire, il s'était peut-être déjà introduit sur ses terres.

Jesse ne parvenait pas à maîtriser le flot de souvenirs déclenché par l'évasion du meurtrier. Il mesurait parfaitement la gravité de la situation et ses conséquences, tant pour son travail que pour sa vie personnelle.

Voilà près de huit ans maintenant qu'il était adjoint du shérif à Silver Creek, sa ville natale texane et celle de Hanna, huit ans qu'il portait fièrement l'insigne sur sa chemise. Il était issu d'une famille dont tous les membres ou presque travaillaient pour les forces de l'ordre. Jesse avait ce métier dans le sang, et ces huit années au bureau du shérif lui avaient permis d'aiguiser certains instincts. Des instincts qui lui avaient souvent sauvé la vie, mais qui parfois l'avaient laissé tomber.

Mais là, il comptait sur eux et sur son expérience pour protéger les deux êtres qu'il aimait plus que tout au monde.

Il gravit les marches du porche de la maison. Il connaissait les lieux par cœur puisqu'il y venait au moins quatre fois par semaine pour voir Evan, leur fils de six mois. Rendre visite à son petit garçon était d'une importance incommensurable à ses yeux, mais Hanna ne lui avait jamais fait sentir qu'il était le bienvenu chez elle. Sans doute ne l'accueillerait-elle pas plus chaleureusement, ce soir.

Il ne lui fallut pas longtemps pour en obtenir confirmation. Elle l'avait vu ou entendu arriver parce qu'elle déverrouilla et lui ouvrit la porte avant même qu'il n'ait eu le temps de frapper. Vêtue d'un pyjama en coton, ses cheveux blonds flottant sur les épaules au lieu d'être noués en queue-de-cheval, elle s'apprêtait manifestement à se mettre au lit. Pourtant, il n'était pas très tard.

Une odeur du thé au citron, mêlée aux fragrances de Hanna, lui chatouilla les narines. Des fragrances qu'il aurait reconnues n'importe où. Il adorait son parfum, un parfum fruité qui n'appartenait qu'à elle.

Comme d'habitude, elle le considéra avec circonspection et recula par automatisme pour ne pas risquer de le toucher par inadvertance. Elle ne le détestait pas, il ne le pensait pas, en tout cas. Mais elle ne lui faisait pas confiance. Ni à personne d'autre, d'ailleurs.

La fine cicatrice sur sa tempe expliquait en grande partie cette attitude soupçonneuse.

Et la vue de cette marque provoqua une nouvelle vague de mauvais souvenirs chez Jesse. Elle lui rappelait que Hanna avait failli mourir alors qu'elle était enceinte de neuf mois. Grâce à Dieu, elle avait survécu, leur fils Evan aussi. Mais elle en avait payé un lourd tribut.

Comme eux tous.

— Jesse, murmura-t-elle dans un souffle.

La méfiance était toujours là, il aurait fallu être aveugle pour ne pas la voir, mais il perçut autre chose dans son regard. Une petite flamme, celle du désir, de la passion, qui les avait jetés un soir dans les bras l'un de l'autre. Après cette unique nuit d'amour, elle était tombée enceinte d'Evan.

Bien sûr, elle détourna aussitôt la tête pour lui dissimuler son trouble. Comme d'habitude. Elle ne voulait pas éprouver le moindre sentiment pour un homme en qui elle n'avait pas confiance, un homme dont elle n'avait gardé aucun souvenir.

Elle tenait son smartphone à la main. Une application de l'appareil lui permettait de gérer le système d'alarme de la maison. Elle l'avait évidemment désactivée avant d'ouvrir la porte. Sinon, plusieurs sirènes se seraient déclenchées. Mais le dispositif était branché avant son arrivée, il en était certain. Désormais, Hanna ne se sentait plus en sécurité nulle part, pas même chez elle. Depuis l'attaque dont elle avait été victime, elle avait perdu son insouciance. Elle vivait enfermée chez elle et passait un temps infini à se prémunir contre toute éventuelle intrusion.

— Evan dort, ajouta-t-elle.

Elle prit le babyphone sur le guéridon de l'entrée, où elle l'avait sans doute posé pour déverrouiller la porte, et lui montra l'image du bébé assoupi dans son berceau.

Il hocha la tête. Il connaissait les horaires et les routines de son fils et savait que, à cette heure-ci, Hanna lui avait déjà donné un bain et l'avait couché pour la nuit.

— Nous devons parler, dit-il.

Elle le dévisagea, les sourcils froncés, comme si elle essayait de deviner de quoi il s'agissait. À sa décharge, il n'avait pas l'habitude de passer à l'improviste. Il ne se rendait au ranch que pour voir Evan et après avoir convenu d'une heure avec elle.

— Si tu veux m'interroger à propos de mon amnésie, il n'y a rien de nouveau, répondit-elle. Je n'ai toujours pas recouvré la mémoire.

Elle toucha distraitement sa cicatrice à la racine des cheveux. La balle qui l'avait blessée lui avait volé ses souvenirs de l'attaque.

Et ceux de Jesse.

Elle avait tout oublié le concernant. Leur rencontre, leur folle nuit d'amour comme les liens qu'ils avaient noués lorsqu'elle était enceinte. Leurs relations n'avaient jamais été assez fortes pour donner à Hanna l'envie de l'épouser. Il doutait qu'elle ait été un jour amoureuse de lui. Mais avant le drame qui lui avait volé des années de sa vie, elle ne nourrissait pas cette méfiance qui ne la quittait plus désormais. Et elle n'éprouvait pas non plus alors le besoin permanent de garder ses distances avec lui.

— Il est arrivé malheur à ma mère ? demanda-t-elle avec inquiétude.

— Non, non, lui assura-t-il. Pour autant que je sache, ta mère va bien. Il s'agit de Bull Freeman.

Elle écarquilla les yeux et le sang parut se retirer de son visage. Avec une profonde inspiration, elle recula encore d'un pas. Elle n'avait peut-être aucun souvenir réel de Bullock – surnommé Bull – Freeman, l'homme qui lui avait tiré dessus dans l'espoir d'échapper à son arrestation. Mais elle savait que son agresseur avait été arrêté et attendait son procès derrière les barreaux.

Ou plutôt, elle le croyait.

La place de Bull était en prison puisqu'il n'avait pas bénéficié d'une libération sous caution.

— Ils l'ont relâché ? s'exclama-t-elle avec étonnement.

Jesse secoua la tête tout en promenant le regard derrière lui et dans la cour.

— Il s'est échappé.

Il lui laissa quelques instants pour digérer la nouvelle. Bien sûr, il lui faudrait beaucoup plus de temps pour y faire face, mais c'était un début.

La nuit était tombée. Le soleil estival s'était enfin couché, la chaleur redevenait supportable, mais avec l'obscurité il était désormais impossible à Jesse de voir si Bull était dans les parages. Il saisit donc avec douceur le bras de Hanna, la fit reculer dans la maison pour pouvoir y entrer à son tour et il referma la porte. Après l'avoir verrouillée avec soin, il désigna le smartphone qu'elle serrait à présent de toutes ses forces.

— Avant toute chose, réactive le système de sécurité via l'application de ton téléphone, ordonna-t-il.

Il devinait que la pousser à l'action l'aiderait à recouvrer un peu ses esprits.

Comme il l'espérait, elle obéit. Ses doigts tremblaient en pianotant les touches de son appareil, mais elle fit ce qu'il lui avait demandé. Et elle ne s'arrêta pas là.

— Evan, souffla-t-elle.

Elle pivota sur ses talons pour courir vers la chambre de l'enfant. Ses pieds nus résonnèrent doucement sur le plancher du couloir.

Jesse la suivit. Tout en traversant le salon, il jeta un coup d'œil dans la pièce en prêtant en particulier attention aux fenêtres. Elles étaient fermées, les volets aussi. Depuis l'attaque, Hanna avait pris l'habitude de se barricader mais avant de se faire tirer dessus et de voir sa vie bouleversée, elle les laissait ouverts, en général. Pour pouvoir admirer les bois et les champs qui s'étendaient à perte de vue.

Cette maison et les terres alentour appartenaient à la famille de Hanna depuis plusieurs générations. La vieille demeure réussissait le tour de force de paraître à la fois très grande et accueillante. Et voilà sans doute pourquoi elle avait décidé d'y vivre. Son père était mort alors qu'elle n'avait pas vingt ans et lui avait légué la propriété. Elle en avait fait son foyer et maintenant celui d'Evan.

D'un regard circulaire, Jesse balaya le salon, la salle à manger et la cuisine. Après avoir vérifié que tous les volets et toutes les fenêtres de cette aile étaient fermés – ils l'étaient –, il remonta le couloir jusqu'à la chambre de l'enfant.

Il trouva Hanna près du berceau d'Evan.

La pièce était plongée dans la pénombre. Seule une poignée d'étoiles phosphorescentes collées au plafond y répandaient une douce lueur. Il régnait dans cette chambre une atmosphère sereine, propice au sommeil d'un bébé.

Jesse s'approcha et se pencha lui aussi vers leur fils. Comme chaque fois qu'il posait les yeux sur lui, une vague d'émotion le souleva. Il éprouvait pour ce petit être un amour absolu, l'envie de le rendre heureux et le besoin féroce de le protéger.

Evan avait les mêmes cheveux bruns que lui, les mêmes yeux aussi, même si Jesse ne pouvait pas les voir maintenant, le petit dormant profondément.

Il ressemblait à un ange.

Lorsque Jesse était plus jeune, il avait juré qu'il n'aurait jamais d'enfant, mais tout avait changé à la naissance d'Evan. Au premier regard, il avait ressenti pour son fils un amour total et inconditionnel. La vue de ce petit être fragile, pour qui il donnerait sans hésiter sa vie, lui rappela à quel point l'enjeu était important.

Si Bull voulait se venger de lui de la pire des manières possibles, s'attaquer à Evan serait le moyen d'y parvenir.

Et Jesse était déterminé à tout faire pour l'en empêcher.

— Quand ? Et comment s'est-il échappé ? chuchota Hanna.

— Bull s'est enfui cet après-midi, répondit-il sur le même ton. Mais je n'ai été prévenu de son évasion qu'il y a un quart d'heure.

En apprenant la nouvelle, il avait eu l'impression de recevoir un coup de poing dans le ventre et son premier réflexe avait été d'appeler Hanna pour l'exhorter à s'enfermer à double tour. Mais après réflexion – et comme il savait qu'elle était déjà cadenassée chez elle –, il avait préféré y aller. Mieux valait lui annoncer la catastrophe en personne. D'autant plus qu'il n'avait pas l'intention de se contenter de jouer les messagers, ce soir.

— D'après le directeur de la prison qui a appelé le bureau du shérif, poursuivit Jesse à voix basse pour ne pas réveiller Evan, Bull s'est plaint de prétendues douleurs à la poitrine. Il a donc été conduit à l'hôpital. En route, il a réussi, Dieu sait comment, à assommer l'ambulancier et à s'enfuir.

Pour le moment, les détails de cette évasion étaient encore flous, mais pas pour longtemps. Jesse se promettait d'enquêter pour comprendre ce qui s'était passé. Il avait surtout besoin de savoir si Bull avait bénéficié d'aide, de complices, pour réussir son coup. Le truand avait beaucoup d'amis et même une sœur, tous susceptibles de tout faire pour lui donner une chance de se venger.

— Ta famille est au courant ? demanda Hanna.

Il hocha de nouveau la tête puis, d'un mouvement de menton, il lui fit signe de le suivre hors de la chambre. Evan dormait, mais il ne voulait pas que le bébé entende ce qu'il s'apprêtait à dire. Bien sûr, le petit garçon était trop jeune pour comprendre les mots ou pour mesurer le danger. Mais il pourrait capter les vibrations. Ou la peur de Hanna.

Et il savait que sa peur était là et montait déjà en flèche.

— Tous les membres de ma famille ont été avertis, lui assura-t-il dès qu'ils furent dans le couloir.

En quittant le bureau du shérif de Silver Creek pour se rendre en voiture jusqu'au ranch de Hanna, situé à la périphérie de la ville, il avait appelé Boone Ryland.

Boone était l'homme que sa mère, Melissa, avait épousé lorsqu'elle s'était retrouvée veuve. Jesse avait alors dix ans. Boone les avait tous adoptés – ses frères, ses sœurs et lui – et élevés. Le remariage de sa mère avait donné à Jesse six autres frères et de nombreux cousins, dont la plupart travaillaient ou avaient travaillé pour les forces de l'ordre.

À présent, Boone avait sans aucun doute transmis la nouvelle aux membres du clan, et ils avaient tous commencé à prendre des mesures de sécurité.

Comme lui-même s'apprêtait à le faire.

— Bull n'a jamais voulu s'attaquer à toi, lui rappela-t-il dans l'espoir de la rassurer. Il t'a toujours considérée comme un dommage collatéral.

Elle s'était retrouvée au mauvais endroit, au mauvais moment.

Ce soir-là, elle avait décidé de venir chez Jesse, au Silver Creek Ranch, le ranch de la famille Ryland, pour lui déposer des clichés de sa dernière échographie et des formulaires de reconnaissance paternelle à signer.

Au moment précis où elle s'arrêtait devant les hautes grilles en fer forgé de la propriété, Bull et son acolyte, Arnie Ross, étaient arrivés pour se confronter à Boone et à Jesse avant que ces derniers ne puissent les arrêter.

Boone avait appris qu'Arnie et Bull faisaient partie d'une dangereuse milice de trafiquants d'armes. L'un de ses vieux amis, à présent à la retraite après avoir longtemps été policier à San Antonio, lui avait donné le renseignement. Boone avait transmis l'information à Jesse et aux autres adjoints du bureau du shérif de Silver Creek. Et, surtout, déclenché une enquête d'envergure.

Grâce à une caméra de surveillance installée sur le portail, Jesse avait entrevu la façon dont la situation avait dégénéré, le soir où Bull et Arnie étaient venus pour s'expliquer avec le shérif.

Les deux hommes étaient sortis du camion d'Arnie et avaient discuté avec Hanna, arrivée quelques instants plus tôt. Jesse ignorait la teneur de cet échange puisqu'il n'y avait pas de micro sur la caméra et que la principale intéressée n'en avait gardé aucun souvenir. Son traumatisme crânien avait provoqué une grave amnésie. Les événements de cette soirée avaient été effacés de sa mémoire.

Quoi qu'il en soit, la discussion avait visiblement énervé Arnie. Peut-être parce qu'il était alors défoncé. Ou parce qu'il avait une fâcheuse tendance à perdre facilement ses nerfs. En plus d'être gros consommateur de drogue et membre actif de cette milice, Arnie était sur le point d'être arrêté et voilà sans doute pourquoi il avait traîné Hanna hors de sa voiture.

Bull n'avait évidemment rien fait pour l'en empêcher. Il n'avait pas non plus levé le petit doigt pour interdire à Arnie de faire feu sur la caméra. Mais avant d'exploser, celle-ci avait eu le temps de capter le visage de Hanna. Son expression terrifiée resterait à jamais gravée dans l'esprit de Jesse.

Il l'avait vue poser une main protectrice sur son ventre de femme enceinte. Arnie l'avait alors entraînée loin du portail. Bull avait suivi le mouvement. Tous trois avaient disparu dans un petit bois, à une cinquantaine de mètres du portail.

C'était là que Jesse les avait retrouvés après une course effrénée. En arrivant, il avait entendu deux coups de feu. En proie à un mélange de fureur et de terreur, il s'était précipité sous les arbres.

Il y avait découvert Hanna gisant sur le sol, la tête en sang. Elle avait reçu une balle à la tempe.

Arnie aussi avait été touché, en plein ventre, et saignait abondamment, mais l'arme n'était plus dans sa main. Mais dans celle de Bull. Avant de mourir, Arnie avait eu le temps de dire à Jesse que Bull leur avait tiré dessus alors que Hanna tentait de s'enfuir. La balle de calibre .38 avait atteint le lobe frontal de son cerveau.

Transportée par ambulance aux urgences de l'hôpital, elle avait été immédiatement conduite au bloc. L'opération chirurgicale lui avait sauvé la vie. Celle de son bébé aussi. Mais pas ses souvenirs.

Parfois, Jesse se demandait si cette amnésie était une bénédiction ou une malédiction.

Il s'attendait à ce qu'elle cède tout de suite à la peur, qu'elle n'entende pas ce qu'il venait de dire : Bull ne l'avait jamais ciblée intentionnellement. Il l'avait blessée par accident.

À sa grande surprise, elle encaissa la nouvelle avec sang-froid. Elle poussa un long soupir, s'adossa contre le mur mais, très vite, elle parut se ressaisir. Ses mains ne tremblaient plus.

— Mais Bull t'a menacé, toi, lui rappela-t-elle d'une voix plus assurée. Et il en veut à ton père aussi.

Elle avait raison. L'animosité entre Bull et Boone remontait à loin. Avant même que Boone n'ait eu connaissance de l'appartenance de Bull à une milice, les deux hommes étaient déjà en conflit à propos d'un litige foncier. L'affaire avait fini en procès et nourri beaucoup de colère, de rancœur et de ressentiment.

Bien entendu, Bull avait nié appartenir à la milice. Il avait également affirmé qu'il n'avait jamais ciblé Hanna ou Arnie, qu'il les avait touchés par accident. D'après lui, le coup était parti tout seul alors qu'il tentait d'arracher l'arme des mains de son copain, Arnie. Il avait juré n'avoir jamais voulu faire de mal à Hanna et au bébé. Ce dernier point était peut-être vrai.

À l'époque, en tout cas.

Mais, après avoir passé six mois en prison, la haine de Bull envers les Ryland avait sans doute grimpé de plusieurs crans. Peut-être était-il prêt à présent à s'en prendre à tous les membres du clan. Dans cette hypothèse, le malfrat avait énormément de cibles à sa disposition, des dizaines en comptant les enfants, les petits-enfants, les neveux et nièces de Boone. Leurs amis figuraient peut-être aussi sur sa liste noire. Et tous les habitants de Silver Creek risquaient de devenir d'autres victimes, de prendre une balle perdue et de faire partie des prétendus dommages collatéraux.

— As-tu activé ton système d'alarme durant les dernières heures ? lui demanda Jesse.

Il en était quasi certain, mais il tenait à s'en assurer.

— Oui, et je ne suis pas sortie… La journée a été difficile parce que je ne pouvais m'empêcher de penser à demain, à l'ouverture du procès de Bull. Il devait être présenté devant le tribunal, mais maintenant… comme il s'est enfui…

Jesse ne l'avait évidemment pas oublié et avait deviné que le moment où son agresseur aurait à s'expliquer devant la justice serait une épreuve pour Hanna.

L'issue d'un procès était toujours incertaine. Certes, Bull avait été arrêté et mis en détention préventive, mais il était possible qu'un jury adhère à la thèse du coup de feu accidentel.

De plus, Hanna serait présente, obligée d'entendre de nouveau les détails de ce qui lui était arrivé. Des détails dont elle n'avait gardé aucun souvenir et qu'elle ne pourrait donc pas confirmer lorsqu'elle serait appelée à la barre pour témoigner. Ce qui risquait également d'influencer le jury dans la mauvaise direction.

Dans ce contexte, pourquoi Bull s'était-il échappé alors qu'il avait de grandes chances de sortir du tribunal en homme libre ? Ou, en tout cas, libre des accusations concernant la blessure de Hanna et la mort d'Arnie.

Il aurait encore à rendre des comptes pour sa participation à une milice soupçonnée de trafic d'armes mais sans preuves, il ne risquait pas grand-chose.

— J'ai regardé plusieurs fois par la fenêtre, mais je n'ai rien vu ni personne, ajouta Hanna. Tu penses qu'il viendra ici ?

Il n'était pas question pour Jesse de lui mentir ou de lui donner de faux espoirs.

— C'est très possible, oui, répondit-il. Et même probable.

Elle hocha la tête et se mordilla les lèvres.

Il s'apprêtait à ajouter quelque chose quand son téléphone sonna.

Lorsqu'il vit le nom qui s'affichait sur l'écran, il sut qu'il devait prendre l'appel.

— C'est Grayson, dit-il à Hanna.

Grayson Ryland était le frère par adoption de Jesse et l'aîné de la fratrie Ryland. Il était surtout le shérif de Silver Creek, du moins pour encore deux mois. Il quitterait alors ses fonctions pour une retraite bien méritée.

— J'appelle seulement pour m'assurer que tu es bien chez Hanna et que tout est sécurisé, dit Grayson.

— Tout à fait, affirma Jesse.

Très vite, il activa le haut-parleur. Entendre cet échange la bouleverserait peut-être davantage encore qu'elle ne l'était déjà, mais il ne voulait rien lui cacher.

— Je suis avec Hanna et elle t'écoute. Quelqu'un a-t-il repéré Bull ? demanda-t-il.

— Pas encore, mais nos gars ont retrouvé l'ambulance à bord de laquelle il s'est enfui. Il l'a abandonnée sur une petite route à une quinzaine de kilomètres de la prison. *Une petite route isolée*, précisa Grayson.

— Quelqu'un a-t-il signalé un véhicule volé dans la région ? s'enquit aussitôt Jesse.

Parce que « route isolée » signifiait que Bull aurait besoin de s'en éloigner. Et quelle que soit sa destination, il n'avait certainement pas l'intention de s'y rendre à pied, d'autant qu'il était vêtu d'une combinaison orange, la tenue des prisonniers dans le comté.

— Aucun véhicule volé signalé, répondit Grayson. Et Bull n'a pas pris le téléphone de l'ambulancier.

Jesse jura. Manifestement, tout avait été bien organisé pour permettre au meurtrier de s'enfuir et de retrouver quelqu'un à cet endroit précis. Quelqu'un qui avait facilité son évasion. Quelqu'un qui, en ce moment même, aidait sans doute Bull à se rendre à Silver Creek pour mettre en œuvre le plan qu'il avait en tête.

— Veux-tu que j'aille à la prison du comté pour consulter le registre des visiteurs de Bull depuis son incarcération et pour interroger ses amis de la milice emprisonnés ? demanda Jesse.

— C'est déjà dans les tuyaux. La plupart des miliciens se sont évanouis dans la nature, mais je suis sûr que nous pouvons en retrouver quelques-uns. Je compte aussi rendre visite à sa sœur.

Bonne idée. Si la sœur de Bull, Marlene, ne lui avait montré aucun soutien après son arrestation, Bull lui avait peut-être demandé de l'aide. Et même si elle avait refusé de se rendre complice de son frère, peut-être saurait-elle où il se trouvait.

— Par ailleurs, rien n'indique que l'ambulancier ait été impliqué dans l'évasion, poursuivit Grayson. Non seulement son casier judiciaire est vierge, mais je n'ai remarqué aucun mouvement de fonds suspect sur ses relevés bancaires. Bull l'a frappé, assommé. Il souffre d'une commotion cérébrale.

Jesse entendit le léger gémissement de Hanna. Elle s'efforça de le réprimer en plaquant la main contre sa bouche.

Elle avait vu Bull à l'audience au cours de laquelle il avait plaidé non coupable de meurtre et de tentative de meurtre. Elle savait qu'il était très grand et fort. Son surnom – Bull signifiait Taureau, en anglais – lui allait comme un gant.

— Mon père et ta mère sont à la maison, poursuivit Grayson. Ici, tout le monde est en état d'alerte.

Bien. Ses parents étaient capables de se protéger, mais il valait mieux qu'ils soient avec leur famille, en ce moment. Jesse était, lui aussi, sur le qui-vive et le resterait jusqu'à ce que Bull ait réintégré sa cellule.

— Où en es-tu, de ton côté ? reprit Grayson.

— Aucun signe de Bull, répondit-il. Hanna avait branché son système d'alarme toute la journée. Je suis sur le point de tout mettre en place avec elle. Tiens-moi au courant s'il y a du nouveau, ajouta-t-il avant que Grayson ne mette fin à l'appel.

Tout en glissant son téléphone dans sa poche, il regarda Hanna en face.

— Je dois soit passer la nuit ici avec toi, soit vous installer, Evan et toi, chez moi au ranch.

Il ne s'agissait pas d'un ranch ordinaire. Le ranch Silver Creek s'étendait sur des milliers d'hectares. Le clan Ryland y vivait au sein d'une douzaine de maisons dispersées sur la propriété. Le domaine abritait assez d'adjoints et de policiers pour armer une petite ville.

Mais c'était aussi l'endroit où Hanna avait reçu une balle.

Certes, elle n'en avait gardé aucun souvenir, mais elle avait vu les photos des suites de la fusillade. Le psychologue avec qui elle travaillait avait espéré ainsi l'aider à recouvrer la mémoire. Elle avait également été forcée de regarder ces clichés les deux ou trois fois où elle s'était rendue au bureau du shérif pour faire des déclarations ou pour les briefings préalables au procès.

— Je ne pense pas être capable de vivre dans ton ranch, répondit-elle. Je n'ai pas eu de nouvelle crise de panique depuis des semaines, mais le simple fait d'être là-bas risque d'en déclencher une.

Il le comprenait.

— Rester ici, vu la situation, pourrait aussi en provoquer une.

Elle hocha la tête si vite qu'il comprit qu'elle avait déjà envisagé cette éventualité.

— Pour protéger Evan, quoi qu'il advienne, je dois être en pleine possession de mes moyens, dit-elle. Si je perds pied et cède à la panique, je ne l'aiderai en rien. Il risque de le payer de sa vie. Ce n'est donc pas une option.

— Si je reste ici, dit-il, je demanderai à des employés du ranch de venir patrouiller sur la propriété.

Beaucoup d'entre eux surveillaient déjà le ranch familial, il en était certain.

Il devinait que cette perspective n'emballait pas Hanna. Elle n'avait pas envie qu'il occupe une place aussi importante dans sa vie. Peut-être parce qu'elle n'avait gardé aucun souvenir de lui, elle ne lui faisait manifestement pas confiance pour la protéger.

Après tout, elle avait pris connaissance des rapports de police concernant l'attaque dont elle avait été victime et elle savait qu'il avait été là, ce soir fatidique.

Et qu'il n'avait pas été capable de la protéger, d'empêcher Bull de lui tirer dessus.

D'ailleurs, sans sa relation avec Jesse, elle n'aurait jamais croisé la route de Bull. Il se reprochait de ne pas avoir arrêté ce malfrat plus tôt, quand il en avait eu l'occasion. Hanna ne s'en souvenait évidemment pas, mais sa mère le lui rappelait sans doute en permanence.

— Très bien, répondit-elle enfin en s'éloignant du mur. Demande aux employés du ranch de venir. Je vais te préparer la chambre d'amis où tu pourras passer la nuit. Si Bull n'a pas été arrêté demain matin, j'envisagerai des mesures à plus long terme.

Il serra les mâchoires. Sans doute avait-elle en tête de faire appel à des moyens de sécurité privés, d'embaucher des gardes du corps, de louer peut-être du matériel de surveillance supplémentaire. Et s'il partageait son désir de protéger Evan envers et contre tout, il avait l'intention de rester avec son fils jusqu'à ce que le danger soit passé.

Cela dit, ce n'était pas le moment d'aborder le sujet. Lorsque la question se poserait, il en discuterait avec elle.

Dans l'immédiat, la priorité était ailleurs et il envoya un texto au responsable du personnel du ranch pour lui demander que deux des ouvriers agricoles viennent avec leurs armes assurer la surveillance des lieux.

Lorsqu'il reçut la réponse – positive –, il partit à la recherche de Hanna.

Quand il passa devant sa chambre, une myriade de souvenirs

remontèrent à sa mémoire, des souvenirs torrides. Ils n'avaient fait l'amour qu'une seule et unique fois. Dans cette chambre.

À côté, la chambre d'amis faisait visiblement office d'atelier d'art, désormais. Hanna s'y trouvait. Les poings sur les hanches, elle considérait la pièce en soupirant. Elle avait posé sur le lit cinq tableaux qu'elle s'apprêtait à expédier. Une autre toile, en cours de réalisation, attendait d'être terminée sur le chevalet. Une aquarelle du Texas Hill Country, une région du centre du Texas, qui s'étendait entre Austin et San Antonio. L'endroit, très bucolique, était une grande source d'inspiration pour elle. Hanna était très douée dans son domaine. Ses tableaux avaient beaucoup de succès et elle gagnait bien sa vie, même si elle ne donnait plus de cours de dessin depuis six mois.

— Je peins ici plutôt que dans l'atelier, expliqua Hanna. Pour être près d'Evan pendant que je travaille. L'atelier extérieur est petit, mal chauffé, et je ne voulais pas risquer d'exposer le bébé aux odeurs de peinture et de térébenthine. De plus, il n'est pas équipé d'un système d'alarme.

— Inutile de déplacer les tableaux, lui dit-il. Je ne pense pas dormir beaucoup, cette nuit. Si je suis trop fatigué, je m'écroulerai sur le canapé.

Elle émit un petit grognement pour signifier son accord. Peut-être se doutait-elle qu'elle ne dormirait pas beaucoup non plus. Elle sortit une couette et un oreiller du placard. Elle les lui tendit et avant de s'emparer d'une couverture.

— Celle-ci est pour moi, dit-elle. Je vais rester dans la chambre d'enfant avec Evan.

Jesse n'essaya pas de l'en dissuader.

Dans ce contexte, aucune précaution ne semblait superflue. En fait, peut-être finirait-il par s'allonger dans le couloir devant la porte de la chambre. De cette façon, ils s'assureraient tous les deux que Bull ne s'approcherait pas du bébé.

Hanna ouvrit de nouveau la bouche, peut-être pour exprimer

les inquiétudes qui, il le savait, devaient la ronger, mais finalement elle se contenta de secouer la tête.

— Si tu as besoin de quoi que ce soit, préviens-moi, ajouta-t-elle en se tournant vers la porte.

Jesse la regarda entrer dans la chambre du bébé. Il s'apprêtait à se diriger vers le salon lorsque son téléphone sonna de nouveau. Hanna se figea avant de revenir vers lui.

— C'est Grayson, lui dit-il tout en mettant l'appel sur haut-parleur.

— Assure-toi que tout est sécurisé, asséna Grayson. Quelqu'un a vu Bull à Silver Creek.

2

Respire, s'ordonna Hanna.

Dans l'espoir de se calmer, elle essaya une astuce que son médecin lui avait conseillée pour l'aider à gérer ses crises de panique. Elle pensa à son fils, se le représenta mentalement souriant et babillant.

Comme d'habitude, le simple fait d'imaginer son bébé apaisa son rythme cardiaque, mais elle devina qu'entendre ce que Grayson avait encore à dire la replongerait vite dans l'angoisse.

— Où Bull a-t-il été repéré ? demanda Jesse au shérif tout en se dirigeant vers la fenêtre de l'entrée pour regarder dehors.

Elle le suivit et récupéra en passant le babyphone sur le guéridon. Elle voulait garder un œil sur Evan tout en observant les alentours avec Jesse pour découvrir si un tueur se trouvait à proximité. Oui, elle aurait besoin de puiser dans sa force intérieure pour tenir.

— Sur Miller Road, répondit Grayson. Sheri Cartwright rentrait du travail en voiture quand elle a vu Bull au volant d'un camion noir. Il roulait en sens inverse.

Hanna connaissait la route qui n'était qu'à quelques encablures de chez elle. Beaucoup trop proche. Le nom de Sheri Cartwright lui disait également quelque chose. Elle avait appris qu'elles avaient été amies au lycée.

— Il fait nuit, remarqua Jesse. Sheri s'est peut-être trompée en croyant reconnaître Bull.

— Non, je suis sûr qu'elle l'a bien vu. L'évasion de Bull n'a pas encore été médiatisée. Elle ne s'attendait donc pas à tomber sur lui. Elle m'a dit que lorsque leurs véhicules s'étaient croisés, elle avait brièvement aperçu son visage et qu'il lui avait fallu quelques instants pour l'identifier. Elle doutait de ses propres yeux puisqu'elle le pensait en prison. Elle a alors décidé d'appeler le bureau du shérif.

Grâce à sa présence d'esprit, ils étaient au moins prévenus maintenant. Ils savaient que Bull était tout près. Bien sûr, le fait d'être au courant ne l'empêcherait pas d'essayer de pénétrer dans sa propriété, de s'introduire dans sa maison.

Et de tenter de la tuer.

Mais Bull devait se douter que Jesse serait là, qu'il ferait tout ce qu'il fallait pour les protéger, Evan et elle. Cela dit, Bull était peut-être en mode « jusqu'au-boutiste », déterminé à prendre tous les risques pour parvenir à ses fins.

— J'imagine que Sheri n'a pas pensé à relever la plaque d'immatriculation du camion que conduisait Bull ? reprit Jesse.

— Non, et elle n'avait pas non plus une description précise du véhicule à me donner. D'après elle, il était au volant d'un modèle ancien, noir ou bleu foncé. C'est tout ce qu'elle a gardé en mémoire. Nous allons faire passer le message, demander si quelqu'un s'est fait voler un camion de ce genre ou en a récemment vendu un. Nous aurons peut-être de la chance.

Grayson ne semblait pas très optimiste.

Hanna ne l'était pas non plus. Elle avait beaucoup lu sur Bull ces derniers mois et savait qu'il était intelligent. Non seulement il était un ancien militaire, mais il dirigeait une agence immobilière prospère avant de revenir s'installer à Silver Creek, trois ans plus tôt. S'il avait lui-même mis au point cette évasion, il avait sans doute prévu un échange de véhicules pour brouiller les pistes et empêcher la police de le pister.

Elle s'était également renseignée sur la milice dont Bull faisait partie. La Brotherhood, la Confrérie. D'après les rapports de police qu'elle avait consultés, cette organisation paramilitaire comptait une centaine de membres dans ses rangs. Tous avaient été impliqués dans toutes sortes d'activités illégales, dont des trafics d'armes, de drogue et peut-être aussi d'êtres humains.

En revanche, elle n'avait trouvé nulle part la raison pour laquelle Bull s'était engagé au départ dans un groupe tel que celui-là. Enfant, il avait fréquenté la même école qu'Arnie Ross, le type qui l'avait sortie de sa voiture avant de l'entraîner vers le petit bois. Leurs liens d'autrefois expliquaient peut-être leur adhésion commune à ce mouvement. Mais il n'était pas exclu que Bull soit simplement devenu cupide et ait eu envie d'empocher une part des bénéfices générés par les trafics aussi lucratifs qu'illégaux de la Brotherhood. De plus, ses activités immobilières lui auraient permis de blanchir facilement l'argent provenant de ces gains mal acquis.

— J'ai envoyé deux adjoints suppléants à Miller Road, poursuivit Grayson. Et je vais publier un message sur le site du bureau du shérif pour demander que tous ceux qui apercevraient Bull le signalent.

— Se rendre à Silver Creek n'était pas très intelligent de sa part, grommela-t-elle.

Bull ne vivait peut-être pas à Silver Creek depuis très longtemps, il ne s'y était réinstallé que trois ans plus tôt, mais il y était toujours reconnaissable puisqu'il avait fait la une des médias, il y a quelques mois.

— L'idée était même stupide de sa part, renchérirent Jesse et Grayson à l'unisson.

— S'il prend des risques inutiles, ajouta Jesse, il nous sera plus facile de l'attraper.

Il avait raison. Mais elle savait que Bull n'hésiterait sans doute pas à tirer sur des innocents avant que les forces de l'ordre ne réussissent à l'arrêter.

— La sœur de Bull habite tout près de Miller Road, leur rappela Jesse.

— Oui. Je vais passer la voir maintenant, répondit Grayson. Et de ton côté, tu t'apprêtes à conduire Hanna et Evan au ranch ?

Jesse serra les mâchoires.

— Pas ce soir.

Le silence de Grayson en réponse à cette déclaration fut éloquent et Hanna espéra qu'elle n'avait pas commis une grave erreur en refusant de se rendre avec son fils au ranch des Ryland. Cela dit, si elle était vraiment la cible de Bull, il la retrouverait et la tuerait où qu'elle soit, elle en était persuadée. Il pisterait sans doute Boone de la même façon. Et il avait certainement plus envie d'avoir la peau de Boone que la sienne. Une raison de plus pour elle de se tenir éloignée du ranch des Ryland.

De plus, s'installer là-bas la rapprocherait encore de Jesse.

Bien sûr, il était tout proche là et passerait la nuit ici pour protéger Evan. Elle le souhaitait. Son fils était sa priorité. Mais être à proximité de Jesse n'était jamais facile pour elle. Elle était consciente du trouble dans lequel il la plongeait par sa seule présence, de la passion qui ne demandait qu'à rejaillir entre eux. Mais comme sa mère le lui rappelait si souvent, Jesse et sa famille étaient la raison pour laquelle elle avait pris une balle. À cause de lui, elle était devenue amnésique et, plus grave, elle avait failli perdre son bébé in utero.

Rationnellement, elle savait bien que les Ryland n'avaient jamais eu l'intention de lui attirer des ennuis. Pourtant, il lui était difficile de leur faire confiance. De faire confiance à qui que ce soit, d'ailleurs. Sans souvenirs, elle était de fait entourée d'inconnus et nageait en plein brouillard. Assaillie par les interrogations et les doutes, elle n'osait pas non plus se fier à ses instincts. Ils n'étaient manifestement pas très bons. Elle avait en effet appris que c'était elle qui avait décidé de se rendre au ranch le soir où Bull lui avait tiré dessus.

— Je te tiendrai au courant de ce que Marlene m'apprendra, Jesse, déclara Grayson avant de mettre fin à l'appel.

Jesse remit son smartphone dans sa poche et croisa son regard pendant quelques instants avant de reporter son attention sur la fenêtre et la surveillance des alentours.

Elle n'avait pas besoin de souvenirs pour deviner ce à quoi il pensait. Il aimait Evan, elle n'en avait aucun doute, il tenait à mettre leur fils en sécurité. Et il estimait certainement que le bébé serait mieux protégé au ranch des Ryland.

Mais pour elle l'endroit n'avait rien de rassurant. La vie telle qu'elle l'avait toujours connue s'était arrêtée devant le Silver Creek Ranch.

Sa blessure avait provoqué une grave amnésie. Elle avait tout oublié, non seulement de cette funeste soirée, mais aussi des mois et des années qui l'avaient précédée. Ses premiers souvenirs remontaient à son réveil dans une chambre d'hôpital. Elle se rappelait avoir souffert, terriblement souffert, en reprenant conscience. Et surtout, avoir été terrifiée. Elle n'avait même pas su tout de suite qu'elle avait eu un enfant. Les médecins avaient pratiqué en urgence une césarienne et ne lui avaient appris la naissance de son bébé que plusieurs heures plus tard.

Petit à petit, Jesse, sa mère et le personnel médical l'avaient mise au courant des événements. Mais, à l'exception d'Evan, rien de ce qu'ils lui avaient raconté ne lui avait paru réel. Elle avait eu l'impression d'entendre une histoire arrivée à quelqu'un d'autre.

Seuls le trouble, les sentiments d'ailleurs flous, qu'elle éprouvait pour Jesse lui rappelaient vaguement quelque chose.

Elle n'était pas étonnée qu'ils aient été assez attirés l'un par l'autre pour faire l'amour ensemble. Parce que le désir était toujours là. Bien sûr, la plupart des femmes étaient, elles aussi, attirées par lui, elle en était certaine.

Jesse était un Ryland par adoption, mais elle avait rencontré d'autres hommes du clan et savait qu'ils étaient tous sexy. Il ne faisait pas exception. Avec son corps musclé et bronzé, ses cheveux bruns ébouriffés et ses yeux noirs, il avait tout pour lui. Comme tous les membres de sa famille, il travaillait à la fois au bureau du shérif et au ranch.

Son premier souvenir de Jesse remontait aux heures qui avaient suivi sa césarienne. Peu après avoir repris connaissance, elle l'avait vu à la porte de sa chambre d'hôpital. Ce jour-là aussi, il était vêtu d'un jean et d'une chemise bleue. Tachée de sang.

Il s'agissait de son sang à elle, elle l'avait appris plus tard.

Son regard pénétrant lui avait coupé le souffle. À l'époque, elle n'avait pas compris la raison de cette intensité. Elle n'avait pas conscience alors de la culpabilité qui le rongeait. Elle avait oublié qu'il était le père d'un fils qu'elle n'avait encore ni vu ni tenu dans ses bras. Mais malgré le brouillard dans lequel elle se débattait, malgré l'amnésie due à sa blessure à la tête et aux vapeurs de l'anesthésie, elle avait compris que cet homme était quelque part lié à elle. Et qu'il le serait toujours.

Le bruit d'un moteur qui s'approchait l'arracha aux souvenirs de cet épisode et l'obligea à revenir au présent. Elle reporta son attention sur la fenêtre. La peur la saisit, son cœur s'affola dans sa poitrine et, d'instinct, elle fut tentée de courir se cacher à l'arrière, dans sa chambre. Mais elle se l'interdit et s'obligea à regarder le camion qui s'arrêtait devant la maison. Au logo qui ornait la portière du conducteur, elle comprit qu'il s'agissait des employés du Silver Creek Ranch et elle poussa un soupir de soulagement.

Deux cow-boys en descendirent, tous deux armés de fusils. Ils saluèrent Jesse d'un signe de tête avant de se diriger l'un vers l'est de sa propriété, l'autre vers l'ouest.

— Ce sont des hommes bien, déclara Jesse qui devinait sans doute son appréhension.

Les ouvriers agricoles du Silver Creek Ranch, le ranch des Ryland, allaient les protéger. Leur assistance était nécessaire, indispensable, elle en était consciente. Mais elle ne les avait jamais rencontrés. En tout cas, elle ne se rappelait pas les avoir déjà vus. Et la présence d'inconnus sur ses terres déclenchait toujours chez elle une nouvelle vague d'angoisse.

— Respire, lui murmura Jesse.

Depuis qu'il avait été témoin d'une de ses crises de panique, il en connaissait les signes et avait compris à quel point la situation pouvait rapidement devenir hors de contrôle. Voilà pourquoi elle suivit ses conseils et prit une profonde inspiration.

Elle décida ensuite de mettre en pratique une étape de la technique d'« ancrage » que lui avait enseignée sa psychologue. À l'image d'un bateau qui risque d'être emporté par les vagues lorsque la mer s'agite et de l'ancre qui le stabilise, l'« ancrage » permettait à l'esprit de s'affermir lorsqu'il était confronté à des émotions déstabilisatrices ou à des pensées négatives susceptibles de déclencher une tempête intérieure. Depuis des mois, dans ce but, elle avait pris l'habitude de passer en revue tous les points de blocage de son corps et, dans un deuxième temps, de s'imaginer les relâcher, un par un, de la tête jusqu'aux pieds. Elle « retenait » alors mentalement cette sensation finale de détente et en même temps elle pressait son pouce contre l'index pour associer un geste à ladite sensation.

Et à présent, le simple fait d'effectuer ce geste allait en principe la détendre. Elle posa son smartphone et le babyphone pour coller ses deux doigts l'un à l'autre tout en se représentant Evan tout sourire. Peu à peu, elle parvint à maîtriser son anxiété et à apaiser son rythme cardiaque. Le sang cessa de rugir à ses oreilles.

Jesse continuait d'alterner son attention entre elle et la fenêtre jusqu'à ce qu'elle se soit assez apaisée.

— Je vais bien, lui assura-t-elle, ce qui, bien sûr, était un mensonge.

Elle n'allait pas bien, loin de là, mais il n'était pas question pour elle de laisser la panique l'empêcher de le seconder. Voilà pourquoi elle se posta devant la fenêtre latérale. Elle n'était qu'à quelques pas de l'endroit où se tenait Jesse, mais sa position lui donnait une vue différente de la cour, une vue qui pourrait lui permettre de repérer Bull avant qu'il n'ait la possibilité de s'attaquer à elle.

La sonnerie de son smartphone la surprit et elle sursauta. En voyant le nom de sa mère s'afficher sur l'écran, elle réprima un juron. Elle se reprocha de ne pas l'avoir appelée pour lui sortir le même mensonge, pour lui assurer que tout allait bien.

Avec un soupir, elle prit l'appel sans cesser de surveiller les alentours. Contrairement à Jesse, elle ne mit pas la communication sur haut-parleur. Il n'avait pas besoin d'entendre ce qu'allait sans doute dire Isabel, sa mère. Celle-ci détestait Jesse et tous les Ryland. Au cours des six derniers mois, Hanna avait eu mille fois l'occasion de mesurer à quel point.

— L'une des infirmières de la clinique qui a de la famille à Silver Creek m'a appris l'évasion de cet horrible criminel, lui cria Isabel en guise de salutation. Je m'apprête à venir au ranch pour rester avec Evan et toi. Par chance, il y a quelques semaines, j'avais demandé à mon assistante de m'apporter une voiture. Je serai chez toi dans moins d'une heure.

— Non, je t'en prie, ne viens pas, l'interrompit Hanna.

Il n'était pas question qu'elle débarque. La cohabitation avec Jesse et sa mère se passerait forcément mal. De plus, cette dernière se rétablissait à peine d'un accident vasculaire cérébral et était encore en convalescence dans une clinique haut de gamme de San Antonio. Il était donc exclu qu'elle prenne le volant pour se rendre où que ce soit. Bien sûr, son assistante n'aurait jamais dû lui apporter une voiture, mais Hanna réglerait ce problème un autre jour.

— Mais tu n'arriveras pas à gérer la situation toute seule, protesta sa mère.

— Je ne suis pas seule. Jesse est là, tout comme deux ouvriers agricoles armés du ranch des Ryland.

Elle avait anticipé le silence désapprobateur de sa mère. Il ne fut donc pas une surprise. Ses protestations, déclamées sur tous les tons, qui suivirent ne l'étonnèrent pas non plus. Et comme d'habitude, elle se mit ensuite en mode « maman protectrice » :

— Je vais passer quelques appels, insista-t-elle. Et t'enverrai des gardes du corps dès que possible. Je compte aussi contacter un de mes amis des Texas Rangers pour lui demander de se mettre en chasse du criminel qui a failli te tuer.

— Je t'en prie, ne fais rien de tout ça.

Elle s'efforçait de garder un ton respectueux, un exercice difficile avec sa mère. D'autant qu'Isabel, elle, n'était pas du genre à maîtriser sa colère ni sa façon de l'exprimer.

— Jesse passe la nuit ici et Grayson est déjà à la recherche de Bull. Il fait tout pour le retrouver et le remettre au plus vite en prison.

— Tu as tort de confier ta vie et celle d'Evan aux Ryland ! cria Isabel.

Elle cracha leur nom comme une insulte.

Hanna n'en fut pas surprise. Depuis six mois, Isabel n'avait jamais raté une occasion de dire pis que pendre des Ryland. Si Hanna avait peut-être des réserves à l'idée de s'impliquer intimement avec Jesse, en revanche, elle ne doutait pas de son amour total, inconditionnel, pour Evan. Isabel non plus, elle en était sûre. Mais comme sa mère détestait les Ryland, elle ne reconnaîtrait jamais qu'ils aient quoi que ce soit de positif.

Elle n'avait que la version d'Isabel, mais d'après cette dernière les tensions avec les Ryland avaient commencé quand Hanna était petite. Grayson, qui était alors adjoint du shérif, avait arrêté le père de Hanna pour avoir violenté une jeune femme, une ex-maîtresse. À en croire Isabel, cette agression n'avait, en réalité, jamais eu lieu. Les Ryland avaient inventé de toutes pièces cette histoire pour leur nuire. De même, Isabel répétait que son mari, le père de Hanna, n'avait jamais eu de liaison. Elle s'était battue bec et ongles pour prouver l'innocence de son mari, mais il avait été jugé coupable et condamné avant de bénéficier par la suite d'une libération conditionnelle.

Comme son père avait été emporté par une crise cardiaque peu de temps après ces événements, Hanna doutait de connaître un jour la vérité sur cette sombre affaire. Elle n'espérait certainement pas l'obtenir d'Isabel. En tout cas, d'après ce qu'elle avait entendu dire par ailleurs, son père avait effectivement trompé sa mère et il était doté d'un caractère violent.

— M'as-tu entendue ? gronda Isabel. Tu ne dois pas compter sur les Ryland. Leur confier ta vie ou celle d'Evan serait de la folie.

— Tout ira bien, répondit-elle, tout en sachant que l'affirmer ne suffirait pas à l'apaiser. Je te téléphonerai demain matin pour te tenir au courant.

Elle mit fin à l'appel. Inutile de faire traîner un échange qui, elle le savait, allait dégénérer en dispute.

Même si Hanna n'avait de sa mère que six mois de souvenirs, elle avait déjà compris à quel point celle-ci pouvait être têtue et détestable.

Et ce soir elle n'était pas d'humeur à discuter avec elle. Mais elle ne voulait pas non plus qu'Isabel se mette en danger. Et si elle prenait le volant pour rouler jusqu'à Silver Creek alors qu'elle n'était pas en état de conduire, elle risquait le pire.

Elle envoya donc un texto au médecin de sa mère, le Dr Michael

Warner, pour le prévenir de la possibilité qu'Isabel tente de quitter l'établissement. Il veillerait à ce qu'elle reste sur place.

Elle le pria également de vérifier que tout y était sécurisé. Elle l'informa de l'évasion de Bull et le prévint des conséquences éventuelles. Les autres résidents seraient également en danger si le tueur se présentait à la clinique.

— Isabel n'approuve pas ma présence chez toi, dit Jesse quand elle posa enfin son smartphone de côté.

Ce n'était pas une question.

— Non, lâcha-t-elle avec un soupir. C'est marrant. Depuis que j'ai perdu la mémoire, la plupart des gens se sont éloignés de moi. Mais pas elle. Elle est plutôt envahissante. Quelque part, je comprends son inquiétude parce que je suis devenue mère, moi aussi. Mais...

Elle s'interrompit. Mieux valait en rester là.

Elle préférait ne pas s'aventurer dans le domaine des frustrations. Elle ne parvenait pas à avouer non plus qu'elle aurait souhaité qu'Isabel la laisse respirer.

— L'important pour ta mère est qu'Evan et toi soyez en sécurité, dit Jesse de cette voix traînante et apaisante qui lui était maintenant si familière.

Elle ne doutait pas des bonnes intentions d'Isabel, mais cette dernière se montrait souvent étouffante, raison pour laquelle d'ailleurs Hanna avait refusé d'emménager avec elle. Le domaine où vivait sa mère n'était pas loin, à l'autre extrémité de Silver Creek. Mais elle n'avait aucune envie d'être sous la coupe d'Isabel vingt-quatre heures sur vingt-quatre, sept jours sur sept. De plus, il serait alors presque impossible pour Jesse de rendre visite à leur fils.

— Ce n'est pas toujours facile, murmura-t-elle.

Mais très vite, elle s'aperçut qu'il la dévisageait, manifestement dans l'expectative.

Un sourcil levé, il attendait qu'elle lui explique son commentaire à propos de sa mère.

Comme elle ne répondait pas, il hocha la tête et reformula.

— J'imagine que la situation n'est pas simple pour toi dans ce contexte. Et j'en suis désolé. Je regrette que tu doives affronter des relations compliquées avec elle, en plus de tout ce que tu as à gérer.

Elle n'avait pas besoin de ses souvenirs pour comprendre qu'il se reprochait ce qui s'était passé, six mois plus tôt. Elle l'avait entendu de nombreuses fois auparavant, l'avait vu aussi. La culpabilité de Jesse était aussi impossible à ignorer que l'insistance de sa mère à rendre les Ryland responsables de tout ce qui lui était arrivé.

Comme Hanna reportait son attention sur le babyphone, elle vit Evan commencer à se tortiller dans son berceau. En principe il n'aurait pas dû se réveiller avant plusieurs heures, mais un bébé n'avait pas de principes, elle l'avait vite compris. Certaines nuits, il ne dormait pas du tout. Et elle non plus. Elle avait toujours son attention rivée sur leur fils lorsque le téléphone de Jesse sonna de nouveau.

— C'est Grayson, annonça-t-il.

Et bientôt la voix de Grayson se répandit dans la pièce.

— Marlene n'est pas chez elle. Il y a des signes de lutte dans son salon. Et du sang, ajouta-t-il.

Hanna sentit son cœur cesser de battre. C'était sans doute l'œuvre de Bull. Comme elle l'avait craint, il s'était attaqué à quelqu'un d'autre.

— Un vieux camion noir est garé derrière sa maison, poursuivit Grayson. C'est peut-être celui que Bull conduisait quand Sheri l'a croisé sur la route. De plus, la voiture de Marlene n'est pas dans le garage.

Bull avait donc sans doute emmené sa sœur à bord de son propre véhicule. Peut-être l'avait-il même tuée. Il n'était pas exclu non plus qu'il envisage de l'utiliser comme bouclier humain, comme otage, s'il était cerné.

— As-tu besoin que je lance une alerte sur Marlene à toutes les patrouilles ? demanda Jesse.

— Non, je m'en occupe. Je voulais seulement te mettre au courant, au cas où tu verrais une Lexus gris métallisé près de chez Hanna.

Grayson lui communiqua le numéro de la plaque d'immatriculation du véhicule.

— Par ailleurs, Marlene a un permis de port d'armes et utilise un Beretta. Je vais le chercher, mais je ne pense pas le trouver ici.

Ce qui signifiait que Bull était désormais armé, conclut Hanna. Peut-être avait-il de l'argent aussi, à présent. En effet, sa sœur en gardait certainement chez elle.

— Faites attention à vous et restez en sécurité, déclara Grayson avant de raccrocher.

Jesse retournait vers la fenêtre lorsqu'il reçut alors un autre appel.

Hanna sentit aussitôt une poussée d'adrénaline la traverser. Elle était certaine que Grayson rappelait pour leur annoncer une nouvelle encore plus horrible.

— C'est le dispatcher, marmonna Jesse en mettant l'appel sur haut-parleur.

Elle retint son souffle.

Elle n'eut pas besoin d'attendre longtemps pour entendre une voix qui n'était ni celle de Grayson ni celle de l'un des adjoints du bureau du shérif de Silver Creek.

— C'est moi, asséna son interlocuteur.

Bull.

Cette fois, un tsunami d'émotions ravagea Hanna. Elle replongea aussitôt dans le cauchemar que cet homme lui avait fait subir.

— Où êtes-vous ? répondit Jesse d'un ton dur.

Bull ignora évidemment la question.

— Il faut qu'on parle, dit-il. Il se passe beaucoup de choses que vous ignorez et qui risquent de nous tuer tous.

3

Jesse entendit les paroles que Bull venait de prononcer, mais n'y répondit pas. Il ne les crut pas non plus.

Pas un traître mot.

Au lieu de quoi, il envoya un SMS au dispatcheur pour lui demander de retracer immédiatement l'appel, au cas où l'opération n'était pas déjà en cours.

Cela dit, le malfrat utilisait sans doute un téléphone portable prépayé puisqu'il n'avait pas pris celui de l'ambulancier. Mais si, par chance, il se servait d'un smartphone volé, il était encore possible de le pister.

Tout en rédigeant le texto, il continuait de surveiller les alentours par la fenêtre. Cet appel téléphonique était peut-être une tentative de Bull de détourner son attention pour s'introduire discrètement dans la maison.

Il jeta un bref coup d'œil à Hanna. Heureusement, elle ne semblait pas sur le point de sombrer dans une crise de panique comme celle dont il avait été témoin peu après sa sortie de l'hôpital. Entendre parler l'homme qui avait failli la tuer la secouait – et aurait ébranlé n'importe qui –, mais elle tenait le coup. Elle aussi scrutait la nuit à la recherche de Bull.

Jesse s'approcha d'elle, lui attrapa le bras avec douceur pour l'entraîner sur le côté de la fenêtre. Mieux valait ne pas être une cible facile, si Bull était suffisamment proche de la maison pour faire feu.

— Reste en retrait, lui chuchota-t-il à l'oreille.

Elle prit conscience du danger et, par association d'idées, elle reporta son attention sur le babyphone.

Jesse avait déjà réfléchi à la position du berceau de son fils dans la chambre de l'enfant. Loin des fenêtres et calé contre le mur de la salle de bains attenante, le bébé était relativement en sécurité. Bien sûr, rien ne garantissait qu'une balle ne l'atteindrait pas, mais le risque n'était nul dans aucun endroit de la maison. Toutefois, si les employés du ranch repéraient Bull, il demanderait à Hanna de s'installer avec Evan dans la baignoire. Pour l'instant, cependant, il préférait ne pas réveiller l'enfant à moins d'y être contraint.

— M'avez-vous entendu ? grogna Bull dans l'appareil. J'ai dit que ce merdier pourrait tous nous tuer.

Jesse n'en doutait pas, mais il était persuadé qu'il n'y avait pas de « nous » dans ce scénario. Bull serait à l'origine du carnage, pas une victime. En revanche, il s'interrogeait sur ce qu'il voulait dire par « ce merdier ». Mais un autre sujet lui semblait prioritaire.

— Où êtes-vous ? lança-t-il.

— J'essaye de trouver un endroit sûr pour ne pas me faire descendre. Dites à vos amis adjoints et cow-boys que les apparences sont souvent trompeuses et qu'ils auraient tort de tirer à vue sans se poser de questions. Les *bonnes* questions, précisa Bull.

— Et quelles seraient les bonnes questions, d'après vous ? répliqua Jesse.

Il l'encourageait à parler, non seulement parce qu'il était curieux de voir où le mènerait cet échange, mais surtout parce qu'il voulait donner au dispatcheur le temps de retracer l'appel.

Si Bull utilisait un téléphone prépayé impossible à pister,

il perdait son temps, mais peut-être le milicien se servait-il du smartphone de sa sœur. Dans ce cas, ils parviendraient peut-être à le localiser. Malheureusement, à en juger aux bruits de fond, Bull roulait et il était très difficile de borner un appareil qui se déplaçait.

— Des questions sur ce qui s'est réellement passé ce jour-là, le jour où Hanna a reçu une balle dans la tête. Ce drame n'aurait jamais dû se produire.

Jesse partageait son avis.

— Si vous vous étiez laissé arrêter au lieu de tenter de nous échapper, personne n'aurait été blessé ou tué, lui rappela-t-il.

Il n'attendit pas que Bull réagisse à sa remarque. Au lieu de quoi, il lui lança :

— Où est votre sœur ? Est-elle toujours en vie ?

— Ma sœur ?

Bull parut très surpris par la question. Peut-être jouait-il la comédie, mais il était alors bon acteur parce qu'il semblait vraiment décontenancé.

— Quel est le problème avec Marlene ? poursuivit-il. Lui est-il arrivé malheur ?

— Dites-le-moi, répliqua Jesse.

— Que lui est-il arrivé ? répéta Bull.

Le doute saisit soudain Jesse, mais il ne devait pas écarter la pire des hypothèses. Bull avait peut-être déjà tué sa sœur et essayait de s'en sortir en faisant croire qu'il n'y était pour rien.

— Rendez-vous et vous le saurez, répondit-il.

Il pensait que Bull allait continuer sa comédie, à jouer l'innocent qui tombe des nues, mais Jesse l'entendit pousser un juron au milieu de bruits de freinage.

Que diable fabriquait-il ? Était-il possible qu'il ait changé de direction pour se rendre chez Marlene ?

Jesse envoya en vitesse un autre SMS à Grayson pour le prévenir de cette éventualité.

— Demandez-vous ce qui s'est réellement passé ce soir-là, le soir où Hanna a été touchée par une balle, répéta Bull. Vous découvrirez alors la vérité.

Sur ces mots, il mit fin à l'appel en laissant Jesse se débattre au milieu d'une myriade d'interrogations. Ses doutes s'approfondirent encore.

— Que voulait-il dire ? s'enquit aussitôt Hanna. M'as-tu caché quelque chose à propos de la fusillade ?

— Non, répondit-il aussitôt. Je ne t'ai rien caché.

Il était important pour elle de l'entendre et, surtout, de le croire. Elle ne devait à aucun prix se méfier de lui pour le moment. De plus, c'était la vérité.

— Quant à ce que Bull cherchait à dire, je n'en sais rien. Peut-être essaye-t-il seulement de brouiller les pistes.

Si c'était le cas, il avait réussi et à présent Jesse était forcé au moins d'envisager la possibilité que Bull n'ait joué aucun rôle dans la disparition de sa sœur. Malgré les apparences. L'hypothèse semblait difficile à croire, mais il était possible que ce qui lui était arrivé n'ait rien à voir avec son frère. Marlene était riche et vivait seule. Quelqu'un d'autre aurait pu entrer chez elle par effraction et l'enlever. Pourtant, Jesse restait convaincu que Bull était derrière cette agression.

— « Demandez-vous ce qui s'est réellement passé ce soir-là, le soir où Hanna a été touchée par une balle », dit-elle en répétant les mots de Bull. Y a-t-il des doutes ou des zones d'ombre sur ce que Bull a fait ce soir-là ?

Si elle lui avait posé la question cinq minutes plus tôt, Jesse aurait répondu automatiquement par la négative, mais là il s'obligea à s'interroger. Certes, cette soirée le hantait, il ne cessait d'y penser. Mais justement, lorsqu'une affaire le touchait de façon personnelle, il était facile à un enquêteur de s'aveugler et donc de passer à côté d'éléments importants. Et celle-ci lui était plus personnelle qu'aucune autre.

— L'un des employés du ranch a entendu un remue-ménage à la grille d'entrée, dit-il pour lui rappeler les circonstances du drame.

Il espérait qu'en les répétant à haute voix, il remarquerait des points inexplorés susceptibles de les éclairer sur les propos de Bull.

— La nuit était déjà tombée, poursuivit-il, mais il a regardé les images enregistrées par la caméra de surveillance via une application sur son smartphone. Il a vu les deux véhicules : ta voiture et le camion d'Arnie. Il n'entendait pas l'échange, la caméra n'étant pas équipée de micro, mais comme il pensait qu'il assistait à une dispute, il nous a appelés, Noah et moi.

Il n'avait pas besoin de lui expliquer que Noah était un autre policier et qu'il avait, lui aussi, grandi sur le ranch. Ni la raison pour laquelle l'ouvrier agricole les avait contactés, eux. Il savait qu'ils seraient tous les deux au ranch et donc à même de réagir rapidement.

— Quand Noah et moi sommes parvenus devant le portail, Arnie t'avait déjà sortie de ta voiture, continua Jesse. Sans doute cherchait-il à se servir de toi comme bouclier humain pour nous empêcher de l'arrêter. En tout cas, nous l'avions tout de suite pensé.

— Savait-il avec certitude que vous alliez l'arrêter ? s'enquit-elle.

Là encore, il y a peu, Jesse aurait répondu sans hésiter par l'affirmative, mais à présent il s'obligea à reconsidérer la question avec un œil neuf.

— Bull et Arnie se doutaient que leurs arrestations étaient imminentes. Grayson les avait convoqués pour un interrogatoire le lendemain matin et leur avait conseillé de s'y rendre accompagnés de leurs avocats.

Jesse s'interrompit. Soudain, sa culpabilité lui nouait la gorge.

— J'aurais dû prévoir leur réaction. J'aurais dû m'attendre à ce qu'ils paniquent et fassent n'importe quoi.

— Parce qu'ils avaient déjà fait n'importe quoi ? demanda-t-elle. Je veux dire, étaient-ils déjà venus au ranch pour t'affronter ou pour s'expliquer avec Boone ?

— Non, reconnut-il.

Mais il se reprochait malgré tout de ne pas avoir anticipé cette éventualité.

— Comme Arnie et Bull savaient qu'ils seraient arrêtés, ils ont perdu les pédales et provoqué cette confrontation avec nous.

Hanna resta un moment silencieuse.

— Mais au lieu de s'expliquer avec Boone et toi, ils ont essayé de m'emmener, moi. Ce n'est pas logique. Peut-être leur avais-je dit quelque chose qui leur avait déplu, tu ne crois pas ?

Il planta les yeux dans les siens.

— Rien de ce que tu aurais pu dire ne les aurait incités à faire ce qu'ils ont fait.

Il tenait à être très clair. Dans cette histoire, Hanna avait été une victime. Evan aussi. Il n'était pas question qu'elle porte la responsabilité d'un acte qui pesait uniquement sur ses agresseurs.

Et sur lui.

— Bull est resté vague sur ce qui a provoqué cette escalade, poursuivit-il. Grâce aux images des caméras de surveillance, nous savons qu'Arnie a d'abord essayé de te faire monter dans son camion. Mais dans la manœuvre, il a laissé tomber ses clés dans l'herbe et ne les a apparemment pas retrouvées. Ta voiture n'était pas une option parce que le camion d'Arnie était derrière et bloquait le passage. Du coup, Bull et Arnie ont apparemment paniqué et se sont enfuis dans le bois avec toi.

Jesse s'interrompit, prit une profonde inspiration dont il avait vraiment besoin. Il n'apprenait rien à Hanna. Elle avait entendu ou lu les circonstances de l'attaque en long et en large, un nombre incalculable de fois. Et elle savait aussi que, sans images de la caméra de surveillance – qu'Arnie avait fait exploser avant de filer vers le petit bois –, ce qui s'était passé ensuite restait flou pour eux tous.

Sauf pour Bull, bien sûr.

— Il est possible que Bull nous ait demandé de nous interroger sur les événements de ce soir-là dans l'espoir d'apparaître sous un meilleur jour, de minimiser sa responsabilité, lui rappela Jesse.

Demandez-vous ce qui s'est réellement passé ce soir-là, le soir où Hanna a été touchée par une balle.

— Il est désespéré et il veut probablement nous faire croire qu'il n'était pour rien dans ce qui t'est arrivé.

Il s'apprêtait à ajouter quelques mots pour tenter de la rassurer, quand il entendit quelque chose qui le mit aussitôt en alerte.

— Je vois quelqu'un dans le jardin, cria Miguel Navarro, l'un des employés du ranch qui patrouillaient sur la propriété.

Jesse ne perdit pas un instant.

— Va chercher Evan dans sa chambre, dit-il à Hanna. Et emporte-le dans la salle de bains. Enferme-toi, verrouille bien la porte et allonge-toi dans la baignoire avec lui.

Sans discuter, elle bondit vers le couloir mais jeta un coup d'œil à Jesse par-dessus son épaule.

— Fais attention à toi, lança-t-elle.

Elle se doutait qu'il ne prendrait pas le risque de s'exposer bêtement en sortant, par exemple, pour affronter le criminel. Une telle légèreté pourrait leur coûter cher. Si Bull le tuait, plus rien ni personne ne l'empêcherait d'entrer dans la maison et de s'attaquer à Hanna et Evan.

Comme Grayson était déjà très occupé, Jesse envoya un SMS au dispatcheur pour lui demander des renforts immédiats. Une précaution qui s'avérerait peut-être inutile mais, compte tenu des événements, il préférait être prudent. Sans doute Bull chercherait-il à les agresser.

Il se précipita vers la cuisine, d'où il voyait le jardin, et éteignit les lumières pour ne pas devenir une cible trop facile. En scrutant l'obscurité, il aperçut Miguel, caché près du cabanon de jardinage. Il ne repéra pas l'autre employé, Rex Corbin, mais il n'était sans doute pas loin.

Il résista à l'envie d'envoyer un SMS à Miguel pour savoir exactement ce qu'il avait vu et où. L'employé du ranch n'avait pas besoin de ce genre de distraction et, plus grave, cet échange de textos risquait de permettre à Bull de le localiser.

Aussi, après avoir estimé que Hanna avait eu le temps d'entrer avec Evan dans la baignoire, Jesse ouvrit la fenêtre.

— Bull ? cria-t-il assez fort pour que sa voix se répercute dans le jardin. Au lieu de jouer le tout pour le tout et de vous faire tuer, déposez les armes et rendez-vous.

Pas de réponse. Jesse n'en attendait d'ailleurs pas, mais il continuait d'observer les alentours, en essayant de percer la nuit et d'apercevoir le criminel. Bull n'était nulle part en vue, mais Jesse entendit un sifflement, suivi d'un craquement. Le genre de bruit que ferait un pétard.

— Il décampe, cria Miguel en sortant du hangar pour viser le fuyard.

Il ne réussit probablement pas à le cibler parce qu'il ne tira pas.

Jesse n'en eut pas la possibilité non plus. Il ne distinguait même pas l'intrus.

En revanche, ce qu'il vit le remplit d'effroi.

Des flammes.

Manifestement attisé par de l'essence, un incendie dévorait l'atelier de Hanna. Le petit bâtiment se trouvait à une bonne quinzaine de mètres de la maison, mais le sinistre risquait de se propager. Ou pire. Bull ou l'incendiaire, quel qu'il soit, avait peut-être déjà mis le feu à la maison.

Jesse appela rapidement le dispatcher pour lui demander d'envoyer les pompiers et de prévenir les renforts du danger.

Puis il contacta Miguel. Il regarda l'employé du ranch se mettre à couvert et sortir son téléphone pour répondre.

— J'ai déjà prévenu les secours, lui annonça Jesse. Vois-tu si l'incendie a touché la maison ?

— Aucun signe alarmant de mon côté. Je vais rejoindre Rex pour faire le point avec lui sur l'autre côté.

Jesse leur faisait confiance, mais il ne voulait pas qu'ils soient blessés.

— Ne quitte pas ton abri si tu penses que ce type est armé. Sais-tu s'il s'agissait bien de Bull et s'il tenait une arme à la main ?

— Je ne peux répondre avec certitude à aucune de ces questions, dit Miguel.

Jesse soupira.

— Alors reste sur place et demande à Rex de faire de même. Tout est verrouillé à l'intérieur, mais si le feu commence à s'étendre, préviens-moi. Je serai avec Hanna et le bébé.

Il mit fin à l'appel et jeta un dernier coup d'œil dans la cour, en espérant apercevoir Bull ou quelqu'un d'autre. Mais il ne vit rien et se dirigea alors vers la chambre. Hanna était sans doute terrifiée pour Evan et surtout, il voulait être à proximité au cas où le pyromane décide de s'introduire dans la maison.

La porte de la chambre du bébé n'était pas verrouillée, contrairement à celle de la salle de bains. Il la frappa du poing.

— C'est moi, dit-il.

Il ne fallut qu'un instant à Hanna pour venir lui ouvrir. Elle avait laissé Evan endormi et enveloppé dans ses couvertures dans la baignoire. Bien. Il y serait ainsi en sécurité, d'autant que, avantage supplémentaire, il n'y avait pas de fenêtres dans la petite pièce. Bull n'avait pas la possibilité d'y entrer sans franchir la porte et Jesse veillerait à ce qu'il n'y parvienne pas.

Il entra dans la minuscule salle de bains et lui fit signe de retourner dans la baignoire. Il s'apprêtait à lui expliquer la situation, mais Hanna parla la première.

— Je sens de la fumée, murmura-t-elle.

Il hocha la tête.

— Quelqu'un a mis le feu à ton atelier.

Elle eut la réaction à laquelle il s'attendait. Elle écarquilla les yeux, ouvrit la bouche. Mais très vite sa surprise fut balayée par la colère.

— Comment ce sale type ose-t-il encore exposer mon bébé au danger ?

Jesse partageait sa fureur. Il ferait payer ses crimes à Bull – et cher.

— Les pompiers et les renforts sont en route, lui dit-il en entendant au loin le hurlement des sirènes. Et les employés du ranch veillent toujours sur nous.

Elle secoua la tête, comme si elle essayait en vain de comprendre et retourna dans la baignoire.

— Pourquoi avoir déclenché un incendie ?

Comme Jesse avait déjà eu un petit moment pour y réfléchir, il lui donna l'hypothèse qui lui semblait la plus probable.

— Peut-être dans l'espoir de me faire sortir.

Bull pourrait alors le cibler et l'abattre. Si tel était le cas, il s'agirait d'une vengeance pure et simple. S'il avait surtout voulu s'attaquer à Hanna, il aurait tiré dans la maison.

Mais alors, pourquoi Bull n'avait-il pas commencé à faire feu ?

Il avait sans aucun doute vu le camion du Silver Creek Ranch garé devant la maison et deviné que des employés du ranch étaient venus en renfort pour protéger la propriété.

Dans ces conditions, pourquoi prendre le risque de s'approcher pour mettre le feu à l'atelier au lieu de rester à l'abri dans les bois pour tirer ?

Jesse se promit de poser la question à Bull dès qu'il l'aurait placé en garde à vue.

Le téléphone de Jesse bipa pour annoncer l'arrivée d'un texto et il transmit le message à Hanna.

— Grayson sera là dans quelques instants.

Il pencha la tête vers l'avant de la maison.

— Le camion de pompiers vient d'entrer dans la cour, je l'entends. Je t'en prie, reste enfermée dans la salle de bains et retourne dans la baignoire. Je te préviendrai quand il n'y aura plus de danger.

Elle ne discuta pas mais secoua la tête.

— Bull t'attend peut-être dehors pour te tirer dessus.

Peut-être, oui. Et peut-être ciblerait-il aussi Grayson, même si le shérif n'avait pas été l'enquêteur principal de l'affaire Bull. Voilà pourquoi il allait prévenir Grayson, même s'il était certain que ce dernier prendrait toutes les précautions nécessaires.

— Fais attention à toi, dit-elle alors qu'il se dirigeait vers la porte.

Elle sortit de la baignoire, sans doute pour s'enfermer derrière lui, mais s'immobilisa lorsque la sonnerie du téléphone de Jesse retentit de nouveau.

Cette fois, c'était un appel, pas un SMS, et il n'émanait pas de Grayson. Mais de Ryan Shaw, l'agent de l'ATF que Jesse avait contacté lorsque Bull avait été placé en garde à vue. L'ATF – Bureau of Alcohol, Tobacco and Firearms – était le service fédéral américain chargé de l'application des lois sur les armes, les explosifs et accessoirement le tabac et l'alcool. Comme elle en avait le droit, l'agence de régulation des armes à feu leur avait demandé de leur communiquer toutes les informations qu'ils recueilleraient sur la milice. L'agent Shaw avait sans doute entendu parler de l'évasion de Bull et souhaitait être mis au courant des avancées de l'enquête.

— Nous n'avons pas encore retrouvé Bull, dit Jesse au moment où il prit l'appel. Mais il a été aperçu à Silver Creek.

— Je sais, déclara l'agent Shaw avec un soupir. Adjoint Ryland, il faut qu'on parle, vous et moi.

Jesse se figea. Shaw utilisait les mêmes mots, la même expression, que ceux de Bull lors de son appel.

— Je vous écoute, répondit-il.

— Pas par téléphone. J'ai besoin de vous voir, de vous parler en personne.

— Ce n'est vraiment pas le moment. Bull ou l'un de ses copains vient de mettre le feu à un bâtiment sur la propriété de Hanna Kendrick.

Cette fois, l'agent de l'ATF poussa un juron.

— Je suis en route vers son ranch. Et pour info, ce n'est pas Bull qui a allumé cet incendie.

— Qu'en savez-vous ? cria Jesse.

— Parce que...

Shaw s'interrompit, jura à nouveau.

— Adjoint Ryland, Bull n'est pas derrière ce qui s'est passé ce soir. Mais il y a du grabuge, de gros problèmes à venir. Quelqu'un veut votre mort.

4

Hanna entra dans sa cuisine. Et s'arrêta net. Pourtant, la scène qu'elle y découvrait ne la surprenait pas. Elle s'attendait à voir Jesse nourrir Evan, assis sur sa chaise haute. Il lui avait proposé de s'en occuper pendant qu'elle prenait une douche.

En revanche, le souvenir subit que déclencha la vue de Jesse torse nu la désarçonna.

Elle était presque sûre qu'il ne s'agissait pas des fruits de son imagination. Une image très nette de Jesse torse nu, debout dans sa cuisine inondée de la lumière du soleil matinal, s'imposa à sa mémoire. Seule différence, dans ce souvenir, il n'était pas avec son fils. Les cheveux ébouriffés et les yeux embués de sommeil, il se tournait vers elle alors qu'elle pénétrait dans la cuisine. Il sirotait un café tout en lui souriant. Son sourire était celui qu'un homme décoche à une femme lorsqu'il vient de sortir de son lit et qu'il aimerait y retourner pour un deuxième round.

Comme à l'époque, une douce chaleur embrasa ses joues. Bien sûr, sa réaction actuelle était totalement inappropriée. Elle aurait dû se concentrer sur son petit garçon qui babillait tout en se régalant de sa bouillie de flocons d'avoine. Ou penser à la sécurité de son fils, au fait que sa maison était cadenassée à double tour, qu'un adjoint y montait la garde tandis que des ouvriers agricoles armés patrouillaient la propriété. Elle aurait dû s'inquiéter de savoir si Bull Freeman essayerait ou non de s'attaquer de nouveau à eux et si l'agent Ryan Shaw serait bientôt autorisé à leur rendre visite. Une visite qui leur apporterait peut-être des réponses concernant Bull et les agressions.

Ce n'était vraiment pas le moment de reluquer Jesse et de ressentir cette intense attirance pour lui.

— Tout va bien ? lui demanda Jesse en la tirant de ses pensées et de son émoi.

Elle faillit mentir, lui répondre que tout allait bien, qu'il ne lui était rien arrivé. Mais un souvenir, même fugace, présageait peut-être le retour des autres. Dans ce cas, Jesse devait le savoir. De plus, il aurait la possibilité de lui confirmer qu'il s'agissait d'un véritable souvenir. Ou non. Dans cette dernière hypothèse, il lui faudrait admettre que son imagination lui jouait des tours et s'emballait chaque fois qu'elle était près de lui.

— Tu sirotais ton café dans l'un des bols bleus, dit-elle en désignant d'un mouvement de menton le meuble ouvert.

S'y trouvait une rangée de bols de différentes couleurs, des bleus, des jaunes, des rouges.

— C'était le matin et tu avais passé la nuit ici, ajouta-t-elle. Contrairement à aujourd'hui, les volets n'étaient pas fermés mais grands ouverts et le soleil inondait la cuisine.

Elle vit dans ses yeux que la scène lui revenait également en mémoire. La cuillère d'Evan toujours à la main, il la dévisagea, bouche bée, et se leva.

Il finit par hocher la tête.

— Je buvais mon café et tu es entrée dans la cuisine après t'être habillée. Comme maintenant, marmonna-t-il.

L'espace d'un instant, il retrouva ce sourire d'alors.

Mais celui-ci s'envola vite. Pas parce que les joyeux babillages d'Evan lui rappelaient qu'ils n'étaient pas seuls et qu'il devait finir de nourrir l'enfant. Non, sans doute se souvenait-il que, peu après cet épisode, la situation s'était assombrie entre eux. Leurs relations s'étaient détériorées. Hanna ne savait pas combien de temps s'était écoulé avant qu'elle ne mette fin à leur histoire, mais d'après sa mère il ne lui avait pas fallu longtemps pour « reprendre ses esprits ».

— Mamamama, répétait Evan.

Attendrie, Hanna se rapprocha de lui pour l'embrasser.

Elle y gagna une tache de flocons d'avoine sur la joue et éclata de rire. Lorsqu'elle était avec son fils, elle n'avait pas besoin de forcer ni de réprimer sa joie. Elle ne se demandait pas non plus si elle pouvait ou non lui faire confiance. Avec lui, et avec lui seul, la question ne se posait pas. Tout coulait de source avec son bébé.

— Je vais finir de le nourrir, proposa-t-elle en s'asseyant sur le tabouret que Jesse venait de quitter.

Il ne protesta pas. Pourtant, il aurait sans doute aimé continuer à le faire. Il ne devait pas donner très souvent le petit déjeuner à son fils. Il resta près d'eux pour les regarder, tout en jetant des coups d'œil à l'extérieur par la lucarne de la porte de la cuisine.

Le danger était proche, Bull toujours en liberté.

— L'agent Shaw sera bientôt là, annonça-t-il en se versant une autre tasse de café. Pour info, il est furieux que Grayson ne l'ait pas laissé entrer sur la propriété, hier soir. Il ne cesse de répéter qu'il doit absolument nous rencontrer au plus vite. Il a quelque chose d'urgent à nous communiquer.

— Mais pas urgent au point d'en discuter au téléphone, remarqua Hanna.

— Exactement. Je le soupçonne de vouloir conclure un deal, une sorte de marché, avec Bull. Mais pourquoi tient-il à nous y impliquer, je n'en sais rien. À mon avis, c'est une histoire entre l'ATF, l'agence de régulation des armes à feu, et le procureur.

Il s'interrompit pour siroter son café.

— As-tu envie de parler du souvenir que tu viens d'avoir ?

Elle réussit à sourire tout en enfournant une autre cuillerée de purée de flocons d'avoine dans la bouche d'Evan mais en réalité, elle réfléchissait à la question. Il s'agissait d'un souvenir personnel et sensuel. L'évoquer avec Jesse ne ferait qu'attiser la petite flamme de la passion déjà omniprésente entre eux.

Ce qui augmenterait encore sa frustration.

Même si la mémoire lui revenait complètement, rien ne disait qu'elle céderait pour autant au désir qui la tourmentait et qu'elle se remettrait avec Jesse. Après tout, il y avait eu un problème, un conflit, entre eux puisqu'ils n'étaient plus ensemble. Tant qu'elle ne connaîtrait pas la raison de leur séparation, elle préférait se tenir à distance.

Et pour le moment elle ignorait ce qui avait provoqué leur rupture. La haine que sa mère éprouvait pour les Ryland lui interdisait de prendre son avis pour argent comptant. De plus, l'évasion de Bull l'angoissait et elle n'avait pas l'énergie mentale nécessaire pour gérer ses affaires de cœur.

— Non, je ne souhaite pas en parler, répondit-elle enfin. Pas maintenant, en tout cas.

Elle n'eut pas l'occasion d'en ajouter davantage parce que le smartphone de Jesse bipa pour lui signaler la réception d'un texto.

— Mes parents et Noah sont ici, annonça-t-il en lisant le message. Tu te souviens d'eux.

En effet, elle savait qui ils étaient. Si elle n'avait gardé en mémoire aucun souvenir d'eux avant d'avoir été blessée à la tête, Boone Ryland et Melissa, la mère de Jesse, étaient souvent venus avec lui rendre visite à Evan. Elle avait également rencontré Noah, le cousin de Jesse, alors qu'elle était encore à l'hôpital. Noah était policier à San Antonio. De toute évidence, Jesse et lui étaient proches comme des frères.

— Ils ne sont pas là à cause de Bull, expliqua Jesse. Mais pour m'apporter des vêtements de rechange et pour voir Evan pendant quelques instants.

Elle prit conscience que la situation devait être stressante pour tout le clan Ryland. Pour Boone, en particulier, qui se reprochait sans doute la fusillade qui avait failli les tuer, Evan et elle.

Elle hocha la tête.

— Fais-les entrer.

Il se dirigea vers la porte d'entrée tout en pianotant son téléphone.

Sans doute désactivait-il le système d'alarme via l'application dédiée. La veille au soir, elle lui avait transmis les éléments de connexion et le code d'accès. Elle avait compris que tant que Bull n'aurait pas été capturé, Jesse ne cesserait d'aller et venir chez elle. Autant lui donner la possibilité de le faire facilement.

Elle entendit des voix lorsqu'il ouvrit la porte et elle se hâta de finir de nourrir Evan. Elle venait d'essuyer le visage du bébé de sa serviette et de le retirer de sa chaise haute lorsque le trio entra. Soudain, la cuisine fut pleine de Ryland.

Melissa, Boone et Noah la saluèrent avec des sourires qui se voulaient amicaux mais semblaient surtout réservés, circonspects. Hanna ne savait pas s'ils lui reprochaient d'avoir rompu avec leur fils ou s'ils considéraient que ce dernier avait évité le pire. En effet, sans cette rupture, il se serait retrouvé avec une femme qui ne se souvenait pas de lui. Ou à peine.

Si Melissa se dirigea droit vers Evan, Boone garda ses distances et posa le sac de voyage qu'il avait apporté sur la table. Grand et dégingandé, les cheveux plus sel que poivre, il devait avoir dans les quatre-vingts ans mais paraissait beaucoup plus jeune. Et très en forme. Bien sûr, l'énergie dont il irradiait était sans doute liée à la part active qu'il prenait encore dans la gestion du ranch familial.

Comme tous les hommes du clan, Noah était beau gosse. Visiblement, il était le portrait craché de Boone, son grand-père, lorsque ce dernier était jeune.

— Papapapa, balbutia Evan, en tendant la main vers Jesse pour que son père le prenne dans ses bras.

— Il grandit vite, dit Melissa.

Elle chatouilla les petits pieds d'Evan pour le faire rire.

Elle avait vingt bonnes années de moins que Boone et avait été adjointe au bureau du shérif de Silver Creek avant de l'épouser et avant qu'il n'adopte ses trois enfants.

— Je suis désolé de tout ce qui se passe, murmura enfin Boone en se tournant vers Hanna.

Elle essaya de trouver une réponse à cette remarque, d'autant que l'évasion de Bull était loin d'être une péripétie anodine. Il s'agissait d'une menace sérieuse. Mais, incapable de savoir quoi dire, elle finit par se contenter d'un signe de tête.

— Oncle Grayson arrive avec l'agent Shaw, annonça Noah.

Il jeta un coup d'œil à Melissa qui jouait avec Evan et qui comprit aussitôt le message.

— Je vais peut-être emmener Evan dans sa chambre pendant que Hanna et toi parlez avec l'agent Shaw, proposa-t-elle à Jesse. Noah et Boone doivent bientôt rentrer, mais de mon côté je n'ai aucune contrainte et peux rester aussi longtemps que nécessaire.

De nouveau, Hanna hésita avant de répondre. Elle ne voulait pas qu'Evan assiste à une discussion à propos de Bull, mais le danger était tel qu'elle n'avait pas non plus envie de s'éloigner de son bébé. Pourtant, Melissa avait été adjointe du shérif et saurait protéger son petit-fils.

— Merci, dit-elle finalement.

Sa réponse déclencha un sourire rayonnant chez Melissa. Elle expliqua à Evan qu'elle allait lui raconter de belles histoires dans la pièce voisine où se trouvait un panier rempli d'albums et de contes.

— Grayson m'a mis au courant des dernières nouvelles, dit

Jesse en reportant son attention sur Noah. Mais en savons-nous un peu plus sur le sort de Marlene ?

Noah secoua la tête.

— Nous n'avons toujours aucun signe d'elle, mais avons obtenu confirmation que le sang trouvé dans sa maison est bien le sien. Cela dit, il n'y en avait pas énormément, ajouta-t-il avec un coup d'œil à Hanna.

Peut-être tentait-il de la rassurer, de la laisser espérer que Marlene était toujours en vie. Et d'ailleurs, sans doute l'était-elle. S'il l'avait enlevée, Bull avait l'intention d'utiliser sa sœur comme outil de négociation. Et il n'obtiendrait rien en échange d'un cadavre.

— Grayson a demandé aux Texas Rangers de rechercher Marlene, poursuivit Noah. La police de San Antonio est aussi sur le coup. Tôt ou tard, elle refera surface.

Hanna espérait qu'il ne s'agissait pas d'un vœu pieux.

Ils devaient retrouver Marlene parce que Bull ne devait pas être loin d'elle. De plus, la malheureuse était peut-être blessée et terrifiée.

Comme elle entendait un véhicule s'arrêter devant chez elle, elle sentit son cœur s'accélérer dans sa poitrine. Au moment précis où Jesse recevait un autre SMS.

— C'est Mason, annonça-t-il.

Il parlait de son oncle, adjoint suppléant de Silver Creek.

— Grayson est occupé, continua-t-il. Il mène un interrogatoire et voilà pourquoi il a demandé à Mason d'accompagner l'agent Shaw ici.

— Nous devons rentrer au bureau du shérif, dit Noah.

Boone alla embrasser sa femme et Evan avant de partir. Puis Jesse les reconduisit à la porte au moment où Mason arrivait.

Hanna entendit les murmures de leur bref échange sous le porche et, quelques instants plus tard, Mason entra.

S'il passait l'essentiel de son temps à diriger le ranch familial, il était toujours adjoint suppléant et jeta un regard d'enquêteur dans le salon et la cuisine.

Mason était aussi grand et sexy que tous les hommes de la tribu Ryland, mais il semblait plus sombre. Hanna l'avait croisé plusieurs fois depuis six mois et ne l'avait encore jamais vu sourire. Il lui rappelait ces cow-boys du Far West toujours prêts à tirer. Et qui ne rataient jamais leur cible.

Tous les adjoints Ryland avaient un côté redoutable, mais chez Mason ce trait particulier était plus prononcé.

— Voici l'agent Ryan Shaw, dit Mason en désignant du pouce l'homme blond derrière lui.

— Evan et moi allons finir notre histoire dans la chambre, déclara Melissa qui sortit de la pièce avec le bébé.

Jesse referma la porte d'entrée, la verrouilla et réactiva le système d'alarme.

Il ne s'agissait pas d'une visite de courtoisie, encore moins amicale, mais Hanna s'apprêta à leur proposer du café. Cependant l'agent Shaw prit la parole avant qu'elle n'ait pu dire un mot.

— Retarder ma venue n'était pas une bonne idée, grommela-t-il.

Mason leva discrètement les yeux au plafond et poussa un soupir à peine audible.

— L'agent Shaw pense que nous aurions dû enfreindre le protocole et l'autoriser à se rendre sur une scène de crime avant même d'avoir eu la possibilité de vérifier son identité, dit-il.

Il jeta un coup d'œil à l'agent et poursuivit :

— Maintenant qu'elle a été confirmée, je vous suggère de cesser de vous plaindre et de communiquer à l'adjoint Ryland et à Mme Kendrick la raison si importante pour laquelle vous souhaitiez leur parler. Nous n'avons pas la journée à vous consacrer.

Shaw serra les mâchoires lorsque Mason tapota sa montre.

De toute évidence, l'oncle de Jesse lui faisait comprendre qu'il n'avait pas de temps à perdre.

— Comme je vous l'ai dit au téléphone hier soir, déclara-t-il, nous devons parler.

— Vous avez dit beaucoup de choses hier soir, répliqua Jesse. Pour vous résumer, vous sembliez certain que Bull n'avait pas mis le feu à l'atelier et qu'indépendamment de cet incendie il y avait du grabuge. Vous avez également mentionné que quelqu'un voulait ma mort mais refusé de me dire qui et pourquoi.

Le visage de Shaw resta sombre et fermé.

— Parce que je devais vous en parler de visu.

— Alors dites-le maintenant que vous êtes là.

Le ton de Jesse était aussi dur que le regard de Mason était noir.

Shaw jeta un coup d'œil à Mason.

— L'information que je m'apprête à vous communiquer est hautement confidentielle et doit être divulguée au moins de personnes possible.

Mason lui lança un regard morne.

— Si vous croyez que cela va me faire partir, détrompez-vous. Je suis adjoint du shérif et les personnes ciblées dans cette histoire sont mon neveu et la mère de mon petit-neveu. Inutile de vous dire que je reste, à moins que Jesse ou Hanna ne me demandent de partir.

— Reste, insista Jesse avant de se tourner vers Shaw. Êtes-vous ici pour m'annoncer que vous essayez de conclure un marché avec Bull ?

Shaw prit une profonde inspiration et expira lentement.

— Non, je suis ici pour vous donner un renseignement qui ne doit pas sortir de cette pièce. Bull est un agent de l'ATF. Il a infiltré la milice il y a trois ans afin d'identifier son chef et ses fournisseurs d'armes.

Hanna secoua la tête et répéta mentalement chaque mot.

— Un agent de l'ATF a tenté de me tuer ?

— Non, répondit Shaw. Ce n'était pas Bull qui vous a tiré dessus. Mais Arnie. Et Bull l'a abattu avant qu'il ne puisse tirer un deuxième coup de feu qui vous aurait certainement été fatal.

De nouveau, elle sentit un flot d'émotions la submerger. Ses émotions s'accompagnaient d'une question majeure : tout cela était-il vrai ?

Comme elle n'avait gardé aucun souvenir de la fusillade, elle devait compter sur l'avis des autres pour avoir un aperçu des événements. Elle aurait aimé savoir ce qui s'était réellement passé sous ces arbres parce qu'elle était certaine que, tant qu'elle serait dans le brouillard, cette scène reviendrait la hanter.

— Si Bull est vraiment un agent, pourquoi a-t-il fini en prison ? s'enquit Jesse.

Avec un soupir, Shaw se frotta le visage.

— Comme de nombreux membres de la milice se trouvaient dans cette même prison, il espérait ainsi découvrir le nom de leur chef.

— Alors, pourquoi s'est-il échappé s'il était dans une si bonne position pour obtenir des renseignements cruciaux ?

— Parce que quelqu'un a donné l'ordre de le tuer. Je ne sais pas qui, ajouta aussitôt Shaw. Mais d'après la courte conversation téléphonique que j'ai eue avec Bull, il pensait que sa vie était en grave danger. La vôtre aussi, Jesse. Il a entendu dire que quelqu'un voulait votre peau parce que vous n'aviez pas renoncé à enquêter sur la milice.

Jesse jura.

— En effet, je n'ai pas renoncé ni l'intention de le faire. Cette milice a failli tuer Hanna et mon fils. Je n'abandonnerai pas tant que tous ses membres ne seront pas derrière les barreaux.

Shaw le regarda droit dans les yeux.

— Et voilà pourquoi vous êtes une cible.

Une cible. Jesse avait donc eu raison. L'incendie dans son atelier était destiné à le faire sortir. La même personne pourrait également utiliser Evan ou elle pour essayer de l'avoir.

Jesse dut deviner son regain d'angoisse parce qu'il lui caressa le bras d'un geste rassurant.

— C'est bon, lui murmura-t-il. Respire.

Il la calmait. Ou plutôt, tentait de la calmer.

Hanna obtempéra et respira à fond pour s'efforcer de maîtriser sa peur. Elle ne parviendrait à rien si elle sombrait dans une crise de panique.

— Qui cible Jesse ? demanda-t-elle à l'agent.

— Je ne sais pas et je n'ai pas pu avoir un échange en face à face avec Bull.

— Pourquoi non ? protesta Jesse. S'il est vraiment un agent, pourquoi ne s'adresse-t-il pas directement à vous ou à quelqu'un d'autre de l'ATF ?

Cette fois, Shaw hésita à répondre et détourna le regard lorsqu'il parla.

— Bull ne sait plus à qui faire confiance. Il pense qu'il sera abattu, s'il se manifeste ouvertement. Nous avons obtenu les noms de nombreux fournisseurs d'armes et de drogue, ainsi que ceux de plusieurs membres de la milice. Mais nous ne savons toujours pas qui dirige le mouvement.

— Arnie ? suggéra Jesse.

— Non. Il n'avait pas le cerveau pour un tel poste.

— Vous avez certainement d'autres suspects, dit Jesse avec colère.

— En effet, mais jusqu'à présent aucune des pistes n'a abouti. Voilà pourquoi Bull était certain que la meilleure manière d'identifier leur chef était d'interroger sans en avoir l'air les autres miliciens emprisonnés. Comme les trafics et les opérations illégales se poursuivent, il est évident que quelqu'un dirige toujours la Brotherhood.

— Quelqu'un, répéta Jesse sur le ton d'un flic.

Les mains sur ses hanches, il regarda l'agent Shaw d'un œil dur.

— Vous êtes sûr et certain que Bull n'a rien à se reprocher et vous a dit la vérité sur la milice ?

Hanna s'attendait à ce que Shaw réponde par un « oui » ferme à la question de Jesse. Il ne le fit pas. Au lieu de quoi, il marmonna des mots qu'elle ne réussit pas à comprendre.

— Non, dit-il finalement. Je n'en suis pas sûr et certain.

Doux Jésus. Il était donc possible qu'un agent double ait voulu assassiner Jesse. Et la tuer elle aussi, peut-être.

— Voici ce que je sais, poursuivit Shaw. L'ATF n'avait pas autorisé l'évasion de Bull et depuis lors, il refuse de venir me parler ou de s'adresser à quelqu'un d'autre de l'agence.

— Peut-être ne vous fait-il pas confiance, remarqua Mason. Peut-être sait-il que vous êtes une taupe dont il doit se méfier.

Shaw ne chercha pas à dissimuler sa colère.

— Je ne suis pas une taupe. Mais Bull croit peut-être que je suis un agent double. Et que je cherche un bouc émissaire. Ce n'est pas le cas, assura-t-il. Je cherche la vérité.

— La vérité, grommela Jesse. Et quelle serait-elle exactement ? Pourquoi Bull ne ferait-il plus confiance à sa propre agence ?

Shaw s'interrompit de nouveau et, à en juger à la façon dont il serrait les mâchoires, il se battait contre lui-même pour savoir quoi dire. Ou ne pas dire.

— Bull a cessé de coopérer avec l'ATF et moi depuis que je lui ai appris que nous avions un nouveau suspect, répondit enfin Shaw. Un suspect qu'il croit sans doute innocent.

— Ce bouc émissaire dont vous avez parlé, gronda Jesse. Qui est-ce ? Donnez-nous un nom.

Shaw hésita longtemps avant de se tourner finalement vers Jesse.

— Notre principal suspect est Marlene, la sœur de Bull.

5

Marlene.

Jesse dut reconnaître qu'il ne s'y attendait pas et il se demanda s'il s'agissait d'une accusation gratuite ou si elle était étayée par des éléments probants.

Il ne connaissait pas bien l'agent Shaw et il n'était pas exclu que ce dernier raconte des mensonges dans l'espoir de détourner les soupçons de lui. Jesse n'aurait jamais cru avoir quoi que ce soit en commun avec Bull mais, pour le moment, ils partageaient la même méfiance à l'égard de Shaw et de l'ATF.

— Quelles preuves avez-vous que Marlene soit le chef de la milice ? demanda-t-il.

— Je ne suis pas autorisé à vous les communiquer, je suis désolé, répondit Shaw. Mais ces renseignements proviennent de nos informateurs.

— Je vois. Vos indics sont-ils des criminels ?

Shaw ne le confirma pas et ne l'infirma pas non plus mais à son expression, Jesse comprit qu'ils l'étaient, comme il l'avait subodoré.

Il avait probablement obtenu ce nom de l'un des membres de la milice emprisonnés. L'informateur en question avait peut-être dit la vérité ou peut-être pas. Jesse avait tendance à en douter parce que Marlene avait un casier judiciaire vierge. Elle n'avait jamais été arrêtée pour le moindre crime ou délit.

Bien sûr, il vérifierait qu'elle n'avait rien à se reprocher mais dans l'immédiat, il la considérait comme une victime et une personne dont la disparition était inquiétante. Peut-être était-elle morte ou en danger à cause de son frère, un soi-disant agent sans doute corrompu.

Bref, Jesse était loin d'être convaincu.

— Comme je n'ai aucune certitude sur les intentions de Bull, poursuivit Shaw en se tournant vers Hanna, il serait préférable pour vous et votre fils d'être placés sous protection. Je vais vous arranger ça.

Hanna poussa un gros soupir. La proposition de Shaw l'agaça et dans un autre contexte, l'air suffisant qu'il arborait l'aurait sans doute fait rire. Quoi qu'il en soit, elle déclina son offre avec de nombreux « non, merci » qui rendirent Jesse fier d'elle. La conscience du danger et la peur la ravageaient peut-être, mais elle refusait de courir se mettre à l'abri sans être certaine de ne pas se jeter dans la gueule du loup.

— Nous sommes déjà sous protection, assura-t-elle. Celle de Jesse. Je suis sûre qu'il protégera mieux son fils que n'importe quel agent que vous assigneriez à cette tâche.

— Très bien, grommela Shaw. Comme vous voudrez. Mais n'oubliez pas que Jesse est une cible dans cette histoire.

— Une cible possible, corrigea-t-elle. Quelqu'un fait peut-être croire que Jesse est une cible pour nous éloigner, Evan et moi, de lui. Nous serions alors des proies plus faciles à enlever ou à tuer.

Elle se tapota la tête.

— Je suis la seule à pouvoir confirmer ou contester les affirmations de Bull.

Shaw écarquilla les yeux.

— Votre mémoire est revenue ?

— Non, répondit aussitôt Jesse.

Il ne voulait pas que Bull ou quelqu'un d'autre s'en prenne

à Hanna par peur qu'elle se souvienne des circonstances de l'attaque dont elle avait été victime.

Elle s'était rappelé sa présence dans sa cuisine le matin qui avait suivi leur nuit d'amour. À en juger à la petite flamme qu'il avait également surprise dans ses yeux, peut-être s'était-elle souvenue aussi de leurs torrides ébats. Mais il n'était pas question de donner à Bull ou à Shaw la moindre inquiétude. Ils seraient peut-être alors tentés de s'assurer qu'elle ne puisse jamais parler.

— Non, répéta-t-elle alors que Shaw gardait ce regard dur sur elle. Malheureusement, je n'ai pas recouvré la mémoire. Peut-être ne reviendra-t-elle jamais et, si j'en crois ce que vous venez de nous raconter, votre agent sous couverture sans doute véreux en est responsable. Et donc vous aussi.

— Moi ? grommela Shaw.

— Vous, répéta-t-elle d'une voix plus forte. Parce que je n'ai pas besoin de connaître les détails de votre enquête pour savoir que vous auriez dû mieux tenir Bull en laisse. Et savoir qu'il s'était acoquiné avec un milicien violent, qu'il l'accompagnait au Silver Creek Ranch et que des innocents comme moi et mon bébé risquaient d'être blessés ou tués.

Shaw ne le nia pas. Comment l'aurait-il pu ? Elle avait raison. Même si Bull prétendait avoir ignoré ce qu'Arnie allait faire cette nuit-là, il aurait dû demander des renforts à Shaw pour l'aider à canaliser Arnie. Ce dernier était visiblement devenu incontrôlable.

— Des erreurs ont été commises, reconnut Shaw, sans en assumer clairement la responsabilité. Mais rappelez-vous que Bull vous a sauvé la vie.

— Je n'en ai aucun souvenir parce que Arnie me les a tous volés, répliqua-t-elle. Je n'ai que la déclaration d'un agent infiltré peut-être corrompu. Un agent qui dit la vérité... ou pas. Excusez-moi de ne pas éprouver d'emblée une reconnaissance éternelle envers Bull pour m'avoir sauvé la vie. Parce que pour moi, pour autant que je le sache, c'est peut-être lui qui m'a tiré dessus.

Jesse dut se forcer à ne pas sourire. Il retrouvait la Hanna qu'il avait connue avant l'attaque. La voir se battre, tenir tête à Shaw, lui fit du bien.

Shaw ne reconnut pas le bien-fondé de ce qu'elle venait de dire, pas à haute voix, en tout cas. Il resta silencieux un long moment, en cherchant sans doute une réponse.

Il semblait toujours furieux lorsqu'il reporta son attention sur Jesse.

— J'ai lu votre rapport selon lequel Bull vous a appelé hier soir, dit-il. Vous a-t-il recontacté depuis lors ?

Jesse ne fut pas surpris que Shaw ait lu le document. Grayson était légalement contraint d'informer l'ATF des détails de l'enquête, d'autant que jusqu'ici rien ne prouvait que l'ATF ait commis un acte répréhensible dans cette affaire.

— Non, assura-t-il à l'agent.

Cependant, il n'oubliait pas ce que Bull avait dit.

Demandez-vous ce qui s'est réellement passé ce soir-là, le soir où Hanna a été touchée par une balle.

Il avait passé une bonne partie de la nuit à y réfléchir, mais ne savait toujours pas ce que Bull avait voulu lui faire comprendre. Voilà pourquoi il avait besoin de s'entretenir de nouveau avec Bull. Mais il n'en aurait la possibilité que lorsque ce dernier daignerait le rappeler ou refaire surface.

— Si vous avez des nouvelles de Bull, prévenez-moi immédiatement, asséna Shaw en lui tendant une carte de visite. Vous avez déjà mon numéro de portable, mais celui de ce bureau figure aussi sur ce bristol.

— Faites de même et téléphonez-moi si Bull vous contacte, répondit-il.

Il n'avait pas de carte sur lui, alors il prit un bloc-notes sur le réfrigérateur et y griffonna son numéro.

Shaw prit le morceau de papier, le fourra dans sa poche et regarda de nouveau Hanna.

— J'apprécierais votre coopération dans cette enquête. Si vous vous souvenez de quoi que ce soit concernant cette attaque, j'ai besoin d'être tenu au courant.

Elle hocha la tête, et Shaw comprit qu'il était temps de partir. Il marmonna un vague remerciement et gagna la porte.

Avant de le suivre hors de la maison, Mason chuchota à Jesse :

— Je te conseille de te méfier de ce type comme de la peste.

Il en avait bien l'intention. Il était sur la même longueur d'onde. Après avoir verrouillé la porte, il réinitialisa le système d'alarme et se tourna vers Hanna pour voir si elle était sur le point de perdre pied. Non. Elle avait l'air d'être toute à son affaire, à présent.

— Tout ce que Shaw nous a dit était vrai, à ton avis ? demanda-t-elle.

— Je suis loin d'en être sûr.

Heureusement, il serait bientôt en mesure d'obtenir des confirmations sur certains éléments et peut-être d'en réfuter d'autres.

— Et toi, comment te sens-tu ? Ça va ? demanda-t-il avec inquiétude.

Elle hocha la tête puis marmonna :

— Mais je suis très en colère que Bull ou quelqu'un lié à cette milice mette à nouveau notre bébé en danger.

Il partageait sa fureur.

— Et Marlene ? reprit-elle. Y a-t-il des éléments dans son parcours qui laisseraient penser qu'elle est réellement aux commandes de la milice ?

— Rien ne me saute aux yeux, mais c'est sans doute possible.

En plus de l'avoir interrogée à plusieurs reprises, Jesse avait également enquêté sur ses antécédents. Il la connaissait depuis des années. Mais maintenant il s'efforçait de déterminer si tout ce dont il se souvenait à son sujet concordait avec l'éventualité qu'elle soit à la tête d'une organisation responsable d'actes criminels.

— Bull et Marlene sont issus d'une riche famille, ils n'ont jamais manqué de rien, ajouta-t-il. Par ailleurs, Marlene a près de dix ans de plus que son frère. Leur père était un homme dur qui, de toute évidence, terrifiait ses enfants. Bull s'est brouillé avec lui et a quitté la maison après le lycée. Marlene est restée et, quand il est mort, il lui a légué l'intégralité de sa fortune, une fortune qui se chiffrait à plusieurs millions. Marlene a repris les rênes de l'entreprise après l'avoir transférée de San Antonio à Silver Creek.

Elle avait pris cette décision des années plus tôt, au moment où la mère de Jesse avait épousé Boone.

— Marlene travaille dans l'immobilier, non ? demanda Hanna.

— Oui, et elle s'est spécialisée dans l'immobilier commercial et les ranchs. Quand Bull a été arrêté, j'avais analysé les comptes de la société de Marlene. Des vérifications de routine et je n'avais rien vu de suspect. Pourtant, une activité immobilière offre une bonne couverture pour blanchir de l'argent sale. Un avantage utile pour financer une milice.

— Bull est peut-être retourné à Silver Creek pour enquêter sur la milice et a alors compris que Marlene était impliquée. Cette découverte a pu suffire à le corrompre. Assez cependant, pour attaquer et enlever sa propre sœur ? J'en doute un peu. Pourquoi se serait-il donné tant de mal alors qu'il lui suffisait de la livrer à l'ATF pour l'écarter de sa route ?

Il s'interrompit, réfléchit.

— Bull ne l'a peut-être pas enlevée. Il est possible qu'elle ait mis en scène l'attaque à son domicile. Peut-être. Elle aurait alors dû se blesser pour répandre son propre sang chez elle et faire croire à un enlèvement.

Leur discussion était importante et sérieuse, mais il se rendit compte qu'ils n'avaient pas échangé ainsi tous les deux depuis longtemps. En fait, ils ne s'étaient pas beaucoup parlé depuis la fusillade. Il fut heureux de retrouver leur complicité. Mais très vite, il se remémora la gravité des enjeux. Entendre les rires d'Evan et de sa mère qui jouaient dans la chambre de l'enfant lui rappela qu'identifier le chef de la milice était la seule façon de les protéger tous. Il devait se concentrer. Sur la sécurité d'Evan. Sur celle de Hanna et du reste de sa famille aussi.

— Il y avait du sang sur ta chemise, dit Hanna lorsque Jesse retourna à la table de la cuisine où il avait laissé son ordinateur portable.

Il s'arrêta, se tourna et la regarda.

— Quoi ?

Elle déglutit avec difficulté.

— La première fois que je t'ai vu. Que je me rappelle t'avoir vu, à l'hôpital, rectifia-t-elle. Tu avais du sang sur ton T-shirt.

Il inspira lentement.

— Oui. Noah s'efforçait de maîtriser Bull. Alors je t'avais prise dans mes bras et conduite aux urgences. Tu étais gravement blessée, je ne voulais pas attendre l'ambulance. Je craignais qu'elle arrive trop tard.

Il s'interrompit et battit des paupières pour essayer d'effacer la scène terrible qu'il revivait dans sa tête.

— Le bébé m'a donné un coup de pied, ajouta-t-il soudain.

— Pardon ? demanda-t-elle.

— Pendant que je courais jusqu'à mon camion avec toi dans les bras, tu étais inconsciente. Mais j'ai senti Evan gigoter in utero et me donner des coups de pied. Cela m'a aidé à tenir, à traverser ce moment.

— Tu étais présent quand ils ont fait la césarienne ?

Il secoua la tête.

— Ils l'ont pratiquée en urgence. Seul le personnel médical était autorisé au bloc. Mais ils m'ont très vite amené Evan après l'avoir nettoyé.

Il sourit.

— Il pleurait, son petit visage était rouge et crispé. Il semblait très énervé, contrarié. Et quand j'ai posé les yeux sur lui, au premier regard, j'ai su que ma vie ne serait plus jamais la même.

Hanna sourit. Elle voyait exactement ce qu'il voulait dire parce qu'elle avait ressenti la même émotion lorsqu'une infirmière lui avait mis son bébé dans les bras pour la toute première fois.

Mais son sourire ne dura pas.

— J'ai entendu ta mère parler à Boone quand j'étais à l'hôpital. Ils étaient dans la chambre mais pensaient que je dormais. Ta mère a dit que des souvenirs de la mort de ton père t'étaient revenus.

Jesse réprima un juron. Il aurait préféré que Hanna n'entende pas cet échange alors qu'elle faisait face à un grave traumatisme. Mais oui, alors qu'il essayait de sauver la vie de Hanna, des images fortes de son père étaient remontées à sa mémoire.

— Mon père est mort quand j'avais huit ans, dit-il avec précaution. Dans un accident de la route. J'étais avec lui lorsqu'un pneu a éclaté et que la voiture s'est écrasée contre un arbre. J'ai essayé de le réanimer, de pratiquer un massage cardiaque, mais ça n'a pas marché.

— Tu n'avais que huit ans, murmura-t-elle.

Elle voulait lui rappeler qu'il n'était alors qu'un enfant et n'était pas responsable. Elle avait raison, mais la culpabilité était un poison qui avait le pouvoir de gâcher toute une vie.

— Nous avons ça en commun, poursuivit-elle. Parce que j'ai, moi aussi, perdu mon père quand j'étais jeune. Il a été emporté par une crise cardiaque.

— Tu t'en souviens ?

— Non, mais ma mère m'en a parlé.

Elle poussa un profond soupir.

— Et c'est là le problème. Pas spécifiquement à propos des souvenirs de mon père, mais de tous mes souvenirs. Surtout ceux de l'époque où j'ai été attaquée.

— « Demandez-vous ce qui s'est réellement passé ce soir-là, le soir où Hanna a été touchée par une balle », dit-il, en répétant les paroles de Bull.

Bien sûr, Bull essayait peut-être de créer un écran de fumée mais tant qu'ils n'auraient pas une image complète des événements, ils n'en savaient rien.

Les souvenirs de Hanna constituaient une grande partie de ce puzzle.

— Tu t'es souvenue de moi dans ta cuisine, remarqua-t-il. D'autres souvenirs suivront peut-être.

— Pour avancer, pour tenter d'accélérer le processus, murmura-t-elle comme si elle se parlait à elle-même, je vais peut-être essayer les séances d'hypnose.

Ce n'était pas la première fois qu'elle évoquait cette thérapie suggérée par l'un des médecins qui l'avait soignée. Un traitement qu'elle avait d'abord catégoriquement refusé. Sans doute n'avait-elle pas voulu affronter le flot de mauvais souvenirs qui surgirait s'il fonctionnait.

— Je vais appeler l'hôpital et demander un rendez-vous, reprit-elle en sortant son smartphone.

Mais avant qu'elle n'ait trouvé leur numéro parmi ses contacts, le bruit d'un véhicule dans l'allée se fit entendre.

Jesse se mit immédiatement en alerte. S'il s'agissait d'un membre de sa famille ou du bureau du shérif, il aurait reçu un SMS pour l'avertir.

— Reste en retrait, la prévint-il avant de se diriger vers la fenêtre.

Il vit sortir d'une voiture la dernière personne qu'il avait envie de voir.

La mère de Hanna, Isabel.

Elle n'était pas seule. Un grand brun l'accompagnait et Isabel se disputait avec l'adjoint, Theo Sheldon, qui tentait de l'empêcher de s'approcher de la maison.

Jesse reçut un SMS de Miguel Navarro, l'employé du ranch qui montait la garde.

Devons-nous la laisser entrer ?

— C'est ta mère, dit-il à Hanna.

Elle poussa un gémissement puis un autre lorsqu'elle entendit Isabel crier à l'adjoint de s'écarter de son chemin, que personne ne lui interdirait de parler à sa fille.

— Elle va finir par faire un autre AVC, marmonna-t-elle. Mieux vaut la laisser entrer.

— Elle n'est pas seule, ajouta-t-il.

Sa réflexion poussa Hanna à se rapprocher de la fenêtre pour un rapide coup d'œil.

— C'est le Dr Warner.

Rassuré, Jesse répondit à Navarro.

Laisse-la passer, mais assure-toi que le médecin n'est pas armé.

Cette précaution était sans doute exagérée, mais il ne connaissait pas cet homme et il ne voulait pas prendre le moindre risque. Après tout, Bull avait eu tout le temps de monter un plan, un plan contraignant le médecin à l'aider à les atteindre.

Il regarda son cousin, l'adjoint Theo Sheldon, fouiller le médecin puis lever le pouce avant de les laisser s'avancer vers la maison. Isabel était visiblement en colère, mais elle avait l'air en forme, il en fut surpris. Il connaissait d'autres victimes d'accidents vasculaires cérébraux qui souffraient d'une mobilité réduite et de sérieux problèmes pour s'exprimer. Mais Isabel se déplaçait très bien. Et, à en juger à ses paroles mordantes et à ses cris adressés à l'adjoint, elle ne rencontrait aucune difficulté d'élocution.

De nouveau, il désarma le système d'alarme et ouvrit la porte. Isabel gravit les marches du porche et le salua d'un regard noir.

— Vous, les Ryland, vous ne m'éloignerez pas de ma fille, soyez-en certains, lança-t-elle, les mâchoires serrées.

Le Dr Warner ne protesta pas, mais Jesse entendit le profond soupir qu'il poussa alors qu'il suivait sa patiente dans la maison.

Isabel se dirigea droit vers Hanna et la prit dans ses bras.

— Tu tiens le coup ? Et le bébé ?

— Nous allons bien tous les deux.

Elle se dégagea de l'emprise de sa mère et recula d'un pas.

— Je t'avais dit de ne pas venir, poursuivit-elle en s'adressant au médecin.

Le Dr Warner exprima d'un geste sa frustration.

— Votre mère a insisté pour se rendre ici et s'apprêtait à prendre le volant. J'ai préféré la conduire pour une brève visite. Elle sera courte, souligna-t-il en jetant un regard entendu à Isabel. Et si vous vous agitez, nous partons immédiatement.

Visiblement, Isabel était déjà nerveuse mais s'efforçait de paraître calme et détendue.

— J'avais besoin de m'assurer que ma fille et mon petit-fils allaient bien et de prévenir Hanna que j'avais embauché des gardes du corps. Ils seront là dans une heure.

Hanna ferma un moment les paupières et s'ordonna de garder son sang-froid. Jesse connaissait ce sentiment.

Isabel avait un don inné pour exaspérer son entourage.

— Quand ils arriveront, je les renverrai, dit Hanna à sa mère. Je ne veux personne d'autre que Jesse et ses hommes chez moi.

Isabel émit une protestation indignée avant de se tourner vers Jesse.

— Vous essayez de contrôler ma fille, vous la tenez sous emprise.

— J'essaye seulement de garder le contrôle de la situation, répliqua-t-il.

— Nous n'en serions pas là si vous aviez effectué correctement votre travail et gardé ce tueur derrière les barreaux.

— Ce n'est pas le bureau du shérif qui a laissé Bull s'échapper, lui rappela Hanna.

Le médecin interrompit l'échange pour mettre Isabel en garde.

— Calmez-vous. Tout de suite. Ou nous partons.

Il prit sa patiente par le bras et la fit asseoir sur le canapé. Il s'installa en face d'elle.

— Rappelez-vous ce dont nous avons parlé en route, la prévint-il.

— Oui, vous m'avez menacée de me ramener à la clinique, lança-t-elle avec colère.

— Si vous perdez vos nerfs, vos médicaments ne suffiront pas à faire baisser votre tension artérielle. Il faut rester calme. Hanna et votre petit-fils n'ont pas été blessés et l'adjoint Ryland veille à leur sécurité. Tout va bien.

— Ma fille et son fils n'auraient pas besoin de sa protection s'il avait gardé ce monstre en prison, grommela Isabel.

Mais au moins avait-elle cessé de crier et elle semblait se calmer un peu.

Hanna entra dans le salon et s'assit en face de sa mère. Jesse espérait qu'elle ne mentionnerait rien de ce que Shaw leur avait dit ou de l'appel téléphonique de Bull.

Elle ne le fit pas. Elle regarda sa mère en attendant qu'elle continue. Elle n'eut pas à patienter longtemps.

— Ton atelier est parti en fumée, poursuivit Isabel. Comment vas-tu travailler ?

— J'utilise déjà la chambre d'amis pour peindre et je continuerai à le faire jusqu'à ce que je puisse le reconstruire.

— Pourquoi ne pas venir plutôt t'installer chez moi ? Evan et toi auriez beaucoup d'espace et ne seriez pas obligés de vous débrouiller seuls face à la menace.

— Je ne bougerai pas d'ici, répliqua Hanna. J'aime cet endroit. Le calme de la campagne environnante m'inspire et me permet de peindre.

Hanna ressentait cette quiétude ambiante avant que Bull ne lui tire dessus, Jesse le savait et il était un peu surpris d'apprendre qu'elle l'éprouvait toujours. Peut-être n'avait-elle pas besoin de souvenirs pour se sentir ici chez elle.

— Tu as changé, tu me sembles différente, remarqua Isabel en l'observant avec attention. Tu t'exprimes d'un ton différent aussi. Jesse est-il en train de...

— Je me suis souvenue d'autres choses, l'interrompit Hanna, déterminée à l'empêcher de lancer une autre flèche empoisonnée à Jesse.

Isabel redressa les épaules, mais Jesse fut décontenancé par son expression. Il ne vit ni soulagement ni joie sur ses traits. Mais plutôt de l'angoisse.

S'inquiétait-elle de l'impact de souvenirs traumatisants de la fusillade sur sa fille ?

— D'autres choses ? balbutia Isabel. Comment ça ?

— Je t'ai dit la semaine dernière que certaines choses m'étaient revenues, répondit-elle. Par bribes.

C'était la première fois que Jesse en entendait parler alors qu'il voyait Hanna au moins un jour sur deux. Pourquoi le lui avait-elle caché ? Mais la réponse à cette question s'imposa vite à lui. Si elle s'était rappelé avoir couché avec lui, il était naturel qu'elle n'ait pas eu envie de lui en parler.

— De quoi te souviens-tu ? lui demanda Isabel.

Elle parut hésiter à répondre.

— De choses à propos de Jesse.

Il vit l'angoisse grimper de plusieurs crans dans les yeux d'Isabel.

— Quelles choses à propos de Jesse ? voulut-elle savoir.

Hanna gardait son attention concentrée sur elle.

— M'as-tu dit que tu créerais des ennuis à Jesse si je ne mettais pas fin à ma relation avec lui ?

Il ne s'attendait pas à cette question. Il avait cru qu'elle résumerait à sa mère le souvenir de lui dans sa cuisine le matin qui avait suivi leur nuit d'amour.

Isabel se raidit.

— Tu te souviens de ça ? lança-t-elle à sa fille.

— Non, je l'ai deviné, reconnut-elle. Vu toutes les horreurs que tu m'as racontées à propos de Jesse et de sa famille, j'ai compris que tu avais essayé de faire pression sur moi, de m'inciter à rompre avec lui.

Jesse regarda Isabel.

— Quel genre d'ennuis comptiez-vous me causer ? grommela-t-il.

Elle évita son regard.

— Je connais des gens. Le sénateur, Edgar Lawson, par exemple.

Le sénateur étant le père d'une des adjointes de Silver Creek, Ava Lawson, Jesse le connaissait, lui aussi. Et ne pensait pas grand bien de lui.

Il avait été soupçonné de blanchiment d'argent et beaucoup de gens disaient du mal de lui, même s'il avait récemment été innocenté.

— Qu'espériez-vous exactement du sénateur ? insista-t-il.

Elle haussa encore les épaules.

— Votre famille est à la tête de cet immense ranch et je pensais qu'il suffirait d'un mot d'Edgar pour que plus personne ne vous achète votre bétail.

Le ranch fournissait une viande de qualité à de nombreuses

personnes qui se moquaient de ce que pensait le sénateur. Pourtant, qu'Isabel ait menacé sa famille de quelque manière que ce soit énerva Jesse.

Et le pire était que ses manigances avaient fonctionné.

En tout cas, peut-être. Hanna avait peut-être renoncé à lui par crainte que sa mère lui fasse du mal ou à sa famille.

Jesse aurait aimé que leur rupture soit due aux sombres agissements d'Isabel, mais la vérité était tout autre, il le savait bien.

Hanna avait refusé de nouer une vraie relation avec lui *avant* de perdre la mémoire. Il avait toujours pensé que ses fiançailles rompues avec Darrin Madison, le fils d'une amie d'Isabel, avaient joué un rôle. Mais peut-être pas. En fin de compte, elle ne l'aimait pas et n'avait pas voulu l'épouser quand il lui avait demandé sa main. Elle venait alors de découvrir qu'elle était enceinte.

Comme Isabel poussait un gémissement, Jesse reporta son attention sur elle. Il fut à la fois choqué et confus lorsqu'il vit les larmes dans ses yeux

— J'ai demandé à Marlene de m'aider. Hanna avait déjà cessé de vous voir, mais je craignais qu'elle ne change d'avis et ne revienne vers vous. Cette éventualité m'était insupportable, après la façon dont votre famille a ruiné ma vie.

Jesse mit de côté l'essentiel de sa confession pour se concentrer sur un point important.

— Marlene ? La sœur de Bull ?

Isabel hocha la tête.

— Nous fréquentons les mêmes cercles et sommes amies depuis des années. La dernière fois que je l'ai vue, j'ai mentionné que je n'étais pas contente que ma fille ait une relation amoureuse avec un Ryland. Elle a senti à quel point j'étais bouleversée et m'a dit qu'elle pouvait peut-être m'aider.

Jesse se figea.

— Quand était-ce ? Quand Marlene vous a-t-elle dit qu'elle pouvait vous aider ?

Isabel poussa un sanglot rauque.

— La veille de l'attaque de Hanna. Mon Dieu, ajouta-t-elle en portant les mains à sa bouche. Pensez-vous que Marlene a persuadé son frère d'aller au ranch pour se confronter à vous ? Suis-je responsable de cette attaque ? Hanna et Evan ont-ils failli être tués à cause de moi ?

6

Hanna posa le biberon d'Evan sur la table basse. Le bébé s'était endormi dans ses bras. Sur la pointe des pieds, elle gagna la chambre de l'enfant et le coucha dans son berceau pour sa sieste matinale. En principe, il ne se réveillerait pas avant une bonne heure ou davantage. Il était calme, mais elle resta pourtant près de lui pour le simple bonheur de le regarder. Voir son fils assoupi l'apaisait.

Et la terrifiait aussi.

Son adorable petit garçon était en danger à cause de Jesse et d'elle. Quelqu'un voulait les faire taire et, plus grave encore, Isabel, sa propre mère et la grand-mère d'Evan, avait sans doute déclenché ce cauchemar.

Peu de temps après qu'Isabel avait largué sa bombe et avoué qu'elle était peut-être à l'origine de la fusillade, le Dr Warner avait décrété qu'il était temps de partir. Elle avait cédé et l'avait suivi jusqu'à la voiture sans cesser de pleurer.

Hanna avait été incapable de faire semblant de s'apitoyer sur elle. Elle refusait de se forcer à lui offrir un quelconque soutien ou réconfort. Si sa mère avait vraiment joué un rôle dans ce qui s'était passé, elle n'était pas sûre de pouvoir le lui pardonner un jour.

Elle ne s'attendait pas non plus à ce que Jesse et sa famille passent l'éponge sur une faute aussi grave. Isabel avait franchi un point de non-retour. Qu'elle n'ait sans doute pas mesuré à l'époque les conséquences de ses actes n'était pas une excuse. En fin de compte, elle avait mis sa fille et son petit-fils en grave danger. Ses manigances auraient pu leur coûter la vie.

Hanna retourna dans la cuisine où elle trouva Jesse exactement comme elle l'avait laissé une demi-heure plus tôt, avant d'aller nourrir Evan et de le coucher pour sa sieste. Assis devant la table, il travaillait sur son ordinateur portable tout en sirotant un café.

— Ma mère est partie, lui apprit-il. Un des employés du ranch est venu la chercher.

Hanna en fut soulagée. Certes, elle avait beaucoup apprécié l'aide de Melissa avec Evan, qui leur avait permis de discuter avec Shaw puis de gérer Isabel. Mais elle ressentait à présent le besoin de passer un peu de temps tranquille avec son fils. Bien sûr, Jesse était là aussi, mais tout semblait différent avec lui.

Tout était différent, rectifia-t-elle *in petto*.

Pour la première fois depuis la fusillade, elle avait l'impression que tous deux étaient du même côté, dans le même camp. Là encore, peut-être était-ce déjà le cas avant qu'elle ne perde la mémoire. Son amnésie était un vrai problème dans cette situation compliquée. Ce qu'elle ne savait pas – ou ce dont elle ne se souvenait pas – pouvait se révéler aussi dangereux que recouvrer toute sa mémoire.

— J'ai reçu un message du Dr Warner pendant que je nourrissais Evan, lui dit-elle en posant le babyphone sur la table. Il a reconduit ma mère à la clinique. Et lui a donné un léger sédatif parce qu'elle était bouleversée.

Il leva le nez de son écran et la regarda.

— Et toi, l'es-tu toujours ?

Elle n'avait aucune raison de lui cacher la vérité.

— Oui, et tu aurais des raisons de l'être, toi aussi.

Les mots de sa mère n'arrêtaient pas de tourner dans sa

tête. *Suis-je responsable de cette attaque ? Hanna et Evan ont-*ils failli être tués à cause de moi ?

Il leur faudrait trouver une réponse à cette question.

— Tu avais fait preuve d'une bonne intuition en devinant que ta mère essayerait de t'éloigner de moi en menaçant ma famille, remarqua-t-il. Il s'agissait d'une supposition, pas d'un souvenir, n'est-ce pas ?

Elle hocha la tête, se versa un verre d'eau et s'adossa contre le mur, face à lui.

— Mais j'ignore si les paroles de ma mère ont eu un impact sur ma décision de ne pas accepter ta demande en mariage. Et de rompre avec toi. J'ai oublié ce qui m'avait poussée à ces choix.

Il ouvrit la bouche, la referma et sembla hésiter avant de répondre.

— Tu m'avais dit à l'époque qu'il ne s'agissait pas d'une rupture puisque nous n'avions vécu qu'une aventure sans lendemain. Que nous nous étions mis d'accord là-dessus dès le départ.

Elle espérait que ses mots n'avaient pas été aussi blessants qu'ils en avaient l'air. D'après ce qu'il lui avait raconté, leur histoire n'avait en effet duré qu'une nuit. Mais cette folle nuit avait suffi à la rendre enceinte. Pourtant, un jour au cours des derniers mois, alors qu'elle évoquait sa grossesse, il lui avait dit qu'il avait utilisé un préservatif. Ils avaient donc eu des relations sexuelles protégées. Ce qui n'avait rien empêché...

Cela dit, si à l'origine cette grossesse n'avait pas été désirée, Hanna était très heureuse d'avoir un fils. Sa présence dans sa vie lui faisait beaucoup de bien.

L'enfant jouait également un rôle majeur au sein de cette situation compliquée. Jesse était le père d'Evan, le serait toujours. Et elle n'avait pas besoin de se souvenir de leur nuit d'amour pour savoir ce qui l'avait attirée vers lui et la troublait encore. Il était très séduisant, oui. Mais il était bien davantage. Et elle avait la certitude, au plus profond d'elle-même, que Jesse était un homme bon. L'amertume qu'éprouvait Isabel envers sa famille, envers les Ryland, expliquait pourquoi elle l'avait toujours maltraité. Et pourquoi elle avait tout mis en œuvre pour qu'ils rompent et ne se remettent pas ensemble.

— Ta mère a dit qu'il y a environ une semaine, tu lui avais confié que tu retrouvais des bribes de ta mémoire, lui lança-t-il.

— C'était un mensonge, reconnut-elle. J'espérais ainsi qu'elle cesserait de s'inquiéter pour moi. Ou du moins, qu'elle s'inquiéterait moins. Pour qu'elle ne perde pas l'espoir d'un rétablissement total, je lui ai fait croire que je me souvenais de certaines choses.

Cela n'avait pas fonctionné, elle en prenait conscience rétrospectivement. Peut-être ne recouvrerait-elle jamais la mémoire. Mais cela ne l'avait pas empêchée d'essayer de rassurer Isabel et peut-être elle-même aussi. Sans doute avait-elle voulu se convaincre qu'elle ne resterait pas dans le noir jusqu'à la fin de ses jours et qu'un beau matin elle retrouverait le souvenir des années passées et des événements marquants de sa vie.

— Il y a quelques jours, j'ai parcouru mes anciens mails et SMS pour voir si cette lecture provoquait des réminiscences, poursuivit-elle. Grayson ou toi y avez-vous jeté un œil ?

Il secoua la tête.

— Dans cette histoire, tu as été une victime collatérale. Pas une cible. Du moins le croyons-nous. Avons-nous tort de le penser ? ajouta-t-il en fronçant les sourcils.

— Non, répondit-elle pour le tranquilliser. Je n'ai trouvé aucune menace ou quoi que ce soit de ce genre dans ces messages. Ni rien émanant de Bull, de Marlene, d'Arnie ou de toute autre personne ayant des liens avec la milice ou avec l'attaque.

Elle s'interrompit un instant avant d'ajouter :

— Mais je suis tombée sur des mails de Darrin Madison.

Si Darrin ne vivait pas à Silver Creek, Jesse savait sans

doute qu'il avait été son fiancé. Elle était également certaine que les ragots de la ville avaient abondamment commenté leur rupture. Darrin était un magnat de la finance qui avait l'avantage supplémentaire – aux yeux de sa mère, en tout cas – d'être une véritable star au Texas.

Elle avait mis fin à leurs fiançailles un peu moins de deux ans auparavant et cinq mois plus tard, elle avait atterri dans un lit avec Jesse. Peut-être pour rebondir sexuellement. Ou peut-être parce que l'attirance entre eux avait été très forte, irrésistible.

En tout cas, si elle avait oublié Darrin, leurs échanges de mails lui avaient donné un aperçu de leurs relations passées.

Elles avaient été toxiques.

— Il me battait, dit-elle.

Jesse recula comme si quelqu'un l'avait frappé, lui. Avec un juron, il secoua la tête.

— Je suis désolé. J'espère qu'il a payé cher pour avoir osé lever la main sur toi.

Elle n'en savait rien, mais elle en doutait.

— J'ai rompu avec lui, mais il n'a eu aucun ennui parce que je n'ai jamais porté plainte contre lui, je n'ai jamais signalé ses mauvais traitements, reconnut-elle. Je devine ce qui s'est passé en lisant entre les lignes les messages émanant de Darrin et de ma mère. D'après Darrin, je « l'énervais et l'incitais à être violent ». Il prétendait, par exemple, que je l'avais fait « exploser de colère » en l'accusant d'avoir une liaison avec son assistante. Pourtant, il couchait bien avec elle. Il l'a finalement reconnu dans un autre mail.

— Et que t'écrivait Isabel à ce sujet ? lança Jesse.

Elle réussit à sourire.

— Que je devais me faire aider pour cesser de pousser Darrin à bout. Pour elle j'étais responsable de la violence de Darrin et de son impulsivité. Il me frappait parce que je l'avais bien cherché. C'était ma faute, ajouta-t-elle en secouant la tête. C'est dingue, non ? Je parie qu'elle me téléphonait sans cesse à l'époque ou qu'elle venait me voir pour faire pression sur moi et m'encourager à me remettre avec lui.

— Et lui, a-t-il fait pression pour que tu reviennes ? demanda-t-il d'une voix toujours mordante de colère.

— Apparemment, oui. D'après ses SMS, il m'a envoyé des fleurs, m'a invitée à partir en escapade romantique pour nous permettre de repartir de zéro, etc. J'ai refusé toutes ses propositions puis j'ai cessé de lui répondre. Il a finalement renoncé et tourné la page. Isabel m'a appris qu'il s'était récemment fiancé de nouveau.

Il l'observa avec attention en cherchant peut-être sur son visage des signes qu'elle le regrettait. Ce n'est pas le cas, bien au contraire.

— Je l'ai échappé belle, j'ai failli mourir à cause de lui, dit-elle.

Mais très vite, elle se reprocha de l'avoir formulé ainsi.

— Désolée. Ce n'était pas une référence particulièrement heureuse, vu que je l'ai échappé belle aussi lorsque Arnie a tiré sur moi. Ou Bull si c'est lui qui a appuyé sur la gâchette.

Sa voix se brisa sur ces derniers mots et, l'espace d'un instant, elle se retrouva dans sa chambre d'hôpital. Elle souffrait beaucoup à son réveil. Mais le pire avait été de prendre conscience qu'elle avait oublié ce qui s'était passé, qu'elle avait *tout* oublié. Cette amnésie, qui lui interdisait de savoir qui lui voulait du bien et qui lui voulait du mal, l'avait terrifiée au-delà de tout. Et continuait de l'angoisser.

Son désespoir brisa sans doute le cœur de Jesse parce qu'il glissa la main sur la sienne. Un bref instant. Puis il recula, une réserve qu'elle aurait appréciée en temps normal. Mais là, elle aurait préféré qu'il garde le contact un peu plus longtemps.

Cela dit, chercher du réconfort auprès de lui était une erreur. Elle n'en avait pas le droit. Sa demande en mariage était toujours sur la table, il le lui avait dit, mais elle se refusait de lui donner de faux espoirs.

— Je souhaite toujours prendre rendez-vous pour une séance d'hypnose, dit-elle. Mais...

— Mais même si tu recouvres la mémoire, tu n'auras peut-être pas envie de renouer une relation avec moi. Ou avec quiconque. En fait, te souvenir est susceptible d'aggraver les choses dans ce domaine. Je le comprends.

Il la regarda droit dans les yeux.

— Pour info, j'aimerais réduire ton ex en bouillie pour t'avoir frappée, ajouta-t-il.

Elle compara intérieurement sa réaction à celle de sa mère, et soudain une vague d'émotions la souleva et balaya toutes les peurs et les doutes dont elle était la proie. Voilà peut-être pourquoi elle fit quelques pas hésitants vers lui. Et quand il lui ouvrit les bras, elle courut s'y blottir.

Comme il l'étreignait contre lui, elle se sentit fondre. À cet instant, il lui offrait ce dont elle avait besoin. Sa chaleur, sa douceur, sa tendresse, l'odeur de sa peau. Être dans ses bras la ravissait. Il était fort. Elle sentait son torse musclé et ses biceps. Et, même s'il respectait son souhait de ne pas vouloir l'épouser, elle devinait qu'il tenait toujours à elle.

Et voilà pourquoi elle s'écarta de lui.

— Désolée, marmonna-t-elle.

— Ne t'excuse pas. Tu es secouée, tu as le droit de l'être.

Sans doute, mais jouer avec le feu ne l'aiderait pas. Un jour, un désir impérieux l'avait conduite à faire l'amour avec lui et si elle n'y prenait pas garde, la même faim la jetterait de nouveau dans ses bras. Elle ne pouvait pas se le permettre.

Elle s'obligea donc à se ressaisir et à changer de sujet.

— Où en est l'enquête ? demanda-t-elle. As-tu trouvé quelque chose qui aiderait à avancer ?

Jesse resta encore un moment à la dévisager.

Peut-être essayait-il de décider s'il devait s'intéresser au nouveau sujet ou revenir à cette étreinte. Heureusement, il choisit la première option.

— Je ne suis pas encore capable de dire si Bull est ou non un agent de l'ATF, répondit-il enfin. Je ne sais pas non plus si je peux faire confiance à Shaw, ce qui signifie que j'ignore s'il nous a dit la vérité. Il est possible que Bull ne soit qu'un criminel et son indic. Ou que Shaw ait conclu un marché avec lui pour obtenir des renseignements sur la milice. Shaw aurait ainsi la possibilité de s'attribuer le mérite de la destruction du mouvement.

Si l'agent Shaw réussissait à résoudre une affaire aussi importante, il obtiendrait en effet éloges et promotions de la part de ses supérieurs, comprit Hanna. Il avait sans doute intérêt à tout mettre en œuvre pour y parvenir.

— Un marché avec Bull que Shaw a peut-être gardé secret, non ? dit-elle.

Il hocha la tête.

— Mais cela pourrait être pire que ça. Bien pire.

Elle devina où il voulait en venir.

— Shaw pourrait être corrompu et vouloir me faire taire avant que ma mémoire ne revienne, murmura-t-elle.

— Exactement.

— Et peut-être a-t-il besoin de réduire aussi Bull au silence. Ou n'importe qui d'autre susceptible de prouver qu'il est une taupe.

Et Jesse, qui menait l'enquête, était donc sans doute dans son viseur. Shaw devait se douter que ses investigations le conduiraient, tôt ou tard, à découvrir ce qu'il voulait garder caché.

— Bien sûr, il est possible que Shaw soit innocent et que Bull soit bien un agent sous couverture, poursuivit Jesse. Si tel était le cas, Marlene serait alors la criminelle dans cette histoire.

— Y a-t-il des éléments corroborant cette hypothèse ?

— Il y a quelques signaux. Pas énormes, mais quand même des signaux d'alarme.

Il reporta son attention sur son ordinateur portable. Comme Hanna y jetait un coup d'œil, elle aussi, elle s'aperçut qu'il étudiait un rapport financier sur Marlene.

Elle repéra immédiatement un élément surprenant.

— Marlene détient un compte offshore ??

— Oui et si ce n'est pas illégal, je me demande pourquoi elle a éprouvé le besoin d'en ouvrir un. Cela dit, il n'est pas exclu que quelqu'un ait créé ce compte à son insu.

En effet, si Marlene avait voulu cacher des fonds obtenus frauduleusement de la milice, pourquoi aurait-elle commis l'erreur d'utiliser son propre nom ? Là encore, peut-être pensait-elle que les policiers ne fouilleraient pas ses relevés bancaires et ses affaires.

— Je n'ai rien remarqué d'anormal dans ses relevés bancaires ni dans ses investissements, poursuivit Jesse. Mais elle achète et vend des biens immobiliers, une activité bien pratique pour dissimuler un blanchiment d'argent ou des achats d'armes.

Il leva les yeux de l'écran et croisa son regard.

— Elle a travaillé pour ta mère, lui a vendu des terrains et lui a obtenu des allégements fiscaux sur certains biens qu'elle possédait déjà.

— Elle ne m'en a jamais parlé, marmonna Hanna. Et elle aurait pourtant eu l'occasion parfaite pour aborder le sujet quand tu l'as interrogée sur Marlene.

Sa mère avait prétendu que toutes deux faisaient partie des mêmes cercles et qu'elles étaient amies. Elle n'avait pas dit un mot des affaires qu'elle avait traitées avec une femme qui était peut-être une criminelle.

— Exact.

Le téléphone de Jesse bipa alors pour annoncer la réception d'un SMS.

— C'est Theo, lui dit-il, et il se dirigea vers la porte.

Theo Sheldon était un autre adjoint du bureau du shérif de Silver Creek et un autre membre de la famille Ryland. En quelque sorte. D'après ce que Hanna avait retenu des discussions qu'elle avait entendues d'Isabel et d'autres personnes, les parents de Theo avaient été assassinés quand il était enfant. Grayson et sa femme l'avaient pris sous leurs ailes et élevé. D'après ce qu'elle savait, Theo était le mieux placé pour remplacer Grayson au poste de shérif lorsque ce dernier prendrait sa retraite dans quelques mois.

Elle resta en retrait, loin de la porte et des fenêtres, un réflexe de prudence que Jesse lui avait inculqué, et elle le regarda faire entrer son collègue adjoint.

Contrairement aux autres Ryland qui avaient tous des cheveux noirs, Theo était blond comme les blés mais il avait, lui aussi, un regard de policier.

— Bonjour, Hanna, dit-il pendant que Jesse refermait la porte à double tour. Nous n'avons pas encore retrouvé Bull ni Marlene, ajouta-t-il, en anticipant sans doute la question qui lui brûlait les lèvres. Jusqu'ici, aucun d'eux n'a été repéré dans le coin.

Quelque part, elle espérait que le frère et la sœur avaient fui depuis longtemps le Texas et étaient loin à présent. Surtout Bull. Mais si cette hypothèse se vérifiait, elle serait obligée de rester sur le qui-vive jusqu'à la fin de ses jours. Elle devrait regarder sans cesse derrière son épaule pour s'assurer qu'il n'était pas revenu terminer ce qu'il avait commencé. Non, il valait mieux que les forces de l'ordre le retrouvent et découvrent ce qui s'est réellement passé, pourquoi elle avait reçu une balle et de qui.

— J'ai parcouru les relevés bancaires de Marlene, poursuivit Jesse. Certains éléments nécessitent davantage d'investigations. Et de ton côté, as-tu découvert quelque chose dans ses relevés téléphoniques ?

— Peut-être, répondit Theo. Elle n'a jamais contacté un prisonnier, pas même son frère, ni reçu aucun appel depuis la prison. Mais deux numéros inconnus l'ont appelée peu de temps après l'évasion de Bull. Les deux communications étaient toutes deux très brèves, ne duraient que quelques secondes.

Jesse hocha la tête.

— Et à part ça, a-t-elle eu des échanges avec des personnes susceptibles d'être liées à Bull ou à la milice ?

— Non, mais si elle avait eu envie de le faire, elle aurait sans doute utilisé des téléphones prépayés afin que ses communications ne puissent être retracées.

Theo s'interrompit avant de reporter son attention sur Hanna.

— Marlene a reçu plusieurs appels de votre mère. Un la veille de l'attaque dont vous avez été victime et deux autres le lendemain.

Elle sentit son ventre se nouer.

— S'agissait-il de longues conversations ?

— Oui, plutôt, répondit Theo. Celle qui a précédé la fusillade a duré près d'une demi-heure. Je compte me rendre à la clinique de San Antonio pour interroger votre mère sur la teneur exacte de ces échanges.

Il ne lui demandait pas l'autorisation de le faire et elle ne s'attendait pas à ce qu'il le fasse. Isabel devait évidemment être interrogée et Hanna espérait qu'elle répondrait avec sincérité aux questions qui lui seraient posées. Mais par association d'idées, elle pensa aussi à un autre élément qui pourrait leur apporter des réponses.

— Mon téléphone a gardé une trace de tous mes SMS de l'année écoulée, mais l'historique des appels ne recense que ceux passés ou reçus au cours des deux derniers mois, dit-elle. Je me demandais si quelqu'un au bureau du shérif aurait la possibilité d'accéder aux appels précédents, à ceux que j'ai reçus avant la fusillade, pour voir si l'un d'eux… eh bien, semble inhabituel.

Elle obtint aussitôt l'attention de Theo et de Jesse.

— Tu veux dire... pour voir si Marlene t'avait contactée ? Ou Bull ? demanda Jesse.

Elle hocha la tête puis haussa les épaules avec un soupir.

— Cela ne donnera peut-être rien. Nous savons pourquoi j'étais venue au ranch, ce soir-là. J'avais dans la voiture avec moi des clichés d'échographie et des formulaires de l'hôpital. Pour te permettre de reconnaître le bébé avant sa naissance. J'avais dit à l'infirmière que je te les apporterais au plus vite pour te les faire signer. Mais peut-être étais-je là-bas aussi pour une autre raison...

— Je vais faire recenser et vérifier tes appels, lui assura Jesse.

Et il sortit son téléphone pour envoyer un SMS qui lancerait cette recherche.

— J'ai appris que votre mère avait été victime d'un AVC, mais je ne mesure pas bien la gravité de son état. À quel point est-elle fragile ? lui demanda Theo pendant que Jesse terminait son texto. J'aimerais savoir jusqu'où je peux aller, insister pour obtenir des réponses, sans aggraver sa santé.

— Elle m'a paru physiquement en bonne forme tout à l'heure, lorsqu'elle était ici, répondit-elle. Mais je vous conseille de passer par le Dr Warner. Peut-être serait-il préférable qu'il soit présent lors de l'interrogatoire. Il s'arrangera pour qu'elle reste calme.

Bien sûr, il pourrait décider de mettre un terme à l'entretien si Isabel devenait trop agitée, mais il n'était pas question de risquer un nouvel AVC. Sa mère avait peut-être commis une erreur qui avait déclenché la fusillade, mais elle avait aussi été victime d'un problème de santé. Et un deuxième AVC entraînerait des conséquences bien plus graves. Et pourrait la tuer. Hanna ne le voulait pas. Cela dit, si Isabel avait joué ne serait-ce qu'un petit rôle dans ce qui s'était passé, elle devrait en payer le prix.

Hanna ne doutait pas de l'amour d'Isabel pour Evan. Sa mère se reprochait sans doute d'avoir mis son petit-fils et sa fille en danger. Elle l'avait fait et était alors coupable quelque part. Mais il était fort probable que Marlene l'y ait encouragée.

— Grayson a demandé au laboratoire criminel de procéder à une nouvelle amélioration des images de la caméra de surveillance enregistrées le jour de la fusillade, poursuivit Theo. Elles sont prêtes, si vous voulez y jeter un œil.

Il fallut un moment à Hanna pour prendre conscience que Theo le proposait à Jesse mais à elle aussi. Elle déglutit avec difficulté et tenta de calmer le regain de panique qui la saisit. Ce n'était vraiment pas le moment. Ces images pouvaient être importantes, cruciales, pour découvrir la vérité.

Elle hocha donc la tête.

— Oui, j'aimerais les voir, dit-elle.

Mais Jesse ne bougea pas.

— Les as-tu déjà visionnées ? demanda-t-il à son cousin.

— Non, pas encore. Elles viennent d'arriver. Nous les avons reçues, il y a moins d'une demi-heure. Tu peux y accéder en ligne.

Il fixait Jesse et elle surprit une ribambelle de non-dits dans leurs regards. Elle devina qu'elle en était l'objet. Theo exhortait sans doute Jesse à examiner les images en premier pour s'assurer qu'elle les supporterait.

— J'y jetterai un œil alors, marmonna Jesse.

Elle entendit ce qu'il ne disait pas. Qu'il comptait les visionner seul avant de décider si elle était ou non capable de les voir. Mais elle ne voulait pas qu'il décide à sa place. En cherchant à la protéger, il lui interdisait de les aider à découvrir la vérité.

Theo hocha la tête, les dévisagea tour à tour avant de continuer.

— En partant d'ici, l'agent Shaw s'est rendu au bureau du shérif.

Manifestement, il tenait à mettre Jesse au courant des derniers événements.

— Il continue de faire pression pour que Hanna soit placée sous protection.

— Il faut refuser, déclara Jesse.

— Oh ! nous avons refusé. Hanna ou Evan ne sont pas du domaine de compétence de l'ATF. Shaw peut crier tant qu'il veut, mais il n'a pas voix au chapitre.

— Y a-t-il des indications comme quoi Shaw se serait rendu coupable de coups fourrés ? s'enquit-elle.

Theo haussa les épaules.

— Non, mais il a souvent tendance à en faire trop. Il a fait l'objet de deux plaintes pour usage excessif de la force et d'après les rumeurs, il a enfreint la loi à plusieurs reprises. Rien à voir avec Bull ou la milice, mais il est possible que Shaw ait procédé à des écoutes téléphoniques illégales pour obtenir des informations lors d'une enquête.

L'apprendre noua un peu plus l'estomac de Hanna. Elle s'efforça de se rappeler si l'agent Shaw avait eu la possibilité de placer un micro chez elle.

— Je n'ai jamais quitté Shaw des yeux quand il était ici, lui assura Jesse comme s'il lisait dans ses pensées. Et il n'est entré que dans cette pièce, nulle part ailleurs dans la maison. Mais je vais faire inspecter l'endroit au cas où.

Elle accepta avec reconnaissance. Elle ne voulait pas risquer qu'un agent corrompu de l'ATF écoute leurs conversations – celles qui traitaient de l'enquête comme celles qui avaient un caractère plus personnel.

— Je vais me rendre à San Antonio maintenant pour parler avec Isabel, reprit Theo en consultant sa montre. Mais je peux programmer l'inspection de votre salon en route. Je ferai également fouiller le bureau du shérif, au cas où Shaw essayerait de se renseigner sur ce que nous faisons.

Il regarda autour de lui.

— En attendant, dans l'hypothèse où un micro serait caché, vous avez intérêt à n'avoir aucun échange ici.

— Bonne idée, marmonna Jesse avant de raccompagner Theo jusqu'à la porte.

Une fois celle-ci refermée et verrouillée, il se rassit devant son ordinateur portable et dit :

— Pourquoi ne pas aller dans la chambre d'amis pour finir d'examiner les relevés bancaires de Marlene ?

Elle hocha la tête et prit le babyphone avant de le suivre. Dans la pièce voisine, ils seraient à l'abri d'une écoute illégale. Mais il serait un peu troublant de se retrouver seule dans une chambre avec Jesse. Qu'il l'ait prise dans ses bras tout à l'heure ne lui facilitait rien.

Là encore, elle n'avait pas eu besoin de cette étreinte pour se rappeler à quel point il l'attirait.

— Et pour visionner les images améliorées de la caméra de surveillance ? proposa-t-elle.

Il soupira. Sans doute savait-il qu'elle n'était pas du genre à laisser tomber un sujet qui lui tenait à cœur.

— J'aimerais les visionner seul d'abord, parce qu'il se peut qu'elles ne révèlent rien de nouveau. Cela dit, pour toi qui ne les as jamais vues, elles seront forcément nouvelles.

— Oui, répondit-elle.

Il semblait en plein dilemme, déchiré entre le désir de la protéger et celui de l'utiliser.

— D'accord, répéta-t-il finalement. Nous les examinerons après en avoir fini avec les relevés bancaires de Marlene. N'allons pas plus vite que la musique au risque de brûler une étape.

Elle partageait son avis et voilà pourquoi elle voulait également étudier ces comptes. S'ils n'étaient pas conformes, elle n'avait pas besoin de souvenirs pour s'en apercevoir.

Jesse venait de brancher son ordinateur portable dans la

chambre d'amis lorsque son téléphone sonna. Le bruit la fit sursauter.

— Appelant inconnu, dit-il après avoir jeté un coup d'œil à l'écran. Je vais le mettre sur haut-parleur.

Il actionna également la fonction d'enregistrement de son smartphone.

— C'est moi, dit l'appelant. Bull Freeman.

— Où êtes-vous, bon sang ? demanda Jesse.

— Pas loin. Il faut qu'on se voie.

— Pourquoi ? répliqua Jesse. Pour vous donner la possibilité de me tuer ?

— Non, pour que je me rende. Retrouvez-moi devant la vieille ferme abandonnée sur Franklin Road.

Hanna n'avait aucune idée de l'endroit où se trouvait cette ferme, mais elle était prête à parier qu'elle était éloignée. L'endroit idéal pour tendre un guet-apens. Bull y attendrait Jesse pour l'abattre.

— Vous voulez sans doute que j'y aille seul et sans arme ? lança ce dernier d'un ton lourd de sarcasme.

— Pas du tout, répondit Bull. Venez accompagné de tous les adjoints armés de tout un arsenal, si cela vous chante. Soyez là-bas dans deux heures.

— Si vous êtes à proximité, comme vous le dites, pourquoi avez-vous besoin d'autant de temps ? rétorqua Jesse.

— Parce que j'ai des choses à faire.

Bull s'interrompit, jura.

— Je remets ma vie entre vos mains, Jesse. Ne faites rien qui pourrait nous tuer tous les deux.

Et sur ces mots, il raccrocha.

7

Jesse était en visioconférence avec Grayson, l'adjointe Ava Lawson et le Texas Ranger Harley Ryland. Tous quatre étudiaient la carte que Jesse avait téléchargée sur son ordinateur.

La carte de la zone où Bull lui avait donné rendez-vous soi-disant pour se rendre.

Jesse avait de sérieux doutes sur les intentions réelles du malfrat, mais il était déterminé à se rendre à la ferme abandonnée pour l'y retrouver. Et il comptait bien s'entourer de renforts.

Le principal était Harley, un tireur d'élite. Grayson avait prévu de le positionner dans le grenier de la grange. Par ailleurs, il avait chargé une équipe d'inspecter les lieux à la recherche de pièges éventuels.

Il avait pris d'autres dispositions. Il posterait des adjoints dans les bois qui entouraient la ferme. La route qui y menait serait également surveillée. Tout le monde porterait des gilets pare-balles et Jesse ne quitterait pas la voiture blindée tant que Bull n'aurait pas déposé les armes.

— Ce plan n'est pas infaillible, Jesse, murmura Hanna.

Elle gardait un œil sur le babyphone parce que Evan n'allait pas tarder à se réveiller de sa sieste, mais elle n'avait pas perdu une miette de leurs échanges. À sa décharge, compte tenu de la petite taille de la chambre d'amis, il était difficile pour elle de ne pas entendre.

— Il est aussi sûr que possible, lui assura-t-il sur le même ton.

Bien entendu, il n'était pas exempt de risques, loin de là.

Bull aurait peut-être l'idée d'envoyer sa propre équipe pour s'attaquer aux représentants des forces de l'ordre présents sur les lieux. Il n'aurait pas la possibilité de positionner ses hommes dans la ferme puisque Grayson y avait déjà posté ses adjoints, mais ses amis feraient peut-être irruption en empruntant les sentiers forestiers pour se rendre au point de rendez-vous.

Mais surtout, Bull avait peut-être une autre idée en tête.

Et cette éventualité rongeait Jesse de l'intérieur.

Il n'était pas exclu que le truand ait planifié un autre type d'attaque. Cette prétendue reddition n'était peut-être qu'un leurre utilisé comme diversion afin d'éloigner Jesse de Hanna et de pouvoir s'attaquer à elle. Là encore, pour parer à une éventuelle agression, Jesse avait demandé qu'une dizaine d'ouvriers agricoles armés veillent sur sa sécurité.

Son oncle Mason, son cousin Noah et deux autres adjoints suppléants viendraient également au ranch pour les épauler.

Melissa, la mère de Jesse, serait non seulement sur place mais à l'intérieur de la maison avec Hanna et Evan. Comme elle avait longtemps été adjointe, elle savait se servir d'une arme. Elle donnerait sa vie pour protéger Hanna et Evan... ce qui l'inquiétait aussi. Si sa mère était acculée à intervenir, à faire usage de son Glock, cela signifierait que Bull et ses complices avaient réussi à franchir plusieurs lignes de défense.

— Des questions ? s'enquit Grayson quand il eut terminé son briefing.

Il n'y en eut aucune. Il avait clairement exposé les positions de chacun. Ils ne devaient donner à Bull aucune possibilité de tirer sur eux. S'il devenait menaçant, il serait aussitôt neutralisé. Il n'était pas question non plus de laisser l'agent Shaw intervenir. Sa présence était trop risquée, Shaw étant peut-être une taupe.

Jesse mit fin à l'appel et consulta sa montre.

— Je dois partir dans une heure, lui dit-il.

Il l'observa du coin de l'œil pour voir comment elle gérait la situation. Elle ne semblait pas au bord d'une crise de panique, loin de là, mais était manifestement nerveuse.

Il s'approcha d'elle et la prit de nouveau dans ses bras.

— Tout ira bien, dit-il pour tenter de la rassurer.

Bien sûr, ils savaient tous les deux qu'il n'avait pas la possibilité de le lui garantir, en réalité, mais tout avait été prévu pour les protéger au maximum.

Elle ne le repoussa pas et ne se raidit pas non plus. Elle émit un long soupir.

— Tu crois que Bull va vraiment se rendre ? demanda-t-elle d'une voix apeurée.

— Je n'en sais rien, répondit-il avec honnêteté.

Tout était possible. Si Bull était un véritable agent de l'ATF, un agent intègre, alors il y avait de fortes chances qu'il se rende. Pour blanchir son nom, s'expliquer. Mais s'il était un tueur ou une taupe, tous les paris étaient ouverts.

Elle hocha la tête. Dans le mouvement, elle lui effleura le visage de ses cheveux. Ce geste raviva une ribambelle de souvenirs qu'il tenta de refouler. Des souvenirs d'eux dans les bras l'un de l'autre mais nus, dans un lit. Malgré tout ce qui s'était passé, elle avait encore le pouvoir d'embraser son corps et de réveiller la passion qu'ils avaient partagée. Ce n'était pas le moment d'y penser, il en était conscient. Dans l'immédiat, il lui fallait se concentrer sur Bull et le danger qu'il représentait.

De toute évidence, elle était sur la même longueur d'onde et estimait, elle aussi, que l'urgence était ailleurs parce qu'elle s'éclaircit la gorge et recula. Son regard se posa par automatisme sur le babyphone. Evan dormait toujours.

— Je ne sais pas dans combien de temps il se réveillera, dit-elle dans un murmure. Mais en attendant, j'aimerais avancer. Pourquoi ne pas regarder les images améliorées prises par la caméra de surveillance, ce soir-là ? Les images dont Theo a parlé ?

Cette réflexion ramena Jesse à la situation présente. Il secoua la tête avec vigueur.

— Ce n'est pas le moment. Comme je l'ai dit, je dois partir dans une heure. Si ces images te perturbent ou pire déclenchent une crise de panique, je préfère être là.

La calmer lui demanderait peut-être plus d'une heure.

— J'y tiens, protesta-t-elle. J'ai envie d'aider, d'être utile. Pour ne pas me sentir uniquement comme une victime ayant besoin de protection. Si voir ces images nous permet de mettre fin au danger, Evan sera en sécurité.

Il ne pouvait le nier, mais le timing n'était pas bon. Il les avait déjà visionnées. Pas celles qui avaient été améliorées mais les originales. Et il savait qu'elles allaient raviver sa terreur. La sienne aussi.

— Je ne m'effondrerai pas, lui assura-t-elle. Ce n'est pas une option parce que je devrai prendre soin d'Evan quand il se réveillera.

Et leur petit garçon l'aiderait en retour à la distraire de ses angoisses.

Pourtant, Jesse hésita encore un moment avant de céder. Enfin, il se réinstalla devant son ordinateur et y chercha le fichier dans sa boîte de réception. Il fit asseoir Hanna près de lui et lança la séquence.

À première vue, il ne remarqua pas beaucoup de différences entre les images améliorées et les images d'origine. Il vit Hanna s'arrêter devant le portail puis baisser sa vitre pour saisir le code que Jesse lui avait donné. Avant qu'elle n'y parvienne, le camion d'Arnie arriva derrière elle. Arnie et Bull en bondirent et se précipitèrent vers les grilles.

Ou peut-être vers sa voiture.

L'angle de la caméra lui interdisait d'apercevoir l'expression de Hanna, mais à ce moment-là elle avait forcément eu très peur.

Les deux hommes n'avaient pas dégainé leurs armes. Pas encore. Mais Jesse était prêt à parier que la terreur de Hanna était montée en flèche à la vue de la rage d'Arnie.

Il ajusta sa position pour garder un œil sur l'écran de l'ordinateur et l'autre sur le visage de Hanna. De cette façon, il pourrait arrêter la projection si celle-ci devenait trop douloureuse pour elle. Au fond de lui, il espérait qu'Evan se réveillerait pour mettre fin à ce visionnage.

Provisoirement, en tout cas. Il connaissait la ténacité de Hanna et savait que, tôt ou tard, elle verrait toutes les images capturées par la caméra.

— Apparemment, c'est à ce moment-là que la situation a dégénéré, marmonna-t-elle, les yeux rivés sur l'écran.

Elle faisait référence au moment où elle avait tendu la main pour saisir le code afin de déverrouiller le portail. Arnie l'en avait empêchée en ouvrant la portière de sa voiture, du côté passager, avant de la saisir par le bras.

Le laboratoire avait en effet bien amélioré ces images.

Elles étaient plus distinctes, plus claires. Trop. Une vague de fureur souleva Jesse lorsque Arnie détacha la ceinture de sécurité de Hanna et la traîna hors du véhicule. Il la sortit du côté passager. Le poteau métallique orné du clavier lui interdisait d'ouvrir la portière du conducteur puisqu'elle s'était garée près dudit poteau pour pouvoir l'atteindre.

— Nos experts n'ont pas réussi à lire sur vos lèvres pour décrypter ce qui se disait, expliqua-t-il.

Mais Arnie était manifestement très agité et hurlait sur Hanna et sur Bull.

— Je préfère ne pas m'intéresser à mon propre visage, lui dit-elle dans un murmure. Cela n'aiderait en rien.

Sans doute pas, en effet. Regarder ceux d'Arnie et de Bull

ne l'aiderait probablement pas non plus, mais elle le fit. Elle se pencha plus près de l'écran pour se concentrer sur la scène.

Ils virent Arnie passer son bras autour du cou de Hanna – une technique de krav-maga visant à étrangler un adversaire pour le neutraliser – après l'avoir tirée hors de sa voiture. Il tenait les clés de son camion à la main, elles pendaient à ses doigts. Il recula de quelques pas avant de dégainer une arme à sa ceinture. Il entreprit alors de traîner Hanna vers son camion.

Bull n'esquissa pas un geste pour l'arrêter. Pas physiquement, en tout cas, mais les deux hommes continuaient de discuter âprement.

Peut-être se disputaient-ils.

Comme Hanna se débattait et tentait de s'écarter de lui, Arnie resserra sa prise. Mais, dans le mouvement, ses clés lui échappèrent et tombèrent dans l'herbe, près des arbustes qui bordaient la route. Il devint plus furieux encore. Son visage se crispa de colère.

— Il était défoncé, lui dit Jesse. Avant de venir, Arnie avait pris un cocktail d'alcool et de cocaïne.

Elle secoua la tête.

— J'aimerais pouvoir me rappeler ce qu'il disait. C'est indispensable pour tout comprendre. Je dois absolument réussir à me souvenir.

Mais il était possible qu'elle ne recouvre jamais la mémoire. Si ces images ne déclenchaient pas de souvenirs, alors rien sans doute n'y parviendrait. Pas même l'hypnose, peut-être. Dans cette hypothèse, ils devraient s'appuyer sur la version des événements de Bull pour savoir ce qui s'était réellement passé.

Jesse se prépara intérieurement à regarder les dernières images. Il vit les yeux fous d'Arnie se poser sur la caméra de surveillance. Il leva son arme et tira. La drogue et l'alcool n'avaient pas affecté sa capacité à viser parce qu'il la fit exploser.

Hanna poussa un long soupir et se rassit sur la chaise.

— Je me repasserai cette séquence plus tard pour voir si je remarque quoi que ce soit d'utile.

Jesse était sur le point de mettre fin à la projection quand son téléphone sonna. Lorsqu'il vit le nom de Noah s'afficher sur l'écran, un profond malaise l'envahit. Quelque chose n'allait pas. La confrontation avec Bull était sans doute compromise, et son cousin s'apprêtait à le lui annoncer.

— Que se passe-t-il ? demanda-t-il aussitôt.

— Je suis ici avec ta mère, mais une autre voiture vient d'arriver, expliqua Noah. Marlene est au volant.

Jesse ne s'y attendait pas du tout.

— Marlene ? répéta-t-il, abasourdi.

Il vit la surprise se peindre sur le visage de Hanna.

— Elle est vivante alors. Est-elle blessée ?

— Apparemment, elle a la tête en sang. Mais elle ne me laisse pas m'approcher de sa voiture. Elle promet qu'elle s'en ira si je m'avance vers elle. Elle veut parler à Hanna.

Jesse poussa un gémissement.

— Il n'en est pas question. Fais rentrer ma mère dans la maison. Je vais appeler des renforts et ensuite, j'irai discuter moi-même avec Marlene.

Hanna secoua la tête.

— N'y va pas. C'est peut-être un piège.

Peut-être, mais il était adjoint du shérif et devait effectuer son travail. Marlene était soit une suspecte, soit un témoin clé, et il devait découvrir quelle option était la bonne.

Il se dirigea vers la porte et Hanna le suivit après avoir attrapé le babyphone. Il fit entrer sa mère et Noah, verrouilla la porte avec soin puis regarda par la fenêtre. Marlene était bien là, au volant d'une voiture blanche en mauvais état, et en effet elle avait la tête en sang.

— Evan va bien ? demanda aussitôt Melissa.

Hanna opina.

— Mais il va bientôt se réveiller de sa sieste.

— Alors, je vais dans sa chambre, pour être avec lui à ce moment-là. D'accord ?

Elle leur donna une petite tape rassurante sur les bras, avant de remonter le couloir.

Tout en observant Marlene, Jesse appela une ambulance. Il savait que Noah n'aurait aucun problème à le remplacer et avec tant d'adjoints occupés, il préférait ne pas appeler Grayson à l'aide.

Dès qu'il raccrocha, il fit signe à Hanna de rester en retrait. Quand il fut certain qu'elle était aussi en sécurité que possible, il entrouvrit la porte. Il avait dégainé son arme mais la laissait contre sa jambe. Hors de vue, mais prête à tirer si nécessaire.

— Marlene, appela-t-il. Êtes-vous gravement blessée ?

— Je dois parler à Hanna, dit-elle, sans répondre à sa question.

Elle explosa soudain en sanglots.

Des sanglots qui n'étaient peut-être qu'une comédie, se rappela-t-il. De même, sa blessure à la tête était peut-être une mise en scène. Depuis qu'il avait étudié ses comptes et son patrimoine, il ne lui faisait plus aveuglément confiance. Il devait sécuriser la situation avant l'arrivée de l'ambulance.

— Sortez de la voiture, ordonna-t-il. Les mains en l'air.

Elle poussa un cri d'indignation bientôt suivi d'autres sanglots.

— J'ai besoin de voir Hanna, répéta-t-elle. Pour lui dire ce qui s'est passé.

— Dites-le à moi, répliqua-t-il avec calme. Sortez de la voiture, que je puisse vous aider.

Elle ne bougea pas, mais il la vit ramasser quelque chose. Il serra plus fort son arme mais ne visa pas. Pas encore. Il comprit qu'elle s'emparait d'un smartphone. Il fallut un moment avant que son propre téléphone ne sonne. L'appel provenait du dispatcheur. Lorsque Marlene lui fit signe de répondre, il prit conscience qu'elle n'avait pas son numéro. Elle avait donc dû demander l'intervention du dispatcheur pour être mise en relation avec lui.

Sans la lâcher des yeux, il prit l'appel et le mit sur haut-parleur.

— Je vous en prie, supplia Marlene. Laissez-moi parler à Hanna.

Il n'y était pas encore prêt. De plus, Hanna entendait sans doute parfaitement leur échange.

— Bull vous a-t-il frappée ou prise pour cible ? lui demanda-t-il.

— Hanna ? cria Marlene. S'il te plaît. Il faut que je te dise quelque chose.

Jesse aurait voulu commencer par interroger Marlene sur les événements, mais elle pleurait de plus en plus fort et il voyait le sang couler sur sa joue.

— Hanna ne sortira pas, lui dit-il, déterminé à établir les règles de base. Dites-lui ce que vous avez à dire, puis laissez les infirmiers vous prendre en charge. L'ambulance sera là d'un instant à l'autre.

— Non, cria Marlene. *Elle* les a sans doute payés pour me tuer. Elle ne ratera pas l'occasion de m'éliminer.

— Elle ? De qui parlez-vous ?

Mais de nouveau Marlene ne répondit pas à sa question.

— Je refuse d'aller à l'hôpital, dit-elle. Elle y enverrait ses sbires pour me descendre. Elle est prête à tout pour me faire taire.

— Personne n'essayera de vous faire taire. L'inspecteur Noah Ryland est là et montera dans l'ambulance pour vous accompagner à l'hôpital.

Il s'interrompit pour voir comment réagirait Marlene à cette proposition.

— Maintenant, dites-moi qui est cette femme dont vous avez si peur.

Dans un nouveau sanglot, Marlene répondit :

— Isabel. La mère de Hanna a essayé de me tuer.

8

Hanna s'éloigna de la fenêtre mais de là où elle se trouvait, elle voyait très bien les infirmiers charger Marlene dans l'ambulance. Noah était à côté d'elle et essayait de la calmer.

En vain, manifestement.

Marlene pleurait et continuait de répéter qu'Isabel voulait la tuer. Hanna ne la croyait pas, ne pouvait la croire. Isabel n'était pas en état de s'attaquer à quelqu'un.

Cela dit, quand elle avait essayé d'appeler sa mère pour percer l'abcès et savoir si l'accusation de Marlene était fondée, elle était tombée directement sur la messagerie vocale. Et lorsqu'elle avait cherché alors à contacter le Dr Warner, elle avait obtenu le même résultat. Leurs silences l'avaient troublée.

Mais après plusieurs tentatives inabouties, elle s'était souvenue qu'ils étaient sans doute encore en cours d'interrogatoire avec Theo. Si tel était le cas, ils se rendraient compte en quittant l'adjoint qu'elle avait essayé de les joindre et avec un peu de chance, ils la rappelleraient rapidement.

Jesse raccrochait d'avec Grayson mais avant qu'elle puisse lui demander si Theo était au courant de la visite de Marlene, son téléphone sonna de nouveau.

— C'est l'un des ambulanciers, lui dit-il.

Il n'avait pas encore refermé la porte de la maison et surveillait la prise en charge de Marlene pour s'assurer que ni elle ni son cousin ne soient attaqués. Jesse ayant mis l'appareil en mode haut-parleur, elle entendit l'infirmier.

— Elle a sans doute été droguée, dit-il. Ils feront des tests à l'hôpital pour le confirmer.

Droguée. Voilà qui expliquait peut-être la confusion de Marlene quant à l'identité de son ravisseur.

— De quelles blessures souffre-t-elle ? demanda Jesse.

— La plus évidente est sa blessure à la tête, répondit l'infirmier. Apparemment, quelqu'un l'a frappée assez fort. Par ailleurs, elle a de nombreuses contusions et écorchures aux poignets et aux chevilles, certaines assez profondes.

Elle avait sans doute été ligotée et détenue quelque part, si son récit des événements était exact. Bien sûr, elle s'était peut-être infligé elle-même ses plaies pour faire croire à un enlèvement, mais l'hypothèse semblait peu probable. Une blessure à la tête pouvait être grave, Hanna était bien placée pour le savoir.

— Noah ne doit pas quitter Marlene des yeux, rappela Jesse à l'ambulancier. Dès qu'elle sera à l'hôpital, un adjoint viendra monter la garde. Je veux que ses vêtements soient analysés dès son arrivée et que ses ongles soient nettoyés pour y recueillir toute trace éventuelle d'ADN. Personne ne doit lui parler à l'exception évidemment du personnel médical et des forces de l'ordre, compris ? Si quelqu'un essaye de l'approcher, demandez à l'adjoint d'intervenir.

— Compris, assura l'infirmier avant de mettre fin à l'appel.

Jesse consulta sa montre. Malgré les événements, il devait bientôt partir pour son rendez-vous avec Bull. Il avait certainement beaucoup de choses en tête mais prit le temps d'aller voir Hanna.

Il lui caressa le bras et saisit sa main pour mêler leurs doigts.

— Comme Noah risque d'être retenu avec Marlene pendant un certain temps, Grayson a demandé à l'adjointe Ava Lawson de venir le remplacer ici et d'aider les employés du ranch à surveiller les alentours, en mon absence.

Hanna secoua la tête.

— Mais Ava était censée te couvrir à la ferme abandonnée avec les autres.

— Un adjoint suppléant prendra sa place, expliqua-t-il.

Sa rencontre avec Bull serait donc plus risquée, comprit-elle.

Elle eut envie de protester. Elle ne voulait pas que Jesse se sacrifie. Mais leur priorité absolue était d'assurer la sécurité d'Evan, elle le savait.

— Merci, marmonna-t-elle. Merci pour tout.

Elle essaya de ne pas montrer son inquiétude puisqu'il était déjà en mode « alerte maximum », mais il en était sans doute conscient.

— La personne qui a enlevé Marlene l'a peut-être trompée en lui faisant croire qu'Isabel était derrière cette agression, dit-il.

Comme elle avait elle-même envisagé cette hypothèse quelques instants plus tôt, elle hocha la tête.

Mais l'éventualité que sa mère soit impliquée dans cet enlèvement la rendait malade.

— Quand dois-tu partir ?

— Maintenant. J'ai envie d'embrasser Evan avant d'y aller. Est-il réveillé ?

— Oui.

Elle lui tendit le babyphone qu'elle avait à la main. Il y vit sa mère, Evan dans les bras, dans le fauteuil à bascule. Elle lui lisait un album. Bientôt, très bientôt, Hanna devrait lui préparer son repas mais comme l'enfant ne le réclamait pas, elle attendrait que Jesse ait passé un petit moment avec lui.

Comme ils se dirigeaient vers la chambre, une sonnerie de téléphone retentit. Cette fois, il s'agissait du smartphone de Hanna. Elle poussa un soupir de soulagement en voyant le nom du Dr Warner s'afficher sur l'écran.

— Je tiens seulement à vous assurer que nous faisons tout notre possible pour retrouver votre mère, déclara-t-il quand elle répondit.

Hanna avait mis l'appel sur haut-parleur et Jesse entendit donc ces paroles.

— Que voulez-vous dire ? demanda-t-il au moment où son propre téléphone sonnait.

Il jura lorsque le nom de Theo apparut et s'éloigna de quelques pas pour prendre l'appel.

— Qu'est-il arrivé à ma mère, docteur ? s'enquit Hanna, la gorge serrée.

— Elle a quitté l'établissement. Sans rien dire à personne, ajouta-t-il.

Elle réprima un juron et s'ordonna de rester calme.

— Quand est-ce arrivé et pourquoi ? L'interrogatoire avec l'adjoint Sheldon s'est-il mal passé ?

— L'adjoint ne l'a même pas vue. Lorsqu'il est arrivé, l'infirmière a appelé la chambre d'Isabel et votre mère lui a dit qu'elle était en train de s'habiller et avait besoin d'un petit moment. Comme ce « petit moment » s'éternisait, je suis monté la voir et elle n'était pas dans sa chambre. Nous avons visionné les images des caméras de surveillance et nous l'avons repérée en train de s'en aller. Elle est descendue au parking, a rejoint sa voiture et est partie.

— Au volant d'une voiture qui n'aurait pas dû être là, grogna-t-elle.

Elle eut du mal à garder son sang-froid et, à en juger aux bribes qu'elle entendait de la conversation de Jesse avec Theo, il n'apprenait pas non plus de bonnes nouvelles.

— Ma mère est-elle en état de conduire ? demanda-t-elle.

— Elle a retrouvé sa mobilité d'avant l'AVC. Cela dit, ses réflexes sont moindres que dans le passé parce qu'elle n'a pas roulé depuis un moment.

Ce qui constituait une énorme raison de s'inquiéter.

— L'adjoint Sheldon a-t-il alerté la police de San Antonio ?

— Bien sûr, et je suis certain qu'ils vont vite la retrouver. Il envoie également quelqu'un chez elle, dans sa propriété de Silver Creek, au cas où elle s'y rendrait.

Theo avait couvert toutes les bases.

Pourtant, l'accusation portée par Marlene donnait une autre tournure à cette fuite.

— Une dénommée Marlene Freeman a-t-elle déjà rendu visite à ma mère à la clinique ? demanda Hanna.

— Ce nom ne me dit rien, mais je vais tout de suite consulter le registre des visiteurs pour en être certain, proposa le médecin. Vous pensez que cette femme a quoi que ce soit à voir avec le départ précipité de votre mère ?

Hanna préféra rester évasive. Elle ignorait comment sa mère aurait pu entendre parler des accusations de Marlene, mais il était possible qu'elle soit au courant. Cependant, il était plus probable qu'Isabel ait paniqué à l'idée d'être interrogée par Theo. Cela dit, Hanna devait découvrir pourquoi sa mère cherchait à tout prix à éviter de répondre aux questions de l'adjoint. Peut-être avait-elle quelque chose à cacher.

— Nous n'avons reçu aucune visiteuse de ce nom, déclara le Dr Warner après avoir pianoté sur le clavier de son ordinateur. Vous pensez que votre mère pourrait se rendre chez cette femme ?

— Non, non, je ne crois pas. Serait-il possible pour moi d'obtenir une copie du registre des visiteurs d'Isabel ? Elle m'avait autorisée à discuter de son dossier médical avec vous, lui rappela-t-elle.

À l'époque, elle n'avait pas souhaité un tel accès. Mais il s'avérait utile, maintenant.

— Ma mère a peut-être reçu une visite qui l'a bouleversée. Voilà pourquoi j'aimerais savoir qui l'a vue dernièrement.

Elle se reprochait de mentir. Cela dit, il ne s'agissait peut-être pas d'un mensonge. Un tel visiteur pouvait exister. Mais elle voulait consulter cette liste pour voir s'il était possible que Marlene ait effectivement rendu visite à Isabel sous un pseudonyme. Bien sûr, elle ne reconnaîtrait donc pas le nom. Mais si elle remarquait quoi que ce soit de suspect, Jesse aurait la possibilité de creuser pour déterminer s'il y avait un lien avec les événements.

— Je vous enverrai par mail la liste des visiteurs, promit le médecin. Et s'il vous plaît, prévenez-moi dès que vous aurez des nouvelles de votre mère.

Elle le lui assura puis essaya une nouvelle fois d'appeler Isabel. Quand elle tomba directement sur la messagerie, elle n'en fut pas étonnée mais ce silence raviva son inquiétude. Elle laissa un message pour lui demander de la rappeler au plus vite.

Elle attendit que Jesse termine sa conversation avec Theo, et il avait l'air aussi frustré qu'elle par la tournure des événements.

— Tout est peut-être ma faute, lâcha-t-elle.

— Comment ? Pourquoi ?

— Je t'ai expliqué que j'avais menti à ma mère en prétendant que ma mémoire revenait. Quelques jours plus tard, Bull s'est évadé de prison et quelqu'un a enlevé Marlene.

— Marlene a peut-être simulé son enlèvement, lui rappela-t-il. Tu crois vraiment que, quand Isabel lui a dit que tu étais en train de recouvrer la mémoire, Marlene a, du coup, convaincu son frère de s'enfuir de prison pour t'éliminer avant que tu te souviennes des détails de l'attaque ?

Elle secoua la tête. L'hypothèse semblait en effet tirée par les cheveux et elle n'était pas du tout sûre d'y croire.

— Mais ma mère craignait peut-être que Bull s'en prenne de nouveau à moi, s'il sortait de prison. Isabel a peut-être dit ou fait quelque chose qui a poussé Bull à croire que quelqu'un avait été payé pour le tuer. Voilà peut-être pourquoi il s'est échappé.

Tout en le disant, elle prit conscience que ce scénario semblait, lui aussi, trop alambiqué pour être plausible. En fin de compte, elle ne parvenait simplement pas à imaginer sa mère aussi machiavélique.

Mais peut-être portait-elle des œillères dès lors qu'il s'agissait d'Isabel. Elle n'avait jamais eu de très bonnes relations avec elle et n'avait aucun souvenir d'elle l'élevant, mais Isabel n'en était pas moins sa mère. Il lui était difficile de croire le pire chez elle, et pourtant elle était peut-être derrière tout ce qui s'était passé.

— Theo va demander - et obtenir - un mandat pour examiner les comptes bancaires d'Isabel, lui dit Jesse. Ce sont des investigations de routine, mais elles sont indispensables pour déterminer si les accusations de Marlene sont ou non fondées. Bien sûr, quand Grayson aura parlé à Marlene, il voudra également interroger Isabel pour connaître sa version de l'histoire.

L'interroger pour l'innocenter. Ou l'arrêter. Mais il fallait d'abord la retrouver.

— Il est temps pour moi de partir, annonça Jesse.

Et il se dirigea vers la chambre d'Evan.

Comme d'habitude, le bébé l'accueillit avec un grand sourire et lui tendit les bras pour un câlin et un baiser.

Mais il se tourna ensuite vers sa grand-mère qui avait maintenant sorti des jouets du coffre.

— Je peux le garder aussi longtemps que vous le souhaitez, proposa Melissa.

Sans doute avait-elle remarqué leurs expressions troublées.

— Merci, lui dit Hanna.

Elle avait besoin d'un peu de temps pour se ressaisir et calmer son inquiétude afin de ne pas la communiquer à son fils.

— Jesse est sur le point de partir et je vais dans la cuisine préparer le repas d'Evan.

Elle suivit Jesse hors de la chambre d'enfant et, après avoir fermé la porte, il se tourna vers elle.

— Tout ira bien, dit-il.

Pendant un instant, elle crut qu'il allait l'embrasser. Peut-être l'espérait-elle, quelque part. Mais alors le téléphone de Jesse sonna.

Il marmonna quelques grossièretés lorsque les mots « Appelant inconnu » apparurent sur l'écran.

— Bull, grommela-t-il avant de mettre l'appel sur haut-parleur.

— Vous avez retrouvé ma sœur, lança Bull d'un ton accusateur. Où était-elle ? Qui l'a enlevée ? Comment va-t-elle ?

— Comment savez-vous que Marlene a été retrouvée ? répliqua Jesse.

Bull ne répondit pas tout de suite.

— Via le scanner de la police, dit-il finalement. Comment va-t-elle ? répéta-t-il.

Soit il était vraiment préoccupé par sa sœur, soit il était bon acteur.

— Elle était consciente lorsqu'elle est arrivée ici, mais elle a été blessée à la tête, lui expliqua Jesse. Je vous donnerai plus de détails sur sa santé, lorsque vous vous rendrez.

Bull resta silencieux un moment.

— L'avez-vous arrêtée ?

— Pourquoi cette question ? Marlene a-t-elle commis un délit ou un crime qui justifierait une arrestation ?

Le truand lança une myriade de jurons.

— Ne jouez pas avec moi. Dites-moi si elle a été ou va être arrêtée.

— Nous en parlerons quand vous vous serez rendu.

— Non, dit-il après un autre long silence. Je ne me rends plus.

Jesse n'eut pas la possibilité d'en discuter parce que Bull avait mis fin à l'appel.

Il envoya immédiatement un texto à Grayson pour lui transmettre les paroles de Bull.

Les adjoints devaient être nombreux à être en colère, songea Hanna. Ils avaient consacré beaucoup de temps et d'hommes à mettre tout en place. Mais il était bizarre que Bull ait décidé de poursuivre sa cavale sans avoir obtenu de réponses à propos de sa sœur. Bien sûr, peut-être ne s'agissait-il que d'une comédie et n'avait-il jamais eu l'intention de se rendre.

— Je dois parler à Noah, marmonna Jesse après avoir fini de résumer la situation à Grayson, tout en composant le numéro de son cousin. Bull s'est défaussé, dit-il à Noah, mais il sait que sa sœur a refait surface. Il va peut-être essayer de venir à l'hôpital.

— Je l'attends de pied ferme, répondit Noah. L'agent de sécurité de l'hôpital est ici avec moi aussi.

— Bien. Grayson vous y rejoindra dans une petite demi-heure. Comment va Marlene ?

— Elle est agitée et demande toujours à parler à Hanna.

Noah soupira et, en arrière-plan, Hanna entendait effectivement Marlene répéter en boucle cette requête.

— Ils ont effectué quelques analyses sanguines, et l'infirmière est en train de nettoyer sa plaie à la tête et d'y poser des points de suture, poursuivit Noah.

— Hanna ! cria encore Marlene.

— Est-il possible de lui passer le téléphone ? suggéra Hanna. Ou faut-il attendre la fin de l'interrogatoire ?

— Donne ton appareil à Marlene, dit Jesse après y avoir réfléchi.

Hanna entendit des mouvements et quelques secondes plus tard, Marlene prit la parole.

— Hanna ?

— C'est moi, dit-elle. Que voulez-vous me dire ?

Marlene fondit en larmes.

— Je ne peux pas t'en parler par téléphone. Mais je dois te voir, c'est très important, supplia-t-elle. Je sais pourquoi on t'a tiré dessus.

9

— Nous avons bien fait de la faire venir, murmura Hanna.

Elle l'avait répété plusieurs fois pendant que Jesse prenait les dispositions nécessaires pour que Marlene soit conduite chez Hanna en toute sécurité. Comme si elle tentait de s'en convaincre.

Pour sa part, il était persuadé du contraire.

Il aurait préféré tenir Marlene à distance, le plus loin possible de Hanna et de leur fils, pour les protéger. Ou, du moins, pour limiter au maximum les risques. Mais avec Bull toujours en liberté, Isabel disparue et peut-être un agent double de l'ATF dans leurs jambes, ils n'étaient de toute façon nulle part à l'abri du danger. Comme Hanna l'avait souligné, ils étaient sans doute déjà des cibles. Marlene aussi, peut-être. Voilà pourquoi il valait mieux aller de l'avant, la rencontrer et entendre ce qu'elle avait à dire.

Bien sûr, lorsqu'il avait encore Marlene au téléphone, Jesse avait essayé de la pousser à en dévoiler davantage.

Je sais pourquoi on t'a tiré dessus.

Mais la sœur de Bull avait continué à répéter qu'elle ne parlerait à Hanna que de visu. Quelque part, il avait eu envie de refuser catégoriquement de céder. Mais d'un autre côté, il était curieux d'apprendre la teneur de ses révélations. Puisque Hanna le souhaitait aussi, il avait fini par accepter et s'était organisé pour qu'un ambulancier conduise Marlene ici. Cet arrangement n'était pas idéal, mais il valait bien mieux que Marlene vienne au ranch plutôt que Hanna se rende à l'hôpital. Il serait trop facile à un tireur embusqué de la guetter pour l'abattre en chemin. Surtout s'il était de mèche avec Marlene et savait à quelle heure elle empruntait quel itinéraire.

Cela dit, comme cet entretien aurait lieu chez Hanna, il avait pris le temps de mettre en place les conditions nécessaires pour circonscrire au maximum les menaces.

Tout d'abord, Marlene avait dû convaincre son médecin de la laisser quitter l'hôpital. D'après ce dernier, ses blessures n'étaient pas très graves, mais il aurait préféré la garder en observation pendant au moins vingt-quatre heures. Pour surveiller l'évolution de sa commotion cérébrale. Marlene avait probablement fait pression sur lui en lui en promettant de retourner à l'hôpital dès qu'elle aurait fini de discuter avec Hanna. Le médecin avait donc fini par accepter.

De son côté, Jesse s'était arrangé pour que deux adjoints montent dans l'ambulance avec Marlène, au cas où cette dernière se révélerait être une cible. Surtout, il avait renforcé la sécurité chez Hanna en demandant à l'adjointe Ava Lawson de rester avec Melissa et Evan dans la chambre de l'enfant. Des employés du Silver Creek Ranch et un adjoint suppléant sillonnaient déjà la propriété, l'arme à la main. Certes, rien ne garantissait à cent pour cent qu'ils ne seraient pas attaqués, mais il avait limité les risques au maximum.

Maintenant, Marlene avait intérêt à tenir parole et à leur expliquer pourquoi Hanna avait reçu une balle, ce soir-là. Dans le cas contraire, si elle se moquait d'eux, il n'hésiterait pas à la poursuivre pour entrave à la justice et rétention de preuves. Il n'éprouvait aucune mansuétude envers quelqu'un susceptible de mettre les siens en danger.

Hanna faisait les cent pas dans son salon, les yeux rivés sur le babyphone.

Lui aussi y avait jeté un coup d'œil et savait qu'Evan s'amusait bien avec sa grand-mère et l'adjointe. Il se doutait cependant que Hanna se sentirait mieux dès que Marlene sortirait de la maison et qu'elle serait de nouveau tranquille avec leur fils.

Il réprima un gémissement lorsque son téléphone sonna et, pendant un instant, il crut que Marlene le contactait pour annuler sa venue. Mais non. Le nom de l'agent Shaw s'afficha sur l'écran de l'appareil. Comme Jesse voulait rester concentré sur la situation présente, il hésita à prendre l'appel. Mais il se souvint alors que Bull était au courant de la réapparition de Marlene quand il l'avait appelé. Il était possible qu'il ait obtenu cette information de l'agent. Si Shaw était en contact avec Bull, il préférait le savoir.

— Faites vite, grommela-t-il. Je suis pressé.

— J'exige d'être là lorsque Marlene sera interrogée, lança Shaw.

Il savait évidemment qu'ils allaient l'interroger. En effet, soit elle avait été victime d'un crime grave, soit elle voulait que les forces de l'ordre le croient.

— Cette enquête est aussi la mienne, poursuivit Shaw, prenant visiblement le silence de Jesse pour un refus. Je dois au moins assister à cet interrogatoire, au cas où elle décrirait ou mentionnerait un membre de la milice. J'ai étudié les dossiers de tous ceux que nous connaissons et je parviendrais peut-être à identifier la personne qui l'a enlevée ou qui l'a aidée à monter cette histoire.

— Si Marlene est à l'origine de son propre enlèvement, je doute qu'elle nous donne une description précise d'un éventuel complice, remarqua Jesse. Mais vous pourrez demander à visionner les enregistrements des interrogatoires à chaque fois que nous en organiserons un.

— Que voulez-vous dire par « à chaque fois » ? répliqua Shaw. Marlene vient de sortir de l'hôpital et il est évident qu'elle se rend au ranch de Hanna pour vous parler.

Jesse serra les mâchoires, mais au fond il n'était pas surpris que l'agent ait fait surveiller l'hôpital.

— Je ne compte pas interroger Marlene, lui dit Jesse. Pas officiellement.

Cela dit, il lui lirait ses droits, au cas où elle laisserait échapper quoi que ce soit qui l'incriminerait, elle, ou qui permettrait de les mettre sur la piste de quelqu'un d'autre.

— Que l'interrogatoire soit officiel ou non, j'ai besoin d'écouter ce qu'elle dit, insista Shaw. Je dois être là.

Cette fois, Jesse fut catégorique.

— Il n'en est pas question.

Il n'allait pas prendre le risque d'avoir deux suspects au même moment dans la maison, d'autant qu'ils pourraient être de mèche et avoir fomenté une attaque.

— Comme je l'ai dit, contactez le shérif et définissez avec lui votre rôle, ou votre absence de rôle, lors des entretiens officiels. Sur ce, je suis obligé de vous laisser.

Il mit fin à l'appel avant que Shaw n'ait la possibilité d'insister, mais il devinait qu'il n'avait pas fini d'entendre parler de lui. Shaw se présenterait sans doute à la porte du ranch, tenterait de s'imposer, et voilà pourquoi Jesse envoya un SMS à l'adjoint qui patrouillait sur la propriété pour lui demander de ne le laisser sous aucun prétexte s'approcher de la maison. Par la suite, l'ATF lui ferait certainement part, ainsi qu'au bureau du shérif, de critiques à ce sujet, mais Jesse était en mode « mieux vaut prévenir que guérir ».

— L'agent Shaw a l'intention de venir ici ? lança Hanna d'un ton qui trahissait son inquiétude.

— Il l'aurait voulu, mais non.

Dans l'espoir de la rassurer, il s'approcha d'elle et la prit dans ses bras.

Elle ne résista pas. Au contraire, elle l'étreignit et se blottit contre lui.

— J'ai hâte que toute cette histoire se termine, marmonna-t-elle.

Il était sur la même longueur d'onde. Le stress et l'angoisse les rongeaient tous les deux. Jesse posa un baiser qui se voulait réconfortant sur son front mais, quand Hanna leva les yeux, leurs regards se soudèrent.

Et il sentit aussitôt un puissant désir lui brûler les reins.

Ce désir avait toujours été fort entre eux. Et manifestement il l'était encore. Le moment était vraiment très mal choisi pour ce genre de considérations. Ou pour l'embrasser. Mais, incapable de s'en empêcher, il baissa la tête et lui effleura les lèvres des siennes.

Quand Hanna lui rendit son baiser avec fougue, il n'hésita plus et captura sa bouche. Il ne s'agissait plus d'un réconfort mutuel. Mais d'une étreinte torride.

Comme il la plaquait contre lui, elle ne résista pas, bien au contraire, et il devina qu'elle était la proie de la même faim. Lorsque leurs langues entamèrent une danse sensuelle, il eut l'impression que tout le reste avait été balayé. Les six derniers mois n'existaient plus. Ils s'embrassaient comme s'il n'y avait jamais eu de rupture entre eux, comme si aucune balle ne l'avait touchée. Comme s'ils s'apprêtaient à faire l'amour.

Bien entendu, il n'était pas question de céder à ce feu dévorant.

Jesse fit appel à toute sa volonté pour réussir à mettre fin à cette douce torture et étouffer ce brasier intérieur.

— Je suis désolée, murmura-t-elle aussitôt.

Il ne prit pas la peine de lui dire que ses excuses n'avaient pas lieu d'être. Repoussant un peu plus les limites de sa résolution, il déposa un petit baiser qui se voulait léger sur ses lèvres.

Et il se promit de la reprendre dans ses bras, à la première occasion.

Elle hocha la tête mais continuait à le dévorer des yeux, le visage rouge, le souffle court. Comme lui, elle mourait d'envie d'aller plus loin, au lit. Tout de suite, sans attendre.

Mais ce n'était malheureusement pas une option.

Au bruit des véhicules qui approchaient, Hanna s'écarta de lui et redressa les épaules. Elle se prépara à ce qui allait suivre. Jesse aussi. La main sur son revolver, il jeta un œil par la fenêtre. Il repéra vite la voiture de patrouille. Sans lâcher son arme, il ouvrit la porte. Certes, Marlene était sous haute surveillance, mais le moment serait idéal, aux yeux d'un agresseur, pour passer à l'offensive.

L'infirmier qui l'accompagnait resta dans l'ambulance, mais Grayson d'un côté et Theo de l'autre escortèrent Marlene vers la maison. Elle portait un pansement sur la tête et une blouse verte d'hôpital. Ses vêtements avaient sans doute déjà été envoyés au laboratoire pour y être analysés.

Grayson et Theo se dépêchaient pour faire entrer Marlene au plus vite. Le visage de Grayson s'assombrit lorsqu'un SUV s'arrêta derrière la voiture de patrouille.

— Voilà l'agent Shaw, grommela-t-il. Je m'en occupe.

Jesse fut soulagé que Grayson l'ait proposé parce que, de son côté, il avait besoin de se concentrer sur Marlene. De plus, Shaw était peut être venu pour lancer cette attaque qu'ils craignaient tous. Il fallait donc l'interroger. Et, en tout cas, lui interdire l'accès à la maison.

Tandis que Grayson partait affronter l'agent, Theo entraîna Marlene à l'intérieur.

Celle-ci riva aussitôt les yeux sur Hanna.

— Merci d'avoir accepté de me recevoir, dit-elle d'une voix tremblante.

Hanna hocha la tête, mais ne lui demanda pas d'emblée de lui expliquer les mots qu'elle avait prononcés au téléphone.

Je sais pourquoi on t'a tiré dessus.

Heureusement, Marlene ne tourna pas autour du pot et Jesse s'en félicita. Moins longtemps elle resterait au ranch, mieux cela vaudrait.

— Vous aussi avez besoin de savoir ce qui m'est arrivé, Jesse, lui dit-elle. J'ai déjà tout raconté à Grayson et à Theo, mais vous devez l'entendre, vous aussi.

Avant qu'elle ne puisse continuer, Jesse leva la main pour l'interrompre.

— Quelqu'un vous a-t-il lu vos droits ? demanda-t-il.

— Oui, Grayson. Il a dit que c'était la routine.

Theo le lui confirma d'un signe de tête, et Jesse encouragea Marlene à poursuivre.

— Il faudra des renforts à Grayson et à Theo pour me protéger, dit-elle en réprimant un sanglot. Pour s'assurer que je ne sois pas enlevée de nouveau.

Elle s'interrompit, ravala ses larmes.

— Ils veulent ma mort.

— Ils ? répéta Jesse. De qui parlez-vous ?

Il ne réagit pas à ses pleurs. Il ne le ferait pas avant d'être convaincu de pouvoir lui faire confiance et il en était loin.

— Des membres de la milice, répondit-elle en sanglotant. Et de mon frère.

Comme elle tremblait de tous ses membres, Theo la fit asseoir sur le canapé.

Jesse avait du mal à en croire ses oreilles.

— Vous pensez que Bull vous a fait enlever ?

Ni Hanna ni lui ne s'assirent. Ils dévisageaient Marlene avec attention.

— Et en quoi ce rapt a-t-il quoi que ce soit à voir avec ce que vous teniez à dire à Hanna ?

— Il a sans doute *tout* à voir avec le reste, répondit-elle en essuyant une larme qui glissait sur sa joue. Permettez-moi de commencer par le début. Il y a des années, j'ai eu une relation amoureuse avec Arnie Ross.

Jesse eut du mal à cacher sa stupéfaction. S'il avait envisagé beaucoup de possibilités concernant les révélations de Marlene, celle-ci ne l'avait jamais traversé.

Mais elle poursuivait :

— Je sais, Arnie ne ressemble pas à mon type d'homme, reconnut-elle en secouant la tête. Mais cette histoire remonte à longtemps. À l'époque, il n'avait encore jamais touché à la drogue. Ta mère pourra te dire à quel point Arnie était beau et charmant quand il était jeune, Hanna, ajouta-t-elle.

— Isabel connaissait Arnie ? demanda-t-il, de plus en plus étonné.

— Oui, affirma Marlene. Ils sortaient ensemble quand ils étaient au lycée. Je pensais qu'elle te l'avait raconté, Hanna.

— Peut-être, admit cette dernière dans un murmure, le visage assombri par une nouvelle inquiétude.

Isabel lui avait peut-être parlé de cette histoire avant qu'elle ne perde la mémoire.

Mais Jesse se demandait pourquoi la mère de Hanna n'y avait pas fait la moindre allusion après la fusillade. Il espérait qu'elle avait une bonne explication à donner pour justifier un tel silence. Bien sûr, pour espérer obtenir des réponses, ils devaient d'abord la retrouver.

— Oui, Arnie était beau garçon et adorable, répéta Marlene. Mais quand nous étions ensemble, il ne s'était pas encore engagé dans la milice. Sans doute a-t-il adhéré au mouvement pour trouver les moyens de financer sa dépendance.

— Pour quelle raison ne nous en avez-vous rien dit lorsque nous enquêtions sur cette fusillade ? Quand nous cherchions à comprendre pourquoi Arnie avait tiré sur Hanna ? s'enquit Jesse sans prendre la peine de dissimuler sa colère.

Elle n'aurait pas dû garder pour elle ces informations.

— Parce que je tenais à ce que personne ne sache que j'avais eu une relation amoureuse avec un homme comme lui. Mes associés ne comprendraient pas. Et je jure que je n'ai rien à voir avec la milice, ajouta-t-elle en plantant les yeux dans les siens. Je n'ai appris qu'Arnie en faisait partie que quelques heures avant qu'il ne soit tué.

Jesse fut aussitôt intéressé.

— Comment l'avez-vous découvert ?

Elle déglutit avec difficulté.

— J'étais passée voir Bull. Il n'était pas dans la maison mais sous son porche arrière. Il avait Arnie au téléphone et j'ai surpris leur échange. Je l'ai entendu parler d'une livraison d'armes à venir. Je ne me souviens pas des mots exacts de mon frère, mais j'ai compris qu'il s'agissait de quelque chose d'illégal et à un moment il a mentionné la Brotherhood, la Confrérie. Le nom que les miliciens donnent au mouvement.

— Vous êtes sûre que Bull parlait à Arnie ? demanda Jesse.

— Certaine. Il a prononcé son nom à plusieurs reprises et il semblait furieux contre lui. Il lui faisait la leçon, en exigeant entre autres qu'Arnie reste sobre jusqu'à la fin de cette opération.

Jesse et Hanna échangèrent un regard, et il vit dans les yeux de la jeune femme le scepticisme qu'il ressentait également. Si Bull était vraiment un agent secret de l'ATF, pourquoi aurait-il confié une mission de cette importance à un camé notoire ?

— Si je n'avais pas entendu sans le vouloir cette conversation téléphonique, poursuivit Marlene en reportant son attention sur Hanna, tu n'aurais peut-être jamais été blessée.

Jesse vit cette dernière se raidir.

— Que voulez-vous dire ? balbutia-t-elle.

D'autres larmes montèrent aux yeux de Marlene.

— Quand il a mis fin à l'appel, j'ai confronté Bull. Je lui ai demandé à quoi il était mêlé. Il a d'abord nié, prétendu que j'avais mal entendu, qu'il n'était pas membre de la milice. J'ai fait semblant de le croire pour qu'il ne devine pas ma méfiance et, sur le chemin du retour, je me suis arrêtée chez Arnie.

Le scepticisme de Jesse grimpa encore.

— Vous êtes allée seule rendre visite à un drogué alors que vous veniez d'apprendre qu'il faisait partie d'une dangereuse milice ?

— C'était stupide de ma part, j'en conviens, reconnut-elle. Mais je m'inquiétais pour mon frère. Je voulais seulement voir Arnie, lui faire avouer qu'il avait mêlé Bull à des combines qui pourraient le perdre, peut-être même causer sa mort.

Elle prit une profonde inspiration.

— J'ai essayé de paraître décontractée et ne lui ai pas parlé de cet échange téléphonique que j'avais surpris ni de la milice. Mais Arnie a compris pourquoi j'étais venue.

— Comment a-t-il réagi ? s'enquit Jesse lorsqu'elle s'interrompit.

Elle s'éclaircit la gorge.

— Il était en colère. Furieux. Et il m'a dit de n'en souffler mot à personne si je ne voulais pas que mon frère finisse en prison. J'ai réussi à le calmer. Du moins, je le pensais. J'ai juré de ne rien dire à personne et je suis partie.

Sa voix se brisa et elle plongea le visage dans ses mains pour se ressaisir.

— Mais il n'était pas calmé du tout parce que, quelques heures plus tard, il est allé au ranch pour se confronter à vous. Et il a tiré sur Hanna.

Si ce qu'elle racontait était vrai, Marlene avait en effet joué un petit rôle en incitant Arnie à se rendre au ranch. Mais la raison principale de la venue du truand était ailleurs. L'imminence de son arrestation l'y avait poussé, Jesse en était persuadé.

Et il portait une lourde responsabilité dans cette tragédie.

Il aurait aimé rejeter une partie de la faute sur Marlene, mais son honnêteté le lui interdisait. Arnie et Bull avaient voulu se confronter à lui parce qu'il ne les avait pas arrêtés assez vite. Il aurait dû anticiper leur réaction et les mettre derrière les barreaux plus tôt. Ni Hanna ni personne n'aurait été blessé.

— D'après vous, Bull a-t-il tenté d'empêcher Arnie de tirer sur Hanna ou, au contraire, est-il responsable de ce qui s'est passé ? demanda-t-il.

Elle ne répondit pas tout de suite.

— Je ne crois pas mon frère innocent, dit-elle finalement. En fait, je suis persuadée que c'est lui qui a organisé mon enlèvement.

— Pourquoi en êtes-vous si sûre ? s'enquit Jesse qui espérait qu'elle avait des preuves de ce qu'elle avançait et qu'il ne s'agissait pas seulement de soupçons. Avez-vous vu, de vos yeux, Bull lorsque vous avez été enlevée ? Parce que tout à l'heure, vous répétiez qu'Isabel était coupable.

— Non, je n'ai vu ni Bull ni Isabel, répondit-elle avec un profond soupir. Et Isabel a peut-être joué un rôle dans cette histoire, mais je n'en suis pas certaine.

— De quoi êtes-vous certaine alors ?

— Comme je l'ai dit à Grayson et Theo, j'ai entendu du bruit à l'arrière de ma maison. J'ai cru qu'un chien errant grattait à la porte, mais quand je l'ai ouverte, un homme, le visage recouvert d'une cagoule de ski, m'a frappée à la tête. Il m'a assommée et peut-être droguée aussi. Lorsque j'ai repris connaissance, j'étais attachée à une chaise, les yeux bandés.

— Où ? demanda immédiatement Jesse.

— Dans une cabane.

Jesse se tourna vers Theo pour avoir son opinion à ce sujet.

— Elle nous a donné une description de l'endroit où elle était détenue et les gars de la police scientifique se rendent sur place pour y jeter un œil. Il s'agit sans doute de l'un des vieux cabanons de pêche situés au nord de Silver Creek.

Bien. Peut-être y trouveraient-ils des indices qui permettraient de les éclairer.

— Votre ravisseur vous a-t-il parlé ou vous a-t-il expliqué pourquoi vous aviez été enlevée ? continua Jesse.

— Oui, il m'a parlé, répondit Marlene d'une voix teintée de colère, à présent. Je n'ai pas reconnu sa voix. Ce n'était pas Bull. Le type m'a menacée de me tuer si je ne lui donnais pas ma carte bancaire avec mon code secret ainsi que l'emplacement et la combinaison du coffre-fort de ma maison.

Le motif était donc crapuleux. Peut-être. Mais Jesse n'était pas encore certain que Marlene leur ait raconté toute l'histoire.

— Le coffre-fort a été vidé, déclara Theo. Mais la carte bancaire n'a pas été utilisée.

— J'avais dix mille dollars en espèces dans le coffre, expliqua-t-elle. Et quelques bijoux de famille. D'après Theo, mon ravisseur les a pris aussi.

— A-t-il ensuite rapporté l'argent et les bijoux dans le cabanon où il vous retenait prisonnière ? voulut savoir Jesse.

— Non. Dès qu'il a eu tous les éléments pour me voler, mon code secret et la combinaison de mon coffre, il est parti et n'est pas revenu. Je n'ai jamais vu son visage, mais je suis sûre que c'est Bull qui l'avait envoyé. Il devait faire partie de la milice, lui aussi.

L'hypothèse était plausible, mais Jesse se souvenait à quel point Bull avait paru bouleversé lorsqu'il avait appris l'enlèvement de sa sœur. Bien sûr, il jouait peut-être la comédie. Ou peut-être était-il bien derrière cette histoire mais n'avait pas eu l'intention de blesser Marlene.

— Comment avez-vous réussi à vous en sortir ? insista Jesse.

Elle leva ses poignets pour qu'il voie ses bandages et lui montra ses écorchures aux chevilles.

— J'ai tiré et tiré sur mes liens jusqu'à ce qu'ils cèdent. Une fois libre, je suis sortie.

— Marlene nous a raconté qu'elle avait couru vers la cabane la plus proche mais il n'y avait personne, poursuivit Theo lorsqu'elle s'interrompit. En revanche, elle a trouvé une vieille voiture et la clé était sous le tapis. Elle l'a prise pour venir ici chez Hanna.

— Pourquoi ne pas être allée plutôt au bureau du shérif ? demanda Jesse.

Elle secoua la tête.

— Je n'avais pas les idées claires et la maison de Hanna était sur la route.

En effet, mais elle aurait dû avoir le réflexe d'aller directement au bureau du shérif. Il était néanmoins possible qu'elle ait été droguée, ce qui avait pu influencer sa décision.

— Nous n'avons toujours pas retrouvé la voiture de Marlene, lui dit Theo, et nous analysons le camion laissé chez elle.

— Le camion au volant duquel le ravisseur s'est rendu chez moi, expliqua-t-elle. Il m'a installée dans ma propre voiture pour me conduire dans ce cabanon.

— Nous lui avons dit que Bull avait été repéré plus tôt dans un camion qui correspond à cette description, dit Theo à Jesse.

— Et voilà pourquoi je suis convaincue que mon frère est impliqué dans mon enlèvement. Il est lié à la milice et maintenant, à ce camion, marmonna-t-elle avant de se lever. Imaginer qu'il ait cherché à me nuire me rend malade, mais la politique de l'autruche ne m'aiderait en rien. Je l'ai dit à Grayson et Theo, et je vous le répète maintenant. Si Bull me contacte, je vous préviendrai immédiatement. Il faut l'arrêter.

S'il était derrière ce rapt et derrière toute cette histoire, alors oui, il serait arrêté.

— Te souviens-tu de quelque chose à propos de la fusillade ? demanda Marlene en se tournant vers Hanna. Arnie t'a-t-il dit que j'étais la raison pour laquelle il s'était précipité au ranch pour affronter Jesse ? Je prie pour que ce ne soit pas le cas, ajouta-t-elle dans un sanglot.

Hanna la dévisagea quelques instants avant de répondre.

— Je suis désolée, mais je n'ai aucun souvenir de cette soirée.

Marlene hocha la tête, essuya quelques larmes et se dirigea vers la porte.

— Grayson se chargera de l'interrogatoire officiel dès que nous l'aurons reconduite à l'hôpital, lui murmura Theo. Je te préviendrai si nous en tirons quoi que ce soit de nouveau.

Jesse les suivit jusqu'à la porte et vit Grayson au téléphone, près du véhicule de patrouille.

Shaw n'était nulle part en vue et Jesse s'en félicita. Bien sûr, il se doutait que l'agent reviendrait tôt ou tard à la charge.

Dès que Theo et Grayson eurent installé Marlene dans la voiture, il referma la porte et la verrouilla avec soin. Il était soulagé de se retrouver un moment seul avec Hanna. Il n'avait pas l'intention de l'embrasser à nouveau, mais il voulait revenir avec elle sur tout ce que Marlene venait de leur dire.

— À la première occasion, j'interrogerai ma mère à propos d'Arnie, dit-elle. Elle ne m'a jamais parlé de lui.

Elle s'interrompit avant d'ajouter :

— Mais certains souvenirs me reviennent en mémoire.

— Des souvenirs de la fusillade ?

Elle secoua la tête.

— De nous deux.

Hanna fit un vague mouvement vers le couloir et les chambres.

— Quand tu m'as embrassée, tout à l'heure, des images fugaces de l'époque où nous étions ensemble m'ont traversée.

— J'espère que c'étaient de bons souvenirs, dit-il d'un ton qu'il voulait léger.

— De très bons, affirma-t-elle avec un petit sourire.

Il fut tenté de la prendre dans ses bras et de l'embrasser, mais la sonnerie de son téléphone lui interdit d'aller plus loin.

Jesse fronça les sourcils lorsqu'il vit que l'appel provenait d'un des employés du ranch, Miguel Navarro. Il espérait que l'agent Shaw n'était pas revenu.

— Un problème ? demanda-t-il dès qu'il prit l'appel.

— Un gros problème, répondit Miguel. J'ai repéré un individu armé, le visage couvert d'un masque de ski. Il s'est caché dans les arbres, mais je pense qu'il se dirige droit vers la maison.

10

Hanna, qui se tenait à côté de lui, entendit distinctement les paroles de l'employé du ranch.

Un individu armé et masqué arrivait.

Elle se sentit blêmir. S'il leur tirait dessus, Evan pourrait être touché.

— Va dans la chambre, la pressa Jesse. Verrouille la porte et dis à l'adjointe Lawson de monter la garde.

Tous ses instincts poussaient Hanna à rejoindre son fils au plus vite, mais elle s'inquiétait aussi pour Jesse.

— Que vas-tu faire ?

— Empêcher ce type, quel qu'il soit, de vous atteindre, Evan et toi.

Il était redevenu l'adjoint du shérif. Elle savait qu'il excellait dans son travail mais face à un tueur déterminé, que pourrait-il faire ? Elle craignait qu'il soit blessé. Ou pire.

— Sois prudent, dit-elle.

Elle le regarda un petit moment avant de courir vers la chambre de l'enfant.

— L'un des ouvriers agricoles a repéré un homme armé, annonça-t-elle à l'adjointe et à la mère de Jesse.

Elle vit aussitôt la lueur d'inquiétude dans les yeux de cette dernière. Melissa était dans le fauteuil à bascule, Evan endormi dans les bras. Le petit avait visiblement décidé de faire sa sieste de l'après-midi avec un peu d'avance.

Le plateau du déjeuner du bébé était encore sur la table, son biberon vide posé à côté.

Tout en sortant son smartphone, Ava verrouilla la porte.

— Mieux vaut que vous alliez tous les trois vous enfermer dans la salle de bains, leur conseilla-t-elle avant de se poster devant la fenêtre.

Hanna sortit une couette d'un placard et elle alla la mettre dans la baignoire. Elle s'interdisait de céder à la peur. Non seulement paniquer n'aiderait personne, mais elle avait besoin de tout son sang-froid pour s'assurer qu'Evan serait autant en sécurité que possible.

Melissa réussit à entrer dans la baignoire et à s'y allonger avec le bébé dans les bras sans le réveiller. Avec un peu de chance, il resterait endormi plusieurs heures. Hanna espérait surtout que le tireur serait capturé avant de faire des dégâts.

— Restez couchées, leur ordonna Ava. Un individu armé est dans la cour.

Cette fois, Hanna ne put réprimer un cri de terreur. S'agissait-il d'un deuxième attaquant ? Ou l'homme que Miguel avait vu était-il déjà là ? Comme ils avaient affaire à une milice, il était possible qu'ils aient envoyé plusieurs assaillants.

Mais pourquoi ? Dans quel but ?

Cette question ne cessait de lui trotter dans la tête. Était-elle la cible ? Si oui, pourquoi ?

Avec un gémissement, elle se glissa dans la baignoire en veillant à ne pas heurter Melissa et Evan. Elle ferma les paupières et s'efforça de faire remonter des souvenirs de cette soirée tragique. En vain. Elle avait l'impression que son cerveau s'était mis en mode « blocage » et une vague frustration balaya un instant son angoisse.

Un coup de feu claqua.

Hanna incita d'un geste la mère de Jesse à s'enfoncer plus profondément dans la baignoire.

Melissa se retrouva allongée sur le dos, Evan niché au creux de son épaule. Il n'y avait pas assez de place pour que Hanna puisse s'étendre à côté d'eux, aussi se recroquevilla-t-elle à l'autre extrémité en priant pour qu'aucune balle ne les atteigne.

Quand une autre détonation se fit entendre, puis une autre, une décharge d'adrénaline la traversa. Terrifiée, elle ne parvenait plus à respirer. Et elle tremblait en songeant à Jesse. Il était sans doute dans la ligne de mire pour les protéger.

— Tout ira bien, murmura Melissa avant de se mettre à prier.

Elle aussi devait être malade d'angoisse. Son fils était exposé au danger.

Le téléphone de Hanna bipa pour annoncer la réception d'un SMS. D'une main tremblante, elle sortit l'appareil de sa poche. Mais en voyant le nom de Jesse s'afficher sur l'écran, elle poussa un soupir de soulagement.

Dieu merci, il était vivant.

Isabel vient de s'engager dans l'allée au volant de sa voiture. Nous lui envoyons quelqu'un maintenant.

C'est le bouquet ! songea-t-elle. Sa mère allait se jeter dans la gueule du loup, elle risquait de se faire tuer.

Mais, très vite, le doute s'insinua dans son esprit. Isabel était-elle vraiment en danger ou complice d'un plan visant à la faire taire avant que sa mémoire ne lui revienne ?

Elle se reprochait de soupçonner sa propre mère du pire, mais quelqu'un était derrière toute cette histoire. Et Isabel ne lui avait jamais dit qu'elle connaissait Arnie. Et encore moins qu'elle était sortie avec lui quand elle était au lycée.

Pour que Melissa sache que Jesse n'avait pas été blessé, elle lui montra le texto. La mère de Jesse se détendit un peu.

— Vous savez, Hanna, j'étais adjointe au bureau du shérif quand Grayson a mis votre père en examen.

Elle l'ignorait, bien sûr, mais en effet, c'était possible. Cette arrestation remontait à une trentaine d'années.

— Votre mère était tellement en colère qu'elle s'était jetée sur Grayson, continua Melissa. Elle lui avait griffé le visage et avait essayé de le poignarder avec un coupe-papier.

Hanna en fut choquée.

— Grayson l'a-t-il arrêtée ?

— Non, pour lui, il s'agissait d'une explosion de colère excusable ou en tout cas, compréhensible. Il a estimé qu'elle avait assez de choses à gérer. Et sans doute ne voulait-il pas que vos deux parents se retrouvent en prison.

Le moment n'était pas idéal pour l'interroger à ce sujet, mais Hanna posa quand même la question.

— Savez-vous si mon père était ou non coupable ? Avait-il agressé cette jeune femme, à votre avis ?

— Il n'a jamais avoué, mais toutes les preuves l'accablaient, et il y avait un témoin oculaire. Mason, ajouta-t-elle.

Hanna réprima un gémissement. Isabel avait toujours refusé de reconnaître la culpabilité de son mari et cette histoire avait cristallisé sa haine envers les Ryland.

— Vous devriez faire attention avec votre mère, poursuivit Melissa. Je n'aime pas semer la zizanie dans les familles, mais elle cherche à vous séparer de Jesse.

Elle s'interrompit avant de lancer :

— Après la naissance d'Evan, alors que vous étiez encore à l'hôpital, Isabel l'a menacé de demander la garde d'Evan.

Jusqu'où Isabel irait-elle à cause de cette vieille querelle avec les Ryland ?

— Ai-je eu tort de vous le dire ? s'enquit Mélissa.

Sans attendre la réponse, elle secoua la tête avec une grimace.

— Bien sûr, j'ai eu tort. Je suis désolée. Lorsque je portais un badge, je savais tenir ma langue. J'ai manifestement perdu cette faculté.

— Vous avez bien fait de m'en parler, lui assura Hanna.

— Restez sur place ! cria Ava de la chambre. Mais ils ont capturé les deux hommes.

Un intense soulagement envahit Hanna. Mais l'inquiétude était toujours là.

— Personne n'a été blessé ? Tout le monde va bien ? demanda-t-elle à l'adjointe.

Comme Ava ne répondit pas immédiatement, elle sentit son cœur cesser de battre.

— L'un des hommes armés est mort, reprit finalement l'adjointe en se dirigeant vers la porte de la salle de bains.

Elle avait toujours son arme à la main.

— Personne d'autre n'a été blessé, ajouta-t-elle. Jesse et Grayson ont capturé le deuxième.

— Qui est-ce ? voulut savoir Hanna.

— Je n'en sais rien encore, mais apparemment il n'est pas l'un de nos suspects.

Il ne s'agissait donc pas de Shaw. Ni de Marlene ni de sa mère puisque Ava avait parlé d'un homme.

Cela dit, il n'était pas exclu qu'une des deux femmes ait engagé un tueur à gages.

Pendant qu'elles attendaient, elle essaya de rester calme en observant la respiration paisible d'Evan dans les bras de sa grand-mère.

Malheureusement, par association d'idées, elle pensait à ces deux types et à leur commanditaire qui avaient mis son petit garçon en danger.

— Jesse arrive, annonça Ava lorsqu'elle reçut un SMS.

Elle se dirigea vers la porte de la chambre pour la déverrouiller.

Un instant plus tard, Jesse entra dans la salle de bains et Hanna ne put s'empêcher de sortir de la baignoire et de se précipiter vers lui. Elle l'entoura de ses bras.

Il était sain et sauf, ils l'étaient tous, le reste n'avait pas d'importance.

— Tu vas bien, murmura-t-elle.

Il hocha la tête, lui caressa les cheveux et reporta son attention sur sa mère et sur Evan.

— Vous pouvez revenir dans la chambre maintenant, leur assura-t-il avant d'aider Melissa à sortir de la baignoire. J'ai refermé la maison et réinitialisé l'alarme. Ava restera avec nous dans la maison jusqu'à ce que Grayson soit sûr qu'il n'y ait plus de danger.

Un autre tireur était peut-être à proximité, comprit-elle avec un regain d'angoisse. Mais à présent Grayson avait demandé à tous les adjoints disponibles de se rendre au ranch. Ils étaient déjà sur place ou en route.

Dès qu'elle revint dans la chambre, Melissa se réinstalla dans le fauteuil à bascule. Manifestement, l'émotion lui avait coupé les jambes.

Le balancement aiderait également à garder Evan endormi.

— Qui sont ces hommes armés ? demanda Hanna à voix basse pour ne pas réveiller le bébé.

Jesse secoua la tête.

— Je ne les avais jamais vus et ils n'avaient pas de papiers sur eux. Grayson va interroger celui qui a survécu et nous en saurons peut-être davantage.

— Peut-être voudra-t-il passer un marché pour obtenir une réduction de peine en échange du nom de leur commanditaire. Quelqu'un les a envoyés, n'est-ce pas ? ajouta-t-elle après un moment.

— Ça y ressemble, en tout cas. S'il s'agissait de quelqu'un du coin qui aurait une dent contre moi ou contre toi, je les aurais reconnus. Grayson va comparer leurs visages à ceux des membres de la milice qui n'ont pas encore été identifiés.

Il trouvera peut-être une correspondance. Nous analyserons aussi leurs empreintes.

Ces types avaient sans doute un casier judiciaire.

— J'ai entendu plusieurs coups de feu, reprit Hanna. Tu es sûr que personne d'autre que le tireur n'a été touché ?

— Certain. Celui qui est mort avait tiré deux fois avant d'être abattu par Grayson.

Quand il jura, elle vit qu'il prenait conscience que les balles auraient pu traverser les murs.

— Son complice s'est rendu. Grayson, les employés du ranch et moi avions tous nos armes pointées sur lui, il n'avait pas vraiment le choix.

Il ne cessait de la dévisager sans réussir à dissimuler son inquiétude.

— Le bruit des coups de feu a-t-il déclenché... une réaction en toi ?

Il lui demandait si elle était au bord d'une crise de panique. Mais elle secoua la tête. Elle ne ressentait qu'une profonde colère.

— Où est ma mère ? s'enquit-elle.

— Dans sa voiture avec un employé du ranch qui monte la garde pour s'assurer qu'elle n'en sort pas. Elle veut te voir, bien sûr.

— Bien sûr. Je vais aller lui parler et exiger des réponses. J'aimerais comprendre quel rôle elle a joué dans cette histoire.

Il lui caressa le bras, d'un geste apaisant.

— Moi aussi, crois-moi.

Après un moment, il ajouta :

— L'agent Shaw est là.

Elle poussa un gémissement.

— Pourquoi est-il ici ? A-t-il quoi que ce soit à voir avec les types armés ?

— Il prétend vouloir seulement nous demander ce que Marlene nous a dit, répondit Jesse.

— Tu le crois ? lança-t-elle.

— Pour le moment, je ne crois ni lui, ni Marlene, ni ta mère sur parole.

— Moi non plus.

Le téléphone de Jesse bipa pour annoncer la réception d'un SMS et il fronça les sourcils en lisant le message.

— Grayson m'apprend que ta mère a été fouillée. Elle n'est pas armée et il veut savoir si tu acceptes qu'elle vienne à l'intérieur pour discuter.

Hanna n'hésita pas.

— Oui. Finissons-en.

Elle voulait s'expliquer avec sa mère pendant qu'elle avait encore bien à l'esprit que son fils et Jesse avaient failli perdre la vie, aujourd'hui. Le tireur avait tiré deux fois. Ces deux coups de feu auraient pu être mortels pour toute personne se trouvant à proximité.

— Si cela ne vous dérange pas, je vais continuer à bercer Evan au lieu de le mettre dans son berceau, leur dit Melissa.

— Merci beaucoup. Je viendrai le chercher quand j'aurai fini de parler à ma mère.

— Bonne chance, lui murmura Melissa.

Vu la conversation qu'elles avaient eue, un instant plus tôt, elle se doutait qu'il ne s'agirait pas d'un échange agréable entre mère et fille.

Ava resta avec Melissa pendant que Jesse et Hanna gagnaient l'entrée de la maison. Jesse désactiva l'alarme, déverrouilla la porte et fit signe à Grayson et à Isabel.

Isabel se figea devant l'expression peinte sur le visage de Hanna, mais très vite elle se précipita vers elle et la prit dans ses bras.

— Tu vas bien. Dieu merci, tu vas bien, ma chérie, dit-elle. J'aimerais embrasser Evan et m'assurer qu'il va bien, lui aussi.

— Il dort et je ne veux pas qu'il soit dérangé.

Hanna s'exprimait d'un ton froid et sans réplique. Sa mère dut le sentir parce qu'elle la lâcha et recula de quelques pas sans la quitter des yeux.

— Qu'est-ce qui ne va pas ? demanda-t-elle.

Hanna faillit éclater de rire.

— À ton avis ? Deux individus armés sont venus chez moi, sans doute pour nous tuer, Jesse et moi. Et l'un d'eux a tiré des coups de feu. Une balle aurait pu toucher Evan ! ajouta-t-elle en criant.

Isabel secoua la tête.

— Tu te comportes comme si j'en étais responsable. Je n'y suis pour rien.

Et elle fusilla Jesse du regard.

— Vous seul êtes responsable de...

— Tais-toi et réponds à quelques questions, coupa Hanna en la dévisageant d'un œil noir.

Isabel fronça les sourcils.

— Je ne comprends pas. Qu'ai-je fait ?

— Et si tu nous expliquais pour commencer pourquoi tu as quitté la clinique sans en parler à personne ? Et pourquoi tu n'as pas répondu au téléphone ? Et pendant que tu y es, pourquoi tu t'es enfuie pour ne pas te soumettre à l'interrogatoire avec un adjoint de Silver Creek ?

Elle était consciente de s'exprimer d'un ton dur. Mais elle obtint l'effet escompté. Isabel cessa de lancer des accusations gratuites contre Jesse.

— J'ai paniqué, répondit-elle finalement d'un air honteux. Je croyais que l'adjoint Ryland voulait m'interroger parce qu'il me soupçonnait d'avoir commandité l'attaque contre toi. Je n'ai rien à voir avec cette histoire, ajouta-t-elle.

Hanna n'avait pas envie d'en discuter dans l'immédiat.

— Si tu es innocente, pourquoi t'être enfuie ? Pourquoi n'avoir pas répondu aux questions de l'adjoint pour te blanchir ?

— Parce que l'adjoint est un Ryland ! Il ne porte peut-être pas leur nom, mais ils l'ont élevé. Il est des leurs. Ils me détestent tous depuis toujours et je n'allais pas rester là à l'écouter porter de fausses accusations contre moi.

Alors que Hanna s'apprêtait à poser une autre question, Jesse leva la main pour l'interrompre. Il lut ses droits à Isabel. La démarche n'améliora pas l'humeur de cette dernière, qui semblait furieuse. Mais Hanna se félicita qu'il y ait pensé. Si sa mère leur révélait quoi que ce soit d'incriminant, il fallait pouvoir utiliser ses aveux contre elle.

— L'adjoint Sheldon avait l'intention de vous interroger entre autres sur des appels téléphoniques que vous avez reçus de Marlene, poursuivit-il. Et avant de prétendre qu'elle ne vous a pas téléphoné, ajouta-t-il en voyant Isabel secouer la tête, sachez que nous avons la preuve de la réalité de ces appels.

Elle serra les mâchoires.

Hanna était sûre qu'elle avait été sur le point de mentir.

— Et qu'êtes-vous allé imaginer ? Marlene et moi avons seulement bavardé. Je vous l'ai dit, nous faisons partie des mêmes cercles et, de temps en temps, nous nous appelons pour parler de choses et d'autres, des fêtes à venir, etc.

Jesse la dévisageait en silence sans chercher à lui cacher qu'il n'en croyait pas un mot.

— Très bien, reconnut-elle enfin à contrecœur. Je lui parlais parfois de Hanna et de vous. Je ne lui ai jamais caché que vous savoir ensemble me contrariait.

— Pourquoi en parler à Marlene ? insista Jesse. Pensiez-vous qu'elle pouvait faire quelque chose pour éloigner votre fille de moi ?

— Non. Bien sûr que non. Comme je l'ai dit, je cherchais seulement à me défouler, à passer ma colère sur quelqu'un.

— Le moment choisi pour ce défoulement est suspect, remarqua-t-il. Un long appel téléphonique la veille de l'attaque de Hanna et deux autres, le lendemain. Cela me semble étrange que vous déblatériez sur Hanna et moi alors que votre fille se battait pour rester en vie à l'hôpital.

Isabel poussa un long gémissement et se laissa tomber sur le canapé.

— Justement, je me sentais coupable parce que j'avais dit du mal de vous à Marlene. Je craignais de perdre ma fille et mon petit-fils, j'avais besoin de me confier à quelqu'un.

— Et vous avez choisi d'appeler une connaissance plutôt qu'une amie, contra Jesse.

— Je n'ai pas beaucoup d'amis, reconnut-elle avec un profond soupir. Et Marlene vit à Silver Creek, donc elle est au courant de ce qui s'est passé avec votre famille, de ce que les Ryland ont fait subir à mon mari. La plupart des gens ignorent tout de cette histoire.

Elle s'interrompit, resta silencieuse un moment. Lorsqu'elle leva son regard pour croiser celui de Jesse, il était évident qu'elle s'était un peu calmée. Mais pas Hanna. Rien de ce que sa mère avait dit n'atténuait ses soupçons.

— Écoutez, je n'ai rien à voir avec la fusillade ni avec la milice, asséna Isabel. Et je ne comprends pas pourquoi vous imaginez le contraire. Ces appels téléphoniques n'avaient aucun rapport avec la situation. Vous essayez de manipuler ma fille pour qu'elle revienne vers vous. Eh bien, ça ne marchera pas...

— Arrête, la coupa Hanna alors que des images s'imposaient à son esprit.

Des souvenirs, peut-être.

Le visage de sa mère lui apparut alors que celle-ci explosait de colère. Parce que Hanna venait de lui apprendre qu'elle était enceinte de Jesse ?

Non.

Sur ces images, Hanna était alors déjà très enceinte. La

fureur d'Isabel avait donc une autre origine. Mais laquelle ? Elle ne parvenait pas à mettre le doigt dessus.

— Qu'y a-t-il ? demanda Isabel en se levant lentement. Es-tu souffrante ? As-tu...

— Arnie et toi étiez amants, lâcha Hanna pour empêcher sa mère de lui poser davantage de questions. Et tu lui as parlé de Jesse et de moi.

La première partie était vraie. Enfin, à en croire Marlene, en tout cas. La dernière partie était du bluff, mais elle comprit immédiatement qu'elle avait fait mouche.

Isabel pâlit et, à sa réaction, Hanna prit conscience qu'il s'agissait de la réalité. Au cours de cette dispute qui lui revenait en partie en mémoire, sa mère avait mentionné le nom d'Arnie.

— Tu te souviens de... quelque chose ? bredouilla Isabel.

Elle était livide et sa voix tremblait.

— Qu'as-tu dit à Arnie à propos de Jesse et moi ? Et ne nie pas, la prévint Hanna. J'ai assez de souvenirs pour savoir si tu mens.

Isabel déglutit avec difficulté.

— Je pensais qu'Arnie aurait la possibilité de causer des ennuis à Jesse, c'est tout.

C'est tout. Eh bien, ce n'était pas rien. Sa mère était loin d'être innocente, comprit Hanna, vu qu'Arnie était un drogué notoire et faisait partie de la milice. Et ses bribes de souvenirs n'avaient rien d'anodin non plus. Toutes deux avaient eu une violente dispute à ce sujet.

— Quel genre d'ennuis ? s'enquit Hanna, sans la quitter des yeux.

— Rien de grave, s'empressa de répondre Isabel. Je le jure, je ne lui ai jamais demandé de faire quoi que ce soit de violent. Et certainement pas de sortir ma fille enceinte de sa voiture et d'essayer de la tuer.

Hanna se figea. Et un grand froid l'envahit jusqu'aux os.

— Que lui as-tu demandé de faire ? répéta-t-elle en articulant chaque mot avec colère.

Il fallut un moment à Isabel pour répondre.

— Je l'ai simplement prévenu que s'il ne faisait rien à propos de Jesse, il se retrouverait en prison.

— Quand le lui avez-vous dit ? lança Jesse. Quand ? insista-t-il lorsque Isabel se détourna et commença à pleurer.

— Juste avant qu'il ne se rende au ranch et ne tire sur ma fille, reconnut-elle enfin.

Et, sur cet aveu, elle éclata en sanglots.

11

L'adrénaline refluait et plongeait Jesse dans une intense fatigue. Hanna était sans doute dans le même état d'épuisement, mais tous deux continuaient de prendre soin d'Evan en attendant des avancées sur l'enquête.

Heureusement, les événements et le stress ambiant ne semblaient pas perturber le bébé. Il babillait et souriait pendant qu'il dînait sur sa chaise haute.

Grayson, Melissa et Ava avaient quitté les lieux, mais les employés du ranch et un adjoint suppléant restaient sur la propriété pour y garder un œil. Jesse espérait que ces précautions s'avéreraient inutiles, que le commanditaire de l'attaque n'enverrait personne d'autre pour terminer le travail. Mais, par prudence, il préférait s'entourer de toutes les précautions tant que le danger n'était pas définitivement écarté.

Dieu seul savait quand il le serait.

Au moins n'avaient-ils plus à s'occuper d'Isabel.

Après ses aveux inondés de larmes, elle était finalement partie avec Grayson au bureau du shérif. Elle y déposerait une déclaration sur les éléments qu'elle avait cachés à propos de la soirée au cours de laquelle Hanna avait reçu une balle. Pour Isabel, ces éléments n'avaient aucune importance et, surtout, n'expliquaient en rien pourquoi Arnie avait traîné Hanna hors de sa voiture.

Mais Jesse avait entendu le doute dans sa voix, l'avait vu sur son visage.

Même si elle refusait de l'admettre, Isabel s'en voulait. Bien sûr, cette culpabilité n'était peut-être que la partie émergée de l'iceberg. En tout cas, elle restait sur la liste des suspects. Il ne l'imaginait pas diriger une milice, mais il était possible qu'elle y soit mêlée d'une manière ou d'une autre. Le fait qu'elle ait vu Arnie peu avant qu'il n'agresse Hanna prouvait qu'elle était restée en contact avec lui. Elle était peut-être également liée à d'autres membres de la Brotherhood.

En tout cas, rien de ce qu'elle leur avait dit n'avait été écouté via un micro dissimulé quelque part. Grayson avait envoyé une équipe de la police scientifique chez Hanna. Ils y avaient cherché des micros que l'agent Shaw aurait pu placer. Ils n'avaient rien trouvé.

Jesse s'en félicitait. Hanna en avait assez enduré. Apprendre que Shaw ou quelqu'un d'autre écoutait leurs conversations privées l'aurait anéantie.

Comme Evan éclatait de rire, Jesse s'obligea à s'extraire de ses inquiétudes et à reporter son attention sur le bébé et sa mère. Il n'avait pas connu beaucoup de moments comme celui-là, simples et heureux, avec eux deux, et il voulait les préserver. Il tenait aussi à protéger Hanna.

Leur baiser avait été un moment de grâce au milieu de la tempête, mais il était conscient qu'ils étaient encore loin de se remettre ensemble. Assurer leur sécurité était sa priorité. Il ne songerait aux aspects plus personnels de leur vie que dans un deuxième temps.

Le téléphone de Hanna bipa alors que Jesse prenait le relais pour nourrir l'enfant.

— C'est un texto de mon médecin, lui dit-elle. Il m'a fixé un rendez-vous pour une séance d'hypnose après-demain à

San Antonio. Mais je vais l'annuler, ajouta-t-elle en secouant la tête. Dans ce contexte, il n'est pas question d'y aller.

Jesse partageait son avis. Il était important pour elle de recouvrer la mémoire, mais elle risquait d'être attaquée en s'y rendant ou en en revenant.

— T'installer chez moi, au ranch, est toujours une option, osa-t-il.

Elle n'écarta pas d'emblée cette éventualité comme la première fois qu'il en avait parlé.

— Nous en déciderons plus tard, dans la matinée, répondit-elle.

Mais il devinait que le ranch des Ryland était toujours associé pour elle à l'attaque dont elle avait été victime.

Il s'apprêtait à lui répéter que tout irait bien quand son propre smartphone sonna. Dieu merci, il ne s'agissait pas d'un appel anonyme. Il n'avait aucune envie de discuter avec Bull, ce soir.

— C'est Grayson, annonça-t-il en découvrant son nom sur l'écran. Dois-je le mettre sur haut-parleur ? ajouta-t-il en penchant la tête vers Evan.

Bien sûr, leur fils ne comprendrait pas ce qui se disait, mais Jesse voulait s'assurer que Hanna était d'accord.

— S'il te plaît, répondit-elle.

— Je t'en prie, Grayson, annonce-moi de bonnes nouvelles, lança-t-il en prenant l'appel avant de lui préciser que Hanna écoutait.

— J'en ai quelques-unes, oui. Nous avons identifié les deux assaillants. Celui qui est mort s'appelait Vince Lutz, et celui que nous avons en garde à vue est Jeremy Cowen. Tous deux ont des casiers judiciaires longs comme le bras et appartiennent à une milice en Oklahoma. Leur mouvement s'est apparemment affilié avec la Brotherhood.

Voilà pourquoi Jesse ne les avait pas reconnus.

— Qui les a embauchés ?

— Je ne le sais pas encore. Cowen prétend qu'il rendait service à Lutz en allant chez Hanna.

— Qu'il lui rendait service ? répéta Jesse avec colère. Il a mis un bébé en danger.

— Je suis bien d'accord, répondit Grayson. Cowen répète qu'il n'avait aucune idée qu'un enfant se trouvait dans la maison. Leur mission consistait soi-disant à effrayer quelqu'un qui dénonçait les membres de la milice. Cowen affirme, bien sûr, que c'est Lutz qui a tiré, mais nous faisons tester leurs armes pour le vérifier. La procédure habituelle.

Jesse ne se souciait pas de savoir lequel d'entre eux avait appuyé sur la gâchette. Il voulait que Cowen soit accusé de tentative de meurtre, de mise en danger d'enfant, d'intrusion et de tous les autres délits ou crimes que Grayson trouverait.

— Cowen a mis un terme à l'interrogatoire lorsque je lui ai demandé des détails sur la manière dont ils avaient reçu ces ordres, expliqua Grayson. Il a alors exigé un avocat.

Jesse fut surpris qu'il n'en ait pas demandé un immédiatement, vu qu'il avait été arrêté en flagrant délit et qu'il était armé. Avec son casier judiciaire, il devait se douter qu'il finirait en prison.

— Theo a reçu les relevés téléphoniques de Hanna, poursuivit Grayson. Ils sont arrivés il y a une petite demi-heure. Je les ai parcourus en attendant l'arrivée de l'avocat de Cowen. Hanna, l'agent Shaw vous avait appelée le jour où vous avez été blessée par balle. Vous souvenez-vous de cet échange ?

— Non.

— Il n'en a jamais parlé non plus, remarqua Jesse.

— La conversation téléphonique a-t-elle duré longtemps ? s'enquit-elle.

— Douze minutes, c'est beaucoup. Je vais le contacter et lui demander de quoi vous avez parlé, proposa Grayson.

— Laisse-moi m'en charger dès que j'aurai couché Evan pour

la nuit, déclara Jesse. De cette façon, Hanna pourra entendre ce qu'il a à dire. Je te tiendrai au courant.

— Merci. Oh ! et pour info, notre père pense faire un saut au ranch de Hanna. Melissa a commandé des livres et des jouets pour Evan, et il passera les déposer. S'il est trop tard, il les laissera sous le porche.

Il n'était pas très tard, en réalité, mais Boone savait que l'heure du coucher d'Evan serait passée.

Il se reprochait sans doute ce qui était arrivé à Hanna il y a six mois, et voilà pourquoi il l'évitait. Ce n'était pas sa faute si Arnie avait tiré mais, comme Jesse, il s'en voulait de ne pas avoir su la protéger. Ce genre de culpabilité vous rongeait longtemps.

Jesse était bien placé pour le savoir.

Grayson et lui mirent fin à l'appel pendant que Hanna soulevait Evan de la chaise haute.

Avant de le mettre au lit, elle lui donna un bain. Il s'agissait toujours d'un moment de détente et de joie pour eux deux. Il y eut beaucoup de rires et d'éclaboussures. Une fois qu'il fut propre, sec et en pyjama, il but son biberon dans les bras de Hanna. Jesse, quant à lui, assis dans la cuisine, lisait le rapport de Grayson sur les deux types armés.

Il avait sous les yeux une étude approfondie des antécédents de chacun d'eux, mais il ne comprenait pas comment ces gars avaient croisé la route de l'un de leurs suspects. Bien sûr, ils s'étaient sans doute arrangés pour ne pas être repérés par la police, mais il aurait dû y avoir des éléments dans leurs relevés bancaires, des transferts de fonds inhabituels, par exemple. Après tout, les tueurs à gages n'étaient pas bon marché.

Comme Hanna revenait après avoir couché le bébé, il leva les yeux vers elle. Elle avait l'air épuisée, mais elle lui parut magnifique. Toutefois il refusa de s'y attarder et agita son téléphone.

— J'appelle l'agent Shaw maintenant ou as-tu besoin de souffler un peu, d'abord ? demanda-t-il.

Elle poussa un profond soupir.

— Appelle-le, répondit-elle en s'asseyant à côté de lui. Le problème est que je ne saurai pas s'il ment sur la raison pour laquelle il m'avait appelée.

— Peut-être pas, mais le simple fait d'entendre ce qu'il a à dire déclenchera peut-être quelque chose. Comme lorsque tu t'expliquais avec ta mère.

Il aurait aimé différer cet appel parce qu'elle semblait au bout du rouleau. Pourtant, elle lui fit signe de composer le numéro.

Shaw répondit à la première sonnerie.

— Le shérif m'empêche de parler au type qu'il a mis en garde à vue, lança-t-il aussitôt.

— C'est un problème entre le shérif et vous, répliqua Jesse. Pourquoi aviez-vous appelé Hanna le jour où quelqu'un lui a tiré dessus ? enchaîna-t-il sans laisser à son interlocuteur le temps de reprendre son souffle.

Il y eut un long silence, suivi d'une myriade de jurons étouffés.

— En tout cas, ce n'était pas pour lui annoncer que j'étais une taupe ou que j'avais payé quelqu'un pour la tuer. Pourtant, à en juger à votre ton, vous pensez que j'avais des idées criminelles en tête.

— Ce que je pense n'a pas d'importance, à ce stade, rétorqua Jesse. J'aimerais seulement en savoir plus sur cet appel. Et, pour information, Hanna s'est souvenue de certains détails concernant cet échange, alors ne prenez pas la peine de mentir.

Le silence suivant de Shaw fut beaucoup plus long et Jesse regretta de ne pouvoir voir son visage pour comprendre comment il gérait la menace.

Une fausse menace puisque, en réalité, Hanna n'avait gardé aucun souvenir de cette conversation.

— J'ai appelé Hanna à propos des relations qu'entretenait

sa mère avec Arnie, répondit-il finalement. J'espérais qu'elle avait entendu des confidences, surpris des bribes de conversation, qui me seraient utiles pour éliminer la milice. Bull avait infiltré le mouvement depuis trop longtemps et il ne m'envoyait pas de comptes rendus aussi régulièrement qu'il aurait fallu. J'étais inquiet pour lui.

— Et que vous ai-je dit à propos d'Arnie et de ma mère ? lança Hanna.

Malgré la fatigue, elle avait réussi à ajouter une pointe menaçante à sa voix.

— Rien. C'est la vérité, ajouta-t-il en devinant les doutes de Jesse. Hanna ignorait que sa mère avait eu une relation amoureuse avec Arnie.

— Mais vous, vous le saviez, dit Jesse. Comment l'avez-vous appris ?

— Par Marlene. Elle l'avait mentionné au cours d'un interrogatoire. J'essayais alors de comprendre si elle était au courant des activités illégales de la milice dans la région.

Il semblait étrange que Marlene évoque un tel sujet alors qu'elle était interrogée par un agent fédéral, mais Shaw l'avait peut-être poussée à l'évoquer.

— C'est drôle que vous en ayez parlé à Marlene et non au bureau du shérif de Silver Creek, lança Jesse.

Shaw soupira.

— J'étais inquiet pour Bull et j'ai voulu interroger subtilement Marlene pour savoir si elle avait remarqué un changement dans le comportement de son frère.

— Et ?

— Oui, elle avait constaté des changements chez lui. Elle estimait, en particulier, qu'il ne prêtait plus autant d'attention à ses affaires depuis quelque temps. De plus, elle n'aimait pas qu'il fréquente Arnie.

Arnie étant un drogué notoire, cela se comprenait.

— Le suspectait-elle d'être un agent de l'ATF ?

— Non, dit Shaw. En tout cas, elle ne m'a fait part d'aucun soupçon. Bull ne l'a jamais dit à quiconque parce qu'il tenait à une couverture étanche. Il voulait surtout infiltrer cette milice et la détruire. Il était convaincu qu'aucun des miliciens ne se méfierait de lui parce qu'il était du coin.

À moins que Bull n'ait choisi de jouer sur les deux tableaux. La milice existait depuis des années, voire des décennies. Il était donc probable que Bull connaissait la plupart de ses membres depuis longtemps. Il lui aurait été facile de faire croire qu'il était en mission d'espionnage sous couverture tout en profitant des ventes d'armes et autres.

— Quand pourrai-je interroger l'homme que le shérif a mis en garde à vue ? reprit Shaw.

— Encore une fois, c'est une question à régler avec lui, répéta Jesse.

Shaw grommela des mots que Jesse ne comprit pas et mit fin à l'appel. Sans doute pour contacter Grayson.

— Si Shaw est le commanditaire qui a envoyé ces hommes armés ici, dit Hanna, il veut peut-être parler au survivant pour s'assurer que ce dernier ne le dénoncera pas.

Cette éventualité avait également traversé l'esprit de Jesse. Shaw n'aurait même pas besoin de le menacer. Il lui suffirait de se montrer pour que le tireur comprenne que Shaw avait les moyens de le tuer s'il le trahissait.

Hanna se pencha plus près de lui.

— Tu crois vraiment que Marlene ignorait que son frère était agent à l'ATF ?

— Difficile à dire. Je ne sais pas à quel point ils étaient proches ou le sont toujours.

Mais Jesse doutait que Bull ait fréquenté les mêmes cercles qu'Isabel et Marlene.

Avant même que Bull ne quitte Silver Creek, Jesse l'avait

toujours considéré comme un solitaire et cette impression s'était confirmée quand Bull était revenu, il y a trois ans.

Hanna poussa un soupir chargé de fatigue et de frustration, mais elle dut deviner qu'il partageait cette frustration parce qu'elle lui caressa le bras. Un geste qu'il avait eu plus tôt pour tenter de l'apaiser.

— Ce qui se passe me stresse au-delà de tout, dit-elle, mais je suis heureuse que tu sois là. Je ne m'en serais pas sortie sans toi.

Ces mots remplirent Jesse d'une douce d'émotion.

Cette fois, il ne ressentit pas le désir qui le saisissait chaque fois qu'il était près d'elle. Mais il eut conscience de ne pas avoir réussi à la protéger six mois plus tôt et de devoir impérativement y parvenir cette fois-ci.

Il se leva, la prit dans ses bras et posa un baiser qu'il espérait réconfortant sur le dessus de sa tête. Elle fondit contre lui. Lorsqu'elle le regarda, Jesse eut l'impression qu'elle s'apprêtait à dire quelque chose. Mais elle ne dit rien.

Au lieu de quoi, elle l'embrassa.

Elle l'embrassa comme elle l'avait embrassé la nuit où ils avaient fait l'amour. Elle se donna tout entière dans ce baiser.

Il ne fallut longtemps à Jesse pour lui rendre ce baiser avec fougue. Le timing n'était pas idéal, mais il avait besoin de ce geste d'elle, de son désir, de son amour peut-être. Il en rêvait depuis des mois et il reçut ce baiser comme un cadeau. Comme un pardon. Il eut le sentiment que Hanna commençait à surmonter ce qui lui était arrivé. Bien sûr, peut-être prenait-il ses désirs pour la réalité, peut-être n'était-ce qu'un vœu pieux.

Bientôt, il ne fut plus capable de réfléchir parce qu'elle l'étreignit avec force. Il approfondit le baiser, fouilla sa bouche et un désir impérieux le saisit.

Hanna avait oublié leurs baisers passionnés, leurs caresses échangées, leur première nuit d'amour. Pour elle, il s'agissait d'une première.

Mais Jesse retrouva instantanément le désir brûlant qu'ils avaient connu quinze mois plus tôt. Le feu qui les avait embrasés.

Soudain, il n'y avait plus qu'eux deux. Le reste du monde disparaissait dans le brouillard. Soudés l'un à l'autre, ils s'embrassaient comme si leur vie en dépendait.

Quand Jesse promena les mains sur elle, prit ses seins en coupe pour les caresser du bout du pouce, elle émit un gémissement guttural qui le rendit fou. Son désir grimpa encore pour devenir exigeant. Il voulait la prendre là, maintenant, tout de suite.

Heureusement, il se ressaisit à temps. Mais il dut faire appel à toute sa volonté pour rompre le baiser, retirer ses mains et s'écarter.

— Je rêve de te mettre au lit, dit-il en la regardant droit dans les yeux. Mais je tiens à m'assurer que c'est ce que tu veux. Je sais que ton corps en a autant envie que le mien, ajouta-t-il lorsqu'elle lui demanda en riant comment il pouvait en douter. Mais je ne veux pas que tu aies des regrets ensuite.

Lui dire ces mots lui coûtait. Mais il s'agissait de Hanna, la mère de son fils. La femme qu'il aimait. Une partie de jambes en l'air serait sans aucun doute formidable et lui ferait oublier sa fatigue mais risquait d'ériger davantage de barrières entre eux, si Hanna n'en avait pas totalement envie. Il y avait assez d'obstacles à leur amour, il ne souhaitait surtout pas en rajouter, provoquer d'autres problèmes. Il espérait tellement qu'ils se retrouveraient pour de bon, qu'ils auraient un avenir ensemble.

Il vit qu'elle hésitait, pesait le pour et le contre, et il attendit, le cœur battant. Mais elle n'eut pas l'occasion d'exprimer sa décision parce que le smartphone de Jesse sonna.

Comme Grayson cherchait peut-être à le joindre pour le mettre au courant d'une avancée de l'enquête ou l'un des employés du ranch pour lui signaler un problème, Jesse se sentit obligé de tirer son téléphone de sa poche.

Les mots « Appelant inconnu » s'affichèrent sur l'écran.

— Bull, grommela-t-il.

Jesse n'était pas d'humeur à s'occuper de lui ce soir, mais il activa la fonction d'enregistrement et prit l'appel.

— Je n'ai joué aucun rôle dans ce qui arrive, déclara d'emblée Bull. Je tiens à ce que vous le sachiez.

— Aucun rôle dans quoi ? demanda Jesse.

— Il s'agit de votre père, Boone, répondit-il. Il est en route pour venir chez Hanna et quelqu'un va tenter de l'enlever.

— Qui ? rugit Jesse. Qui veut s'attaquer à lui ?

— Je n'en sais rien avec certitude, mais il a besoin de votre aide et vite.

Et, sur ces mots, Bull mit fin à l'appel.

Jesse composa en vitesse le numéro de son père et sentit son ventre se nouer lorsque Boone ne répondit pas.

— Appelle Grayson et informe-le de ce que Bull vient de dire, ordonna-t-il à Hanna.

Un intense soulagement l'envahit lorsqu'il entendit la voix de Boone, mais ce moment ne dura pas.

— Je roulais vers le ranch de Hanna quand quelqu'un a percuté mon camion, dit Boone d'une voix précipitée. Un gros SUV. Il a essayé de me faire sortir de la route.

Bull avait dit vrai. Quelqu'un s'attaquait bien à son père.

— As-tu été blessé ?

— Non, non, tout va bien. Je n'ai pas fini dans le fossé, mais le SUV me suit toujours et je n'ai pas envie de le conduire chez Hanna.

Jesse ne le souhaitait pas particulièrement non plus, mais cela semblait pourtant la meilleure solution.

— Un adjoint et des employés du ranch sont ici. Je vais les prévenir. Le SUV rebroussera sans doute chemin dès qu'il verra les hommes armés.

Du moins l'espérait-il, et il mit son père en attente pendant qu'il envoyait un SMS à Miguel Navarro pour l'avertir de la situation et des problèmes susceptibles de se présenter.

— Grayson arrive, lui apprit Hanna dès que Jesse fut de retour en ligne avec son père.

Jesse s'en félicita. Il parviendrait peut-être à prendre le SUV en sandwich et à découvrir qui se cachait derrière cette agression. Mais, au cas où les personnes qui suivaient Boone se mettraient à tirer, Jesse dut demander à Hanna de prendre une précaution qui, il le savait, allait raviver sa peur.

— J'aimerais que tu te réinstalles avec Evan dans la salle de bains, dit-il.

Elle hocha la tête, prit une profonde inspiration et courut vers le couloir. Elle connaissait l'exercice, mais Jesse s'en voulut de le lui faire subir à nouveau.

Il entendit soudain un grand fracas dans le téléphone.

— Le SUV m'a de nouveau percuté, dit Boone.

Il imagina son père se battant avec le volant pour rester sur la route.

Malheureusement, il ne pouvait pas sortir en trombe pour l'aider. S'il désertait la maison, Hanna et Evan risquaient de le payer cher. Cette agression était peut-être une ruse pour les atteindre.

— À quelle distance es-tu ? demanda Jesse en s'efforçant de garder une voix neutre.

Il se précipita vers la fenêtre pour surveiller.

— Un petit kilomètre, répondit Boone au moment où Jesse entendait un autre bruit de ferraille.

Manifestement, le SUV voulait à tout prix l'envoyer dans le décor.

Boone roulait sans aucun doute aussi vite que possible ce qui signifiait qu'il serait là sous peu.

— Peux-tu me décrire le SUV ? demanda Jesse.

— Une Chevrolet noire, dernier modèle, avec un pare-chocs

renforcé. J'ai essayé de jeter un œil à la plaque d'immatriculation, mais elle est maculée de boue et illisible.

Que son père ait noté ces détails, alors qu'il était attaqué, n'était pas surprenant. Boone faisait partie d'une famille de shérifs et d'adjoints. Il n'était pas du genre à paniquer.

Il y eut un autre grand fracas et Jesse entendit son père proférer une ribambelle de jurons au milieu de crissements de pneus. Il ne voyait pas le bout de l'allée à cause des arbres, mais son père arrivait.

Jesse sortit son arme et se dirigea vers la porte. Il désarma le système d'alarme pour l'ouvrir.

Il entendit alors un bruit qui le glaça.

Des coups de feu.

Il pria pour que les balles n'atteignent pas son père. Quelques instants plus tard, il aperçut le camion rouge de Boone. Il ne s'arrêta pas. Son père continua de rouler jusqu'à l'autre bout de la propriété, jusqu'à un petit bois, sans doute pour éloigner le danger de la maison.

Et le concentrer sur lui.

Boone risquait d'être tué.

Jesse sortit de sa cachette et reporta son attention vers l'allée, là où le SUV allait apparaître. Mais il vit ce dernier opérer un demi-tour, tenter de s'échapper.

Jesse lutta contre l'envie irrésistible de le poursuivre. Mais il songea à Hanna et à Evan, et s'interdit de prendre un tel risque. De plus, il s'agissait peut-être d'autres hommes de main, comme celui que Grayson avait déjà mis en détention.

— Je vais bien, lui assura son père en sortant de son camion. Ils s'enfuient comme des lâches, ajouta-t-il.

Des lâches qui n'hésitaient pas à tuer des innocents ou à mettre en danger la vie d'un bébé.

Ils le payeraient cher. Jesse ne savait pas encore comment, mais il se le promit.

— Je suis vraiment désolé, dit Boone en boitillant vers Jesse.

— Tu n'y es pour rien.

Ce n'était pas sa faute s'il s'était retrouvé dans la ligne de mire de ces types.

Mais qu'il boite inquiéta Jesse.

— Tu as dit que tu n'étais pas blessé.

— Ce n'est rien. Je me suis cogné le genou quand ils m'ont percuté. Hanna et Evan vont bien ?

Jesse hocha la tête. Ils allaient aussi bien que possible. Hanna était sans doute terrifiée et blottie dans la baignoire avec Evan.

— Prévenez Grayson de ce qui s'est passé ici, cria Jesse à l'adjoint et aux employés du ranch.

Grayson voudrait sans doute tenter de localiser le SUV et d'identifier son propriétaire.

— Et dites bien à Grayson que je ne suis pas blessé, ajouta Boone pour que son fils ne s'inquiète pas.

Jesse le fit entrer dans la maison au plus vite et referma la porte avant de réinitialiser le système d'alarme.

— As-tu compris ce qui s'était passé ? demanda Boone. Qui a essayé de me faire sortir de la route ?

— Je ne sais pas, mais il est possible que l'homme que Grayson a mis en garde à vue nous donne quelques réponses. Je ne serais pas surpris que la milice soit derrière tout ça.

Boone secoua la tête d'un air dégoûté, mais lui non plus n'en serait pas étonné. Les événements de dernières heures les ramenaient à la milice et à ses activités illégales.

— Laisse-moi un instant pour aller expliquer à Hanna ce qui se passe, dit Jesse.

Mais, alors qu'il regardait par la fenêtre, il vit des phares apparaître dans l'allée.

Il ressortit l'arme qu'il venait de remettre dans son holster et Boone l'imita.

— C'est sans doute Grayson, marmonna Boone.

Mais, d'un coup d'œil au véhicule, Jesse comprit que ce n'était pas le cas. Un vieux camion bleu s'arrêta. Les employés du ranch et l'adjoint pointèrent aussitôt leurs armes sur lui.

— C'est moi, cria un homme. Ne tirez pas.

Jesse vit Bull bondir au sol. Il leva les mains en l'air et s'immobilisa.

— Ne tirez pas, répéta-t-il. Je suis venu me rendre.

12

Hanna coucha Evan dans son berceau mais resta près de lui pour s'assurer qu'il dormait bien. C'était le cas. Il avait à peine bougé lorsqu'elle s'était précipitée avec lui dans la salle de bains après l'attaque de Boone. Si elle avait vécu une rude épreuve, le bébé, lui, était resté paisiblement assoupi et peut-être ne se réveillerait-il pas avant plusieurs heures.

Quand Jesse était entré dans la salle de bains pour lui dire qu'elle pouvait sortir en toute sécurité et que son père allait bien, il lui avait annoncé que Bull était venu pour se rendre. Hanna craignait qu'il ne s'agisse d'un stratagème, d'une ruse. Mais Jesse saurait maîtriser la situation, elle lui faisait confiance.

Comme elle ouvrait la porte de la chambre de l'enfant, elle entendit des voix. Celles de Jesse, de Boone… et de Bull. Il était chez elle. L'homme qui avait failli la tuer était là.

Dans sa maison.

Jesse lui avait expliqué qu'ils avaient été obligés de le faire entrer pour ne pas rester à découvert avec lui en attendant l'arrivée de Grayson et des renforts. Le conduire au bureau du shérif n'était pas une option non plus. Aucun de leurs véhicules n'était à l'épreuve des balles, l'adjoint suppléant étant venu au volant de son propre camion. Hanna avait compris le problème. Il n'était pas question de laisser Jesse ou Boone prendre un tel risque.

De son côté, elle avait sans doute surpris Jesse en lui disant qu'elle souhaitait parler à Bull. Elle ne cherchait pas seulement à affronter le personnage central de ses cauchemars. Elle avait besoin de réponses et espérait que le malfrat les lui apporterait.

Au moment où elle sortait de la chambre, la sonnerie de son téléphone retentit. Un coup d'œil à l'écran lui apprit que sa mère cherchait à la joindre et elle hésita à la laisser tomber sur sa messagerie. Mais, avec un soupir, elle préféra finalement répondre. Il était possible qu'Isabel ait entendu parler de la tentative d'enlèvement de Boone et veuille s'assurer qu'elle et Evan n'avaient pas été blessés accidentellement.

— Tout va bien, dit-elle en prenant l'appel.

— Pourquoi le préciser d'emblée ? s'enquit Isabel. S'est-il passé autre chose ?

Hanna se mordit les lèvres en se reprochant d'en avoir trop vite trop dit.

Elle décida de ne pas lui cacher la vérité. De toute façon, sa mère l'apprendrait tôt ou tard. Ou peut-être le savait-elle déjà et qu'elle ne donnait cet appel que pour noyer le poisson en jouant les innocentes.

— Quelqu'un a essayé d'enlever Boone, dit-elle. Mais son agresseur s'est enfui.

En revanche, elle ne lui parla pas de la reddition de Bull. Mieux valait garder cet épisode secret jusqu'à ce qu'il soit derrière les barreaux. Elle ne voulait pas donner à des tueurs à gages, ni à qui que ce soit, une bonne raison de se rendre au ranch pour l'abattre.

— Tu vois bien que les Ryland sont des aimants à problèmes, grommela Isabel. Je sais que nos relations sont un peu tendues actuellement, mais j'aimerais que tu viennes t'installer chez moi avec Evan. Vous y seriez tous les deux en sécurité.

Hanna n'avait ni le temps ni l'envie de repartir sur le sujet

« Ryland » avec sa mère. Et cette fois elle ne mit pas de gants pour le lui faire comprendre.

— Comme tu dis, nos relations sont plutôt tendues en ce moment. Parce que tu ne m'as pas dit la vérité.

— Je ne t'en avais pas parlé parce que j'étais certaine que ces révélations te bouleverseraient, contra Isabel. Et c'est ce qui s'est produit. Écoute, si tu veux que je culpabilise d'avoir revu Arnie, alors réjouis-toi parce que je culpabilise. Je suis désolée de lui avoir parlé et, surtout, qu'il ait failli te tuer.

Exaspérée, Hanna fut tentée de lui raccrocher au nez, mais elle se rappela que sa mère n'était sans doute pas une ignoble criminelle. Peut-être n'était-elle coupable que d'une erreur de jugement. Peut-être n'avait-elle pas mesuré tout de suite la dangerosité d'Arnie.

Voilà pourquoi elle mit fin à l'appel d'un ton adouci.

— Je dois y aller, dit-elle. À plus tard.

Isabel n'insista pas et se contenta de marmonner un « au revoir ».

Hanna prit plusieurs profondes inspirations pour se donner du courage avant de gagner le salon.

Bull était agenouillé par terre, les mains derrière la tête. Jesse et Boone gardaient leurs armes braquées sur lui.

Quand elle entra, Jesse se tourna vers elle et, à en juger à l'expression désapprobatrice peinte sur son visage, il regrettait qu'elle assiste à cette scène. Il jugeait sans doute sa présence inutile. Et peut-être avait-il raison.

Bull croisa également son regard. Contrairement à ce à quoi elle s'attendait, il ne ricana pas, ne l'insulta pas. En fait, il n'y avait rien de provocant dans son expression.

— Je suis désolé, dit-il.

Elle ne lui demanda pas s'il était désolé à cause de la fusillade ou à cause des derniers événements.

Au lieu de quoi, elle reporta son attention sur Jesse.

— S'il n'est pas derrière cette agression, comment Bull a-t-il su que quelqu'un tenterait d'enlever Boone ?

— Il prétend avoir obtenu l'information par l'intermédiaire d'un milicien avec lequel il est toujours en contact. Un certain Hector Ames.

— C'est vrai, cria Bull.

Comme ni Boone ni Jesse ne lui accordèrent un regard, il poursuivit :

— Hector n'est pas d'accord avec certaines des actions de la milice, voilà pourquoi je suis resté en contact avec lui.

— Grayson va convoquer le dénommé Hector pour l'interroger, dit Jesse.

— Où est Grayson, d'ailleurs ? s'enquit Hanna.

— Il s'est lancé à la poursuite du SUV mais l'a perdu sur la voie express. Il revient ici pour conduire Bull en prison.

— Emprisonnez-moi dans celle de Silver Creek, je vous en supplie, dit Bull. Ne m'incarcérez pas dans une prison fédérale parce que j'y serai en danger. Je ne sais pas à qui je peux faire confiance.

— Bienvenue au club, marmonna-t-elle.

Mais ce n'était pas tout à fait vrai.

Elle pouvait faire confiance à Jesse, Boone et aux autres Ryland pour la protéger. En revanche, avec le reste du monde, elle ignorait sur quel pied danser.

Surtout avec Bull.

Elle se rapprocha de Jesse pour mieux voir l'homme qui incarnait toutes ses angoisses et pour se confronter à lui.

— Racontez-moi ce qui s'est passé le soir où j'ai reçu une balle, dit-elle.

Ce n'était pas une demande. C'était un ordre.

Il poussa un juron.

— J'espérais que vous pourriez me le dire, grommela-t-il. Que vous aviez recouvré la mémoire.

— J'en ai récupéré une partie. Assez pour savoir si vous mentez, ajouta-t-elle pour le pousser à être sincère.

Il gémit.

— Il faut absolument que vous parveniez à vous souvenir de tout. Parce que je suis sûr et certain que vous avez vu ou entendu quelque chose, ce soir-là, que moi, je n'ai ni vu ni entendu.

Peut-être, oui. D'instinct, elle en était persuadée. Malheureusement, rien de ce qu'elle avait fait jusqu'à présent n'avait réussi à faire revenir les souvenirs de cette funeste soirée. En parler avec Bull le lui permettrait peut-être.

— Racontez-moi ce qui s'est passé, répéta-t-elle.

— Je n'ai pas menti lorsque j'ai été interrogé pendant ma garde à vue. En revanche, je n'ai pas tout dit, c'est vrai. J'ai omis, par exemple, de préciser que j'étais un agent de l'ATF. Si je l'avais confié, je me serais fait tout de suite descendre. Quelqu'un de la milice m'aurait pris pour cible et, comme je ne sais pas qui tire les ficelles, je n'aurais pas pu surveiller mes arrières.

— D'accord, mais j'aimerais entendre de votre bouche tout ce qui s'est passé ce soir-là, insista-t-elle.

De toute évidence, Bull avait espéré le contraire, qu'*elle* lui apporterait des réponses. Lesquelles exactement, elle l'ignorait, mais il devrait attendre pour les avoir. Peut-être sa vie durant, si elle ne recouvrait jamais l'intégralité de sa mémoire.

— Comme je l'ai raconté à Jesse, au shérif, aux adjoints et à tous les agents de l'ATF qui m'ont interrogé après mon arrestation, Arnie m'a appelé ce soir-là. Il voulait se rendre au ranch pour s'expliquer avec Boone et Jesse et en finir avec eux. Il était certain qu'il était sur le point d'être arrêté.

— Et il allait l'être, en effet, affirma Jesse. Vous aussi, ainsi que tous les autres membres de la milice que nous avions identifiés et localisés.

— En tout cas, Arnie en avait eu vent et l'avait mal pris. Il était fou de rage. Et défoncé, en prime, ce qui n'arrangeait rien.

Voilà pourquoi je lui ai proposé de venir me chercher pour que nous y allions ensemble. J'espérais réussir à le dissuader de faire une bêtise.

Bull s'interrompit, jura de nouveau avant de conclure :

— Inutile de dire que j'ai échoué.

— Sur toute la ligne, renchérit Hanna. Continuez.

Il serra les mâchoires.

— J'ai essayé de calmer Arnie, de lui suggérer de commencer par nous poser, par boire une bière et réfléchir à un plan. Je lui ai dit que si nous nous présentions au ranch des Ryland, les gardiens ne nous laisseraient certainement pas entrer. Mais Arnie ne m'a pas écouté. Il était hors de lui et prêt à enfoncer la grille ou à escalader la clôture, s'il le fallait. Il était déterminé à faire tout et n'importe quoi pour vous atteindre, Boone et vous.

— Et à ce stade, vous n'avez pas pensé à m'appeler ? rugit Jesse. Ou Grayson ? Ou votre officier traitant de l'ATF ? Nous avertir des intentions d'Arnie ne vous a pas paru indispensable ?

— Je n'étais pas sûr de pouvoir vous faire confiance, que vous garderiez le silence sur le fait que j'étais un agent infiltré.

— Vous auriez pu, lui assura Jesse. Nous ne sommes pas corrompus.

— Non, mais je n'étais pas certain que vous respecteriez mon secret. Quant à mon responsable, mon officier traitant à l'ATF... eh bien, c'est Shaw, grogna Bull. Je ne lui fais pas confiance non plus.

— Pourquoi non ?

Mais il leva la main pour empêcher Bull de répondre lorsqu'ils entendirent un véhicule s'arrêter devant la maison.

— Grayson est là.

Boone garda son arme pointée sur Bull tandis que Jesse allait ouvrir au shérif.

Grayson entra et jeta un coup d'œil circulaire dans la pièce.

— Evan et vous allez bien, Hanna ? demanda-t-il.

Elle hocha la tête et Grayson répéta la question à son père. Boone répondit par l'affirmative, mais Grayson lui désigna sa jambe.

Jesse avait dû lui parler de sa blessure, comprit Hanna. Il conduirait bientôt Boone aux urgences pour être examiné.

— Bull nous disait qu'il ne faisait déjà pas confiance à Shaw le soir où Hanna a été blessée par balle. Et pour info, je lui ai relu ses droits, au cas où il les aurait oubliés.

Bull se renfrogna, mais de toute évidence il tenait à poursuivre son récit.

— Je n'osais pas me confier à Shaw parce que je craignais qu'il ait conclu un marché secret avec la milice. Des rumeurs couraient comme quoi ses membres étaient protégés. Quelqu'un les prévenait des raids de l'ATF avant qu'ils n'aient lieu. Ce quelqu'un était peut-être un agent de l'ATF.

— Ce n'était pas la seule hypothèse, remarqua Jesse. Pourtant, vous vous êtes focalisé sur Shaw. Aviez-vous des preuves de petits arrangements secrets entre eux ?

— Aucune. J'essayais de découvrir la vérité quand Arnie a perdu les pédales et est parti en trombe pour le ranch des Ryland.

— Un ranch où je me trouvais par hasard, continua Hanna. Qu'est-ce qui a poussé Arnie à s'en prendre à moi et à me sortir de ma voiture ?

Bull hésita de nouveau, mais il ne semblait pas essayer d'inventer une histoire en espérant qu'elle la croirait. Cela dit, il était agent fédéral, un homme de terrain et travaillait sous couverture. Il avait donc été entraîné à mentir.

— Cela a-t-il un rapport avec ma mère ? demanda-t-elle.

La question ne parut pas le surprendre.

— Arnie m'a dit avoir parlé à votre mère, répondit-il finalement. Il n'a pas précisé à quel sujet. Vous pensez que votre mère a quoi que ce soit à voir avec le fait qu'Arnie vous ait tiré dessus ? ajouta-t-il après un petit silence.

— Et vous ? répliqua-t-elle.

— Non.

Mais sa voix était teintée de doute.

— Isabel a-t-elle un lien quelconque avec ce qui s'est passé, ce soir-là ? reprit-il.

— Je n'en suis pas sûre, reconnut-elle. Qu'a dit Arnie à propos de la conversation qu'il avait eue avec ma mère ?

— Rien de spécial. Isabel l'avait appelé et il était allé la voir. Ils ont pris un verre et même plusieurs… des gin-tonics, ajouta-t-il. Ils étaient très alcoolisés et il a reconnu qu'il était ivre en partant.

Hanna jeta un coup d'œil à Jesse et devina qu'il se posait la même question qu'elle.

Isabel l'avait-elle drogué ?

Bien sûr, Arnie était un consommateur assidu d'héroïne, mais peut-être lui avait-elle donné de fortes doses d'alcool, de drogues ou un cocktail des deux, dans l'espoir de le pousser à s'attaquer à Jesse.

Ce qu'il avait fait.

Le raisonnement se tenait. Enfin, à condition de se faire à l'idée qu'Isabel, guindée et snob comme elle l'était, ait été capable de se comporter en criminelle patentée. Hanna n'en était pas là, ce qui ne signifiait pas qu'elle la croyait innocente.

Il était possible que sa mère l'ait fait boire à outrance pour qu'il ne sache plus ce qu'il faisait.

— Mis à part Arnie, je n'ai jamais entendu aucun autre membre de la milice parler d'Isabel, ajouta Bull. Mais si vous pensez qu'elle est liée à la Brotherhood, j'ai besoin de le savoir.

— De qui parlaient les miliciens ? demanda Jesse.

Bull soupira. Il gardait les mains derrière la tête.

— Vous avez déjà arrêté les cadors de l'opération et je viens de vous donner le nom de Hector.

— Mais vous ne nous avez pas dit qui dirige la milice, intervint Grayson.

— Parce que je l'ignore, rétorqua Bull.

Et cette fois, sa voix n'était pas teintée de colère mais de frustration.

Hanna n'avait aucune envie de sympathiser avec un homme qui la terrifiait et qu'elle détestait depuis des mois, mais elle ressentait la même frustration que lui. Car, tant qu'ils ne connaîtraient pas l'identité du chef de la milice, aucun d'eux ne serait en sécurité. Y compris Bull.

Quand il avait dit que quelqu'un allait tenter de le tuer, elle l'avait cru. Le chef de la milice voulait certainement sa mort. Peut-être qu'un agent double comme Shaw aussi.

— Racontez-nous la suite de ce qui s'est passé ce soir-là, reprit Jesse lorsque la pièce redevint silencieuse. Arnie et vous êtes arrivés devant le ranch et vous avez vu Hanna. Pourquoi Arnie l'a-t-il sortie de sa voiture ?

— Lui ai-je dit quelque chose qui lui ait déplu ? ajouta-t-elle.

— Je n'en sais rien, reconnut-il. Vous lui avez parlé lorsqu'il a ouvert la portière, mais j'ignore ce que vous lui avez dit. Mais sans doute lui demandiez-vous simplement ce qu'il fabriquait, ce qu'il vous voulait. Ou une question de ce genre. Avant même de vous approcher, il hurlait et divaguait déjà. Et soudain il a sauté hors de son camion et couru jusqu'à votre voiture. Il a sorti son arme et vous a tirée de l'habitacle avant que je puisse faire quoi que ce soit pour l'arrêter.

Comme son récit confirmait les images de la caméra de surveillance, elle n'eut aucun problème à revivre ces moments et, même si elle n'en avait aucun souvenir, elle sentit au plus profond de son cœur la terreur qui l'avait envahie. Elle était enceinte, elle avait eu très peur pour son bébé.

— Et ensuite ? insista Jesse avec colère.

Bull prit une profonde inspiration avant de répondre.

— Arnie a voulu entraîner Hanna jusqu'à son camion, mais il a laissé tomber ses clés dans l'herbe. Il marmonnait et jurait et quand nous avons entendu quelqu'un du ranch approcher du portail, il a dit que nous devions foutre le camp. Lorsqu'il s'est enfui vers les bois, je n'imaginais pas qu'il allait emmener Hanna avec lui, mais c'est pourtant ce qu'il a fait.

— Et vous ne l'en avez pas empêché, rétorqua Jesse.

— Tout s'est passé très vite et je ne voulais pas me battre avec lui parce qu'il avait une arme à la main. Je craignais que le coup parte tout seul. À ce moment-là, Arnie pointait son pistolet sur elle.

— Et le coup est parti, lui rappela Hanna.

Il hocha la tête et soupira.

— Nous venions de pénétrer sous ces arbres. Il faisait sombre, donc je ne sais pas si le coup est parti par accident. Je pense que oui, ajouta-t-il sans en paraître convaincu. Vous êtes tombée et Arnie a paniqué. Il s'apprêtait à tirer à nouveau pour vous interdire de raconter à quiconque qu'il était l'auteur du coup de feu qui vous avait blessée. C'est à ce moment-là que je l'ai tué.

Hanna aurait aimé avoir un détecteur de mensonges pour savoir si Bull disait la vérité ou si les événements s'étaient déroulés autrement. En lisant les rapports, elle avait appris que le laboratoire avait comparé les balles. Celle qui l'avait touchée et celle tirée par l'arme d'Arnie.

Le pistolet de Bull avait bien tué Arnie, ce qui corroborait l'histoire qu'il avait racontée. Mais son instinct lui soufflait qu'il n'avait pas tout dit.

— Il s'est passé aussi autre chose, insista-t-elle – et ce n'était pas du bluff, cette fois. Dites-moi quoi.

Il ne chercha pas à le nier.

— Je suis presque sûr que quelqu'un d'autre se trouvait

déjà sous ces arbres. Il n'y avait pas que vous, Arnie et moi dans ce petit bois.

Grayson et Boone poussèrent des jurons. Ils étaient visiblement en colère que Bull ne le leur en ait pas parlé plus tôt.

— Qui ? cria Jesse.

— Je n'ai pas vu la personne, répondit Bull, mais j'ai aperçu une arme braquée sur moi. Je suis tombé au sol, j'ai roulé dans un fourré pour tenter d'éviter une balle lorsque vous et votre cousin êtes arrivés. La personne a dû s'enfuir.

— Et pour quelle raison n'en avez-vous pas parlé avant maintenant ? demanda Jesse d'une voix teintée de sarcasme et de fureur.

— Parce que je croyais alors qu'il s'agissait de Shaw, reconnut Bull. Et si je vous l'avais dit, j'aurais dû expliquer comment j'avais reconnu un agent de l'ATF. Je ne voulais pas me trahir, je tenais à préserver ma couverture. J'ai pensé qu'il valait mieux laisser tout le monde croire que je faisais partie de la milice. Cela me semblait le meilleur moyen de continuer à recueillir des informations et à réussir à identifier leur chef.

— Vous pensiez que Shaw était caché dans ce bois et vous ciblait, marmonna Jesse. Et c'était lui ?

— J'ai demandé à mon avocat de lui poser la question. Je ne pouvais pas parler à Shaw moi-même pour ne pas risquer que quiconque fasse le lien entre lui et moi. Quoi qu'il en soit, il a dit non. Il n'était pas là, ce soir-là.

— Vous le croyez ? demanda Hanna.

Bull resta longtemps silencieux.

— Oui. Sur ce point, en tout cas. Je pense toujours qu'il pourrait être un agent double et jouer sur les deux tableaux mais, d'après ce que je sais, Shaw ignorait qu'Arnie irait au Silver Creek Ranch. Une seule personne savait avec certitude qu'Arnie avait la ferme intention de se rendre au ranch pour affronter Boone et Jesse.

Hanna sentit son cœur cesser de battre.

— Ma mère ?

Bull secoua la tête.

— Je ne pense pas qu'elle savait quand Arnie irait là-bas. Je me trompe peut-être. Pendant qu'ils buvaient, Arnie lui avait peut-être dit qu'il irait ensuite au ranch. Je n'en sais rien. Mais quelqu'un d'autre était au courant, c'est une certitude.

— Qui ? souffla-t-elle.

— Ma sœur, Marlene.

13

Marlene.

Que son nom soit constamment cité à propos du coup de feu qui avait blessé Hanna ou de la milice finissait par inquiéter Jesse. Mais manifestement Bull pensait que sa sœur y était liée.

— Comment aurait-elle su qu'Arnie et vous seriez au ranch à ce moment-là ? demanda Jesse.

— Parce que je l'avais dit devant elle, répondit-il. Elle était chez moi quand Arnie m'a téléphoné et m'a sans doute entendu essayer de le calmer. Je lui avais interdit de se rendre au ranch et nous nous étions disputés à ce sujet. Il n'aurait pas été très difficile pour Marlene de comprendre où nous allions lorsque Arnie est passé me prendre.

En effet, mais Jesse n'était toujours pas convaincu.

— Si vous dites que Marlene vous a suivis, Arnie et vous, et qu'elle a braqué son arme sur vous, cela signifie qu'elle fait, à vos yeux, partie de la milice.

Bull serra les mâchoires.

— Elle pourrait très bien en faire partie, oui. Je n'en sais rien. Je veux croire que ma propre sœur ne s'attaquerait pas à moi, ne me tuerait pas, mais si elle a découvert que j'étais un agent infiltré, l'idée l'a forcément traversée. Idem si elle craignait que je dénonce la milice.

Jesse n'adhérait pas totalement à ces théories, mais il n'était pas question non plus pour lui de les rejeter en bloc sans les avoir creusées un peu. Si Marlene était membre de la milice, elle chercherait en effet à faire taire toutes les personnes susceptibles de divulguer des éléments sur le mouvement, de le trahir. Dans son esprit, Bull et Arnie auraient pu devenir des menaces, dès lors qu'ils seraient arrêtés et interrogés.

— Y a-t-il d'autres questions que vous aimeriez lui poser ? s'enquit Grayson en regardant tour à tour Hanna, Jesse et Boone.

Comme tous trois secouaient la tête, il s'avança vers Bull et lui passa les menottes.

— Très bien, alors je vais le conduire en prison.

— N'y va pas seul, intervint Jesse.

— Ava et Theo m'attendent dehors et assureront mes arrières, ne t'inquiète pas. Par ailleurs, je laisse ici les employés du ranch et un adjoint, au cas où d'autres problèmes surgiraient. Si tu as besoin de davantage d'hommes, Jesse, préviens-moi, ajouta-t-il.

— Attendez, intervint Bull lorsque Grayson le releva. J'ai un plan. Il est risqué, mais à ce stade tout ce que nous ferons le sera.

— Quel plan ? lança Jesse sans chercher à dissimuler son scepticisme.

Bull jeta un coup d'œil à Grayson.

— Êtes-vous sûr et certain d'être en mesure d'empêcher quiconque de me tuer, lorsque je serai derrière les barreaux ?

— Vous serez protégé, oui, lui assura Grayson. Ni moi ni mes adjoints n'avons de liens avec la milice.

Comme Grayson, Jesse avait totalement confiance en ses hommes. Ils étaient tous prêts à mourir pour défendre un prisonnier. Y compris quelqu'un comme Bull.

— Très bien, répondit ce dernier. Puisque vous me garantissez votre protection, je vais, de mon côté, vous dire comment faire sortir ce serpent de sa cachette. Et tant pis s'il s'avère qu'il s'agit de ma sœur.

Il regarda Grayson.

— Vous allez crier sur les toits que je suis en garde à vue et que je coopère, que *je coopère pleinement,* insista-t-il. Et que je m'apprête à vous communiquer des informations capitales sur la milice.

Grayson resta un instant silencieux pour examiner cette situation sous tous les angles. Jesse l'imita et un énorme problème potentiel lui sauta aux yeux. Si le chef de la milice envoyait bon nombre de ses hommes au bureau du shérif pour faire taire Bull, il y aurait une fusillade. Et tout finirait peut-être dans un bain de sang. De toute évidence, Grayson envisageait lui aussi cette hypothèse.

Mais Bull poursuivait :

— Vous est-il possible de boucler de façon hermétique l'endroit où vous m'emprisonnerez ?

— Absolument, affirma Grayson. Les portes et fenêtres du bureau du shérif sont toutes blindées, les lieux entièrement sécurisés. En plus des adjoints à l'intérieur, je positionnerai s'il le faut mon demi-frère et mon cousin, tous deux des Texas Rangers, sur les toits des bâtiments voisins. De là, ils repéreront n'importe qui à l'approche.

— Bien. Faites-le, je vous prie, insista Bull. Dès que tout sera en place, passez le mot autour de vous, dites haut et fort à qui voudra l'entendre que je m'apprête à tout balancer. Que je n'attends que l'arrivée de mon avocat pour vous livrer des noms.

En théorie, le chef de la milice aurait ainsi le temps de lancer une attaque pour le réduire au silence avant qu'il ne puisse les dénoncer. Mais Jesse voyait un autre défaut dans le plan.

— Le chef de la milice ne se présentera peut-être pas lui-même. Et se contentera d'envoyer ses sbires, des hommes de main.

Bull hocha la tête.

— Peut-être, mais quand le shérif aura capturé certains d'entre eux, il lui sera facile de faire pression sur l'un d'eux pour qu'il donne le nom de son patron... en échange d'un allégement de peine, par exemple.

Grayson regarda Jesse, pour lui demander si, à son avis, le jeu en valait la chandelle. Pour lui, la réponse était oui. Si le plan fonctionnait, Hanna et Evan seraient enfin en sécurité. Tant que le chef de la milice tirait les ficelles dans l'ombre, aucun d'eux ne vivrait en paix.

— C'est un plan solide, poursuivit Bull. Et si je dois risquer ma vie, je préfère le faire en étant sous la garde de quelqu'un en qui j'ai confiance.

— Comment savez-vous que vous pouvez nous faire confiance ? répliqua Jesse.

Bull le regarda en face.

— Si vous vouliez ma mort, je le serais déjà.

Sa réponse provoqua une nouvelle vague de colère chez Jesse.

— J'ai très envie que vous payiez de votre vie le rôle que vous avez joué dans la fusillade qui a failli tuer Hanna et mon fils, figurez-vous. Mais je ne suis pas un tueur. De plus, vous avez sans doute raison. Jouer les repentis, faire croire que vous allez tout déballer, a de grandes chances de faire sortir le loup du bois.

Tout étant décidé, Grayson poussa alors Bull vers la porte.

— Je t'enverrai un SMS lorsque tout sera en place et que nous serons prêts à claironner l'imminence de ses prétendus aveux. Cette préparation nous demandera quelques heures. Je ne crois pas que les miliciens s'attaqueront à Hanna et à toi dans l'intervalle, mais soyez prudents. Mieux vaut prévenir que guérir. Dès que j'aurai annoncé que Bull s'apprête à livrer les membres du mouvement, restez sur vos gardes.

— Compte sur moi. Bonne chance, ajouta Jesse.

Que la sécurité de Hanna et d'Evan repose sur la chance l'ennuyait, mais celle-ci jouerait sans doute un grand rôle dans cette histoire. Bien entendu, rien ne garantissait que le chef de la milice mordrait à l'hameçon. Peut-être devinerait-il un piège.

Mais jusqu'à présent, le responsable de la milice avait commis des erreurs en envoyant des voyous chez Hanna, par exemple, ou en tentant d'enlever Boone. Peut-être continuerait-il à faire preuve d'imprudence. Si tout se déroulait comme ils l'espéraient, dans quelques heures, Grayson aurait arrêté assez de personnes pour être enfin en mesure de découvrir la vérité.

— Monte dans la voiture avec Ava et Theo, dit Grayson à Boone. Et passez d'abord aux urgences pour faire examiner ta jambe. S'il te plaît, ajouta-t-il en voyant une étincelle de colère dans ses yeux.

Après les avoir tous raccompagnés à la porte, Jesse ne la referma pas tout de suite. Il promena le regard alentour, la main sur son arme, au cas où des miliciens guetteraient Bull. Mais tout était calme lorsque Grayson l'installa dans la voiture de patrouille tandis que Boone prenait place dans celle d'Ava et de Theo. Dès qu'ils démarrèrent et s'éloignèrent, Jesse verrouilla la porte et brancha l'alarme.

Il savait qu'un ouvrier agricole était posté de chaque côté de la maison et que l'adjoint suppléant surveillait l'allée. De plus, en cas de besoin, il faudrait moins de dix minutes au bureau du shérif pour leur envoyer des renforts. Toutes les bases étaient donc couvertes.

Il ne restait plus que Hanna.

D'un simple coup d'œil, il comprit qu'elle était plus qu'épuisée. Lui aussi. Comme Grayson avait dit qu'il faudrait plusieurs heures avant d'annoncer que Bull s'apprêtait à livrer les membres de la milice, ils avaient le temps de souffler un peu, de s'octroyer une petite sieste.

D'autant plus qu'Evan dormait déjà, constata-t-il en glissant un œil au babyphone qu'elle tenait toujours à la main.

Il l'entraîna dans la chambre d'enfant. Il devinait qu'elle était trop inquiète pour se détendre loin du bébé.

— Je te promets de te réveiller dès que je recevrai des nouvelles de Grayson.

Ensuite, par mesure de précaution, il lui demanderait peut-être alors de retourner dans la salle de bains avec Evan. Mais il ne voulait pas lui en parler maintenant. Il refusait de l'inquiéter, certain qu'elle ne trouverait pas le sommeil si une nouvelle vague d'angoisse s'abattait sur elle. Bien sûr, peut-être ne parviendrait-elle pas à dormir de toute façon, mais il voulait qu'elle essaye. Elle avait vraiment besoin de se reposer.

Elle s'arrêta devant la porte de la chambre, jeta un coup d'œil au bébé pour s'assurer, une fois de plus, qu'il allait bien. Puis elle se tourna vers Jesse.

— Tu vas dormir un peu, toi aussi ?

— Bien sûr, mentit-il.

Elle lui décocha un petit sourire.

— Alors pourquoi ne pas rester dans la chambre avec Evan et moi ? Le canapé est convertible, il se transforme en lit d'appoint. S'il te plaît, ajouta-t-elle d'un ton suppliant. Cela me rassurerait de te savoir avec nous.

Il accepta sans hésiter. Si sa présence pouvait lui apporter ne serait-ce qu'un soupçon de réconfort, il n'allait pas refuser. Pourtant, la perspective de s'allonger à côté d'elle, dans un lit étroit, lui donnait déjà des idées.

De très mauvaises idées.

Elles se multipliaient dans son esprit chaque fois qu'il était proche de Hanna, et leur séance de baisers passionnés n'avait rien arrangé.

Être étendu près d'elle serait une torture. Cependant, il était déterminé à résister à la tentation et à maîtriser ses pulsions.

Mais à sa grande surprise, dès qu'ils entrèrent dans la chambre, Hanna l'attira à elle.

Et colla ses lèvres aux siennes.

Hanna avait décidé de l'embrasser au moment où Jesse avait accepté de rester dans la chambre avec elle. Bien sûr, il n'avait pas donné son accord pour un rapport sexuel, mais elle sentait qu'il en avait envie. Comme elle, il ne se satisfaisait plus de tendres baisers, ni d'étreintes qui se voulaient réconfortantes.

Il la désirait.

Elle devinait la faim sensuelle dont il était la proie parce que, dès qu'il la regardait, elle voyait la petite flamme du désir briller dans ses yeux. Elle en était chaque fois surprise. Il y a quinze mois, elle l'avait rejeté et lui avait sans doute brisé le cœur. Pourtant, il n'avait jamais renoncé à elle. Elle avait conscience de ne pas mériter sa fidélité.

Mais elle avait envie d'y répondre.

Parce qu'elle le désirait, elle aussi.

Depuis six mois, elle tentait de nier le trouble entre eux. En partie à cause des paroles venimeuses de sa mère à propos des Ryland. Mais aussi parce qu'elle avait oublié comment il l'avait séduite au départ, comment ils s'étaient retrouvés au lit, comment tout s'était passé entre eux. Mais désormais elle s'en moquait. Ses souvenirs d'alors n'avaient aucune importance.

Seuls comptaient à ses yeux le présent et les souvenirs qu'ils allaient se créer, maintenant.

Bien entendu, refaire l'amour avec lui s'avérerait peut-être une erreur. Une erreur qu'ils finiraient tous les deux par regretter. Céder à la tentation aboutirait peut-être à compliquer davantage la situation.

Mais elle avait déjà dépassé le point de non-retour. Elle s'inquiéterait des conséquences plus tard. Elle avait envie de Jesse. Il avait envie d'elle. Et elle était déterminée à prendre tout ce qu'il était prêt à lui donner.

Quand leurs langues entamèrent une danse sensuelle, leur baiser passionné lui confirma qu'elle avait pris la bonne décision.

Peut-être ne partageraient-ils qu'une seule nuit, quelques

heures. Peut-être s'apprêtaient-ils à vivre leur deuxième « seule et unique » nuit. Là encore, elle s'en moquait.

Jesse paraissait sur la même longueur d'onde.

Sans doute était-il comme elle dévoré par un désir ardent auquel il était impossible de résister.

En tout cas, il approfondit leur baiser tout en la plaquant plus étroitement contre lui et glissa les mains sous son corsage.

Elle sentit son torse musclé contre ses seins et à ce contact, leurs pointes se dressèrent.

Jesse semblait bien connaître son corps. Il savait en tout cas où passer les doigts pour la faire vibrer.

Sous ses caresses, des vagues de plaisir déferlaient sur sa peau et elle poussa un gémissement.

Il interrompit leur langoureux baiser le temps de la déshabiller.

Elle lui ouvrait déjà les bras quand une pensée s'imposa soudain à son esprit.

— As-tu un préservatif ? S'il te plaît, dis-moi que tu en as un.

— Oui, dans mon portefeuille.

Il planta les yeux dans les siens et attendit. Sans doute pour s'assurer qu'elle était d'accord pour aller plus loin, jusqu'au bout, avec lui. Que la question du préservatif n'était pas un prétexte dans l'espoir d'en rester là.

Elle lui sourit. De tout son être, elle aspirait à faire l'amour avec lui. Certes, son corps était en feu, elle était incapable de résister au désir dévorant dont elle était la proie. Mais il ne s'agissait pas seulement d'une pulsion physique. Elle était tombée amoureuse de Jesse. Elle voulait s'unir avec lui, ne faire plus qu'un avec lui.

Elle l'attira à elle et, cette fois, ce fut elle qui approfondit le baiser.

Il y répondit avec fougue.

Très vite, il l'allongea sur le canapé-lit pour exciter la pointe de ses seins de sa langue avant de picorer son ventre de baisers brûlants.

Il savait donner du plaisir à une femme, connaissait les zones les plus sensibles de son anatomie et elle fondit sous ses caresses sensuelles. Elle sentit son corps s'ouvrir, se préparer à l'accueillir.

Une telle faim la dévorait qu'elle se souleva à moitié pour l'inviter à la prendre.

Mais d'abord elle voulait le déshabiller à son tour.

À tâtons, elle déboutonna sa chemise, l'ouvrit et la lui retira. Elle pressa aussitôt son visage contre son torse pour s'imprégner de son odeur, savourer la chaleur de sa peau nue contre la sienne. Enivrée, elle sentit le désir grimper encore.

Sans tergiverser davantage, Jesse retira lui-même ses bottes et son jean.

Il se mit alors à embrasser sa grotte secrète, à titiller son bouton de rose avec douceur.

Au contact de sa langue à l'endroit le plus délicat de son corps de femme, Hanna faillit jouir dans sa bouche. Elle ne se souvenait pas avoir jamais connu des sensations aussi intenses, aussi délicieuses. Et peut-être ne l'avait-elle jamais fait. Mais sans doute avait-elle vécu cette force il y a quinze mois lorsqu'ils avaient fait l'amour pour la toute première fois.

— Encore, encore, s'entendit-elle balbutier.

Il ne se fit pas prier. Manifestement, il adorait lui donner du plaisir.

Et bientôt, folle de jouissance, elle supplia :

— Prends-moi ! Maintenant !

Il lui sourit, se leva et sortit le préservatif de son portefeuille.

Elle regretta que la chambre soit plongée dans la pénombre. Elle aurait souhaité avoir davantage de lumière que celle prodiguée par la veilleuse pour pouvoir mieux le regarder. Mais le peu qu'elle voyait lui confirma que Jesse était un cow-boy terriblement sexy.

Elle retint son souffle pendant qu'il enfilait le préservatif. Le canapé-lit n'était pas large ni particulièrement adaptée pour faire l'amour mais à ce stade, ils se moquaient du confort. Ils n'avaient besoin que l'un de l'autre.

Et Jesse lui donna exactement ce qu'elle attendait de lui.

Quand il se glissa entre ses cuisses et la pénétra, il fit preuve d'une extrême douceur. Il se retenait par crainte de lui faire de mal, comprit-elle. Mais elle avait envie de s'envoler avec lui. Pour l'encourager, elle noua les jambes dans son dos et souleva ses hanches.

Il se lâcha enfin et commença à aller et venir entre ses reins pour l'entraîner vers le ciel.

Elle sentit son souffle chaud sur son cou, l'entendit gémir alors qu'il balbutiait son nom.

Elle s'abandonna à son étreinte et bientôt, un orgasme la foudroya.

Quelques instants plus tard, Jesse jouit à son tour avant de s'écrouler sur elle avec un cri rauque.

14

Jesse dévisageait avec tendresse Hanna, qui dormait dans ses bras, en veillant à ne pas la réveiller. Le sexe avait été un bon remède pour calmer leurs nerfs à vif. Temporairement, il le savait, mais chaque moment tranquille était bon à prendre.

Cela dit, il s'agissait sans doute du calme avant la tempête.

Lorsque Grayson aurait lancé le plan, tout pouvait arriver. Probablement s'écoulerait-il beaucoup de temps avant de connaître à nouveau la paix et la tranquillité. Et, surtout, avant que Hanna et Evan ne soient en sécurité.

De l'autre côté de la pièce, il entendait les petits bruits d'Evan dans son sommeil. Et il lui vint à l'esprit que de nombreux parents partageaient, comme lui, la joie de faire l'amour en sachant leur enfant endormi à proximité.

En se réveillant, Hanna aurait peut-être des regrets sur ce qu'ils venaient de faire, s'inquiéterait éventuellement d'une autre grossesse non planifiée. Mais pour l'instant elle dormait d'un sommeil profond et réparateur. Elle n'était manifestement pas la proie de cauchemars. Alors il resta, lui aussi, immobile, malgré l'envie qui montait en lui de continuer d'enquêter. Sans doute n'étaient-ils plus très loin de découvrir le responsable de tous ces malheurs.

Son téléphone bipa pour lui signaler la réception d'un texto. Le bruit ne fut pas tonitruant, loin de là, mais il eut l'effet d'une sirène dans la chambre silencieuse. Hanna se réveilla en sursaut et parut prête à se jeter au milieu d'une bataille acharnée. Cependant, dès qu'elle croisa son regard et qu'un coup d'œil à Evan lui confirma que le bébé allait bien, elle se calma.

— C'est Grayson, lui dit-il en lui montrant le SMS.

Tout est en place. Mais il est possible que la présence de Bull en garde à vue soit déjà connue. Quand nous sommes passés devant chez elle, Nelda Baker était à sa fenêtre et a vu Bull dans la voiture de patrouille. Je ne m'en suis pas aperçu tout de suite, sinon je lui aurais demandé de ne pas ébruiter la nouvelle. Il est trop tard, maintenant. Les rumeurs vont sans doute déjà bon train. Le fils de Nelda vient d'ailleurs de me téléphoner pour me demander si c'était vrai, si nous avions réellement arrêté Bull.

Jesse réprima un juron. Nelda était une pipelette notoire et avait sans doute déjà prévenu la moitié de la ville. Bien sûr, quand l'information reviendrait aux oreilles de la milice et de leur chef, il leur faudrait un peu de temps pour élaborer une stratégie, un plan d'attaque. Rien ne disait d'ailleurs qu'ils tenteraient de prendre d'assaut le bureau du shérif. Ils frapperaient peut-être Bull via d'autres moyens. En cherchant, par exemple, quelqu'un à l'intérieur de la prison qu'ils payeraient pour le faire taire.

Ou peut-être avaient-ils déjà pris la fuite en craignant d'être bientôt tous arrêtés.

Aux yeux de Jesse, cette hypothèse constituerait le pire des scénarios. Si ces serpents retournaient se cacher sous terre, Dieu seul savait le temps qu'il faudrait pour espérer les voir réapparaître. Et Jesse était certain qu'ils ne s'assagiraient pas pour autant, bien au contraire. Ils continueraient leurs opérations illégales ailleurs, attendraient leur heure pour les reprendre dans la région dès que les forces de l'ordre auraient baissé la garde. Ce qui signifiait que ni Hanna, ni Evan, ni aucun Ryland ne seraient jamais en sécurité.

Si la perspective d'une confrontation le rendait malade, il fallait sans doute en passer par là. Neutraliser une menace aussi importante que dangereuse était leur seule chance de retrouver une vie digne de ce nom.

— Alors, la milice a déjà eu... quoi ? demanda Hanna avant de regarder sa montre. Plus d'une heure pour se préparer ?

— À peu près, oui.

Voilà près de deux heures que Grayson était parti.

Même si les ragots déclenchés par Nelda étaient déjà parvenus aux oreilles d'un des miliciens, il faudrait quand même un certain temps pour que leur chef soit prévenu.

Jesse n'avait d'ailleurs pas l'impression que les membres de la Brotherhood savaient qui était à leur tête. S'ils connaissaient son nom, l'un de ceux arrêtés après l'attaque de Hanna aurait tenté d'échanger cette information capitale contre une réduction de peine.

Il était intelligent de la part du chef de la milice de se montrer aussi discret. Il avait sans doute engrangé de gros profits grâce aux nombreux trafics du mouvement tout en préservant son anonymat.

Jesse donna un bref baiser à Hanna avant de se rhabiller. Il aurait aimé lui donner bien davantage, mais maintenant que le chef de la milice était sur le point d'apprendre les aveux à venir de Bull, il devait rester sur le qui-vive.

Pourtant, lorsqu'elle se leva à son tour, il dut faire appel à toute sa volonté pour ne pas la reprendre dans ses bras.

Son corps était toujours aussi magnifique, mais elle fronça les sourcils lorsqu'elle le surprit en train de l'observer.

— Tu regardes la cicatrice de ma césarienne, dit-elle en passant le doigt sur la ligne brune sur son bas-ventre avec un soupir.

— Tu es parfaite, dit-il avec conviction.

Elle émit un petit rire.

— Avec mes vergetures et ma petite bedaine, j'ai du mal à le croire.

Comment la convaincre qu'il ne plaisantait pas, qu'il aimait son corps de femme devenue mère ? Il mourait d'envie de lui refaire l'amour pour lui prouver qu'il la désirait toujours autant, davantage encore peut-être. Mais, conscient du danger qui se rapprochait, il se força à s'éloigner d'elle.

— Penses-tu que nous pouvons faire confiance à Bull ? demanda-t-elle. Je veux dire, penses-tu qu'il a vraiment l'intention de nous aider à faire tomber le chef de la milice ?

C'était la question à un million de dollars.

— Jusqu'à un certain point, oui. S'il est un agent double, il semble en tout cas prêt à trahir la milice en les forçant à s'exposer. Cela dit, la manœuvre ne lui coûte pas grand-chose, il n'a rien à perdre. La milice est beaucoup plus dangereuse pour lui que pour nous tous.

— C'est vrai, murmura-t-elle. Le chef de la milice ordonnerait sans état d'âme la mort d'un agent qui les aurait trahis. Souhaiteraient-ils aussi la mort de Shaw ? ajouta-t-elle après un instant. Dans l'hypothèse où Shaw ne serait pas leur chef, bien sûr.

— La milice cherchera à se venger de tous ceux qui œuvrent à la destruction du mouvement, j'en suis certain. Mais je n'ai pas encore exclu Shaw de la liste des suspects. Il aurait pu orchestrer toute l'opération, et il lui serait plus facile d'atteindre Bull qu'un milicien lambda.

Elle resta silencieuse un moment pour y réfléchir.

— Parce que Shaw a la possibilité d'entrer dans le bureau du shérif.

— Grayson garde un œil sur lui pour s'assurer que Shaw ne tentera pas de tirer sur Bull. Ou de l'empoisonner. Mais

Shaw n'aurait pas forcément à faire le sale boulot lui-même. Il lui suffirait de demander que Bull soit transféré dans une autre prison. Ou d'être mis sous la garde de l'ATF. Shaw a des amis ou des hommes qui auraient alors la possibilité d'accéder à Bull et de le faire taire avant qu'il n'ait le temps de révéler quoi que ce soit.

— Et si le FBI menait une enquête interne, ce serait la parole de Bull contre celle de Shaw, ajouta-t-elle.

Il hocha de nouveau la tête.

— Si Shaw est coupable, il a sans doute déjà caché ou détruit toutes les preuves que Bull pourrait utiliser contre lui.

Bien sûr, il était possible que Shaw soit innocent. Si tel était le cas, Jesse lui devrait des excuses mais, dans l'immédiat, il continuait à se méfier de lui.

Hanna poursuivait son raisonnement :

— Il ne reste plus que Marlene et...

Elle s'apprêtait à évoquer leurs autres suspects quand le téléphone de Jesse bipa pour lui annoncer la réception d'un nouveau SMS. Le cœur de Jesse se serra en voyant le nom de la personne qui lui envoyait le texto. Ce n'était pas Grayson, cette fois. Mais Miguel Navarro, l'employé du ranch, qui montait la garde.

Il lut son message à haute voix :

— Quelqu'un arrive et se dirige à pied vers la maison.

Hanna poussa un gémissement mais parvint à maîtriser son cri de panique. Ce n'était peut-être rien mais, étant donné le contexte, Jesse craignait le pire.

Il lança à Hanna :

— Attends ici. Je vais jeter un œil par la fenêtre.

— Fais attention, murmura-t-elle.

Pour la rassurer, il prit le temps de plaquer un baiser sur sa bouche avant de se rendre au salon.

Il reçut alors un autre texto de Miguel.

On dirait une femme.

Cette information ne contribua pas à détendre Jesse. En effet, deux de leurs principaux suspects étaient des femmes.

Un autre SMS de Miguel précisa :

Elle n'a pas l'air bien. Elle titube comme si elle était ivre. Ou blessée.

Ou peut-être faisait-elle semblant d'être ivre ou blessée. Une ruse pour se rapprocher sans inquiéter personne.

Jesse, qui regrettait de ne pas avoir de jumelles, scruta l'obscurité pour tenter d'apercevoir leur visiteuse. Bien sûr, les ouvriers du ranch et l'adjoint ne la laisseraient pas gagner la maison. Ils l'arrêteraient pour savoir ce qu'elle voulait. Mais si elle était armée, elle risquait de faire feu sur eux.

Jesse vit Miguel traverser la cour en courant pour se cacher derrière un arbre. Il cherchait évidemment à avoir un meilleur angle de vue sur la nouvelle venue. Malheureusement, la lune n'était pas coopérative. Et d'épais nuages assombrissaient encore la scène.

En tant qu'adjoint, Jesse aurait voulu être dehors pour se charger lui-même de la situation. Mais il ne pouvait pas risquer de laisser Hanna et Evan seuls.

Le téléphone de Jesse bipa à nouveau et cette fois, le SMS émanait de l'adjoint suppléant, Roger Norris.

Il s'agit bien d'une femme. Et elle semble bien connaître les lieux.

Une partie des nuages se dissipa alors, ce qui donna à Jesse assez de lumière pour distinguer le visage de leur visiteuse.

Il poussa juron.

Elle connaissait en effet très bien les lieux.

C'était la mère de Hanna.

Adossée contre le mur du salon, Hanna essayait de comprendre ce qui se passait à l'extérieur, qui était l'intrus repéré sur son ranch par les ouvriers agricoles.

À intervalles réguliers, elle tentait d'apercevoir Jesse, mais il s'était déplacé vers l'une des fenêtres de la salle à manger, hors de son champ de vision.

Sans doute recevait-il des nouvelles des employés du ranch et de l'adjoint. Elle n'avait pas entendu de coups de feu. Peut-être s'agissait-il d'une fausse alerte, quelqu'un tombé en panne sur la route et venu chercher de l'aide.

Mais quand Jesse revint vers elle, elle sut d'un simple coup d'œil sur son visage que quelque chose n'allait pas.

— Que se passe-t-il ? demanda-t-elle.

— C'est ta mère, répondit-il. Elle est à pied et elle se dirige vers la maison.

— À pied ? répéta-t-elle en secouant la tête.

Cela n'avait aucun sens. Si Isabel était tombée en panne, elle aurait téléphoné, elle avait un smartphone... Peut-être la batterie de son appareil était-elle à plat.

Ou peut-être tentait-elle de s'approcher pour attaquer.

Hanna avait du mal à imaginer sa mère s'en prendre à elle, sa propre fille, et à un bébé. Mais si elle était aux commandes de la milice et se sentait aux abois, peut-être était-elle prête à tout et à n'importe quoi. Y compris à lancer une attaque pour faire taire Jesse et Hanna.

— Que vas-tu faire ? demanda-t-elle à Jesse.

— Je ne veux pas appeler des renforts. Grayson a besoin de tous les adjoints pour protéger Bull. De plus, nous avons sans doute assez d'hommes ici pour gérer ta mère. Je vais la laisser se rapprocher de la maison pour découvrir pourquoi elle est ici. Je ne lui permettrai pas d'entrer, ajouta-t-il. Et les employés du ranch et l'adjoint vont s'assurer qu'elle est seule.

Très bien. Hanna n'avait surtout pas envie d'une fusillade.

— Elle voudra me parler, dit-elle. A-t-elle son smartphone avec elle ? Si c'est le cas, je l'appellerai quand elle se rapprochera.

— Je suis incapable de le dire. Elle est peut-être ivre. Ou blessée. Je ne vois pas de sang sur elle, mais elle chancelle à chaque pas.

Il ne lui demanda pas si elle avait déjà vu Isabel ivre. Ce n'était pas le cas, à sa connaissance, mais elle n'avait que six mois de souvenirs concernant sa mère. Cependant, elle était peut-être blessée. Si sa mère n'était pas à la tête de la Brotherhood, elle avait peut-être été attaquée par l'un des miliciens. Un stratagème destiné à les pousser à sortir de la maison.

— Je ne lui ouvre pas, dit Jesse comme s'il lisait dans ses pensées. Je ne désactive pas non plus le système d'alarme. Mais l'adjoint suppléant, Norris, la fouille actuellement pour s'assurer qu'elle n'est pas armée. Si elle n'a aucune arme, je lui dirai de monter sous le porche. Tu pourras lui parler par la fenêtre.

Hanna hocha la tête et le suivit vers l'avant de la maison.

Elle avait très envie de comprendre ce que sa mère faisait là, mais ne voulait mettre personne en danger.

— Garde le babyphone avec toi, lui ordonna-t-il.

Il lui fit signe de rester sur le côté, de ne pas s'exposer devant la fenêtre. Elle obéit. Mais comme elle jetait un coup d'œil dans la cour, elle aperçut sa mère.

Jesse avait raison. Elle tenait à peine debout. Si l'adjoint ne lui avait pas pris le bras, elle serait probablement tombée.

— Elle a peut-être été droguée, déclara ce dernier d'une voix suffisamment forte pour qu'ils l'entendent.

Droguée ? L'inquiétude de Hanna grimpa en flèche. Mais elle se souvint que ce comportement n'était peut-être qu'une comédie.

— Hanna ? cria-t-elle. S'il te plaît, aide-moi. Je t'en prie.

Jesse marmonna un juron. Il semblait aussi frustré et inquiet que Hanna.

— Je vais appeler une ambulance, dit-il.

L'adjoint Norris conduisit Isabel sous le porche.

Lorsque sa mère passa sous le plafonnier, Hanna vit qu'elle avait, en effet, l'air hébétée. Peut-être était-elle ivre. Peut-être avait-elle été droguée. Ou peut-être était-elle victime d'un autre accident vasculaire cérébral.

— L'ambulance sera là dans une dizaine de minutes, annonça Jesse à Hanna et à l'adjoint.

Isabel gravit péniblement les marches du porche et se laissa tomber près de la fenêtre. Elle appuya sa tête contre le cadre en bois et leva les yeux vers Jesse.

— J'ai besoin de voir ma fille.

— Je suis là, lui dit Hanna tout en veillant à rester à distance, en retrait, au cas où un tireur d'élite serait dans les parages, prêt à la cibler.

— Que t'est-il arrivé ? ajouta-t-elle.

Sa mère secoua la tête.

— Je ne sais pas. Je roulais pour venir ici et soudain je me suis sentie très mal, dans un état second.

Elle semblait rencontrer des difficultés à parler, elle cherchait ses mots.

— J'ai préféré m'arrêter... et quand je suis sortie de la voiture pour prendre l'air, j'ai trébuché et je suis tombée. Puis, j'ai vu les lumières de ta maison alors je me suis dirigée vers elles.

— Quelqu'un vous a droguée ? demanda Jesse.

Elle tourna la tête vers lui.

— Je ne sais pas, balbutia-t-elle.

— Ils lui feront des analyses et un dépistage toxicologique à l'hôpital, murmura-t-il. Nous découvrirons ce qu'elle a pris ou ce qu'on lui a donné. Qu'avez-vous mangé ou bu avant de venir ici ? insista-t-il en reportant son attention sur elle.

Elle marmonna des mots confus qui n'avaient ni queue ni tête. Ils allaient évidemment devoir attendre que l'effet des drogues se dissipe pour espérer des réponses cohérentes. Pourtant, Hanna essaya une autre question.

— Pourquoi avais-tu besoin de me voir ?

— Pour te dire que je suis désolée, répondit-elle en gémissant. Vraiment désolée.

Hanna soupira. Sa mère était visiblement venue ici pour ressasser sa culpabilité d'avoir attisé la colère d'Arnie afin de le pousser à s'attaquer à Jesse.

— Nous en reparlerons plus tard. Je vais appeler le Dr Warner et le mettre au courant de ce qui se passe.

— Tu étais tellement en colère contre moi, continua Isabel, comme pour elle-même. Nous ne nous étions jamais disputées à ce point-là. Même quand nous nous heurtions à propos de Jesse.

Hanna fronça les sourcils.

— De quoi parles-tu ? À propos de quoi nous étions-nous disputées ?

Isabel ferma les yeux.

— À propos de l'argent.

Elle semblait sur le point de s'endormir, mais Hanna préférait qu'elle reste consciente jusqu'à ce qu'ils sachent ce qu'elle avait pris pour être dans cet état.

— Reste éveillée ! cria-t-elle.

Isabel rouvrit les yeux.

— De quel argent parles-tu ? reprit Hanna.

— L'argent que tu as vu sur mes relevés bancaires, marmonna Isabel comme si Hanna aurait dû le savoir.

Elle jeta un coup d'œil à Jesse pour lui demander d'un regard s'il était au courant, mais il secoua la tête.

C'était la première fois qu'ils en entendaient parler.

— Il y avait trop d'argent sur mes comptes, poursuivit Isabel. Tu avais vu mes relevés bancaires posés sur le bureau et tu avais dit qu'il y en avait trop.

Hanna ne s'en souvenait évidemment pas.

— Pourquoi cet argent était-il sur ton compte bancaire ?

— En contrepartie d'un service que j'avais rendu. C'est tout. J'avais essayé de te l'expliquer. J'avais seulement rendu service à quelqu'un. Mais tu n'avais rien voulu entendre, tu t'étais mise en colère contre moi. Pour toi, cela ressemblait à du blanchiment d'argent.

— Combien t'avait rapporté ce service ? demanda Hanna.

— Cent mille dollars, à peu près.

Isabel s'interrompit, gémit, puis secoua la tête comme pour essayer de clarifier les choses.

— Sans compter les intérêts, reprit-elle. Tu m'avais dit que l'argent ne pouvait pas être le mien parce que tu venais de parler à mon comptable au sujet des mauvais placements que j'avais faits, poursuivit Isabel.

Hanna n'avait, là encore, aucun souvenir de la discussion avec le comptable ni de ces fonds mystérieux.

Au loin, elle entendit les sirènes et comprit que l'ambulance serait bientôt là. Une fois qu'ils auraient conduit Isabel à l'hôpital, Dieu sait combien de temps il lui faudrait avant qu'elle puisse lui parler à nouveau. Elle voulait mettre cette histoire au clair maintenant.

— Qui avait déposé cet argent sur ton compte bancaire ? continua-t-elle.

— Une de mes proches connaissances, répondit Isabel d'une voix à peine audible avant de refermer les yeux.

— Qui ? demandèrent Jesse et Hanna à l'unisson.

Isabel n'essaya même pas de répondre. Elle avait perdu connaissance. Ou pire. L'adjoint dut le craindre aussi parce qu'il prit son pouls.

— Elle est vivante, leur assura-t-il.

Hanna n'eut pas le temps de souffler de soulagement parce qu'elle entendit un bruit qui la glaça.

Quelque part dans l'obscurité, un coup de feu claqua.

15

Jesse fit signe à Hanna de reculer davantage. L'envoyer une nouvelle fois se réfugier dans la chambre de l'enfant semblait prématuré, à ce stade. Le coup de feu lui avait paru lointain. Peut-être ne s'agissait-il que d'un chasseur nocturne traquant les coyotes dans les bois. Mais compte tenu de ce qui était arrivé à Isabel, il n'y croyait pas beaucoup.

Bien sûr, cette dernière aurait pu se mettre dans un état pareil toute seule et, tout en surveillant les alentours par la fenêtre, il gardait cette hypothèse à l'esprit.

Mais si la mère de Hanna avait dit la vérité à propos des grosses sommes d'argent arrivées sans raison valable sur son compte bancaire, il devrait examiner de plus près ses finances. En tout cas, ce virement n'était certainement pas récent. Six mois plus tôt, Theo avait étudié les derniers relevés bancaires d'Isabel et n'avait rien remarqué d'anormal. Mais personne ne savait quand cette dispute entre Hanna et sa mère avait eu lieu. Comme Isabel n'avait jamais été suspectée d'avoir tiré sur sa fille, Jesse ne s'était pas beaucoup intéressé à ses biens et à ses comptes.

Il se promit de le faire dès qu'il en aurait l'occasion.

L'adjoint Norris se laissa tomber sur Isabel pour la protéger de son propre corps, au cas où d'autres coups de feu seraient tirés. Mais Jesse eut beau tendre l'oreille, il n'entendit rien d'autre que les hurlements de l'ambulance qui se rapprochait.

Il sortit son smartphone et envoya un texto au dispatcheur pour qu'il demande aux ambulanciers de ne pas entrer dans la propriété et de patienter au bout de l'allée. De cette façon, ils ne risquaient pas de se retrouver dans la ligne de mire du tireur. De plus, Jesse n'excluait pas l'hypothèse que des miliciens aient drogué Isabel dans ce but, pour pouvoir attaquer lorsque l'ambulance arriverait sur les lieux.

— Penses-tu que, le soir où j'ai reçu une balle, je venais te voir pour te parler de la dispute que j'avais eue avec ma mère ? balbutia Hanna d'une voix faible.

Il s'aperçut qu'elle tremblait de tout son corps.

— C'est possible, reconnut-il.

Il s'était souvent interrogé sur la raison de sa venue. Bien sûr, elle avait avec elle ces échographies et ces formulaires médicaux à remplir, mais ils n'avaient aucun caractère d'urgence.

Il avait d'ailleurs appris par la suite qu'avant de se rendre au ranch des Ryland elle lui avait déjà envoyé les photos de l'échographie par mail. De même, il aurait pu signer les papiers à l'hôpital, au moment de l'accouchement ou après la naissance.

Il avait alors voulu croire qu'elle était passée au ranch pour le simple plaisir de le voir, de parler au père de son enfant. Mais peut-être s'était-il complètement trompé à ce sujet.

En réalité, sa visite avait probablement été liée à Isabel et à cet argent qu'une « proche connaissance » avait viré sur son compte bancaire.

Bientôt, très bientôt, il leur faudrait découvrir qui était cette personne parce que Isabel considérait sans doute Arnie, Marlene et même Bull comme de proches connaissances. Peut-être pas l'agent Shaw, à moins qu'elle n'ait gardé sous silence ses liens éventuels avec lui. Encore des éléments que Jesse devrait vérifier.

Il rédigea un texto à Grayson pour le tenir au courant.

Isabel est arrivée ici. Il semble qu'elle ait été droguée. Nous avons également entendu un coup de feu. J'ignore encore s'il s'agit d'une menace réelle.

Il venait de l'envoyer quand Jesse entendit Miguel crier :

— J'ai repéré quelqu'un près de la clôture le long de la route.

Peut-être s'agissait-il de leur tireur et Jesse décida d'augmenter les mesures de sécurité d'un cran.

— Il est temps pour toi de retourner dans la salle de bains avec Evan, Hanna, lui dit-il.

Il la regarda en lui promettant des yeux de tout faire pour la protéger. Sans doute ne réussit-il pas à la rassurer parce qu'elle avait l'air terrifiée lorsqu'elle courut vers la chambre de l'enfant.

Il se reprochait de lui faire subir ce genre d'épreuve alors qu'elle en avait déjà tellement enduré. Et le pire était peut-être à venir, si sa propre mère était impliquée dans cette histoire. Jesse se demandait comment réagirait Hanna s'il devait arrêter Isabel. Mal, sans doute. Mais si cette dernière était coupable, elle aurait évidemment des comptes à rendre.

Son téléphone sonna et il vit le nom de Grayson s'afficher sur l'écran.

— Je suis en route pour me rendre chez Hanna, annonça-t-il. J'y serai dans quelques instants.

— Mais qu'en est-il de Bull ?

Négliger la sécurité de la prison ne semblait pas une bonne idée. Bull était une cible autant qu'eux. De plus, pour espérer avancer sur cette enquête, ils avaient vraiment besoin de capturer ceux qui tenteraient de s'attaquer à lui.

— Tout est sous contrôle, assura Grayson. J'ai demandé à Mason de me remplacer. Il est capable de gérer toutes les situations.

Jesse n'en doutait pas, mais cela signifiait qu'un autre membre de la famille s'exposait au danger.

— As-tu entendu d'autres coups de feu ? reprit Grayson.

— Non, mais par prudence, j'ai demandé à l'ambulance d'attendre avant d'entrer sur la propriété, au cas où.

Il espérait que ce délai ne se révélerait pas une erreur fatale pour Isabel, mais Norris surveillait son pouls tout en gardant un œil sur la cour.

— Isabel n'était pas dans son état normal et s'exprimait de façon décousue, poursuivit Jesse. Mais elle a décrit une situation plus que troublante. Apparemment, elle est impliquée dans une affaire de blanchiment d'argent. Je n'ai pas réussi à obtenir le nom de la personne derrière cette opération, mais elle est peut-être liée au tir qui avait blessé Hanna.

— Je parlerai à Isabel dès qu'elle arrivera à l'hôpital et la mettrai sous protection.

Jesse en fut soulagé. Il n'était pas exclu que quelqu'un veuille la tuer.

— Je vais appeler le chauffeur de l'ambulance pour qu'il vienne la chercher, dit-il.

Il entendit alors d'autres détonations.

Cette fois, il ne s'agissait pas d'un tir isolé mais de trois coups de feu, et ils provenaient de l'allée… où l'ambulance était garée.

— Je vois l'assaillant ! cria l'un des employés du ranch. Il est au bord de la route avec un fusil.

Grayson s'y dirigeait, songea Jesse avec inquiétude.

— Arrête-toi et reste en retrait, le prévint-il. Il y a un tireur dans la zone.

— Exact, lui répondit Grayson. Il me canarde.

Jesse sentit son rythme cardiaque s'accélérer. Quelqu'un essayait de tuer Grayson. Ou de créer une diversion. Dans les deux cas de figure, que Grayson risque de prendre une balle n'était pas idéal.

— As-tu des adjoints suppléants que tu pourrais appeler en renforts ? demanda-t-il.

— Aucun, mais je vais appeler d'autres employés du ranch à la rescousse. J'ignore le temps qu'il leur faudra pour arriver, mais je te tiendrai au courant. De ton côté, concentre-toi sur la sécurité de Hanna et d'Evan.

Jesse en avait bien l'intention. Tous deux étaient sa priorité, mais il avait un autre problème à résoudre.

— Je vais devoir faire entrer Isabel dans la maison, marmonna-t-il.

C'était un risque. Tout ce qu'il était susceptible de faire était risqué, à ce stade. Mais laisser l'adjoint Norris et Isabel à l'extérieur n'était pas une option. Tous deux seraient des cibles faciles. Bien sûr, les employés du ranch seraient, eux aussi, exposés au danger, mais ils avaient la possibilité de se mettre à l'abri. Contrairement à Norris et à Isabel. Comme ils étaient sous la lumière du porche, les tireurs n'auraient aucun mal à les repérer et à les abattre.

— Fais attention à tes arrières, lui conseilla Grayson.

Il s'apprêtait à mettre fin à l'appel lorsque Jesse l'entendit s'exclamer :

— Agent Shaw ? Que faites-vous ici ?

— Shaw est là ? C'est lui, le tireur ? demanda Jesse.

Il y eut d'autres coups de feu.

— Il est près de la clôture, en face de chez Hanna, répondit Grayson. Mais ce n'est pas lui qui me tire dessus.

Ce qui n'innocentait pas Shaw pour autant. Les attaquants agissaient peut-être sur ses ordres.

— Les balles frappent le pare-brise de mon véhicule de patrouille, ajouta Grayson un instant plus tard. Heureusement, il est blindé et les vitres résistent pour le moment. Mais je ne sais pas pour combien de temps. Je vais essayer de rejoindre le ranch par l'arrière, en empruntant le sentier forestier.

Jesse n'aimait pas l'idée que Grayson se trouve sur une piste isolée où l'attendaient peut-être des hommes armés, mais rester assis sans bouger dans sa voiture sous les balles n'était pas une solution non plus.

— Fais attention à toi, lui dit Jesse, en sachant qu'il ne parviendrait pas à convaincre Grayson de reculer pour se mettre hors de la ligne de mire des tireurs.

S'il s'inquiétait pour lui, Jesse se félicitait aussi quelque part que Grayson s'efforce d'accéder à la maison. S'il y arrivait, il aurait un homme armé supplémentaire dans son camp pour s'assurer que ses agresseurs ne s'approchent pas de Hanna et d'Evan.

Quand Grayson mit fin à l'appel, Jesse essaya d'appeler Shaw. Et, à sa grande surprise, l'agent répondit à la première sonnerie.

— Que faites-vous ici ? lui demanda-t-il.

— J'ai suivi Isabel, répondit Shaw qui semblait essoufflé. Je ne lui fais pas confiance. J'ai la conviction qu'elle est liée à la milice.

Pour une fois, Jesse était d'accord avec lui sur les deux points. Il n'avait cependant pas l'intention d'aborder la question du blanchiment d'argent avec lui. Pas avec Grayson sous les balles.

— Qui tire sur le véhicule de patrouille ? lança Jesse.

— Je n'en sais rien. Ce n'est pas quelqu'un qui travaille pour moi. Encore une fois, je ne suis pas corrompu et comme vous, j'essaye de neutraliser ce tireur.

Jesse aurait aimé le croire.

— Faites attention à ce qu'il ne s'approche de la maison, lui dit-il.

Il n'attendit pas la réponse de Shaw. Le temps était peut-être compté pour Isabel et l'adjoint Norris. Il mit donc fin à l'appel et se tourna vers la porte.

Un bruit le pétrifia.

Cette fois, il ne s'agissait pas de coups de feu. Mais l'un des employés du ranch cria avant d'être pris d'une quinte de toux. Quelques instants plus tard, une fumée âcre envahit la cour.

— Des gaz lacrymogènes, réussit à dire Norris en se mettant, lui aussi, à tousser. Nous devons nous réfugier à l'intérieur, *maintenant*.

Le cœur de Hanna se serra lorsqu'elle entendit des coups de feu. Jesse et tous ceux qui les aidaient risquaient d'être pris pour cibles et tués.

Elle étreignit Evan contre elle. Elle ne cherchait pas à le calmer. Il dormait à poings fermés. C'était elle qui avait besoin d'être apaisée. Elle aurait aimé savoir ce qui se passait. Elle priait pour que les employés du ranch et l'adjoint Norris s'en sortent tous vivants.

Elle pensa à sa mère, droguée et hébétée sous le porche, et elle espéra de tout son cœur qu'elle n'ait joué aucun rôle majeur dans cette histoire. Qu'elle soit impliquée dans une affaire de blanchiment d'argent était déjà très grave. Avoir caché la vérité sur ce qui s'était passé avant qu'Arnie ne lui tire dessus aussi. Mais si Isabel avait provoqué le danger, exposé son fils, Hanna serait sans pitié. Sa mère le payerait et le payerait très cher.

Quand elle comprit les mots « gaz lacrymogènes », criés par l'un des ouvriers agricoles, elle se sentit blêmir. Leurs agresseurs avaient envoyé des gaz lacrymogènes en espérant peut-être les faire sortir, Jesse, Evan et elle, de la maison.

— C'est moi, dit quelqu'un derrière la porte.

Jesse.

Le soulagement l'envahit. Il était vivant !

Elle sortit à la hâte de la baignoire pour lui ouvrir. Il n'avait pas été blessé mais, à son expression, elle comprit qu'ils étaient dans une situation difficile.

— Grayson est en route, dit-il, et elle devina qu'il lui annonçait d'abord la bonne nouvelle. Et quelqu'un a lancé des grenades lacrymogènes dans la cour et dans l'allée. Du coup, les employés du ranch ont été contraints de se disperser.

En d'autres termes, ils ne seraient pas en mesure de contenir les attaquants qui se dirigeaient vers la maison.

— J'ai fait entrer ta mère et l'adjoint Norris dans le salon, poursuivit-il. Il la surveille pour s'assurer qu'elle ne tentera rien.

Pour s'assurer qu'elle n'essayera pas de nous tuer pour nous empêcher de parler de son implication au sein de la milice.

— La maison est verrouillée et j'ai réinitialisé le système d'alarme, ajouta-t-il. Personne n'entrera à notre insu. Je reste ici avec Evan et toi. Les gaz lacrymogènes vont bientôt se dissiper...

Il s'interrompit lorsque quelqu'un tira un coup de feu.

À proximité.

Peut-être même dans la cour.

Hanna s'efforça de maîtriser sa peur. Ce n'était vraiment pas le moment de paniquer. Mais son cœur battait à tout rompre dans sa poitrine.

Jesse referma la porte de la salle de bains et la verrouilla.

— Retourne dans la baignoire, ordonna-t-il.

Le simple fait d'entendre le son de sa voix lui fit du bien, même s'il lui confirmait l'imminence du danger. Elle focalisa son attention sur le visage paisible d'Evan endormi. Elle devait garder son calme pour son bébé.

Jesse resta à la porte pour être prêt à les défendre si quelqu'un parvenait à pénétrer dans la maison. Et il les défendrait, elle en était certaine. Mais elle savait aussi qu'il n'hésiterait pas à se sacrifier, à mourir pour eux s'il le fallait.

Comme s'il lisait dans ses pensées, il se tourna vers elle et lui sourit pour tenter de la rassurer. Mais la veilleuse s'éteignit alors, en les plongeant dans l'obscurité totale.

Quelques instants plus tard, l'alarme se déclencha et son hurlement résonna dans toute la maison.

Evan se réveilla en sursaut et se mit à crier. Hanna l'attira vers elle, entreprit de le bercer tout en s'efforçant une fois de plus de réprimer sa propre panique.

Mais il était possible que leurs assaillants soient déjà à l'intérieur.

Cette éventualité la glaçait. Au moment où le bruit devenait infernal, la sirène se tut brusquement et un silence lourd de menace tomba dans la petite pièce. Elle prit alors conscience qu'Evan avait cessé de pleurer mais gémissait comme s'il cherchait son sommeil.

— J'ai désactivé le système d'alarme avec l'application de mon téléphone, murmura Jesse. Pour pouvoir les entendre s'ils entrent dans la maison.

Ils parlaient de leurs agresseurs, des hommes armés qui les menaçaient. Du chef de la milice peut-être.

Mais elle ne perçut ni bruit de pas précipités, ni coup de feu.

Le ventre noué, elle s'interrogeait. Les employés du ranch à l'extérieur avaient-ils été tués ?

— Ils l'ont enlevée, cria quelqu'un entre deux quintes de toux.

— C'est l'adjoint Norris, marmonna Jesse en ouvrant la porte de la salle de bains. Qui a été enlevé ? Quelqu'un a-t-il capturé Isabel ? demanda-t-il à l'adjoint.

— Oui, répondit celui-ci sans cesser de tousser. Quelqu'un a forcé la porte d'entrée et lancé des gaz lacrymogènes à l'intérieur. Je ne voyais rien mais, quel qu'il soit, l'intrus m'a assommé d'un violent coup à la tête et l'a emmenée. Je suis désolé, ajouta-t-il avec un gémissement.

Hanna se sentit blêmir. Sa mère était peut-être entre les mains de tueurs, en ce moment.

— Ils l'ont enlevée, répéta-t-elle, abasourdie.

— Qui ? Qui l'a emmenée ? insista Jesse.

— Je suis incapable de vous le dire. L'agresseur portait un masque à gaz et des vêtements volumineux.

Cela pourrait donc être n'importe qui. Y compris Shaw ou

Marlene. Ou quelqu'un que l'un d'eux avait embauché pour faire le sale boulot.

— Es-tu gravement blessé ? demanda-t-il à l'adjoint.

— Euh, non, ça va aller, répondit Norris.

Mais il n'avait pas l'air bien du tout. Il toussait toujours.

— Vous devriez rester dans la salle de bains, poursuivit-il. Les gaz lacrymogènes sont en train de se dissiper, mais il est toujours difficile de respirer dans le salon.

Jesse jura dans sa barbe.

— Ne sors pas d'ici, Hanna. Je vais laisser Norris entrer ici et essayer de contacter les employés du ranch.

Elle hocha la tête et sortit son smartphone de la poche de son jean pour allumer l'application lampe torche.

Quelques instants plus tard, Jesse revint à pas vifs dans la salle de bains, l'adjoint sur les talons. Le malheureux avait du sang sur la tête et l'air hébété.

— Je suis vraiment désolé pour votre mère, lui dit-il.

— Merci.

Elle les regarda se positionner de part et d'autre de la porte de la salle de bains. Ils ne la fermèrent pas pour avoir une vue dégagée sur quiconque tenterait de s'introduire dans la chambre.

Comme la pièce était désormais calme, elle entendit le téléphone de Jesse vibrer pour signaler un appel.

— C'est Grayson, murmura-t-il.

— Où en êtes-vous ? demanda ce dernier.

— Pas terrible, répondit Jesse. Quelqu'un a coupé le courant et utilisé des gaz lacrymogènes pour pénétrer dans la maison et enlever Isabel. L'intrus a frappé Norris à la tête. Il va mieux, ajouta-t-il en jetant un coup d'œil à l'adjoint. Nous nous sommes enfermés dans la salle de bains. Et de ton côté ? s'enquit-il.

— Je me fraye un chemin à travers ce sentier jusque chez Hanna. Pour l'instant, aucun tireur en vue. Quand j'arriverai, je me dirigerai directement vers le porche et approcherai le plus possible de la porte. Nous ferons monter Hanna et Evan dans le camion, et je les conduirai au ranch familial. Après les y avoir déposés, je partirai à la recherche d'Isabel.

Hanna en fut soulagée. Elle ne voulait pas rester ici, exposée au danger, avec Evan. Mais sortir de la maison serait peut-être tout aussi risqué.

— J'y serai dans cinq minutes, ajouta Grayson avant de mettre fin à l'appel.

Cinq minutes semblaient une éternité, mais Jesse et Norris continuaient de monter la garde à la porte.

— Je vais joindre les employés du ranch, dit Jesse en composant un numéro.

En attendant qu'ils répondent, elle sentait monter en elle une sourde terreur. Finalement, l'un des ouvriers agricoles prit l'appel, mais ce n'était pas pour annoncer une bonne nouvelle.

— Impossible d'entrer à la maison, dit-il entre deux quintes de toux. Quelqu'un continue de nous bombarder de grenades lacrymogènes.

— Es-tu blessé ? insista Jesse.

— Non. Mais mes yeux et mon nez me brûlent comme le feu. Et je ne vois rien, Jesse. Si quelqu'un essaye de pénétrer à l'intérieur, je ne m'en apercevrai pas forcément.

Une peur grandissante l'envahit, et la situation s'aggrava lorsqu'elle entendit une voix qui venait de l'intérieur de la maison.

— Hanna !

Isabel.

Elle avait l'impression que sa mère était tout près, dans le couloir ou peut-être même dans la chambre.

— Hanna, répéta-t-elle. Jesse... Je vous en prie, aidez-moi.

16

Jesse ne bougea pas. Il n'était pas question pour lui de se précipiter dans le couloir pour aider Isabel.

Ses suppliques n'étaient peut-être qu'une ruse pour le faire sortir afin de lui tirer dessus.

Il ne voulait pas prendre un tel risque. Si elle le tuait, Hanna et Evan seraient en première ligne, encore plus vulnérables qu'ils ne l'étaient déjà. Plus tard, sans doute se reprocherait-il d'avoir laissé la situation se détériorer à ce point. Mais, dans l'immédiat, il préférait s'entourer d'un maximum de précautions en espérant que tout irait bien pour eux.

— Envoie un message à Grayson, murmura Jesse à l'adjoint Norris. Préviens-le qu'Isabel est dans la maison.

Il ne voulait pas que Grayson se jette sans se méfier dans la gueule du loup et soit pris pour cible.

— Êtes-vous seule, Isabel ? cria-t-il.

Elle toussa abondamment, peut-être à cause des gaz lacrymogènes. Ou peut-être pour faire croire qu'elle en était incommodée.

— Non, répondit-elle entre deux quintes. Je...

Elle s'interrompit avant de pousser un gémissement. Jesse eut l'impression d'entendre la plainte étouffée de quelqu'un qui viendrait de recevoir un coup de poing dans le ventre et en aurait le souffle coupé. Peut-être simulait-elle mais, dans ce cas, ses talents d'actrice étaient remarquables.

Il n'avait pas verrouillé la porte de la chambre, certain que la manœuvre n'aurait servi à rien. Les miliciens la détruiraient sans difficulté s'ils arrivaient jusque-là.

Au moins pouvait-il ainsi les guetter et tenter de les neutraliser. L'idée de tuer qui que ce soit lui déplaisait. Il ne tirerait sur l'un de leurs assaillants que s'il y était acculé. Mais il n'avait pas l'intention de laisser ces types faucher des vies innocentes.

Bien sûr, une fusillade si près d'Evan et de Hanna se révélerait peut-être une catastrophe. La baignoire leur offrait une certaine protection, mais elle était loin d'être suffisante pour arrêter des balles.

— Grayson va faire le reste du chemin à pied, murmura Norris après avoir reçu une réponse à son texto. Il veut essayer d'entrer discrètement dans la maison pour prendre Isabel et celui ou ceux qui l'accompagnent par-derrière.

Jesse mesura très vite ce qui pourrait mal tourner dans ce scénario. Si les miliciens repéraient Grayson, ils feraient feu sur lui. Il risquait même d'être touché par des tirs amis si les employés du ranch le prenaient par erreur pour un membre de la milice. Sans oublier l'agent Shaw qui était toujours dans les parages sans que personne ne sache très bien son camp.

Mais Grayson serait prudent. Il connaissait les enjeux.

— J'ai, euh, j'aimerais que vous veniez pour que nous puissions parler, dit finalement Isabel.

Elle s'exprimait d'une voix tendue, mais il n'était pas capable de juger si sa nervosité était sincère ou simulée.

— Il n'en est pas question, rétorqua-t-il. Êtes-vous seule ? répéta-t-il.

Elle ne répondit pas. Mais, comme il tendait l'oreille, il perçut des chuchotements. Apparemment, quelqu'un était avec elle, mais il n'en avait aucune certitude.

Comme il jetait un coup d'œil à Hanna, il vit sa peur. Mais aussi sa détermination à protéger leur fils. Elle se déplaça dans la baignoire, s'allongea au-dessus d'Evan pour pouvoir le protéger de son corps. Tout en étant prête à bondir au cas où elle devrait se battre.

Jesse regrettait qu'à un moment elle soit peut-être forcée d'en arriver là, mais ils étaient parents et leur enfant passait en priorité. Tous deux donneraient évidemment leur vie pour le défendre.

Il mesura alors la profondeur de son amour pour elle et pour leur bébé. Il espérait avoir la possibilité de le leur dire. Mais pour cela il lui fallait mettre un terme à la menace.

Comme il reportait son attention vers la porte, il vit la poignée bouger. Isabel tentait peut-être d'entrer, mais probablement s'agissait-il d'un des assaillants.

Il leva son arme et visa. En état d'alerte maximum, il se tendit et attendit.

— Isabel ? cria-t-il alors que la porte s'entrouvrait.

— Oui...

De nouveau, elle s'interrompit sans qu'il sache si un tiers l'y avait obligée. Le cœur battant, il retint son souffle.

— Ne tirez pas sur moi, ajouta-t-elle.

— Ne me donnez pas de raison de le faire, répliqua-t-il.

Elle émit un cri étranglé.

— Je suis désolée, répéta-t-elle d'une petite voix.

— Pour quoi ? lança-t-il.

La porte s'ouvrit complètement. Isabel resta sur le seuil.

Elle n'était pas seule. Quelqu'un se trouvait derrière elle, Jesse en était certain, à présent. Et, cette fois, il vit une arme.

Braquée sur la tête d'Isabel.

Traversé par une décharge d'adrénaline, il analysa en un éclair la situation. Il comprit qu'Isabel était réellement en danger, mais il n'avait pas l'angle nécessaire pour éliminer la menace.

Il ne parvenait même pas à savoir si cette personne était un homme ou une femme.

— On m'a ordonné de vous demander de venir avec moi, tous les deux, balbutia Isabel d'une voix faible.

Elle tremblait de tous ses membres. Sans doute subissait-elle toujours les effets des drogues qui lui avaient été administrées.

— Sortez, Hanna et vous, répéta-t-elle alors que son agresseur lui enfonçait le canon de son pistolet dans la tête. Le bébé peut rester ici, ajouta-t-elle. Il sera en sécurité.

— En sécurité ? rétorqua Jesse. Au milieu des gaz lacrymogènes ? Avec des hommes armés qui n'hésiteront pas à tirer ? Il s'est réveillé lorsque l'alarme s'est déclenchée. Il était terrifié et en larmes.

Leurs attaquants se moquaient évidemment des peurs et des pleurs d'Evan mais, comme il l'espérait, son commentaire toucha Isabel. Elle explosa en sanglots avant de tenter de frapper du coude la personne qui la tenait. Mais elle n'avait pas la force de se battre. Son assaillant se contenta de resserrer la prise autour de son cou pour l'immobiliser.

Un souvenir traversa alors Jesse. Il revit la scène de l'attaque de Hanna devant le ranch Ryland, le soir où quelqu'un avait tiré sur elle. Arnie avait tenu Hanna dans une prise d'étranglement identique, le pistolet pointé sur sa tête, avant de l'entraîner sous les arbres. Ce soir-là non plus, Jesse n'avait pas eu la possibilité de tirer en sécurité. Il n'avait rien pu faire pour empêcher le drame.

— Grayson est là, murmura Norris, sortant Jesse de ces images cauchemardesques. Il est dans la maison.

Jesse entendit le bruit des pas de Grayson.

De toute évidence, la personne qui tenait Isabel les perçut aussi. D'un mouvement rapide, elle fit feu. Cependant elle ne cibla pas Grayson.

Mais Jesse.

Le bruit du coup de feu fut assourdissant. Et la première pensée de Hanna fut pour Jesse.

Avait-il été touché ?

Elle le vit sauter sur le côté. Pendant une fraction de seconde, elle crut que le pire était arrivé. Mais ce fut l'adjoint Norris qui s'écroula.

Quand il tomba au sol, Jesse le prit par les épaules pour le traîner loin de la porte.

Norris avait été blessé au bras droit. Il grogna de douleur et plaqua la main sur la plaie pour tenter d'arrêter le flot de sang. En tout cas, à présent, il n'était plus en état de riposter.

Leur agresseur fit feu une deuxième fois. La balle se planta dans le montant de la porte.

Avec un juron, Jesse se déplaça, poussa Norris derrière lui et cibla l'assaillant. Mais il ne tira pas. Peut-être n'avait-il pas le bon angle pour le faire. L'agresseur non plus n'appuya pas sur la gâchette.

Le temps parut suspendu.

Grayson se trouvait quelque part dans la maison, mais sans doute ne lui était-il pas possible de s'approcher sans risquer de tuer Isabel.

Hanna ne voyait pas cette dernière, mais elle avait entendu une grande partie de l'échange qu'elle avait eu avec Jesse. Elle savait donc que quelqu'un tenait sa mère sous la menace d'une arme. S'agissait-il d'une mise en scène ? Elle l'ignorait.

Elle décida soudain de passer à l'action.

— Allez dans la baignoire avec le bébé, ordonna-t-elle à Norris. Jesse a besoin de renfort.

Norris obéit et s'installa dans la baignoire, de façon à servir de bouclier à Evan.

Hanna lui prit son arme et se précipita de l'autre côté de la porte, en face de Jesse.

— Tu ne devrais pas être ici, grogna-t-il. Te rappelles-tu au moins comment te servir d'un pistolet ?

Elle s'en souvenait. Elle avait pris des cours de tir après avoir emménagé dans cette maison pour pouvoir effrayer les coyotes. Les enjeux étaient bien plus importants à présent et elle savait d'instinct qu'elle ne raterait pas sa cible.

Elle jeta un bref coup d'œil dans le couloir et vit sa mère. Et son agresseur derrière elle. Celui-ci semblait observer le salon. Tout en resserrant sa prise sur la gorge d'Isabel, il lui murmurait quelque chose à l'oreille.

— Grayson ! cria Isabel un instant plus tard, si vous voulez sauver la vie de Jesse et de Hanna, partez. Sortez tout de suite de cette maison.

Hanna n'entendit pas la réponse de Grayson mais devina qu'il ne s'en irait pas.

Céder au chantage n'était pas son genre.

L'adjoint Norris avait laissé son téléphone par terre et l'écran s'éclaira au moment de la réception d'un texto. Il émanait de Grayson.

Trois mots apparurent sur l'écran.

C'est Marlene.

Hanna montra le message à Jesse qui secoua la tête d'un air écœuré. Elle ressentait le même dégoût mais aussi un certain soulagement. Cela signifiait peut-être que sa mère n'était pas capable de tuer qui que ce soit.

— C'est fini, Marlene ! cria Jesse.

Quand elle poussa un juron, Hanna reconnut sa voix. Grayson ne s'était pas trompé.

Marlene retira son masque à gaz et lança :

— Vous avez un choix à faire pour ne pas exposer Hanna et le bébé, Jesse. Laissez-moi partir avec Isabel. Vous ne me verrez plus jamais, n'entendrez plus jamais parler de moi, je vous en donne ma parole.

Hanna n'en crut pas un mot. Si Marlene s'échappait, tôt ou tard, elle finirait par revenir. Ou par envoyer des miliciens pour les tuer.

— Vous laisser sortir d'ici avec un otage ? répliqua Jesse. N'y comptez pas.

— Je libérerai Isabel dès que je serai assez loin de la maison. Et certaine que personne ne me tuera.

— Laissez-la m'emmener, insista Isabel qui sanglotait, à présent. L'important est qu'elle s'en aille, qu'elle s'éloigne d'Evan et de Hanna.

Entendre sa mère proposer de se sacrifier atténua en partie la colère de Hanna à son égard.

Marlene espérait qu'ils accepteraient. Sans otage, elle n'avait aucune chance de s'enfuir, elle le savait.

Cela dit, elle avait sans aucun doute posté des miliciens à proximité, près de l'allée.

Jesse se déplaçait discrètement. Il cherchait un meilleur angle pour tirer.

— Cette fois-ci, vos hommes ne vous aideront pas, dit-il. Et nous avons assez de preuves pour vous enfermer pendant très, très longtemps, Marlene.

— C'est faux ! rétorqua-t-elle. Vous n'avez rien contre moi.

— Vous étiez sous les arbres la nuit où Arnie m'a tiré dessus, lança Hanna. Et vous aviez aussi convaincu ma mère de vous aider, en déposant de l'argent sur son compte bancaire.

Marlene ne nia pas. Elle recula lentement, tout en promenant les yeux dans le salon. Elle était coincée, acculée, et sans doute au désespoir.

— Pourquoi n'es-tu pas morte quand Arnie t'a tiré dessus, Hanna ? cria-t-elle. Nous n'en serions pas là. Si tout s'était passé comme prévu, je n'aurais pas à m'inquiéter de ce dont tu souviens ou pas, de ce que tu as vu ou pas, ajouta-t-elle.

Hanna voulait lui demander ce qu'elle aurait pu voir ou entendre, mais Jesse parla le premier.

— Depuis quand savez-vous que votre frère est un agent de l'ATF ? lança-t-il. Et qu'il est revenu dans votre vie dans le seul but de faire tomber une milice que vous dirigez.

— Quand l'ai-je découvert, à votre avis ? gronda-t-elle. Le soir où Arnie a perdu les pédales. L'imbécile. J'avais essayé de le raisonner, de lui dire que je m'occuperais de lui si vous l'arrêtiez, qu'il ne croupirait pas en prison. Mais Arnie n'a rien voulu entendre. Il tenait à aller s'expliquer avec vous et il a tout gâché.

Son détachement rendit Hanna malade. Marlene se moquait bien qu'Arnie ait failli les tuer, elle et son bébé. Sa seule inquiétude concernait sa milice.

Sa milice.

— Alors, que s'est-il passé ? insista Jesse. Vous êtes allée au ranch dans l'espoir d'intercepter Arnie et vous avez été témoin de la fusillade. Mais ensuite, vous avez entendu Bull dire à Hanna qu'il était un agent secret sous couverture.

— Mon propre frère m'avait trahie, répondit-elle avec amertume en confirmant les soupçons de Jesse. J'ai été abasourdie et, surtout, horrifiée. Et voilà d'ailleurs pourquoi je n'ai pas réussi à abattre ce traître sur-le-champ comme il le méritait. Sous le coup de l'émotion, j'ai attendu un instant de trop. Et quand je me suis ressaisie, votre cousin et vous arriviez sur les lieux. Je ne pouvais pas risquer de vous tuer parce que j'ignorais combien d'autres Ryland et employés du ranch allaient courir à votre secours.

— Voilà pourquoi vous étiez restée cachée, termina Jesse pour elle. Mais ensuite vous avez commencé à vous inquiéter de ce que Bull aurait pu dire d'autre à Hanna.

— J'étais inquiète, oui. Il y avait de quoi. Je ne savais pas si Bull m'avait reliée à la Brotherhood, à la Confrérie, ou non. Je devais surveiller Hanna. Tant qu'elle avait oublié ce qui s'était passé, elle ne représentait pas une menace mais quand Isabel m'a dit que sa mémoire commençait à revenir, j'ai décidé de passer à l'action.

Et voilà.

Enfin la vérité.

Marlene espérait toujours réussir à s'enfuir. Elle commença à reculer avec Isabel à la remorque tout en marmonnant à voix basse dans le micro à son col.

— Je me dirige vers la porte, dit-elle à la personne qui se trouvait à l'autre bout de l'appareil. Aide-moi à sortir d'ici.

Jesse se déplaça rapidement et visa. Pas Marlene mais le mur au-dessus de sa tête. Il tira, le bruit du coup de feu fut assourdissant.

Marlene se retourna pour riposter. Elle serrait toujours Isabel contre elle. Mais celle-ci se débattit et Marlene perdit soudain son emprise. Quand Isabel parvint à se laisser tomber au sol, Hanna était prête à appuyer sur la gâchette.

Mais Jesse la devança.

Il fit feu. Touchée en plein cœur, Marlene se figea, son regard surpris se fixa sur Hanna pendant une fraction de seconde puis elle s'effondra sur le sol.

Grayson se précipita vers eux. Il aida Isabel à se relever avant de l'entraîner vers la salle de bains.

Son visage s'assombrit lorsqu'il repéra Norris.

— L'ambulance est tout près. Je vais demander aux infirmiers de s'occuper de toi.

Il se tourna vers Jesse.

— Hanna et toi, restez ici. Assurez-vous que personne n'entre dans la maison. Maintenant, il nous faut encore capturer ses complices. Nous ne connaissons pas leur nombre, mais ils sont toujours dans les parages et ont sans aucun doute reçu ordre de tuer.

17

Ils ont reçu ordre de tuer.

Jesse n'en avait aucun doute mais, à la vue du regain de peur sur le visage de Hanna, il regretta que Grayson en ait parlé devant elle. En revanche et heureusement, l'angoisse ambiante n'affectait pas Evan le moins du monde. Leur fils était vraiment doté d'une bonne nature. Il s'était rendormi au milieu des coups de feu et le chaos qui régnait autour de lui ne perturbait en rien son sommeil.

— Disposons-nous d'assez de renforts ? demanda Jesse.

— Ils sont d'un nombre suffisant, oui, assura Grayson. Plusieurs adjoints viennent d'arriver et sont déjà en train de fouiller les alentours, à la recherche de miliciens. Aidés par les ouvriers du ranch. Je vais leur donner un coup de main. Vous, restez ici, répéta-t-il. Je verrouillerai la porte derrière moi et, dès que je serai sorti, rebranche le système d'alarme, Jesse. Gardez votre arme encore un peu, Hanna ajouta-t-il.

Jesse aurait préféré lui épargner cette responsabilité, mais elle n'était pas du genre à rester les bras croisés au milieu du danger.

Grayson s'en alla à la hâte et, dès que Jesse l'entendit fermer la porte à clé, il réactiva le système d'alarme.

Bien sûr, l'un des miliciens avait pu profiter des derniers

événements pour se faufiler à l'intérieur, c'est pourquoi il demeura un moment immobile, aux aguets. Hanna l'imita.

Près d'eux, Isabel sanglotait en sourdine.

— Je suis vraiment désolée, ne cessait-elle de répéter.

— Ne reste pas là, lui dit Hanna. Va dans la baignoire avec le bébé.

Peut-être voulait-elle pousser sa mère à se ressaisir au lieu de se morfondre dans des regrets inutiles. En tout cas, la manœuvre parut fonctionner. Isabel arrêta de pleurer, se moucha et se dirigea vers la salle de bains. Quand elle vit Norris et son bras ensanglanté, elle attrapa une serviette et l'enroula autour de la plaie pour juguler l'hémorragie.

— Ma mère ira en prison, n'est-ce pas ? lui demanda Hanna à voix basse. Elle va être condamnée pour blanchiment d'argent.

Il n'avait pas envie de lui mentir.

— C'est possible. Mais elle parviendra peut-être à passer un marché avec le juge et s'en tirera alors avec une libération conditionnelle et des travaux d'intérêt général.

— En tout cas, je ne pense pas qu'elle soit impliquée dans ces attaques.

— Moi non plus, reconnut-il.

Lorsqu'il reconstituait mentalement l'enchaînement des événements, la culpabilité exclusive de Marlene lui semblait évidente.

Bien sûr, il aurait préféré que Bull ait découvert la responsabilité pleine et entière de sa sœur, son implication à la tête de la milice, avant que Hanna ne soit prise pour cible.

Mais Bull et Isabel n'étaient pas les seuls en faute.

— Ne t'aventure pas par là, lui lança Hanna.

Elle le surprit lorsqu'elle se pencha vers lui pour lui déposer un baiser sur la bouche.

— Je sais à quoi tu penses, poursuivit-elle. Tu te dis que si tu avais arrêté Arnie plus tôt, rien de toute cette histoire ne serait arrivé.

— Je le pense parce que c'est vrai.

Elle secoua la tête d'un air féroce.

— Si tu avais arrêté Arnie plus tôt, les conséquences auraient sans doute été beaucoup plus graves. Désastreuses. Son arrestation aurait poussé Marlene à nous tuer tous. Et elle aurait réussi à le faire sans jamais être inquiétée. Nous nous serions fait descendre sans avoir eu la possibilité de nous protéger. Nous ne nous doutions pas qu'elle était dangereuse, qu'il fallait se méfier d'elle.

Le raisonnement se tenait, il en convenait. Mais il ne parvenait pas à se débarrasser de sa mauvaise conscience.

Hanna dut lire dans ses pensées parce qu'elle l'embrassa de nouveau. D'un baiser passionné.

Ils entendirent derrière eux Isabel pousser un cri étouffé. Comme ils se tournaient vers elle, ils comprirent qu'elle avait surpris leur étreinte.

— Ne dis rien, la prévint Hanna. Je ne supporterai pas un mot de ta part sur Jesse ou sur ce baiser. Plus jamais je ne laisserai tes rancœurs envers les Ryland gâcher ma vie. Compris ?

Jesse s'attendait à ce qu'Isabel riposte, reproche une nouvelle fois à sa fille d'être tombée amoureuse d'un Ryland. Elle s'était toujours opposée à leur relation, à leur amour, et ne s'en était jamais cachée.

Mais les derniers événements l'avaient peut-être changée. Ou du moins lui avaient fait comprendre que les vieilles querelles pouvaient être pardonnées.

Tout comme lui-même devait se pardonner de ne pas avoir fait davantage pour empêcher Hanna de se faire tirer dessus.

Bien sûr, sa culpabilité n'allait pas disparaître du jour au lendemain. De même, l'aversion d'Isabel à son égard n'allait pas se muer en sentiments positifs d'un seul coup. Mais c'était un début.

Un bon début.

Norris poussa un gémissement et Jesse se pencha vers lui. Isabel avait réussi à juguler l'hémorragie, constata-t-il avec soulagement. L'ambulance ne tarderait pas à arriver et l'emporterait à l'hôpital avec Isabel. Et par association d'idées, Jesse eut envie d'interroger la mère de Hanna.

— Marlene vous avait-elle droguée ? demanda-t-il.

Elle hocha la tête.

— J'en suis sûre. Elle a dû mettre quelque chose dans mon café. Elle était passée me voir en prétendant être inquiète pour Hanna à cause de ces attaques. Elle n'était pas du tout inquiète, ajouta-t-elle avec colère. Elle m'a droguée et n'a cessé de me répéter que je devais venir ici pour exiger que Hanna et Evan s'installent chez moi. J'ai fini par obéir sans comprendre qu'elle me tendait un piège.

Elle s'interrompit, déglutit avec difficulté.

— En vérité, Marlene voulait se servir de moi comme diversion pour lui permettre de positionner ses miliciens sur la propriété sans éveiller vos soupçons.

Jesse partageait ce point de vue. Malheureusement, son stratagème avait fonctionné et le type qui avait tiré sur Grayson sur la route l'avait ainsi empêché de les aider.

— Ma maison est devenue une scène de crime, reprit Hanna. Et la police scientifique va bientôt l'envahir pour y prélever des indices et des preuves, j'imagine.

— Oui, c'est une intervention nécessaire, reconnut-il.

Et elle ne pourrait rester chez elle pendant quelque temps. Il se demandait si elle se sentirait un jour en sécurité chez elle après les événements qui s'y étaient déroulés.

— Tu nous accueillerais chez toi, Evan et moi ? lança-t-elle.

Isabel ouvrit la bouche, sans doute pour dire qu'ils feraient mieux de venir s'installer chez elle mais, d'un regard, Hanna l'en empêcha.

— Bien sûr, répondit-il. Avec grand plaisir.

Et qu'elle le suggère, en ait envie, lui fit du bien.

Ni Hanna ni Evan n'avaient encore jamais passé une nuit chez lui, et il se réjouissait de les avoir là-bas.

Il espérait qu'il ne s'agissait pas d'un arrangement temporaire.

Jesse repensa aux moments terrifiants de la soirée, lorsqu'ils avaient compris qu'ils étaient attaqués. Au milieu de danger, il avait pris conscience de son amour profond et infini pour elle. Et pour leur fils. Il ne s'agissait pas d'un sentiment artificiel généré par une décharge d'adrénaline. Il venait de loin.

Il se promit de le lui dire, mais peut-être pas tout de suite. Le mieux était de lui laisser le temps de se remettre de ses émotions, de tout ce qu'elle avait vécu.

Mais Hanna le surprit en lui déclarant :

— Je t'aime, Jesse.

Un tel bonheur l'enveloppa qu'il craignit que son cœur n'éclate de joie. Il s'apprêtait à la serrer dans ses bras quand son téléphone sonna.

Grayson cherchait à le joindre. Au plus mauvais moment ! Mais, dès qu'il prit l'appel, il ne le regretta pas. Grayson lui annonçait une bonne nouvelle.

— Nous les avons eus, dit-il. Je les ai réunis dans la cour. Je suis devant la porte d'entrée.

Il se précipita pour lui ouvrir, mais il ne laissa pas Grayson lui expliquer comment ses hommes et lui avaient réussi à localiser et à capturer les miliciens. Il retourna dans la salle de bains auprès de Hanna et d'Evan pour la mettre au courant. Il entendait dehors l'ambulance approcher.

Grayson les rejoignit et les regarda, heureux de constater que tout le monde allait bien.

— Vous êtes sûr de les avoir tous attrapés ? demanda Hanna.

Il hocha la tête.

— Sûr et certain. Shaw nous a bien aidés. Les employés du ranch aussi, dès que les gaz lacrymogènes se sont dissipés. Il y avait trois hommes armés. L'un a préféré garder le silence, mais les deux autres ont décidé de tout avouer. Interrogés séparément, ils ont reconnu que Marlene était leur chef et les avait conduits ici.

Trois hommes. Il était difficile de parler d'une armée, mais à trois, ils avaient réussi à commettre beaucoup de dégâts. Ils auraient pu faire pire, les tuer tous.

— Je vous propose d'attendre ici l'arrivée des ambulances, poursuivit Grayson, et ensuite je vous conduirai là où il vous plaira d'aller, à bord de la voiture de patrouille.

— Au ranch de Silver Creek, répondirent Jesse et Hanna en même temps. Nous avons envie de nous rendre au ranch des Ryland.

Grayson hocha la tête avec un sourire approbateur.

— Nous y serons en un rien de temps. Theo et Ava vont emmener les trois miliciens en prison. Bien entendu, nous ne les enfermerons pas avec Bull que nous allons libérer.

— Rien n'indique donc que Shaw soit corrompu ? demanda Hanna à Grayson.

— Rien, et comme il est intervenu pour nous aider ce soir, j'ai tendance à croire qu'il est au-dessus de tout soupçon. Cela dit, l'ATF aura le dernier mot à ce sujet. Ils vont diligenter une enquête interne pour s'assurer que Bull et Shaw n'ont jamais été de mèche et qu'ils n'ont pas enfreint la loi.

L'ATF prendrait également en charge le démantèlement de la milice, et Jesse se doutait que Grayson leur confierait volontiers cette tâche.

Isabel jeta un coup d'œil à Grayson et à Jesse.

— Merci, leur dit-elle. Si vous n'aviez pas tiré sur elle, je n'aurais peut-être pas réussi échapper à Marlene. Comment êtes-vous parvenu à l'identifier ? demanda-t-elle à Grayson.

— J'ai reconnu sa voix alors qu'elle parlait à l'un des miliciens via le micro sur son col.

— Je me demande pourquoi elle a tenu à venir ici pour faire elle-même le sale boulot, dit Hanna.

— Peut-être en avait-elle assez des échecs répétés de ses hommes, répondit Jesse. Ou peut-être en faisait-elle une affaire personnelle qu'elle préférait régler elle-même.

Marlene étant morte, ils ne sauraient jamais ce qui l'avait poussée à cette décision, à moins qu'elle ne se soit confiée aux trois hommes qu'ils avaient arrêtés.

Lorsque les ambulanciers entrèrent dans la chambre, Hanna rendit son arme à l'adjoint Norris et alla prendre Evan dans la baignoire. En passant, elle déposa un baiser sur la joue d'Isabel. Un geste qui fit venir les larmes aux yeux de cette dernière.

— À plus tard, lui dit Hanna

Et tout en câlinant Evan, elle suivit Jesse.

— Je vais chercher la voiture et nous partons, annonça Grayson, en laissant Hanna, Evan et lui seuls.

Jesse profita de cette accalmie pour faire ce qu'il rêvait de faire depuis longtemps. Il prit Evan et Hanna dans ses bras et déposa un tendre baiser sur la tête d'Evan. Le bébé dormait si profondément qu'il ne bougea même pas.

Hanna, elle, ne dormait pas et sourit lorsqu'il l'embrassa.

Il pensait se contenter d'un petit baiser empreint de douceur et d'en rester là. Par ce geste, il voulait seulement célébrer ce moment, exprimer sa joie. Ils avaient survécu et étaient tous trois en un seul morceau. Un vrai miracle.

Il s'apprêtait à reculer quand Hanna le surprit en glissant une main dans ses cheveux pour l'attirer à elle. Le baiser qu'elle lui donna n'eut rien de bref ou de doux. Il fut long, profond et rempli d'émotions.

— Tout à l'heure, lui rappela-t-il tu as dit que tu m'aimais.

— Parce que je t'aime, répondit-elle d'une voix teintée de passion.

— Tant mieux, répondit Jesse, parce que je t'aime aussi.

Il captura ses lèvres. Quand leurs langues entamèrent une danse sensuelle, un tel bonheur l'envahit qu'il eut envie de crier de joie.

Alors qu'il fouillait sa bouche avec délice, il prit soudain conscience qu'ils étaient dans la chambre, à quelques pas des ambulanciers, d'Isabel et de l'adjoint blessé.

Jesse s'écarta et décida de mettre sa passion sur « Pause », en sachant qu'il la réenclencherait d'un simple baiser dès qu'il aurait Hanna chez lui.

Elle leva les yeux vers lui et lui caressa la joue.

— Si les derniers événements ne réveillent pas mes souvenirs, je ne les retrouverai peut-être jamais, dit-elle. Du moins jamais dans leur intégralité.

Il la dévisagea avec attention. Elle ne semblait pas bouleversée.

— Cela te pose-t-il un problème ? demanda-t-il.

Elle secoua la tête avant de lui décocher un sourire éblouissant.

— Nous nous en créerons de nouveaux, dit-elle.

Il lui rendit son sourire et les serra plus fort, Evan et elle, dans ses bras.

Il était tout à fait d'accord pour créer une ribambelle de nouveaux souvenirs avec Hanna et leur fils. Des souvenirs heureux.

Vous avez aimé ce roman ?
Retrouvez votre série « Les justiciers de Silver Creek »
dès le mois de février dans votre collection Black Rose !

MAGGIE WELLS

L'enquêtrice des Ozarks

Traduction française de
ANDREE JARDAT

BLACK ROSE

HARLEQUIN

Titre original :
OZARKS DOUBLE HOMICIDE

1

— Chef...

Le lieutenant Ethan Scott leva les yeux sur Jim Thompson, un grand gaillard sûr de lui qui avait plus de vingt ans de maison au sein de la brigade criminelle. Le genre à qui on ne la racontait pas. Pourtant, à ce moment précis, il se tenait sur le seuil du bureau, un peu gauche, l'air hésitant. De toute évidence, ce qu'il avait à dire n'était pas facile.

— Oui, Jim ?

— C'est les Powers.

Puis, sans attendre d'y avoir été invité, il entra dans la pièce tout en jetant des coups d'œil furtifs par-dessus son épaule, signe manifeste qu'il ne tenait pas à être entendu.

Powers. Un nom qui n'était que trop familier à Ethan. Depuis plus d'un mois, il était sur toutes les lèvres, alimentait toutes les conversations. Tyrone Powers Junior était à la tête de Powers, Powers & Walton, l'un des cabinets d'avocats les plus prestigieux du nord-ouest de l'Arkansas. Son frère, William, était sénateur toujours en exercice. Quant à son fils, Tyrone – le troisième du nom communément appelé Trey –, il avait fait la une de tous les journaux pour une affaire de meurtre dont il était le principal accusé.

— Grace n'est pas là pour le moment, expliqua-t-il. Elle est à Little Rock. Faites savoir aux Powers qu'elle les contactera dès son retour.

L'agent spécial Grace Reed avait toute sa confiance. C'est elle qui avait réuni assez de preuves contre Trey Powers pour pouvoir le relier à la mort de Mallory Murray, la jeune sœur d'un procureur, retrouvée assassinée.

Jugeant le problème réglé, il reporta son attention sur les images de la scène de crime qu'il était occupé à étudier avant d'être interrompu.

— En fait, c'est Trey, poursuivit Jim.

Un sourire narquois se dessina sur les lèvres d'Ethan.

— Dites-moi qu'il a enfreint les règles de sa libération sous caution.

Il ne plaisantait qu'à moitié. À vrai dire, il adorerait voir ce jeune homme suffisant commettre *la* faute qui l'enverrait enfin derrière les barreaux.

— Il est mort, lâcha Jim d'un ton sinistre.

Voilà bien une nouvelle à laquelle il ne s'attendait pas.

— Merde... Suicide ?

Une hypothèse pas si improbable compte tenu de la liste des accusations portées contre lui et qui s'allongeait de jour en jour. Mais Ethan avait du mal à y croire. Les types comme Trey Powers ne se donnaient pas la mort. Ils attendaient, confiants, que le bataillon d'avocats chargés d'assurer leur défense les tire de ce mauvais pas. Élevé dans l'idée qu'il était intouchable, l'héritier de cette formidable dynastie se pensait au-dessus des lois.

— Non, répondit Thompson. On lui a tiré dessus. Lui et son père ont été retrouvés morts ce matin. Je viens d'avoir le bureau du shérif du comté de Benton au téléphone. Ils demandent notre aide.

— Tyrone Powers est mort ?

Il n'en revenait pas.

— Oui, affirma Thompson. C'est son épouse qui a trouvé les corps en rentrant. Ils gisaient tous les deux par terre, sur le sol de sa résidence principale.

Ethan secoua la tête, cherchant à donner un sens à cette information inattendue

— Que dit le shérif ?

— Ce serait un double homicide. Ils ont été tous les deux tués par balles.

Ethan se laissa retomber doucement dans son fauteuil. Un double homicide. Le meurtre d'un meurtrier présumé et celui de son père, un homme très fortuné, éminemment puissant. Le frère et le neveu d'un sénateur américain.

Un gros dossier.

Du genre de ceux qui peuvent booster votre carrière ou la ruiner à jamais.

La sonnerie de son poste fixe le ramena brusquement sur terre. Il décrocha.

— Scott, s'annonça-t-il sobrement.

— Vous êtes au courant ?

Comment Will Hopkins, son patron, avait-il appris la nouvelle ? Sans doute par le biais du réseau aussi complexe qu'efficace propre aux États peu peuplés. Sachant cela, il ne serait pas étonné que l'information soit déjà remontée jusqu'au bureau du gouverneur, à Little Rock.

— Au sujet des Powers ? Oui.

— Je veux que vous vous occupiez personnellement de cette affaire.

Le ton était brusque, comme à l'ordinaire.

— Ça va être un sacré cirque entre la police de Bentonville, le département du shérif du comté de Benton et Dieu sait qui d'autre, ajouta le capitaine. Faites-moi un point rapide là-dessus.

— Je m'en occupe.

— Tout de suite.

— Le temps de passer chez moi prendre quelques affaires, indiqua Ethan.

— Bien sûr, bien sûr. Mais faites vite. J'ai dépêché la scientifique. Ils doivent déjà être sur place. Je ne veux pas que les locaux mettent leur nez là-dedans avant nous.

Hopkins poussa un profond soupir. Ethan l'imaginait très bien retirer ses lunettes puis se frotter l'arête du nez, dans un geste qui lui était habituel et qui était chez lui le signe d'une vive contrariété.

— Nous savons que cette affaire va se révéler délicate à traiter, reprit-il. Nous avons eu un précédent avec Trey Powers. C'est l'épouse qui a trouvé les corps. Si j'ai bien compris, elle-même est avocate. À l'heure qu'il est, tous les as du barreau que compte PP&W doivent être sur les dents.

— Cela ne fait pas l'ombre d'un doute.

— Bon. Je compte sur vous.

— Message reçu, capitaine. Je vous rappelle dès que je serai sur le terrain et que j'en saurai un peu plus.

— J'attends votre appel.

Sur ce, Hopkins raccrocha, de manière aussi brutale qu'il s'était exprimé.

Ethan esquissa un sourire crispé. Peu de gens au sein de la brigade criminelle savaient qu'il était diplômé en droit. Normal. Il ne parlait que très rarement des six mois qu'il avait passés en tant qu'avocat commis d'office avant de choisir de s'orienter vers les enquêtes criminelles plutôt que de poursuivre sa carrière d'avocat de la défense. Voir des coupables s'en tirer à bon compte était pour lui une source de frustration insupportable.

Il rassembla son ordinateur portable, son smartphone et ses chargeurs sous l'œil attentif autant que surpris de Thompson.

— Il vous envoie là-bas ?

— Exact.

— Pourtant, il sait bien que vous n'avez pas mené d'enquête depuis un bail.

Il ne prit pas la peine de relever la remarque offensante de son subalterne.

— Exact, se contenta-t-il de répéter.

— Mais... heu... Comment... ?

— Ne vous inquiétez pas. Je n'en ai pas l'air comme ça, mais je connais mon métier.

En réalité, il avait hâte de s'y mettre. Et il se fichait comme d'une guigne de la vague d'hostilité et des jalousies qu'allait susciter la promotion dont Hopkins venait de le faire bénéficier.

Même si, en l'acceptant, il était loin d'imaginer la solitude qu'il connaîtrait à diriger une équipe pleine de rancœur dans une ville où il ne connaissait absolument personne. S'il avait cru s'être attiré un certain respect de la part des agents qui travaillaient sous ses ordres, l'incrédulité de Thompson venait d'un coup de lui retirer toutes ses illusions.

— Il fallait bien que cela arrive un jour, non ? ajouta-t-il d'un ton léger destiné à détendre l'atmosphère. Après tout, mon métier est d'enquêter.

En passant, il gratifia Thompson d'une tape virile sur l'épaule.

— Je compte sur vous pour gérer les affaires courantes pendant mon absence. De mon côté, je vous tiendrai au courant.

Des paroles destinées à apaiser le ressentiment qui se lisait ouvertement sur le visage de Thompson.

— Vous voulez que j'appelle Grace pour la mettre au courant ?

Il sentit dans le ton de Thompson le plaisir malsain qu'il aurait à être le premier à informer la jeune femme de ce que ce qui avait été jusque-là le plus gros coup de sa carrière allait tourner court. Le meurtrier présumé de Mallory Murray ne serait jamais jugé.

— Non, lança-t-il par-dessus son épaule. Je l'appellerai en chemin. Une dernière chose. Les médias ne vont pas tarder à se manifester. Adressez-les à l'agent de liaison. Je ne veux pas que le moindre commentaire, la moindre information ne sorte de ces bureaux. Je veux que rien ne filtre de cette affaire. C'est clair ?

— Très clair, lieutenant, rétorqua Thompson.

Le ton ferme, un brin autoritaire laissait à penser qu'il s'était déjà glissé dans la peau du chef de division. Ethan sourit à l'idée de ce qu'allaient endurer les agents qui seraient sous ses ordres.

Aussitôt installé derrière le volant de son SUV, il passa un coup de fil à Grace Reed. Ils avaient en commun d'être les deux étrangers de la brigade. De quoi tisser des liens de forte camaraderie.

— Bonjour, lieutenant.

D'habitude, elle l'appelait chef. Il vit dans ce changement le signe qu'elle savait déjà.

— Je suppose que vous êtes au courant ?

— À propos de Trey Powers et de son père ? Oui, je suis au courant.

— Ce qui veut dire que Trey Powers ne sera pas jugé pour le meurtre de Mallory Murray.

— Malheureusement.

— Je viens d'avoir le capitaine Hopkins au téléphone. Il m'a chargé de l'affaire.

Un long silence lui répondit.

— Félicitations, finit-elle par lui dire. C'est un gros dossier.

— En effet.

C'est alors qu'il arrivait sur le parking de sa résidence qu'il réalisa vraiment le poids qui allait peser sur ses épaules tout au long de cette enquête.

— Écoutez... Je comprends votre frustration. Je sais à quel point vous vous êtes investie pour réunir les preuves nécessaires à l'inculpation de Trey Powers. Je veux que vous sachiez que vos efforts n'ont pas été vains.

— Merci, chef.

Cette réponse laconique montrait clairement qu'elle n'était pas convaincue. Que les efforts qu'elle avait fournis ne seraient pas récompensés de la manière qu'elle voulait. Lui aussi était passé par là. Il n'y avait rien de pire pour un flic que de voir un meurtrier présumé échapper à la justice. Ni l'agent Reed ni la famille de la victime ne pourraient vraiment tourner la page.

— Grace, j'apprécierais beaucoup toute l'aide que vous pourriez m'apporter dans cette affaire. Si vous pouviez effectuer en amont quelques recherches sur la famille...

— Bien sûr.

— Je sais que la pilule est dure à avaler, ajouta-t-il. Mais j'insiste. Je vais avoir besoin de toutes les bonnes volontés pour avancer au plus vite.

— Vous pouvez compter sur moi, chef.

À sa voix, il sentit renaître une pointe d'intérêt.

— Merci, Grace. Tout ce que vous avez accumulé au cours de vos recherches précédentes est le plus grand atout dont je dispose à l'heure actuelle.

Un nouveau silence, puis la voix devenue plus ferme de Grace se fit entendre.

— Vous aurez tout ce que je sais sur la famille Powers et les associés de PP&W à votre arrivée à Bentonville, chef.

2

Confortablement installée sur l'un des canapés qui meublaient le salon, Michelle Fraser embrassa la pièce du regard. La maison que Tyrone Powers avait offerte à sa seconde épouse était décorée avec un goût exquis. Tout – du mobilier signé sans doute des plus grands designers aux tapis en soie en passant par les tableaux de maître qui recouvraient une grande partie des murs – lui rappelait qu'elle se trouvait chez des gens très fortunés.

Et ce blanc...

D'un chic discret, il était décliné en plusieurs nuances.

Elle n'était pas experte en décoration d'intérieur, mais elle aurait qualifié de poudré celui des coussins des sofas ; de crème celui des tapis ; de nacré celui des rideaux qui encadraient les larges baies vitrées.

— Michelle ?

La voix rauque de Kayla Powers la ramena brusquement sur terre.

— Je réfléchissais à la meilleure stratégie à adopter, mentit-elle. Que disiez-vous ?

La jeune veuve de Tyrone Powers était assise à côté d'elle, les yeux rivés sur ses mains.

— Heureusement que j'ai dit aux policiers que je voulais me soumettre à des prélèvements. Ils attesteront que je n'ai aucun résidu de tir sur moi. C'est bien la preuve que je ne suis pas la meurtrière de mon mari et de mon beau-fils. Ma volonté de coopérer devrait jouer en ma faveur, non ?

Michelle opina distraitement. Elle fixait les doigts de Kayla, là où les traces de sang séché qui avaient échappé au savon faisaient comme de petits tatouages dans la chair.

— Mais vous auriez dû attendre que j'arrive.

— J'ai aussi fait savoir au shérif que j'étais prête à lui remettre mes vêtements, poursuivit Kayla comme si elle n'avait pas entendu. Là encore, les analyses parleront pour moi.

Michelle secoua la tête. Il était temps qu'elle se rappelle que c'était elle l'avocate. Elle qui devait conseiller sa cliente sur l'attitude à adopter. Comment pouvait-elle rester aussi silencieuse et inefficace face à une Kayla Powers qui présentait tous les signes d'un sang-froid exceptionnel alors qu'elle était recouverte du sang de son mari ?

— Je vous le répète : vous auriez dû attendre l'arrivée de votre avocate.

Kayla esquissa l'ombre d'un sourire.

— J'aurais dit la même chose, dit-elle. N'oubliez pas que j'ai été avocate, moi aussi. Il m'en reste quelque chose.

— Dans ce cas, vous devez savoir que quel que soit votre degré de coopération, vous restez aux yeux des flics leur principal suspect.

— Je n'ai pas tué mon mari.

Le seul fait qu'elle se focalise uniquement sur son mari était troublant.

— Et Trey ? Votre beau-fils aussi a été tué.

Kayla se raidit.

— Je ne prétendrai pas que Trey et moi étions les meilleurs amis du monde mais, non, ce n'est pas moi qui l'ai tué. Ce que les analyses médico-légales prouveront.

Certes. Mais il resterait à découvrir celui ou celle qui avait appuyé sur la gâchette. Ce qui n'était pas gagné d'avance. D'autant qu'on trouverait les empreintes de Kayla partout sur la scène de crime puisqu'elle vivait ici.

Depuis le coup de fil de Harold Dennis – l'avocat de la famille Powers mais aussi l'un des actionnaires majoritaires du cabinet –, passé depuis son lieu de villégiature, Michelle se démenait pour empêcher la police de placer Kayla en garde à vue.

— Redites-moi précisément à quoi vous avez occupé votre week-end.

Encore une fois, elle ne se sentait pas très légitime. Elle se demandait encore comment elle en était arrivée à accepter de défendre cette femme contre les possibles accusations de double homicide qui pesaient sur elle. D'autant plus que les arguments opposés par Kayla n'étaient pas toujours très pertinents pour ne pas dire contestables.

Kayla baissa les yeux sur ses vêtements, un pantalon de yoga et un sweat-shirt à capuche, tachés de sang.

— Je vous l'ai dit. J'avais besoin de me retrouver seule. Je suis allée me ressourcer quelque part.

Michelle scruta attentivement le visage de Kayla. Elle n'avait aucune raison de ne pas la croire. Pourtant, elle ressentait au plus profond d'elle-même que sa cliente lui mentait.

— Où ? la pressa-t-elle. Dans un centre de bien-être ? Dans un hôtel-spa ?

Kayla hésita un court instant.

— Je voulais prendre soin de moi, pour une fois. Prendre le temps de méditer, de faire du yoga. Les dernières semaines ont été si... mouvementées.

— Vous ne répondez pas à ma question, Kayla. Où êtes-vous allée ?

— Eh bien...

Kayla se mordit les lèvres, hésitant à poursuivre.

— Je ne suis pas allée dans un centre de bien-être, admit-elle finalement. C'est le centre de bien-être qui est venu à moi.

Le centre de bien-être est venu à moi.

À ce stade d'incompréhension, Michelle l'aurait volontiers étranglée. À la barre, elle n'aurait fait qu'une bouchée d'un témoin aussi évasif.

— Je crois que vous n'avez pas bien compris, dit-elle en refrénant son impatience. Il faut que vous jouiez franc jeu avec moi. Cette histoire de spa ne tient pas la route. La moindre incohérence dans votre récit vous vaudra d'être envoyée directement en prison. Ce n'est pas ce que vous voulez, n'est-ce pas ? Allons, dites-moi la vérité.

— J'étais dans notre maison du lac. Seule.

Elle se tordit les mains. De toute évidence, il y avait autre chose.

— Vous étiez seule dans votre maison du lac, répéta Michelle. Et... ?

— Et j'étais ivre.

Elle avait prononcé ces mots d'une voix assurée, sans se chercher d'excuses. Elle leva les yeux sur Michelle et soutint son regard sans ciller.

— Je me suis soûlée tout le week-end.

Cette confession marqua la fin des doutes qui assaillaient Michelle depuis le début de cet entretien.

— Pourquoi ? demanda-t-elle.

— Pourquoi pas ? répondit Kayla du tac au tac. Je voulais m'évader le temps d'un week-end.

Michelle parcourut encore une fois du regard le salon luxueux dans lequel elles se trouvaient. Qu'est-ce qui pouvait manquer à Kayla pour qu'elle en arrive à vouloir « s'évader » dans les vapeurs de l'alcool ?

Mais là n'était pas la question.

— OK. Donc, vous étiez seule dans cette maison. Est-ce

que quelqu'un peut en témoigner ? Un employé de maison ? Un livreur ?

Kayla secoua la tête.

— Vous avez peut-être fait des courses.

— Non. J'avais pris ici ce dont j'avais besoin.

— Pourquoi cette retraite, Kayla ? Tyrone et vous vous étiez disputés ?

— Non.

Elle haussa les épaules d'une manière qui parut faussement désinvolte à Michelle.

— Je me demande même s'il avait remarqué que je n'étais pas à la maison. Mais c'était plutôt habituel chez lui.

— Vous aviez des problèmes de couple ? insista Michelle.

— Pas vraiment des problèmes. Simplement, le temps émousse les sentiments. Nous deux, ce n'était plus comme au début de notre relation. Enfin... surtout pour lui. Quand quelque chose lui occupait l'esprit, il ne pensait à rien d'autre. Avec tout ce qui s'est passé avec Trey...

Elle s'interrompit un court instant puis reprit le cours de son récit.

— J'ai voulu me persuader que ce n'était pas grave. Que je saurais tirer avantage de cette semi-liberté retrouvée. Mais en fait, non. Plus Ty se désintéressait de moi, plus je détestais tout ce temps passé sans lui.

Harold Dennis allait s'arracher les cheveux quand il apprendrait la manière dont elle menait cet entretien. Mais elle s'en fichait. S'il avait voulu que les choses se passent autrement, il aurait dû prendre le premier avion de retour pour l'Arkansas.

En attendant, elle était passée du rôle d'avocate de la défense d'un jeune homme détestable soupçonné d'homicide à celui d'avocate de la défense de la belle-mère du meurtrier présumé, à ce jour assassiné. Quelle ironie du sort ! Agent fédéral sous couverture, elle avait passé les deux dernières années à endormir la méfiance de Harold Dennis et des autres gros bonnets du cabinet Powers Powers &Walton pour pouvoir œuvrer dans l'ombre sans craindre d'être inquiétée.

Elle s'apprêtait à passer à la question suivante quand quelqu'un frappa un coup sec à la porte. Sans attendre d'y être invité, le shérif Stenton entra, suivi d'un homme grand, bien bâti, aux mâchoires carrées et aux cheveux noirs un poil trop longs. Contrairement au shérif, il était en civil mais il ne faisait pas l'ombre d'un doute qu'il s'agissait d'un flic.

L'envie de s'interposer entre sa cliente et cet homme au regard pénétrant était forte, mais elle y renonça. Vouloir protéger Kayla alors même qu'elle n'était pas, pour l'heure, dans le collimateur de la police ne ferait que la présenter comme la coupable qu'elle n'était pas encore. Pour l'instant, la volonté de Kayla de coopérer lui était favorable. En voulant trop bien faire Michelle pourrait tout gâcher.

— Madame Powers, maître Fraser, je vous présente le lieutenant Ethan Scott, de la brigade criminelle de Fort Smith, dit Stenton en guise d'introduction.

Sur ce, il alla s'asseoir dans le fauteuil qui se trouvait face à elles. Cette familiarité ajoutée à son manque de déférence l'alerta.

— Madame Powers, permettez-moi de vous présenter mes condoléances, dit Scott, cherchant sans doute à rattraper le manque de courtoisie du shérif.

Contrairement à Stenton, il resta debout. Michelle y vit le signe d'un jeu de domination subtil dont elle savait qu'il pouvait, dans certains cas, se révéler efficace.

D'instinct, elle sut qu'elle devait demeurer sur ses gardes.

— Shérif, vous comprendrez aisément que ma cliente est sous le choc, commença-t-elle.

Elle regarda tour à tour les deux hommes puis enchaîna :

— Nous serons heureuses de coopérer, mais si cela pouvait

ne pas prendre trop de temps... Cette maison est devenue une source d'angoisse pour Mme Powers qui n'a qu'une envie : partir d'ici.

Comme pour lui donner raison, Kayla se tordit les mains, dans un geste qui traduisait une grande nervosité.

— Je ne m'attendais pas à trouver les corps de Ty et de Trey quand je suis rentrée tout à l'heure, dit-elle. C'est vrai, cela a été un choc affreux.

— Je comprends tout à fait, madame, compatit Stenton. Et je vous suis d'autant plus reconnaissant de nous apporter votre aide. Si vous n'y voyez pas d'objection, le lieutenant et moi-même souhaiterions vous poser quelques questions. Nous devons nous assurer que nous comprenons bien la chronologie des événements.

Michelle réprima le soupir d'ennui qui lui montait aux lèvres. Elle allait devoir subir encore une fois un récit qu'elle connaissait déjà par cœur.

— Allez-y, shérif, dit-elle cependant avec un sourire affable. Nous vous écoutons. Ensuite, pourrons-nous décider que cela sera suffisant pour aujourd'hui ? Outre le traumatisme lié à sa découverte, Mme Powers va devoir prévenir la famille et prendre les dispositions qui s'imposent.

Tous savaient que les dispositions en question ne seraient pas à l'ordre du jour tant que l'expertise médico-légale n'aurait pas été pratiquée et le rapport rendu officiel. Ce qui risquait de prendre un certain temps. Néanmoins, personne ne fit de commentaire.

— Bien sûr, acquiesça même Stenton. Vous avez dit avoir quitté votre domicile tôt, samedi matin. Vers 7 heures, c'est bien ça ?

— Oui, c'est bien ce que nous avons établi, répondit Michelle.

— Excusez-moi, mais c'est à Mme Powers que le shérif Stenton s'adressait.

Le ton impérieux du lieutenant Scott attira tous les regards sur lui.

— Je préférerais entendre votre version des faits de votre propre bouche, poursuivit-il à l'adresse de Kayla. Allez-y, nous vous écoutons.

Kayla se tordit de nouveau les mains, mais cette fois d'une manière qui inquiéta Michelle. Un détail qui n'échappa pas non plus à Scott.

— Dites-leur tout ce que vous m'avez dit, lui souffla-t-elle d'une voix douce qui se voulait à la fois apaisante et encourageante. Une fois que vous aurez terminé, nous leur confierons vos vêtements et nous partirons d'ici.

Elle sentait peser sur elle le regard de Scott, mais elle fit comme si de rien n'était. S'il s'imaginait qu'elle allait abandonner sa cliente au feu de questions pressantes qui prendraient vite des allures d'interrogatoire – ou pire à la mise en détention provisoire de Kayla alors qu'elle venait de perdre son mari –, il se trompait lourdement ! Il faudrait pour cela qu'il lui présente des preuves tangibles de sa culpabilité. Des preuves qui aillent au-delà du fait qu'elle avait été celle qui avait découvert les corps.

— J'ai quitté la maison samedi matin vers 7 heures, reprit Kayla docilement. Je me suis rendue directement dans la résidence secondaire de la famille Powers.

— Vous ne vous êtes pas arrêtée en chemin pour faire des courses ? s'enquit Stenton.

Elle secoua la tête.

— Je n'en ai pas eu besoin. J'avais tout ce qu'il me fallait ici ou à la maison du lac.

— Vous voulez dire le lac Beaver ? questionna Scott à son tour.

— Non. Le lac Table Rock.

Scott hocha la tête.

— Poursuivez, je vous prie.

— J'ai passé toute la journée de samedi et la matinée de dimanche là-bas. J'avais envie de tranquillité. Mon mari et moi menions une vie sociale très intense. Nous vivions dans un tourbillon permanent. J'avais envie de me retrouver seule. J'ai fait du yoga, de la méditation, j'ai regardé des séries sur des plates-formes de streaming, j'ai cuisiné un peu. Bref, je me suis occupée de moi. En fin de matinée, j'ai préparé mon sac et je suis revenue ici. Je pensais rentrer dans une maison vide. À cette heure-là, Tyrone était censé se trouver au bureau. Il s'y rend très tôt tous les matins. Je serais montée directement dans ma chambre si je n'avais pas entendu que la télé était en marche.

L'émotion, visible, la fit s'interrompre dans son récit.

— Vous êtes donc passée par le salon et..., dit Stenton d'un ton encourageant.

— J'ai vu Trey en premier.

Elle ferma les yeux en même temps qu'elle grimaçait une moue douloureuse.

— Il était affalé sur le bras du canapé. Puis j'ai vu Tyrone, à l'autre bout. Enfin... ses jambes, qui dépassaient.

— Et ensuite ? voulut savoir Scott.

— Cela va vous paraître incongru, mais je me rappelle avoir trouvé bizarre qu'ils regardent NewsNet. Ty détestait les chaînes d'informations en continu. Il ne les regardait jamais. Il préférait lire les journaux.

Elle esquissa un sourire triste.

— Les avocats... Nous aimons la presse écrite.

Michelle lui adressa un sourire qui se voulait de connivence tandis que les deux officiers la regardaient fixement, attendant patiemment une suite qui tardait à venir.

— Le frère de Ty est sénateur, poursuivit-elle enfin. Il est donc très sensible à la propagande. Il ne faisait pas confiance à ce qui ne provenait pas directement d'une agence de presse et n'avait pas été vérifié par deux ou trois sources différentes. Il pensait que les informations télévisées manquaient d'objectivité.

— Qu'avez-vous fait une fois que vous avez découvert les corps ? la pressa doucement Ethan Scott.

— Je me suis précipitée sur Ty, répondit Kayla, les yeux de nouveau baissés sur ses mains nouées. J'étais affolée, je l'ai secoué. Enfin, je crois. Puis je me suis agenouillée à côté de lui et j'ai pris sa tête entre mes mains pour essayer de le faire parler. Mon Dieu... il y avait tellement de sang...

Sa voix s'était perdue dans un murmure.

— Jusqu'à ce moment, vous n'aviez pas remarqué qu'il y avait du sang partout ? s'enquit le shérif.

Il semblait dubitatif.

Kayla secoua la tête.

— Non. Pas vraiment. Je n'ai pas non plus réalisé tout de suite que Trey était mort.

— Comment avez-vous pu dire qu'il était mort ? Vous vous êtes penchée sur lui ?

— Non... mais je... Tyrone était mon mari, c'était normal que je reste auprès de lui et... Trey et moi n'étions pas très liés.

— Quel genre de relation entreteniez-vous avec votre beau-fils ?

Kayla interrogea Michelle du regard.

— En quoi cette question est-elle pertinente, lieutenant ? intervint Michelle avec raideur.

— Trey Powers est mort, lui aussi. Cela devrait suffire, non ?

— C'est exact. Mais Trey était déjà adulte quand M. et Mme Powers se sont mariés. Il ne vivait pas avec eux, ce qui explique que le lien était distendu.

Scott scruta ouvertement le visage de Kayla Powers. Sans doute cherchait-il à évaluer la différence d'âge qu'il y avait entre elle et son beau-fils.

— Trey Powers n'avait que trois ans de plus que sa belle-mère, répondit Michelle à son interrogation muette. En cela, elle était plus proche de lui que de son mari.

— Je vois, répondit Scott.

— Si vous avez terminé, je pense que ma cliente peut aller se rafraîchir. Vous pourrez mettre ses vêtements sous scellés.

— J'ai une dernière question, dit Scott.

Une nouvelle fois, ce fut Michelle qui répondit à la place de Kayla.

— Une seule, alors.

Scott se tourna vers Kayla.

— J'imagine que vos propriétés sont équipées de caméras de surveillance ?

— Oui.

Elle s'empara de son smartphone et fit défiler ses applications jusqu'à trouver la bonne. Un court instant plus tard elle tendait son téléphone à Scott.

— Tenez. Vous devriez me voir partir d'ici samedi matin et y revenir ce matin.

Un mélange d'espoir et de triomphalisme pointait dans sa voix. Si les images prises par les vidéos surveillance corroboraient son récit, cela contribuerait largement à la disculper.

Michelle regarda en silence le lieutenant Scott passer en revue les différents angles de vue jusqu'à en trouver un qui sembla le satisfaire.

— En effet, dit-il, je vous vois partir de chez vous samedi matin. L'horodateur indique 7 h 9.

— Je vous l'avais dit. Et ce matin, j'ai dû appeler les secours dix ou quinze minutes après avoir découvert les corps.

— Shérif, pouvez-vous me dire à quelle heure l'appel a été passé ?

Stenton consulta son carnet.

— Il était 10 h 46.

Scott hocha la tête. Au moment de rendre le téléphone, il ne le tendit pas à Kayla mais fit signe à Michelle de le prendre.

— Malheureusement, il semble que les caméras aient été déconnectées samedi après-midi.

3

Dès que la porte du salon se fut refermée sur Michelle Fraser et sa cliente, Ethan se tourna vers Stenton.

— Alors ? Vous pensez que c'est elle ?

Stenton secoua la tête.

— Le plus simple serait de le croire. Mais je ne crois pas, non. En tant que seconde épouse, elle n'a pas grand-chose à espérer du testament. La première Mme Powers a déjà mis la main sur une grande partie de ce qui ne se trouvait pas dans le trust familial. De quoi attiser la méfiance de Tyrone.

— Il n'y a pas que l'argent qui pousse à tuer, rétorqua Ethan. Il peut y avoir d'autres raisons.

— C'est exact. Mais l'argent est le mobile le plus fréquent. Ceci dit, je ne vois pas Kayla Powers tuer son mari et son beau-fils de sang-froid. Encore moins commanditer leur assassinat.

— A priori, moi non plus.

— Depuis le début, elle se montre très coopérative. Elle est vraiment secouée, cela se voit. Et puis, elle n'est pas idiote. Si c'était elle, elle aurait fait en sorte que ce soit quelqu'un d'autre qui découvre les corps et appelle les secours. Cela lui aurait été plus facile de jouer les veuves éplorées sans devoir se couvrir de sang.

— Pas faux, lui concéda-t-il.

— Vous avez l'intention de la convoquer pour un interrogatoire plus formel ?

Par ces mots, il lui cédait de manière tacite la direction de l'enquête.

— Si c'est le cas, sachez que vous pouvez utiliser n'importe lequel de nos bureaux, poursuivit-il sans attendre de réponse.

Ethan se mit à arpenter la pièce, réfléchissant à cette éventualité. Stenton avait raison. Kayla Powers était très coopérative. Peut-être même un peu trop. Aidée de son avocate, elle leur avait tout offert sur un plateau, rendant inutile un interrogatoire plus poussé.

Ils allaient pouvoir analyser ses vêtements, les résidus de tir et ses empreintes digitales. Michelle Fraser savait que Kayla était la principale suspecte. Elle avait dû lui conseiller de ne pas agir de manière irréfléchie mais au contraire de se prêter à tout ce qui pourrait éloigner d'elle les soupçons. Dans le meilleur des cas, un interrogatoire plus serré ne servirait qu'à donner une bonne image de la façon dont cette enquête était menée. Dans le pire, l'opinion publique prendrait parti pour cette jeune veuve éplorée malmenée par la police.

Sa décision était prise.

— Ce ne sera pas nécessaire, déclara-t-il. Tant que son avocate sera d'accord pour qu'elle reste à notre disposition, il n'y a pas urgence. Pour l'instant, et tant que nous n'aurons pas les résultats des analyses, mieux vaut tenter de résoudre le problème de ces caméras de surveillance défaillantes.

Il y eut un petit coup frappé à la porte puis Michelle passa la tête par l'entrebâillement.

— Messieurs ? Je peux ?

Sans attendre de réponse, elle entra et referma la porte derrière elle.

— L'adjoint Herrera a placé les vêtements de Mme Powers sous scellés, annonça-t-elle.

Puis son regard bleu acier se posa sur Ethan.

— Aurez-vous besoin de convoquer ma cliente au poste de police ?

— Pas pour le moment, répondit-il plus sèchement qu'il n'aurait voulu.

Une remarque qu'avait faite Grace Reed à son sujet lui revint alors en mémoire :

« Elle est avocate, mais elle réagit comme un flic. »

Alors qu'il était pris dans le faisceau laser de son regard aussi impassible que pénétrant, la remarque de l'agent Reed prenait tout son sens. Au fil des ans, il avait eu affaire à des dizaines d'avocats et à des centaines de représentants des forces de l'ordre. S'il devait classer Michelle Fraser dans l'une de ces deux catégories, la seule chose qui le ferait pencher en faveur de la première serait le tailleur coûteux qu'elle portait.

Mais il était vrai que la manière qu'elle avait de tout passer au crible comme le ferait un radar à la recherche d'une anomalie pouvait tout aussi bien laisser à penser qu'elle était flic. Il n'était pas rare non plus que d'anciens officiers de police se reconvertissent dans le métier d'avocat. Mais, à sa connaissance, ils choisissaient d'être du côté de l'accusation plutôt que de la défense. Et ils perdaient peu à peu la réactivité et le sens de l'observation aigu qui font la force des flics en exercice.

Mlle Fraser semblait posséder l'une et l'autre de ces capacités.

Elle ne lui était pas inconnue. Il l'avait déjà vue à plusieurs reprises au cours d'interviews télévisées auxquelles elle avait bien voulu se prêter au moment où elle assurait la défense de Trey Powers. Si elle lui était déjà apparue comme une femme de caractère, elle était cependant bien plus charismatique en personne que sur les écrans.

Il la détailla en douce. Un casque de cheveux acajou tirant sur le rouge encadrait son visage en forme de cœur. Un choix étonnant et détonnant pour qui officiait au sein du prestigieux cabinet PP&W, dont les membres plutôt conservateurs devaient attendre de leurs associés qu'ils rentrent dans le moule. Ce que démentait ouvertement le carré flamboyant de Michelle Fraser.

— ... société de télésurveillance.

La voix de l'avocate le ramena brusquement sur terre.

— Excusez-moi. Que disiez-vous ? demanda-t-il alors qu'elle remettait un document au shérif.

Elle l'épingla d'un regard mi-narquois mi-réprobateur qui lui fit redresser les épaules. Il en allait de sa dignité, tout de même.

— Je disais, lieutenant, répondit-elle d'un ton condescendant, que par ce document, ma cliente vous communique le nom et les coordonnées de la société de télésurveillance qui gère le système de sécurité des résidences Powers. Vous pourrez les contacter directement.

— D'accord. Savez-vous où se trouve le sénateur William Powers ?

— En déplacement à l'étranger. Il est parti vendredi soir rejoindre un groupe de parlementaires en route pour l'Europe de l'Est.

Il était épaté, et même un brin irrité il devait bien l'admettre, de la faculté qu'elle avait de tout savoir sur tout le monde. Jusqu'à preuve du contraire, le sénateur n'était pas son client.

Il eut soudain la certitude que l'aplomb de Michelle Fraser cachait quelque chose qu'il se jura intérieurement de découvrir.

— Je suis très impressionné, railla-t-il. C'est lui qui vous tient personnellement au courant de ses allées et venues ?

— Pas du tout. L'information a largement été relayée par les médias. Vous l'auriez appris si vous vous étiez intéressé de plus près à ce qu'il se passe dans votre État. La Fondation Powers donnait son gala de charité annuel ce soir-là. Le sénateur n'a pu y faire qu'une brève apparition avant de prendre un avion pour Washington DC.

— Vous étiez présente à ce gala ?

Elle hésita à lui répondre. Les deux victimes et la principale suspecte devant s'y trouver aussi, il était normal qu'elle marche sur des œufs.

— En effet, lâcha-t-elle du bout des lèvres.

— Tous les employés de PP&W aussi ?

Elle hésita encore, semblant chercher cette fois s'il cherchait à la piéger.

— Je n'étais pas responsable de la liste des invités, mais je dirais qu'il est fort probable que oui, finit-elle par répondre.

— Combien y avait-il de personnes en tout ?

— Je dirais entre deux cents et trois cents.

— Tous les membres de la famille Powers avaient répondu présent ? insista-t-il.

— Tous, sauf Natalie Cantrell, la première épouse de Tyrone et mère de Trey.

Elle lui lança alors un regard de défi destiné à lui signifier clairement qu'elle venait de lui offrir sur un plateau d'argent une deuxième suspecte possible.

— L'ancienne Mme Powers vit-elle dans la région ?

Ce fut le shérif Stenton qui lui répondit.

— Aux dernières nouvelles, elle était à Little Rock.

— La pensez-vous capable d'avoir tué son ex-mari ?

Michelle Fraser lui lança un regard dépourvu de sympathie.

— Je vous rappelle que Trey Powers aussi a été assassiné et qu'il était leur fils, lieutenant.

Bêtement, il se sentit pris en faute. Il s'était tellement focalisé sur les épouses de Tyrone qu'il en avait oublié qu'il y avait une autre victime.

Mais, plutôt que de le reconnaître et d'ajouter ainsi au manque de considération que lui manifestait déjà l'avocate, il poursuivit d'un ton égal, comme si de rien n'était.

— Quelles relations Trey Power et sa mère entretenaient-ils ?

— Natalie adorait son fils. Il était tout pour elle. Et c'était réciproque.

— Et entre Kayla et Trey ?

— Je vous l'ai dit. Ils ne ressentaient pas grand-chose l'un pour l'autre. Disons qu'ils entretenaient une relation cordiale.

— Cordiale..., répéta-t-il tout en cherchant un autre angle d'attaque. Pour en revenir aux caméras de surveillance... Savez-vous si nous pouvons joindre le sénateur ? Je voudrais avoir accès aux images vidéo.

— Il vous faudra passer par Harold Dennis. C'est l'avocat personnel de la famille.

— Savez-vous où il se trouve ?

— À l'heure qu'il est, il doit se trouver à bord d'un avion en provenance de la Barbade. Mais je ne manquerai pas de vous prévenir de son arrivée aussitôt que l'information me sera parvenue. En ce qui concerne ma cliente, elle a pris ses dispositions pour séjourner dans un hôtel du coin. Tenez, voici son passeport, en gage de sa bonne foi.

Tout était trop simple, trop facile, trop maîtrisé. Et si c'était le travail d'une avocate de protéger et de défendre ses clients, le zèle dont faisait preuve Michelle Fraser en toutes circonstances attisait sa curiosité. Quelque chose dans son ton et dans son comportement sonnait faux. Quoi ? Encore une fois, il se fit la promesse de le découvrir.

Comme il ne se décidait pas à prendre le livret que lui tendait Michelle, ce fut Stenton qui le lui prit des mains.

— Nous apprécions beaucoup que votre cliente nous facilite les choses, lui assura-t-il. Son aide nous est très précieuse.

Prenant soudain conscience du regard réprobateur que le shérif faisait peser sur lui, il sortit de son silence pour renouer avec la courtoisie qui s'imposait. Les Powers étaient des gens importants. Influents. On l'avait envoyé ici pour veiller au bon déroulement de l'enquête. Il lui incombait donc de refouler cet antagonisme qui risquait de le faire échouer dans la mission qui lui avait été confiée.

— Absolument, s'empressa-t-il de renchérir. Veuillez réitérer nos condoléances à Mme Powers. Assurez-la bien que nous mettrons tout en œuvre pour coincer le coupable.

Michelle Fraser accusa réception du message d'un hochement de tête puis sortit rejoindre sa cliente.

Ethan laissa passer quelques secondes.

— Je n'ai pas encore eu l'occasion de m'entretenir avec le médecin légiste, dit-il. Vous a-t-il donné l'heure approximative de la mort ?

— D'après la rigidité cadavérique, elle remonterait à plus de vingt-quatre heures. Mais nous en saurons plus une fois les autopsies effectuées.

— Ce qui situerait la mort entre samedi matin et dimanche midi, pointa Ethan tout en regardant par la baie vitrée. Les maisons ne sont pas très proches les unes des autres et le domaine est sécurisé par une grille. Y a-t-il des gardiens chargés de surveiller ces propriétés en permanence ?

— À ce qu'il paraît.

— Y a-t-il une caméra destinée à enregistrer les véhicules qui entrent et sortent du domaine ? enchaîna Ethan.

— J'avoue que je ne sais pas, répondit le vieil homme qui s'empressa de consigner cette question dans son carnet. Je m'occupe de le demander.

— Ces domaines privés ne sont pas aussi sûrs qu'on le pense. Des livreurs entrent et sortent à n'importe quelle heure du jour et de la nuit. La plupart du temps, le gardien en faction reconnaît leur voiture et leur fait signe de passer.

Il marqua une courte pause durant laquelle il fixa du regard un vieil arbre que le constructeur avait épargné.

— De quelle année date ce domaine ?

— Je ne sais pas exactement.

Il entendit le shérif griffonner dans son carnet.

— Je suppose que tous les gens qui habitent ici sont issus de la même classe sociale que les Powers ?

Stenton grommela quelque chose qu'il ne comprit pas.

— Non ? insista-t-il.

— Si vous voulez savoir s'ils sont tous très riches, alors la réponse est oui. La différence, c'est que les Powers ont toujours fricoté avec les politiques. Bien avant que William soit élu au Sénat, même.

— Ce qui impliquerait qu'ils devaient se mêler à la population locale. Par intérêt, bien entendu.

— Exactement. La soirée de gala de vendredi en est un bon exemple. Il devait y avoir tout le gratin mais aussi des gens plus modestes ; de ceux qu'ils n'invitent pas à leur table si vous voyez ce que je veux dire.

— Je vois très bien. Savez-vous si M. et Mme Powers avaient l'habitude de recevoir ?

Stenton haussa les épaules.

— Avec la maison qu'ils ont, il y a des chances. Après... c'est peut-être juste pour épater la galerie. Mais ce serait étonnant vu que Tyrone collectait des fonds pour les campagnes électorales de son frère.

Ethan laissa échapper un rire sarcastique.

— On peut donc dire des frères Powers qu'ils étaient proches du peuple.

— Disons qu'ils savaient descendre de leur piédestal quand il le fallait.

— Quelle relation Tyrone entretenait-il avec les forces de l'ordre ?

Stenton referma son carnet et le fourra dans la poche arrière de son pantalon.

— Jusqu'à ce que son fils soit soupçonné de meurtre, il n'en avait aucune. Leur cabinet ne s'occupe pas du tout-venant. Il vise plus haut. Des cas beaucoup plus importants censés leur rapporter beaucoup d'argent.

Stenton marqua une courte pause.

— Lieutenant, ce double homicide va semer une sacrée pagaille, je vous le prédis. Il va falloir prendre des gants et je préfère que ce soit vous que moi qui vous occupiez de cette affaire.

— C'est vraiment ce que vous voulez ? Me voir marcher sur vos plates-bandes.

— Vous voulez rire ? Je suis bien content de vous refiler le bébé et le plus tôt sera le mieux.

Ethan esquissa un sourire amusé.

— Je comprends. À l'occasion, j'aurais besoin de certains de vos hommes et sans doute que je ferai aussi appel à vous de temps en temps. Mais ne vous inquiétez pas, je me fiche bien de me mettre à dos toute la famille Powers et leur bataillon d'avocats.

Il donna une tape amicale sur l'épaule de Stenton puis pointa du menton les portes à double battant.

— Retournons voir si vos hommes ont trouvé quelque chose. J'en profiterai pour jeter un dernier coup d'œil à la pièce avant qu'ils ne sortent les corps.

— Vous avez l'estomac bien accroché, lieutenant Scott.

Il y avait dans sa voix une pointe d'admiration.

— J'ai surtout reçu l'ordre de mon supérieur de boucler cette affaire proprement. Et je compte bien réussir.

Stenton hocha la tête en signe de compréhension tandis qu'Ethan regardait les membres de l'équipe aller et venir dans une sorte de ballet parfaitement orchestré qui, pour le commun des mortels, aurait pu passer pour un vaste chaos. Pourtant, chacun des hommes présents sur la scène de crime savait exactement ce qu'il avait à faire.

Un frisson d'excitation lui parcourut l'échine. Certains

hommes s'adonnaient à la chasse. Lui aussi. Mais un seul type de proie l'intéressait. Les meurtriers.

Il se tenait à l'écart, en observateur. Personne n'avait pris la peine d'éteindre le téléviseur. Le drame était relaté en boucle sur la chaîne, chacun y allant de son commentaire ou de sa théorie alors qu'aucune information n'avait encore été délivrée par le poste de police.

On voyait des journalistes poursuivre le sénateur Powers à son arrivée à l'aéroport. Pour échapper aux micros tendus, il marchait à grandes enjambées et la tête obstinément baissée.

Un commentaire défilait dans un bandeau, en bas de l'écran : arrivée en Arkansas du sénateur William Powers. Les corps sans vie de son frère et de son neveu découverts à leur domicile. Il s'agirait d'un double homicide.

Ethan regarda les hommes de la police scientifique déposer les corps dans des housses mortuaires pour être transportés à l'institut médico-légal. Sur l'écran, les gardes du corps du sénateur tentaient comme ils le pouvaient de protéger leur client des assauts répétés des journalistes.

Soudain, William Powers s'arrêta net de marcher et fixa la caméra la plus proche de lui.

— Je ne ferai qu'un commentaire, commença-t-il d'une voix forte. Celle qui a commis ce double meurtre n'échappera pas à la justice. Elle devra répondre de ses actes. J'en fais le serment devant vous.

Ethan et Stenton s'échangèrent un regard perplexe.

— Il a dit « elle » ou je n'ai pas bien entendu ? demanda Ethan le premier.

— Non, répondit le shérif. C'est bien ce que j'ai entendu, moi aussi.

— Gardez le passeport de Kayla Powers en lieu sûr, lui ordonna Ethan. Et placez l'hôtel où elle séjourne sous surveillance permanente. Nous devons contacter l'avocat de la famille le plus rapidement possible. Nous devons découvrir à qui profite le crime maintenant que le fils n'est plus là.

Stenton secoua la tête.

— À mon avis, à l'une des deux femmes. Même si je ne les vois pas faire un coup pareil, mais allez savoir. Quand il y a tant d'argent en jeu...

4

L'hôtel dans lequel Kayla avait trouvé refuge était un quatre-étoiles, la plus haute catégorie que la ville avait à offrir. Michelle balaya d'un œil critique la pièce dans laquelle Kayla et elle se trouvaient. La chambre et le coin salon étant séparés par une porte fermière ridiculement étroite, l'ensemble n'avait de suite que le nom.

Kayla avait enfilé un jean et un haut à manches longues dont elle tirait sans cesse les bords sur ses mains, dans un geste compulsif. Michelle se leva et alla augmenter le thermostat de quelques degrés.

— Il fait toujours froid dans ces chambres d'hôtel, dit-elle. Y a-t-il quelque chose que je puisse faire pour vous ?

— Non, merci. C'est déjà très gentil d'être ici avec moi.

Sa voix n'était qu'un murmure.

Alors que Kayla s'installait sur le canapé, Michelle choisit de s'asseoir dans le fauteuil qui se trouvait face à elle.

— Harold ne devrait pas tarder à revenir, déclara-t-elle pour la rassurer. Il a dû sauter dans le premier avion.

— Il voyage en jet privé.

Une ride soucieuse se creusa entre ses sourcils.

— Vraiment ?

— Oui, je crois bien que William et lui étaient à bord du même avion, le jet privé d'un client. Harold devait déposer

Bill à Washington pour qu'il puisse assister à une conférence importante puis se rendre ensuite à la Barbade.

— Raison de plus de le voir débarquer très vite ici, pointa-t-elle. Il pourra nous dire comment Tyrone aurait voulu que les choses se passent.

— Je sais ce que Tyrone voulait, affirma Kayla. Et je ne pense pas que Harold puisse nous être d'une grande aide.

Elle releva une pointe d'amertume dans le ton de sa voix. Malgré ses yeux rougis par les pleurs, son regard était clair et direct.

Elle se pencha vers elle.

— Que voulez-vous dire ?

— Je veux dire que depuis deux ans, Tyrone et Harold ne voyaient pas toujours les choses de la même façon. Il y avait des dissensions entre eux. Surtout depuis que Harold s'était rapproché de William et de l'ex-femme de Tyrone.

— Vous voulez dire la mère de Trey ?

— Oui. Natalie.

— Je vois. J'ai eu l'occasion de la rencontrer.

Elle n'en dit pas plus, préférant laisser Kayla s'expliquer librement à ce sujet. Ou pas.

— À cause de Trey, n'est-ce pas ?

— En effet.

— Je pensais... J'aimerais que vous restiez mon avocate, finit-elle d'un trait.

— Je ne suis pas sûre que Harold...

— C'est à moi de prendre la décision, trancha-t-elle. Et je veux que ce soit vous.

Elle ferma les yeux, songeant aux conséquences que la décision de Kayla aurait sur la suite des événements. En acceptant, elle allait non seulement défier l'homme qui allait sans doute prendre les rênes de PP&W, mais elle allait perdre un temps précieux sur la mission qu'elle espérait boucler dans la semaine.

Elle était censée quitter sous peu l'Arkansas pour ne plus y revenir. S'impliquer un peu plus qu'elle ne le faisait déjà dans la vie et les affaires de la famille Powers ne faisait pas partie du programme.

— Tyrone a établi un nouveau testament, annonça Kayla.

Michelle la regarda se tordre les mains comme elle avait manifestement l'habitude de le faire quand elle était inquiète.

— Un nouveau testament ? répéta-t-elle, prise de court.

— Le précédent désignait Natalie, la mère de Trey, comme deuxième bénéficiaire, précisa Kayla. Après notre mariage, Tyrone a tenu à le modifier.

— C'est compréhensible.

— Visiblement pas pour Harold qui trouvait toujours une bonne raison de repousser à plus tard.

— Parce que ce nouveau testament vous est favorable, je suppose ?

— Oui. Trey restait le bénéficiaire principal. Mais Ty a procédé à des changements concernant la façon dont il voulait que les affaires du cabinet soient gérées.

— Des changements qui auront un impact sur... ?

— Dans le premier testament, en cas de décès de Tyrone, c'était Harold ou Del qui étaient désignés pour lui succéder à la tête des affaires. Ils devaient assurer la transition jusqu'à ce que Trey soit prêt à prendre la relève.

— Del ? Le fils du sénateur Powers ?

Elle fronça les sourcils. Delray ne lui avait pas paru comme l'une des forces vives du cabinet. En fait, elle oubliait même souvent que cet avocat fiscaliste réservé, toujours un peu effacé, faisait partie de la même famille.

— Vous êtes en train de me dire que c'est Delray qui serait à la tête de PP&W ?

— Si Tyrone venait à mourir, Harold assurerait la transition jusqu'à ce que Trey soit prêt et si Trey venait à mourir, ce serait à Del qu'incomberait ce rôle. Sous condition que le sénateur Powers ne décide d'abandonner sa carrière politique pour réintégrer le cabinet.

— À part cela, qu'est-ce qui change dans ce nouveau testament ?

— Il me désigne comme gérante de Powers Powers &Walton. À vie mais aux mêmes conditions que dans le précédent, c'est-à-dire à moins que William ne veuille prendre ma place.

Elle en resta sans voix. Voilà qui n'allait pas arranger le cas de Kayla.

— Je vois... Quand ce testament a-t-il été rédigé ?

— Il y a un peu plus d'un an.

— Pourquoi avoir attendu autant de temps ? Tyrone et vous étiez mariés depuis bien plus longtemps.

— Comme je vous l'ai dit, Harold repoussait sans cesse. Tyrone ne s'en préoccupait pas plus que cela jusqu'au jour où il a fait un malaise cardiaque. C'était juste une alerte, mais cela a remis les choses en perspective.

— Je comprends.

— Tyrone mort, tout me revient.

Kayla avait parlé d'un ton neutre visant à énoncer une réalité factuelle. Réalité qui ne jouerait pas en sa faveur une fois que les enquêteurs en auraient pris connaissance. Elle scruta le visage de la jeune veuve, cherchant à y déceler une pointe de satisfaction ou de fierté, bref, quelque chose qui trahirait une possible culpabilité. Mais elle ne vit rien d'autre qu'une profonde détresse.

— Bien, dit-elle alors que son esprit en ébullition cherchait les différentes options qui s'offraient à elles.

— Je pense que nous devrions prendre les devants, proposa Kayla.

Elle trouvait troublante la force de caractère de cette jeune femme. Jusqu'à quel point serait-elle prête à jouer cartes sur table ?

— C'est-à-dire ? demanda-t-elle.

— Nous devrions informer la police de l'existence de ce testament avant son ouverture. Ce serait une preuve supplémentaire de ma bonne foi.

— Qui est au courant de ce testament ? demanda-t-elle en guise de réponse.

— Le notaire chez qui nous sommes allés.

— Qui n'a aucun lien avec le cabinet PP&W, j'imagine ?

Kayla acquiesça d'un hochement de tête.

— Nous avons fait appel à une de mes anciennes amies de la faculté de droit. Elle travaille chez Anderson & Associates, une étude notariale de Little Rock. Deux de leurs associés nous ont servi de témoins.

Elle s'interrompit un court instant puis précisa :

— Tyrone souhaitait traiter avec quelqu'un qui n'aurait aucun lien avec la famille Powers ou avec les Walton. Tyrone n'était pas dupe, vous savez. Il était tout à fait conscient du fait que Harold essayait de le pousser vers la sortie.

— Comment Harold aurait-il pu faire cela ? s'étonna-t-elle. Il a certes du pouvoir, mais ce n'est pas lui qui est à la tête du cabinet.

— Il voulait que Tyrone renonce à son poste de directeur, j'imagine. Harold était convaincu qu'il était plus apte à diriger l'entreprise que Tyrone lui-même. Et, bien qu'il ne l'ait jamais ouvertement exprimé, William jalousait son frère, l'influence que sa position lui conférait.

— L'influence ? répéta-t-elle, incrédule. Qui peut avoir plus d'influence qu'un sénateur en exercice ?

— Ty avait davantage son mot à dire s'agissant de la gestion quotidienne du cabinet. En tant qu'aîné, il a hérité du nom mais aussi du contrôle total de l'entreprise et de tout ce qui constitue l'empire Powers. Et croyez-moi, ce n'est pas rien. Cela rendait William financièrement dépendant de son frère. D'autant que son divorce d'avec sa première femme lui avait coûté très cher. Il s'en plaint encore alors que ce divorce remonte à plus de vingt ans.

— Harold est-il au courant de l'existence d'un nouveau testament ?

— Non. Nous en avons une copie dans le coffre-fort de la maison et une autre dans le coffre du bureau.

— Qui a accès à ces coffres ?

— Moi à celui de la maison. Il est possible que Trey ait eu accès aux deux, mais je n'en suis pas sûre. Quant à William et Harold, cela m'étonnerait beaucoup. Comme je vous l'ai dit, Tyrone se méfiait d'eux.

— Donc, vous voudriez que j'informe la police de l'existence de ce testament.

Kayla acquiesça en silence.

— Je suis innocente. Je n'ai rien à cacher. Nous avions de bonnes raisons de modifier le premier testament et cela a été fait il y a plus d'un an.

— Vous savez que les résidus de poudre ne peuvent rien prouver de manière concluante, n'est-ce pas ? Au point que la plupart des forces de l'ordre de cet État ne demandent même pas que des prélèvements en soient faits.

— Cela peut au moins prouver que je n'ai pas eu d'arme à feu entre les mains. Je ne les ai pas tués, Michelle. Il faut que vous me croyiez parce que je sais les horreurs que les gens vont colporter sur moi. À l'heure qu'il est, ils m'ont déjà jugée coupable et condamnée.

— Qu'est-ce qui vous fait dire cela ?

Kayla posa ses yeux d'un bleu presque translucide sur elle.

— Je sais ce qu'ils pensent de moi. Je sais ce que mes

anciens collègues, mes prétendues amies pensent de moi. Je sais ce que tout le monde dit de moi. Pour eux, je ne suis qu'une opportuniste ; une intrigante qui a jeté son dévolu sur Tyrone pour sa fortune, pour tout ce qu'il représentait. Mais c'est faux. J'aimais mon mari et il m'aimait en retour. Nous étions heureux ensemble. Seulement, ce bonheur, certains ne pouvaient pas le supporter.

— Que voulez-vous dire ?

— Que même les gens qui auraient dû se réjouir de voir Tyrone heureux trouvaient à y redire.

Elle perçut dans sa voix quelque chose qui ressemblait à du ressentiment.

— Vous voulez parler de Trey ?

Kayla acquiesça d'un hochement de tête.

— Je croyais que vous vous entendiez bien, pourtant. C'est en tout cas ce qu'il m'a dit.

— Je le croyais, moi aussi. Mais il faut croire que je me trompais.

Submergée d'une émotion qu'elle ne pouvait plus contrôler, Kayla écrasa une larme qui perlait au coin de son œil.

— Vous pensez vraiment qu'il feignait de vous apprécier ? insista Michelle.

Elle avait posé la question pour la forme car la réponse, elle la connaissait déjà. Trey Powers faisait partie de ces gens capables d'éliminer quiconque se trouvait en travers de son chemin et de ses ambitions.

Nouveau hochement de tête.

— Cela aussi, nous devrions le signaler aux enquêteurs, suggéra la jeune femme d'une voix qui avait retrouvé de son assurance. Ils finiront par l'apprendre, de toute façon. Trey a dit des choses horribles sur moi à la soirée de gala, vendredi soir.

— Quelles sortes de choses ?

— Toujours les mêmes. Il m'a traitée d'opportuniste ;

d'intrigante qui aurait couché avec son père pour me faire épouser. Il a même soufflé à Harold l'idée de vérifier si j'avais bien mes diplômes d'avocate ; si je n'avais pas menti pour me faire engager chez PP&W.

— Vous ne l'aviez pas provoqué ?

— À aucun moment. Ce soir-là, les gens parlaient de lui, aussi. Des accusations portées contre lui. Ils débattaient de sa culpabilité ou de son innocence. Comment peut-on croire de Trey qu'il était innocent ? Cet homme avait la méchanceté dans le sang. C'était un sale type.

— En fait, il s'en est pris à vous pour faire diversion. Pour que l'attention des gens soit dirigée sur vous.

— C'est ce que je pense, en effet. Quoi qu'il en soit, j'ai fini par lui dire que je n'appréciais pas vraiment d'être le bouc émissaire de la famille Powers.

— Qu'a-t-il répondu à cela ?

— Que je n'aurais bientôt plus à m'inquiéter d'être un membre de la famille.

Un profond désespoir s'inscrivit alors sur les traits de Kayla.

— Il pensait que son père et vous aviez des problèmes de couple ?

Kayla haussa les épaules.

— J'ignore comment il l'a appris. Et il l'a dit assez fort pour que tous ceux qui étaient autour de nous puissent l'entendre.

Elle laissa échapper un petit rire amer.

— Il a atteint son but. Tout d'un coup, plus personne ne s'est intéressé à lui. Et au moment de partir, tout le monde me regardait comme si c'était la dernière fois qu'ils me voyaient à ce genre de soirée.

— Vous en avez parlé à Tyrone ?

— J'ai essayé, sur le chemin du retour.

— Et... ?

— Il a tout nié en bloc. Il ne voulait pas reconnaître que

nous traversions une crise. Pour lui, tout allait bien entre nous. Du coup, il n'a pas apprécié que Trey colporte ce qu'il qualifiait de ragots.

— Et vous en êtes restés là ?

— Oui. Nous sommes rentrés à la maison, nous sommes allés nous coucher et quelques minutes après, Tyrone dormait.

— Pas vous ?

Elle esquissa un sourire contrit.

— Non. Je suis descendue à la cuisine et j'ai fini la bouteille de chardonnay que j'avais entamée au déjeuner.

— Vous aviez beaucoup bu au cours de la soirée ?

— Pas assez à mon goût. Mais Tyrone n'aimait pas que je boive en public. D'après ce qu'il m'a dit, Natalie avait tendance à lever un peu trop le coude et à raconter n'importe quoi quand ils sortaient ensemble. Il ne voulait pas revivre cela avec moi. J'étais prévenue. L'alcool n'était pas une option envisageable.

— Et... Comment faisiez-vous ?

— Pour autant que je sache, Tyrone n'était pas au courant. Ou alors, s'il savait, il s'en fichait. Tant que je ne le plaçais pas dans une situation embarrassante...

— Pourtant, les propos de Trey vous ont bouleversée.

— Bien sûr. Pourtant, je n'ai pas rompu le contrat. Je me suis contenue, même si je bouillais intérieurement. J'étais censée ne pas faire de vagues, mais son fils pouvait m'humilier comme il l'entendait ? J'étais très en colère que Ty n'ait pas pris ma défense.

— Vous êtes donc partie le lendemain pour le punir, en quelque sorte. Je me trompe ?

— Non. Enfin... Je crois que c'était plutôt pour vérifier s'il s'apercevrait de mon absence.

— Il s'en est aperçu ?

— Il m'a envoyé un message samedi soir. Il venait de réaliser qu'il ne m'avait pas vue de la journée. Cela dit, il ne s'en étonnait pas plus que cela. En réalité, il nous arrivait souvent de ne même pas nous croiser au cours d'une journée. Il précisait qu'il avait quitté la maison très tôt parce qu'il avait une compétition de golf.

— Vous lui avez répondu ?

— Oui. Je lui ai dit que j'avais besoin de me reposer et que j'étais partie dans notre maison du lac.

— Cela ne lui posait pas de problème ? Il n'a pas proposé de vous rejoindre là-bas ?

— Pour être franche, je pense qu'il était soulagé que je sois partie. Ty détestait les conflits, les confrontations. Mais je suppose qu'il avait demandé à Trey de passer pour lui faire la leçon au sujet de ce qu'il s'était produit la veille, au gala de charité.

— Il était ce genre d'homme ?

— En tant qu'avocats, nous aimons tous plus ou moins avoir le dernier mot, non ?

Michelle esquissa un sourire amusé.

— Ce n'est pas faux, acquiesça-t-elle.

— Écoutez, je sais que les gens ont de moi l'image de la deuxième épouse qui boit en cachette de son mari et qui, devenue veuve, va toucher le pactole. Un pactole auquel, à leurs yeux, je n'ai pas droit.

Elle avait parlé du ton clair et mesuré propre aux avocats. Il ne faisait aucun doute, aux yeux de Michelle, que la jeune femme avait bien travaillé au barreau. Michelle se leva de son siège et commença à arpenter la pièce. Elle avait besoin de faire le point.

— Je sais que cela ne se fait pas de fournir toutes les informations dès le début d'une enquête, qu'il faut en garder un peu sous le coude, mais je vous le répète : je suis innocente. Je n'ai rien à craindre.

Michelle s'arrêta net de marcher.

— Je vous crois, Kayla. Malheureusement, je ne suis pas aussi confiante que vous. Une personne malintentionnée peut vouloir vous faire porter le chapeau. Il peut y avoir suffisamment de concordances de faits contre vous pour vous faire passer devant un grand jury. C'est exactement ce qu'il s'est passé avec Trey dans l'affaire Mallory Murray. Les enquêteurs ont réuni assez de preuves circonstancielles pour ne pas être ignorées. Si Trey n'avait pas été assassiné, je pense qu'il aurait fini par être inculpé d'homicide volontaire.

Kayla opina.

— Je comprends. Mais il y a deux grandes différences entre Trey et moi.

— Je vous écoute.

— Un : Je n'ai tué personne. Deux : je ne fais pas de rétention d'informations. Bien au contraire. La police aura accès à tous les aspects de ma vie si elle le souhaite.

— Même ce qui touche à votre vie privée ? Comme votre penchant pour l'alcool, par exemple ? Ou vos problèmes conjugaux ?

— Tout, je vous dis.

Michelle hocha la tête. Cette volonté affichée de coopérer était un axe de défense comme un autre. Se soustraire aux interrogatoires n'avait pas servi Trey. Bien au contraire.

— Dans ce cas, une petite visite au lieutenant Scott s'impose.

Kayla acquiesça d'un hochement de tête.

— Je vous engage à partager les informations personnelles que nous venons d'évoquer si vous estimez que c'est nécessaire.

— Très bien.

Jugeant l'entretien terminé, Michelle saisit son sac à main et s'apprêta à partir.

— Voulez-vous que je vous fasse livrer quelque chose à manger ? demanda-t-elle en voyant Kayla recroquevillée sur le canapé.

La jeune femme n'avait plus rien de l'avocate pleine d'assurance dont elle lui avait donné un aperçu un peu plus tôt. À la place, il n'y avait qu'une jeune femme vulnérable qui semblait seule au monde.

— C'est gentil, mais non. Et ne vous inquiétez pas, je vais bien.

À l'évidence, ce n'était pas le cas. Aussi Michelle se permit-elle d'insister.

— Voulez-vous que j'appelle quelqu'un ? Un parent ? Un ami ?

Kayla secoua la tête.

— Mes parents sont en croisière, mais j'ai pu leur parler. Leur voyage doit s'achever dans trois jours et comme nous ne pourrons pas organiser les funérailles tant que les corps ne nous seront pas rendus, je leur ai dit de ne pas précipiter leur retour.

Elle était déchirée à l'idée de laisser Kayla seule après une journée aussi traumatisante. Mais elles n'étaient pas amies. Et, dans des moments aussi durs, elle avait besoin d'une amie. Pas d'une avocate.

— Vous n'avez personne à qui demander de venir passer la nuit avec vous ?

Un sourire triste se dessina sur les lèvres de la jeune femme.

— Ces dernières années, j'ai évolué presque exclusivement dans le monde de Tyrone. Et avant cela, je ne fréquentais que les avocats avec qui je travaillais chez PP&W. La plupart des amis que j'avais quand j'étais étudiante sont partis vivre à Little Rock ou ailleurs. Quant aux gens d'ici...

Elle marqua une courte pause puis reprit dans un soupir :

— Je ne peux pas dire que ce soient des amis.

Michelle refoula le sentiment de pitié que lui inspirait Kayla.

— Vous avez mon numéro au cas où...

— Merci.

Elle traversa la pièce mais, arrivée à la porte, eut encore un temps d'hésitation.

— Je déteste avoir à vous le dire dans un moment pareil,

mais ce serait bien que vous gardiez les idées claires dans les prochains jours.

— J'imagine que vous faites allusion à l'alcool. À vrai dire, je ne peux pas vous promettre de pouvoir rester tout à fait sobre.

— Je comprends. Mais pourriez-vous céder à votre penchant ici, dans votre chambre ? Si quelqu'un vous voyait traîner seule au bar, cela pourrait être mal perçu.

Kayla éclata d'un petit rire chargé de cynisme.

— Ne vous inquiétez pas. Grâce à Tyrone, je suis passée maître dans l'art de la dissimulation.

5

Ethan était assis dans le fauteuil grinçant qu'un des employés lui avait rapporté de l'un des bureaux inoccupés du centre pénitentiaire du comté de Benton. Il n'avait pas beaucoup d'espace, mais il préférait largement aux bureaux non cloisonnés cette toute petite pièce qui présentait l'avantage de pouvoir se fermer par une porte.

Son ordinateur portable était ouvert devant lui, mais c'était son smartphone qui retenait toute son attention. Il ne s'était pas attendu à recevoir un coup de fil de Michelle Fraser à une heure aussi matinale. Pour être franc, entendre sa voix à l'autre bout du fil l'avait pris de court. Avait-elle pressenti qu'il avait passé une bonne partie de la soirée à surfer sur le Net, en quête d'informations qui corroboreraient le fait qu'il pensait avoir affaire à une dissimulatrice ?

Ses recherches n'avaient rien donné. Tous les articles la concernant confirmaient qu'elle n'était rien d'autre que ce qu'elle prétendait être : une brillante avocate travaillant pour le cabinet le plus prestigieux de la région. Elle avait fait ses études à Boston avant d'intégrer la prestigieuse université de Harvard de laquelle elle était ressortie diplômée en droit. Elle avait commencé sa carrière dans un cabinet de Boston puis avait enchaîné dans un autre, à Philadelphie. Mais c'est à New

York qu'elle avait acquis une solide réputation en se spécialisant dans le droit des affaires puis, plus tard, dans le pénal.

Elle y était restée jusqu'à ce que PP&W, qui avait eu vent de ses talents d'avocate opiniâtre, fasse appel à elle.

Rien dans ce parcours professionnel sans faute n'expliquait pourquoi Ethan flairait chez Michelle Fraser une double personnalité.

Il reprit le document qu'elle lui avait fait parvenir. Elle se montrait aussi coopérative que sa cliente. Elle lui avait communiqué l'adresse de l'hôtel où s'était installée Kayla Powers ; elle avait répondu de bonne grâce aux quelques points qu'il avait voulu éclaircir à partir des notes qu'elle lui avait envoyées. Le tout sans la moindre hésitation ni volonté de lui cacher quelque chose.

Ce n'est que lorsqu'elle avait demandé à le rencontrer pour lui faire part de ses propres réflexions sur l'enquête qu'il s'était souvenu qu'elle avait bien connu les deux victimes. Trey avait été son client dans les jours qui avaient suivi son arrestation dans le cadre de la mort de Mallory Murray. En cela, elle avait sans doute eu de nombreuses interactions avec Tyrone Powers.

Ses pensées dérivèrent vers Kayla. Il ne l'imaginait pas en tueuse. Encore moins capable d'un double homicide. Mais l'expérience lui avait appris qu'il ne pouvait baser une enquête que sur son seul instinct. Aussi, tant que preuve ne serait pas faite du contraire, la jeune veuve Powers resterait son principal suspect.

Il se renfonça dans son fauteuil, renversa la tête en arrière et fixa le plafond dans l'espoir de relâcher un peu la tension qui lui nouait les épaules.

Malheureusement, un coup sec frappé à sa porte mit très vite fin à cet instant de répit qu'il aurait souhaité plus long. Il laissa ses bras retomber le long de son corps et se redressa, reprenant une attitude plus digne pour accueillir Michelle Fraser qui, déjà, avait ouvert la porte et se tenait sur le seuil. Aussitôt qu'il la vit, il fut saisi du même pressentiment. L'image que lui offrait d'elle cette femme ne collait pas avec celle qu'il se faisait d'une avocate classique. Certes, elle portait un tailleur, mais il était d'un bleu électrique qui faisait ressortir celui, plus doux, de ses yeux. Certes, son carré était impeccablement coupé, mais il lui faisait comme un casque flamboyant de conquérante.

— Je ne vous attendais pas si tôt, dit-il en guise de salut.

— Excusez-moi, répondit-elle. J'habite de ce côté-ci de la ville, alors je me suis dit que c'était mieux si je m'arrêtais en chemin. Avec ce qui est arrivé, le bureau va être en pleine effervescence. Je risque d'être pas mal prise et de finir tard.

Il pointa du menton la chaise qui se trouvait face à lui.

— Asseyez-vous, je vous en prie.

Tandis qu'elle s'installait, il observa attentivement chacun de ses gestes, cherchant un détail qui la trahirait. En vain. Une fois assise, elle croisa les mains sur ses genoux et lui offrit son plus beau sourire. Son regard sur lui était franc et direct.

— Ma cliente m'a demandé de passer vous voir pour vous parler de certaines circonstances entourant la mort de son mari et de son beau-fils. Des incidents qui pourraient vous être rapportés dans les prochains jours.

— Des incidents ?

Il se redressa et, dans un geste machinal, attrapa son bloc-notes et un stylo. S'agissant d'entretiens, il privilégiait l'analogie au numérique. Les gens étaient plus propices aux confidences lorsqu'il gardait les yeux fixés sur eux plutôt que sur le clavier de son ordinateur. Et puis, maintenir un contact visuel lui permettait de mieux cerner la personne qui lui transmettait les informations.

— Quel genre d'incidents ?

Michelle Fraser exhala un profond soupir. De toute évidence, elle n'adhérait pas complètement à la stratégie de sa cliente, qui consistait à abattre toutes ses cartes sans attendre de devoir le faire.

— Mme Powers et son beau-fils auraient eu une légère altercation au cours de la soirée de gala, vendredi soir, répondit-elle.

— C'est Mme Powers en personne qui vous l'a dit ?

— Oui.

— Que s'est-il passé exactement ?

— Certains des invités discutaient ouvertement de l'affaire Trey Powers. De son éventuelle culpabilité. Bien que je puisse témoigner du fait que Trey Powers adorait se trouver sous le feu des projecteurs et se moquait bien du qu'en-dira-t-on, il semblerait, selon Mme Powers, qu'il ait intentionnellement dévié la conversation sur elle pour ne plus être au centre de l'attention.

— Qu'a-t-il fait pour cela ?

— Il a tenu des propos très durs sur elle.

— Quel genre de propos ?

— Il a insinué que le couple Powers battait de l'aile. Que Kayla aurait manigancé pour se faire épouser par Tyrone et, ainsi, profiter de sa fortune et des privilèges que lui conférait son statut de « femme de ».

— Que dit Mme Powers de ces allégations ?

— Elle admet que son mariage n'était plus la lune de miel permanente des débuts mais qu'il était encore solide. Son mari et elle menaient une vie sociale très active mais avec, chacun, des intérêts qu'ils ne partageaient pas forcément. Ils étaient... Comment dire ?

Elle s'interrompit brièvement, cherchant sans doute le mot le plus juste.

— En pleine évolution, conclut-elle.

— Vous voulez dire qu'ils avaient ouvert les hostilités ?

Elle secoua la tête.

— Ce n'est pas ce qu'a dit Kayla. D'après ce que j'ai compris, il s'agissait plutôt d'instaurer, et d'accepter, de nouvelles règles dans leur couple.

Il l'encouragea en silence à développer sa pensée.

— D'après ce qu'a laissé entendre Kayla, la relation qu'entretenait Tyrone avec sa première épouse était explosive. Depuis son remariage, il fuyait les situations conflictuelles. Quand il sentait arriver la confrontation, il préférait battre en retraite. Ce que j'en retiens, c'est que la communication ne devait pas être facile entre eux deux.

Elle marqua de nouveau une courte pause puis reprit :

— Lieutenant, j'ai passé beaucoup de temps avec la famille Powers ces derniers mois et je peux affirmer qu'il n'y avait aucune agressivité entre M. et Mme Powers. Je dirais qu'il régnait entre eux un climat d'entente cordiale.

Il inscrivit quelques notes rapides dans son carnet. Il approfondirait la question avec Kayla Powers lorsqu'il s'entretiendrait avec elle.

— Quand vous dites que vous avez passé beaucoup de temps avec la famille Powers, releva-t-il, vous voulez dire Trey Powers, je suppose, puisque c'est vous qui assuriez sa défense.

— C'est vrai. Mais Kayla venait souvent au cabinet, et pas une seule fois je n'ai entendu Trey parler d'elle en termes injurieux.

— Jusqu'à la soirée de gala.

Elle hocha la tête.

— Exactement. Kayla en a été d'autant plus choquée et bouleversée. Quand elle en a parlé à son mari, celui-ci, fidèle à la ligne de conduite qu'il s'était fixée, n'a pas voulu jouer les arbitres entre sa femme et son fils. Kayla était furieuse contre lui.

— Vous-même, vous étiez présente à ce gala ?

— Oui. Mais je n'y suis restée que peu de temps. Je n'aime pas me coucher tard. Je me rappelle être partie en même temps que le sénateur.

— Qui repartait pour Washington à bord du même avion

que votre patron, récapitula-t-il, histoire de montrer qu'il ne perdait pas le fil.

— C'est exact. Sauf que Harold Dennis n'est pas mon patron. Il représente les intérêts de la famille Powers. Nous dépendons tous les deux directement de Tyrone. Dépendions, devrais-je dire. Et il semblerait que ce soit à Harold de reprendre les rênes maintenant que Tyrone et Trey ne sont plus là.

— Je vois.

Il griffonna de nouveau quelques notes.

— Vous n'avez donc pas assisté à l'altercation entre Kayla et Trey Powers ? questionna-t-il.

— Non.

— C'est dommage. Une querelle publique à une soirée aussi importante… Tout le monde a dû voir à quel point votre cliente était extrêmement bouleversée. Cela faisait de nombreux témoins. Pour quelle raison tenait-elle à ce que vous me fassiez part de cet incident ?

Elle plissa légèrement les yeux. Visiblement, il avait réussi à la déstabiliser.

— Depuis le début, ma cliente n'a de cesse de montrer sa volonté de coopérer avec vous. Elle vous en donne des preuves chaque jour. À ce propos, elle m'a également chargée de vous dire qu'elle ne vous cacherait rien des détails les plus intimes de sa vie privée.

— Comme… ?

— Eh bien, aussitôt rentrés chez eux les Powers sont allés se coucher. Mais alors que son mari s'est très vite endormi, Kayla avait du mal à trouver le sommeil. Elle est donc descendue à la cuisine pour boire un verre. Quand elle s'est réveillée le lendemain matin, Tyrone avait déjà quitté la maison pour se rendre à une compétition de golf.

— Donc, la dernière fois que Kayla Powers a vu son mari vivant…

— Il dormait paisiblement dans le lit conjugal, termina-t-elle à sa place.

Il nota cette dernière information dans son carnet avec, chevillée au corps, l'intuition que Michelle Fraser ne lui avait pas tout dit. Il posa son stylo sur son carnet puis regarda l'avocate droit dans les yeux.

— Et... ?

Elle fronça les sourcils.

— Et quoi ?

— C'est tout ce que vous aviez à me dire ?

— Ce n'est pas rien, il me semble, rétorqua-t-elle en le défiant du regard.

Il l'observa avec la plus grande attention alors qu'elle bougeait sur sa chaise. Il pouvait presque voir les rouages de son cerveau se mettre en marche. En bonne avocate qu'elle était, sans doute cherchait-elle le meilleur angle d'attaque.

Il ne fut pas déçu.

— Le problème va se poser avec le testament de Tyrone Powers, ajouta-t-elle.

Il parvint à garder une expression neutre alors que les battements de son cœur avaient redoublé d'intensité. Il reprit son stylo, rouvrit son carnet et nota dedans ce nouvel élément.

— C'est-à-dire ? demanda-t-il posément.

— Mme Powers m'a informée hier du fait que son mari et elle avaient fait modifier le testament existant.

Elle marqua une pause, feignant de chercher dans sa mémoire le nom de l'étude notariale où cette modification avait eu lieu.

— Ils ont fait appel à une étude de Little Rock, Anderson & Associates.

— Anderson & Associates, répéta-t-il tout haut en inscrivant le nom dans son précieux calepin. Pourquoi ne pas avoir traité avec des juristes de chez PP&W ?

Il regretta d'avoir posé la question aussitôt qu'il vit le regard navré qu'elle posa sur lui.

— Pour éviter toute tension au sein de son propre cabinet, je suppose, s'empressa-t-il de préciser. Tout comme je suppose que si vous m'en parlez, c'est que ce nouveau testament est en faveur de Kayla Powers.

— On ne peut rien vous cacher.

Elle le gratifia d'un sourire qui semblait le complimenter sur sa grande perspicacité. Mais il n'était pas dupe. Il ne devait y voir qu'un sourire narquois.

— Dans le nouveau testament, Trey reste le bénéficiaire principal, poursuivit-elle. C'est le bénéficiaire secondaire qui change.

— Et laissez-moi deviner, ce bénéficiaire secondaire est Kayla.

— Cela n'a rien d'extraordinaire. Il est très courant pour ne pas dire normal qu'un mari fasse de son épouse son héritière. Dans la version précédente, c'était Natalie qui devait succéder à son fils.

— Savez-vous si M. Powers avait une raison particulière de vouloir traiter avec un bureau de Little Rock ?

— Selon ma cliente, la relation n'était pas si rose entre Harold Dennis et lui.

— Pourquoi ?

Le sourire navré réapparut, accompagné cette fois d'un froncement de sourcils d'incompréhension.

— Pourquoi quoi ?

— Pourquoi votre cliente veut-elle que je sache que son défunt mari ne faisait pas totalement confiance à l'avocat qui a pourtant sa place au sein de la famille Powers ?

— Pour que vous sachiez pourquoi elle a choisi que ce soit moi qui la représente plutôt que lui.

Il se pencha en avant dans le but de réduire la distance qui les séparait.

— Que voulez-vous que cela me fasse, qui la représente ?

Elle plissa les yeux, cherchant visiblement à détecter si ce détachement affiché était simulé.

— Nous savons tous les deux que M. Dennis ne va pas tarder à débarquer et je peux vous garantir qu'il ne sera pas aussi coopératif que ma cliente et moi-même le sommes.

Sur ce, elle attrapa son sac, qu'elle avait posé par terre à côté de la chaise, et se leva.

— Vous avez mes coordonnées. Et l'assurance que Kayla Powers continuera à faire tout ce qu'elle peut pour vous aider dans votre enquête.

Au lieu de se lever à son tour, comme la bienséance lui commandait de le faire, il resta assis. Car si ses années d'expérience en tant qu'avocat puis enquêteur lui avaient appris quelque chose, c'était bien la nécessité qu'il y avait à céder du terrain quand il y avait lieu de le faire. Il inclina donc la tête sur le côté et lui décocha une dernière flèche censée la dérouter.

— Même à me donner la véritable raison de sa retraite dans sa maison du lac ?

— Vous la connaissez, il n'y en a pas d'autre. Elle avait besoin de se retrouver seule.

— Peut-être espérait-elle que son mari la rejoindrait là-bas ?

— Peut-être. Je ne connais pas l'espoir qu'elle nourrissait. Je ne sais que ce qu'elle a bien voulu me dire.

— Vous la croyez ?

— Est-ce que cela a de l'importance ?

Il aimait la manière qu'elle avait de parer à chacune de ses tentatives de déstabilisation. Décidément, Michelle Fraser était une avocate habile qu'il aurait bien aimé affronter dans un tribunal.

— Messages reçus, maître, dit-il d'un ton faussement déférent. Lorsque vous rapporterez notre entretien à votre cliente, dites-lui qu'elle a bien fait de vous choisir comme avocate. Je ne connais pas Harold Dennis, mais je doute qu'il soit aussi implacable que vous.

Elle esquissa un sourire amusé.

— Ne le sous-estimez pas, lieutenant. Les hommes ne se retrouvent pas dans des positions comme la sienne par hasard.

— Vous voulez dire que, en intégrant PP&W, il avait déjà en tête de devenir le bras droit de Tyrone Power ?

— Parfois, un bras droit a plus de pouvoir qu'une figure de proue.

Sur ces paroles énigmatiques, elle s'apprêta à partir.

— Merci de m'avoir reçue, lieutenant.

— Merci pour votre coopération, lança-t-il sur le même mode désinvolte.

— Vous voulez dire la coopération de ma cliente, s'empressa-t-elle de corriger. Si cela n'avait tenu qu'à moi, vous n'auriez pas eu toutes ces informations. Je vous aurais laissé faire votre travail d'enquêteur. Mais elle a beaucoup insisté.

— Je n'en attendais pas moins d'une bonne avocate de la défense. J'ai entendu dire que vous êtes la meilleure.

— C'est gentil. Vous remercierez l'agent Reed pour moi. Elle va me manquer. Elle a travaillé si dur pour monter un dossier contre Trey Powers. Et maintenant...

Elle poussa un soupir chargé de regrets qui semblaient sincères.

— Je vous laisse. Je ne voudrais pas abuser de votre temps. Bonne chasse, lieutenant.

Il resta figé sur son fauteuil, ce « bonne chasse » tournant en boucle dans sa tête bien après que Michelle Fraser fut partie.

Ce n'étaient pas des mots que des avocats se disaient entre eux. Des flics, oui. Michelle Fraser avait chassé, elle aussi. Il serait prêt à le parier.

Fort de cette certitude, il appela Grace Reed.

— Scott, s'annonça-t-il aussitôt qu'elle eut pris l'appel. Vous en êtes où de vos recherches sur Michelle Fraser ?

— J'ai vérifié ses antécédents, répondit Grace. Ses références auprès du barreau. J'ai passé en revue ses affaires les plus récentes, mais je n'ai pas creusé plus. Vous avez besoin que je le fasse ?

— Je crois que vous avez vu juste, Grace. Fraser se comporte plus comme un flic que comme une avocate. Kayla Powers l'a choisie pour assurer sa défense.

Un silence interloqué accueillit cette annonce.

— Vraiment ?

— Vraiment.

— Elle n'a pas choisi Harold Dennis ?

— Non.

— Intéressant.

Ethan sourit en entendant le bruit du stylo que Grace tapotait sur son bureau.

— N'est-ce pas ?

— Harold Dennis ne va pas aimer ça, prédit-elle.

— D'après Kayla Powers, son mari ne faisait pas entièrement confiance à Harold Dennis.

— Pourtant, à chaque fois que je les ai vus ils donnaient l'impression de présenter un front uni.

— J'aimerais en savoir plus sur Michelle Fraser et Harold Dennis. Vous pourriez m'aider ?

Il sentit que sa demande la prenait de court. Il y avait mis les formes alors qu'il aurait pu lui ordonner de faire ce qu'il lui demandait. Mais ce n'était pas son style. À ses yeux, on obtenait le meilleur des gens en les responsabilisant et pas en les écrasant d'une autorité supérieure.

— Heu... Oui, chef. Bien sûr. J'aimerais beaucoup vous aider.

— Je savais que je pourrais compter sur vous. Je suis vraiment débordé et personne n'est mieux placé que vous pour me seconder dans cette tâche.

Il était sincère.

Jusqu'à la découverte des corps des Powers père et fils, l'agent Grace Reed avait joué un rôle important dans l'arrestation de Trey. Il n'allait pas gâcher des mois de travail juste parce que son patron avait pris une décision basée sur la pression et des intérêts politiques.

— Je vous remercie, agent Reed. Je sais que les événements des deux derniers jours ont dû vous ébranler, mais rien n'est encore réglé. Je compte sur vous. Suivez votre instinct. Voyez ce que vous pouvez encore trouver sur Fraser. Voyez si elle est issue d'une famille de flics, par exemple. Nous ne sommes qu'au début de cette enquête, Grace. Mais nous allons trouver, je vous le promets.

— Oui, chef.

Elle avait retrouvé toute la confiance et l'assurance qui faisaient d'elle un élément précieux au sein de la brigade.

— Je vous rappellerai.

Sur ce, il mit fin à l'appel et se renfonça dans son fauteuil. Il croisa les mains et les tendit vers le plafond tout en fermant les yeux. Il se repassa toute la scène avec Michelle Fraser, cherchant à mettre le doigt sur ce qui allumait chez lui tous les signaux d'alarme.

Bonne chasse.

Un sourire se dessina sur ses lèvres tandis qu'il laissait retomber ses bras et se redressait dans son fauteuil.

Bonne chasse.

En les prononçant, Michelle Fraser avait-elle eu conscience que ces mots l'avaient trahie ?

6

Les lettres PP&W inscrites à la feuille d'or sur la porte d'entrée du cabinet étaient du meilleur effet. À peine Michelle eut-elle franchi le seuil que Bailey, la réceptionniste, mettait en attente l'interlocuteur avec lequel elle était en ligne pour s'adresser à elle d'un ton grave qui n'augurait rien de bon :

— M. Dennis a demandé à vous voir dans son bureau dès votre arrivée.

— Merci, Bailey, répondit-elle alors qu'elle passait devant le bureau de la jeune femme. Si vous voulez bien le prévenir. Le temps d'aller déposer mes affaires dans mon bureau et je file directement le voir.

— Bien sûr.

Bailey avait retrouvé le ton jovial qui lui était habituel. Une légèreté qui pouvait paraître choquante compte tenu des circonstances.

Michelle répondit d'un hochement de tête aux saluts émanant des collègues qu'elle croisait dans le couloir conduisant à son bureau. Elle avançait d'un pas vif, consciente des regards qui pesaient sur elle. Comme personne ne savait encore que Kayla l'avait choisie comme avocate, elle supposa que l'intérêt qu'on lui portait était lié au double assassinat de Tyrone et Trey Powers. Détenait-elle des informations qui ne leur étaient pas parvenues ? Si oui, comment se les était-elle procurées ? Elle était arrivée devant la porte de son bureau qu'aucun d'entre eux n'avait eu le courage de lui poser directement la question.

— Michelle !

La voix rauque de Chet Barrow la fit se retourner. Le jeune avocat était aussi imbu de sa personne et donc détestable que l'avait été Trey Powers. Mais contrairement à son ami qui avait le don de la manipulation, lui parlait sans retenue et, pire, sans en avoir la moindre conscience. Deux défauts majeurs qui jouaient contre lui à la fois dans sa profession et dans l'amitié qui le liait à Trey, qu'il tentait avec plus ou moins de succès d'imiter en tout.

Mais, à cet instant, le jeune homme qui se trouvait face à elle avait perdu toute trace d'arrogance. Ses traits étaient tirés, des cernes noirs soulignaient ses yeux et ses cheveux, habituellement impeccablement coiffés, n'avaient pas été peignés ce matin-là. Il avait l'air si sincèrement bouleversé qu'elle en fut touchée.

— Bonjour, Chet, dit-elle avec douceur. Ça va ? Tu tiens le coup ?

Il secoua la tête, faisant tomber une mèche de cheveux sur son front.

— Je n'arrive pas... Je n'arrive pas à me faire à l'idée...

— Je sais.

Elle entra dans son bureau, sachant que Chet allait la suivre.

— Moi non plus, je n'arrive pas à y croire, poursuivit-elle.

Elle ne jugea pas indispensable de lui dire qu'elle avait vu les corps, qu'elle avait été présente sur la scène de crime avec Kayla Powers et que, par conséquent, tout cela était malheureusement bien réel. De toute façon, à l'heure qu'il était, tout le monde ici devait être au courant.

Elle plaça le sac fourre-tout qui contenait son ordinateur portable dans le dernier tiroir de sa table de travail puis le referma à clé, comme elle le faisait chaque fois qu'elle devait quitter son bureau.

— Je dois monter rejoindre Harold. On peut se voir plus tard, si tu veux ?

— Oui, bien sûr.

Elle avait posé la question par politesse alors qu'elle n'avait pas la moindre intention d'honorer son invitation. Moins elle aurait d'interactions avec ses collègues, moins elle prendrait le risque d'être découverte. Elle avait parlé avec son contact du Bureau la veille au soir et ils étaient tombés d'accord sur le fait que le temps était compté. La suite des événements concernant la tragédie Powers se déroulerait comme il se doit, avec ou sans elle. Elle allait extraire de la base de données du cabinet les renseignements dont elle avait besoin puis se volatiliserait dans la nature. Plus personne chez PP&W n'entendrait parler d'elle.

Elle emprunta l'escalier central, ses talons claquant sur le faux marbre des marches à chacun de ses pas.

Le deuxième étage était composé de quatre bureaux d'angle dotés de salons confortables qui permettaient aux clients d'attendre d'être reçus dans de bonnes conditions.

Nancy, l'assistante personnelle de Harold, était comme toujours à son poste.

— Entrez, dit-elle. Il vous attend.

Michelle la remercia d'un sourire puis, après avoir annoncé son arrivée d'un petit coup sec frappé à la porte, entra d'un pas décidé.

— Vous vouliez me voir ?

Harold lui fit signe d'approcher d'une main tandis que de l'autre il tenait le récepteur de son poste fixe pressé contre son oreille. Elle referma doucement la porte derrière elle et attendit patiemment que sa conversation téléphonique soit terminée.

— Désolé, dit-il en reposant le téléphone sur son socle.

Il se leva et alla à sa rencontre, ses deux mains tendues vers elle, avec la volonté affichée de l'étreindre. Ils avaient beau entretenir une relation cordiale, le contact physique en était exclu. Cela dit, les circonstances étaient exceptionnelles. Ce n'était jamais arrivé que deux membres du cabinet, et pas des moindres, soient assassinés.

Heureusement, Harold se contenta de lui presser doucement les avant-bras, dans un geste qui se voulait sans doute réconfortant.

— C'est vraiment horrible, dit-il en secouant doucement la tête.

— Oui, acquiesça-t-elle.

Curieusement, elle remarqua que ses cheveux poivre et sel avaient été fraîchement coupés. Était-il allé chez le coiffeur avant la soirée de gala ? Elle avait beau chercher, elle n'en avait aucun souvenir.

— J'essaye de trouver quelque chose à dire, mais j'avoue que les mots me manquent. Un comble pour un avocat, non ?

De la main, il l'invita à prendre place dans l'un des gros fauteuils club en cuir qui faisaient face à son bureau. Contre toute attente, au lieu de regagner sa place derrière sa table de travail, il se laissa tomber dans un des fauteuils, celui qui se trouvait le plus proche d'elle.

— J'imagine à peine ce que cela a dû être pour vous et Kayla.

Sa voix était empreinte d'une sollicitude qui semblait sincère.

— Je ne vais pas mentir, c'était assez choquant. Je pensais pourtant être préparée. Ce n'était pas la première fois que je voyais des photos de cadavres Je me suis même rendue sur des scènes de crime. Mais elles n'étaient pas aussi...

Le mot « fraîches » lui vint à l'esprit, mais elle se refusa à l'employer. Il pourrait être retenu contre sa cliente.

— Récentes, dit-elle à la place.

— Je n'arrive pas à y croire, poursuivit Harold. Les bras m'en tombent.

Elle se mit à l'observer attentivement. Elle remarqua encore qu'il n'avait pas le moindre hâle attestant d'un séjour sous le soleil des Caraïbes. Pas la moindre rougeur sur l'arête du nez, aucune ligne rose le long de la raie de ses cheveux méticuleusement coiffés. Rien. À croire que, à peine débarqué de l'avion, il s'était cloîtré dans sa chambre d'hôtel pour travailler. Elle avait du mal à imaginer qu'il ne s'était même pas octroyé une journée de détente alors qu'il était parti à la Barbade pour se reposer.

— Je suis passé voir Kayla ce matin, avant de venir ici, dit-il.

— Vraiment ?

Elle ne trouvait rien d'anormal à cela. Elle se doutait bien que ce serait la première chose qu'il ferait en arrivant. Pourtant, elle ne se rappelait pas lui avoir donné le nom de l'hôtel où Kayla séjournait.

— Elle m'a téléphoné ce matin pour me dire qu'elle se sentirait plus à l'aise si c'était vous qui la représentiez dans cette affaire.

Le ton était neutre, mais elle y décela une pointe de frustration contenue.

— J'espère que cela ne vous dérange pas, dit-elle. Je suis tout à fait disposée à m'effacer si vous y voyez une objection. Cependant, je comprends qu'elle se sente plus en confiance avec une autre femme.

L'argument pouvait paraître absurde étant donné la situation, mais il fonctionnait souvent avec des hommes de la génération de Harold. En général, ils n'insistaient pas.

— Je comprends. D'ailleurs, ce serait aussi très difficile pour moi, compte tenu du degré d'intimité qui existait entre Tyrone et moi.

Elle opina, ne laissant rien paraître de ses doutes à ce sujet.

— Oui, elle m'en a parlé aussi. Elle ne veut pas vous mettre dans une situation délicate.

— Tout le monde est d'accord, alors. D'ailleurs je sais qu'avec vous, elle dispose de la meilleure défense qui soit. Si Tyrone n'avait pas vu en vous une avocate brillante, il n'aurait pas laissé le sort de son fils entre vos mains.

Il ferma les yeux puis poussa un profond soupir.

— Quand je pense qu'il est parti, lui aussi...

Elle se garda bien de faire tout commentaire à ce sujet même si elle n'en pensait pas moins. À quoi bon rappeler à Harold que Trey Powers était un assassin qui n'avait échappé à la justice que grâce à la fortune de son père ? Car aux yeux de l'avocat, jusqu'à preuve du contraire et malgré les éléments accumulés contre lui, Trey restait *présumé* innocent.

L'abattement de Harold fut de courte durée. Il se redressa tout d'un coup dans son siège. Le masque de tristesse avait cédé la place à celui, plus neutre, du professionnel.

— Kayla m'a dit que vous aviez rencontré l'enquêteur de la brigade criminelle chargé des investigations.

C'était plus une affirmation qu'une question.

— En effet. Il s'appelle Ethan Scott. C'est le supérieur direct de Grace Reed.

Si elle avait évoqué l'agent spécial Reed c'était parce que ce nom n'était pas étranger à Harold. Il avait été confronté à elle à plusieurs reprises tout au long de l'enquête impliquant Trey.

— Je vois...

— À ce titre, Scott a accès à tout le dossier concernant l'assassinat de Mallory Murray. Et il ne fait aucun doute qu'il va passer au crible la dynamique de la famille Powers.

Harold inclina légèrement la tête de côté.

— Poursuivez.

— Contre mon avis, Kayla Powers a demandé à se prêter à des prélèvements de résidus de poudre, au relevé de ses empreintes digitales, à l'analyse de ses vêtements. Bref, elle a clairement fait savoir qu'elle avait l'intention de coopérer pleinement avec la police.

— Vouloir prouver à tout prix son innocence peut ne pas plaider en sa faveur.

— Je la crois vraiment innocente. Elle est de bonne foi. En agissant comme elle le fait, elle ne vise qu'à inciter la police à oublier qu'elle fait une coupable idéale et à trouver le véritable assassin de son mari.

— C'est ce que nous voulons tous, non ? Que le coupable soit traduit en justice. Sans compter que si la police tarde à lui mettre la main dessus, cette mauvaise publicité pourrait avoir des répercussions sur le cabinet.

La voyant sans doute perplexe, il s'appliqua à rectifier le tir :

— Michelle... Vous savez que j'étais un bon ami... Je suis très ami...

Il marqua une courte pause puis reprit d'un ton plus ferme :

— En tant qu'ami, je dois à William et Tyrone de m'assurer de la pérennité de l'entreprise familiale et par voie de conséquence, de l'héritage Powers.

— Bien sûr.

— Je ne veux pas paraître insensible, mais j'ai plus que jamais la responsabilité de ce cabinet. Et malgré le drame, je me dois d'anticiper le futur.

— Je comprends tout à fait.

— Je compte sur vous pour me tenir au courant de l'avancée de l'enquête, n'est-ce pas ?

Elle comprit que l'entretien était terminé. Elle se leva, imitée de près par Harold.

— Je n'y manquerai pas, répondit-elle.

— Merci d'avoir accepté de défendre Kayla, ajouta-t-il. Je sais que vous lui serez d'un grand réconfort et Dieu sait qu'elle va en avoir besoin.

Elle acquiesça d'un hochement de tête.

— Je vais appeler le légiste. Il pourra peut-être me dire quand la famille pourra disposer des corps.

— Merci encore.

Elle allait franchir le seuil quand Harold ajouta d'un ton qui lui parut faussement dégagé :

— Tyrone n'étant plus là, il va nous falloir revoir la responsabilité de chacun. Nous allons faire en sorte que le transfert de la gestion se passe au mieux. Je sais que Tyrone gardait une copie de son testament dans le coffre-fort de son bureau.

Sa main s'immobilisa sur la poignée de la porte. Le moment était venu de tâter le terrain. Elle se retourna lentement.

— Je suppose que c'est vous qui allez assurer la transition, en attendant d'en savoir plus ?

— Moi ?

Il éclata d'un rire un peu forcé.

— Non, c'est à Del qu'incombera cette tâche. Je ne serai là que pour lui donner mon avis ou des conseils, si cela se révèle nécessaire.

— Del... Bien sûr.

Convaincue que Harold allait profiter de la disparition de Tyrone Powers pour servir ses propres intérêts, il lui était sorti de la tête que le fils de William était évidemment le mieux placé sur la liste des successeurs.

— Je serai là moi aussi, s'il a besoin d'aide.

— Merci, Michelle.

Sur ce, elle s'éclipsa. Il lui restait peu de temps et elle devait profiter de l'opportunité qui lui était faite d'agir. Elle ne trouverait pas meilleur moment que cette période de flottement où chacun était tiraillé entre la tristesse d'avoir perdu deux de ses membres éminents et la nécessité de continuer à vaquer à ses occupations. Elle voyait là l'occasion idéale de prendre le coupable en flagrant délit.

De retour dans son bureau, elle récupéra son ordinateur

portable dans le tiroir où elle l'avait rangé. Elle se connecta mais, au lieu d'ouvrir l'un des nombreux dossiers qui figuraient sur sa page d'accueil, elle entra dans la base de données où étaient stockées toutes les transactions financières du cabinet. Les mouvements qu'elle avait à l'œil depuis plus de neuf mois n'avaient pas été interrompus. Elle poussa un soupir de soulagement. Les prochains jours seraient déterminants. Si rien ne changeait depuis l'annonce du décès des Powers, cela serait le signe que ni Tyrone ni son fils n'étaient impliqués dans les malversations fiscales qu'elle avait découvertes. Cela réduirait considérablement la liste des suspects. Et si, comme le soutenait Kayla, Harold agissait plutôt pour le compte de William, cela lui laissait toute latitude pour le prouver.

Il lui fallait donc patienter encore un peu. En attendant, elle ouvrit le dossier qu'elle avait établi au nom de Kayla et y consigna l'entretien qu'elle avait eu avec le lieutenant Scott un peu plus tôt dans la matinée.

Elle avait presque terminé quand quelqu'un frappa un petit coup sec à sa porte avant de l'ouvrir.

— Oh ! Del. Entrez, je vous en prie.

Ce n'est qu'en le voyant s'avancer d'une démarche un peu gauche qu'elle réalisa qu'elle aurait pu passer lui présenter ses condoléances, après avoir quitté le bureau de Harold. D'un autre côté, Del et elle n'entretenaient qu'une relation superficielle basée sur des échanges purement courtois. Ça n'empêche. Un mot gentil aurait été de rigueur.

— Del... Je suis désolée. J'aurais dû venir vous voir...

— Pas de problème, la coupa-t-il. De toute façon, je viens juste d'arriver. C'est Harold qui m'a suggéré de venir vous voir, ajouta-t-il en haussant les épaules.

Elle considéra le jeune homme avec une pointe de compassion. À même pas trente ans, il allait se retrouver avec le poids d'une entreprise sur des épaules qu'il n'avait pas bien larges, il fallait bien le reconnaître. Heureusement pour lui, cette tâche ne lui incomberait que jusqu'à l'ouverture du testament. Quelle allait être sa réaction à ce moment-là ? Serait-il déçu ? Frustré ? Soulagé ?

— Il a bien fait, lui assura-t-elle en s'avançant vers lui, la main tendue. Je suis vraiment désolée pour votre oncle. Et pour Trey, bien sûr. Je sais que vous étiez proches.

Elle avait bien conscience que cette déclaration n'était qu'un mensonge pieux. Trey dédaignait ce cousin qui, à ses yeux, manquait de caractère et de panache.

— Merci.

Un « merci » qui avait été prononcé par politesse plus que par véritable gratitude. Un silence embarrassé s'installa entre eux. De toute évidence, Del ne voyait rien d'autre à ajouter et elle, de son côté, n'avait rien d'autre à lui offrir que les platitudes habituelles.

— Je sais que vous devez vous sentir complètement dépassé par les événements, se força-t-elle néanmoins à dire. Aussi, s'il y a quoi que ce soit que je puisse faire, n'hésitez pas à venir m'en parler.

— Harold m'a dit que c'est vous qui représentiez Kayla, lança-t-il sans qu'elle s'y attende.

— C'est vrai. Je vais vous répéter ce que je lui ai dit, à savoir que je ferai de mon mieux pour que cette tragédie personnelle n'entache pas trop la réputation du cabinet.

— Merci, répéta-t-il.

Ne voyant aucune raison de poursuivre cet entretien, elle décida d'y mettre un terme.

— Vous devez avoir beaucoup à faire, dit-elle. Je vous remercie d'être passé me voir.

Il secoua vigoureusement la tête, donnant l'impression qu'il sortait d'un état d'hébétude profond.

— Oui.. heu.. Je vais continuer ma tournée des bureaux.

— À plus tard, Del.

Il opina puis s'éclipsa en lui faisant un petit signe de la main.

Elle compta jusqu'à dix puis se leva pour aller verrouiller sa porte. Une lutte de pouvoir se profilait à l'horizon. Ses jours chez PP&W étaient comptés. Elle n'avait plus une seconde à perdre. Échouer dans la mission qu'on lui avait confiée n'était pas envisageable.

Elle plongea la main dans son sac fourre-tout et en sortit le téléphone jetable prépayé qu'elle avait acheté dans un supermarché du coin.

L'heure était venue de faire le point avec son contact.

7

Accompagné du shérif Stenton, Ethan emboîta le pas à l'assistante chargée de les escorter vers la sortie. Le premier étage de PP&W était en pleine effervescence. Il y régnait un brouhaha qui contrastait étrangement avec le silence feutré du bureau de Harold Dennis duquel ils venaient de sortir. Comme ils passaient devant la zone des bureaux ouverts, il chercha instinctivement du regard Michelle Fraser. Sans grande surprise, il ne la trouva pas. Compte tenu de sa position au sein de l'entreprise, elle devait avoir son propre bureau, à l'écart de cette frénésie ambiante. Pourtant, comme par enchantement, l'une des portes qui donnaient sur le couloir qu'ils longeaient s'ouvrit sur la jeune avocate.

Avait-elle été prévenue de sa visite ou ne devait-il voir dans cette apparition soudaine qu'une pure coïncidence ?

— Excusez-moi, dit-il à l'assistante tout en ralentissant le pas. J'aimerais dire un mot à Mlle Fraser.

— Vous aurez besoin de moi ? s'enquit Stenton.

Il secoua la tête.

— Ce ne sera pas utile. Je suppose que vous devez avoir beaucoup à faire.

Puis, s'adressant à l'assistante :

— Merci encore pour votre aide, madame Ayers. Je trouverai la sortie.

— Très bien. Si je peux vous être utile, n'hésitez pas à me contacter. Ce drame est tellement difficile à accepter, répéta-t-elle pour ce qui semblait être la centième fois.

Elle détourna la tête pour cacher les larmes qui lui montaient aux yeux. Touché par cette affliction sincère, Ethan jugea utile de s'attarder un peu.

— Je comprends votre peine. Croyez bien que nous sommes sincèrement désolés de devoir vous infliger une telle épreuve. Mais chaque minute compte si nous voulons élucider ce double crime au plus vite.

— Vous avez raison, approuva-t-elle d'une voix qui se voulait ferme mais qui tremblait encore d'émotion.

Une fois Mme Ayers et Stenton partis, Michelle s'avança vers lui. Avait-elle une raison de ne pas le recevoir dans son bureau ?

À peine s'était-il posé la question que Michelle l'invita à la suivre jusque dans une petite salle de conférences dont la table de travail pouvait accueillir au mieux huit personnes.

— Puis-je vous offrir un café ? lui demanda-t-elle aussitôt qu'elle eut refermé la porte sur eux.

— Non, merci. J'en ai déjà pris un avec Harold.

Elle tira une chaise à elle et lui fit signe d'en faire autant.

— Je pensais bien que vous viendriez le voir ce matin, expliqua-t-elle. Comme vous pouvez l'imaginer, l'ambiance est assez tendue.

— C'est compréhensible. Avez-vous reparlé à votre cliente depuis ce matin ?

— Pas depuis la discussion que nous avons eue, vous et moi. Pourquoi cette question ? Y a-t-il quelque chose dont je doive l'informer ?

Il jeta un coup d'œil distrait par les larges baies vitrées qui offraient une vue magnifique sur Bentonville.

— Le labo a envoyé son rapport sur l'analyse des résidus

de poudre et des vêtements. C'est un rapport préliminaire, néanmoins nous pouvons considérer qu'il est fiable.

— Et... ?

— Et comme vous deviez vous y attendre, il établit que Mme Powers n'a pas été à proximité d'une décharge de poudre.

— Et les taches de sang ?

— Elles attestent qu'il n'y a pas eu projection. C'est en tenant son mari dans ses bras que Kayla Powers a taché ses vêtements.

— Voilà qui est une bonne chose. Et comme nous avons stipulé la présence d'empreintes digitales de ma cliente dans la pièce où les victimes ont été découvertes, il est difficile de prouver qu'elle a quelque chose à voir avec leur mort. Tant que vous n'aurez pas retrouvé l'arme du crime, s'entend.

Elle esquissa un sourire en coin qui disait clairement qu'elle doutait de ses capacités à relever le défi. Bien qu'un brin vexé, il prit le parti de faire comme s'il n'avait pas entendu.

— J'imagine que vous avez demandé à votre cliente de dresser une liste des personnes qui pouvaient en vouloir à son mari ou à Trey.

Michelle Fraser croisa les mains et se pencha légèrement en avant.

— En effet. Et comme je suppose que nous avons la même, pourquoi ne pas collaborer plutôt que de rivaliser ?

Il la fixa avec circonspection. Ce n'était pas la première fois qu'un avocat de la défense tentait la carte de la collaboration dans le but de brouiller les pistes. Mais, dans l'affaire Powers, Stenton aussi bien que lui s'accordaient à dire que la jeune veuve était innocente. Aussi, pourquoi ne pas répondre de manière positive à la demande de son avocate ?

— Le shérif et moi-même apprécierions beaucoup votre aide, répondit-il de manière neutre.

— Vous noterez que nous nous sommes montrées bien plus

coopératives que ne l'auraient été la plupart des gens dans pareilles circonstances.

— La plupart des gens dans pareilles circonstances n'ont pas le privilège de bénéficier d'une avocate de votre trempe, qui plus est sans avoir à aller la chercher bien loin, rétorqua-t-il.

— Dans un premier temps, je n'ai été appelée que pour soutenir moralement Mme Powers, souligna-t-elle. Ce n'est qu'ensuite qu'elle m'a demandé de la représenter.

— Bien sûr. Pour en revenir à notre liste ...

— Vous avez mon accord, lieutenant.

— Puisque nous avons décidé de travailler main dans la main, poursuivit-il, que diriez-vous de laisser tomber les formalités ? Pour commencer nous pourrions nous appeler par nos prénoms.

Il attendit, troublé par le regard pénétrant qu'elle avait plongé dans le sien.

— Absolument, *Ethan*, finit-elle par répondre.

— Parfait. En ce qui concerne Kayla Powers, si je ne la crois pas coupable de ces homicides, je pense, en revanche, qu'elle nous cache quelque chose. Tout comme vous, d'ailleurs, lança-t-il, mine de rien.

Puis, comme elle ne soufflait mot, il relança la discussion sur Kayla.

— Qu'est-ce que votre cliente ne nous dit pas ?

— Je ne peux rien vous dire sans son autorisation, mais je peux vous assurer que cela n'a rien à voir avec ce double homicide.

— D'accord. Selon vous, qui avait la meilleure raison de vouloir éliminer Tyrone Powers et son fils ?

Avant de répondre, elle prit une longue inspiration qu'elle exhala lentement.

— Honnêtement ? Si Trey n'était pas l'une des deux victimes, j'aurais dit qu'il avait tout intérêt à voir disparaître son père.

— Vous l'avez défendu, lui aussi, n'est-ce pas ?

— Oui. Dans l'affaire Mallory Murray. Il y avait pas mal de charges qui pesaient contre lui. Mais le juge a estimé que les preuves réunies par l'agent Reed étaient irrecevables.

— Et maintenant, nous ne saurons jamais la vérité.

— Effectivement. Nous ne saurons jamais.

— Entre nous, et puisqu'il ne pourra plus être poursuivi, vous pensez qu'il l'a fait ?

— Quoi ? Tuer Mallory Murray ?

Il savait que cette tactique était destinée à gagner un peu de temps. Aussi attendit-il patiemment qu'elle ait soigneusement choisi les mots qu'elle s'apprêtait à prononcer.

— Je vais rester très factuelle, commença-t-elle. Mlle Murray a trouvé la mort alors qu'elle était en compagnie de Trey Powers à bord d'une embarcation sur le lac Table Rock. Elle a reçu à la tête un coup violent et elle a basculé dans l'eau. Ce que je peux dire aussi, c'est qu'il n'y a pas eu d'assistance à personne en danger.

— Vous pencheriez donc plutôt pour la thèse de l'homicide involontaire ?

Elle grimaça une moue dubitative.

— Je n'en ai aucune idée. J'ai vu les rapports de l'institut de criminologie, ceux du médecin légiste et j'ai eu en main les reconstitutions des experts. En dépit de tout cela, je ne peux rien affirmer avec certitude. Mais je pense que le jury, lui, aurait en effet tranché en faveur de l'homicide involontaire.

— C'est tout de même insensé. Trey a prétendu ne pas avoir vu la victime le soir où elle a disparu, il a menti sur toute la ligne, il a fait jurer à ses amis de garder le silence sur cette soirée. Ce n'était pas suffisant ?

— Tous ces points sont discutables. Nous devons nous y résigner. Il est fort probable que le frère de Mallory Murray ne connaîtra jamais les circonstances exactes de la mort de sa sœur. Et j'en suis navrée. J'ai eu l'occasion de le rencontrer à plusieurs reprises. C'est un homme sympathique et un bon procureur. Je sais que sa sœur et lui n'étaient pas très proches, mais personne ne mérite de perdre un membre de sa famille dans de telles affreuses circonstances.

— Trey est mort et pour le moment nous avons écarté Kayla. Qui d'autre avons-nous sur notre liste ?

En guise de réponse, elle se mordit l'intérieur de la joue. C'était la première fois qu'il la voyait manifester un signe de nervosité. Il en fut intrigué.

— Quelqu'un du cabinet ? insista-t-il en douceur.

— Possible, répondit-elle de manière évasive. Kayla Powers m'a laissé entendre que l'établissement d'un nouveau testament allait contrarier certains membres du comité de direction.

— Par contrarier, vous voulez dire fâcher sérieusement, je suppose ?

Elle opina d'un hochement de tête.

Il se renversa dans son siège. Michelle Fraser était-elle en train d'accuser de double homicide l'un des deux hommes dont les alibis semblaient inattaquables ?

— Comment serait-ce possible ? Au moment des crimes, Harold Dennis était à la Barbade et le sénateur Powers à l'autre bout du monde.

— Les plans de vol ont-ils été vérifiés ? Sommes-nous certains que Harold Dennis a atterri à la Barbade et pas ailleurs ? De plus, Harold affirme avoir pris un vol commercial au retour, raison pour laquelle, d'après lui, il a mis autant de temps à arriver.

De toute évidence, elle n'aimait pas Harold Dennis. Cela s'entendait au ton railleur autant qu'irrité de sa voix.

— Je prends note de faire un suivi avec le client qui a prêté son jet au sénateur et à Harold Dennis, lui assura-t-il.

Il s'apprêtait à entrer cette information dans le mode rappel de son smartphone quand des éclats de voix leur parvinrent.

Dans un même mouvement, ils tournèrent la tête vers la femme tout de noir vêtue qui s'avançait d'un pas décidé vers la salle où ils se trouvaient. Les membres les plus éminents de chez PP&W marchaient dans son sillage.

— Nous y voilà, dit Michelle dans un soupir. Vous pouvez la consigner dans votre liste, celle-là aussi.

— Qui est-ce ?

— Lieutenant, vous n'allez pas tarder à rencontrer Natalie Powers Cantrell, ex-épouse de Tyrone et mère de Trey.

Ethan se leva pour mieux la voir arriver. Kayla recevrait-elle le même accueil déférent, voire servile, de la part des membres du cabinet ? Il en doutait.

Michelle vint se poster à côté de lui. Elle émit un gloussement moqueur.

— Le retour de la veuve éplorée.

— Vous ne la portez pas dans votre cœur. Je me trompe ?

— Disons que j'ai eu l'occasion de me faire ma petite idée sur la femme qu'elle est. Elle insistait pour assister à chacune de nos réunions, lorsque je préparais la défense de Trey.

— J'ai entendu dire qu'elle s'en était bien tirée au moment du divorce. Elle s'est remariée, je suppose ?

— Oui. Et là encore, elle n'a pas choisi n'importe qui. Les Cantrell sont l'une des familles les plus anciennes, les plus respectées et les plus respectables de la région, comme elle vous le fera sans doute savoir dans les cinq premières minutes de la conversation.

— Après l'argent des Powers, elle vise l'argent des Cantrell, si j'ai bien compris ?

— Vous connaissez le dicton : « L'argent appelle l'argent. » Venez, je vais vous présenter. Mais je vous préviens, je ne sais pas comment cela va se passer.

Sur ce, elle l'entraîna dans le couloir. En les voyant approcher, le petit groupe s'arrêta net de marcher. Natalie Powers Cantrell était une très belle femme. Elle avait l'air beaucoup plus jeune que son âge, aidée en cela par la richesse et une santé qui paraissait éclatante. Elle leur offrit un visage fermé qui la rendrait inaccessible à qui manquerait de confiance en soi. Ethan y vit un mécanisme de défense. Après tout, elle venait de perdre son ex-mari mais surtout son unique enfant.

— Madame Cantrell, dit Michelle. Permettez-moi de vous présenter mes sincères condoléances. Voici le lieutenant Ethan Scott, de la brigade criminelle. C'est lui qui est chargé de l'enquête.

— Madame, répliqua Ethan en lui tendant la main. Mes condoléances.

— Merci, dit Natalie en le regardant droit dans les yeux.

Mais, très vite, elle se désintéressa de lui pour porter son attention sur Michelle.

— Décidément, rien ne vous arrête. Passer de la défense de mon fils à celle de la femme qui l'a assassiné...

— Madame Cantrell, commença Ethan avant d'être vivement interrompu par Michelle.

— Je défends les cas que me confie Harold Dennis, déclara-t-elle d'un ton posé mais ferme. Si Trey avait jugé, et aujourd'hui Mme Powers, que je n'étais pas à la hauteur de la tâche qui m'était assignée, il avait toute latitude pour choisir un autre avocat.

Natalie Cantrell grimaça une moue dédaigneuse.

— *Mme Powers*, railla-t-elle d'un ton mauvais.

Elle fusilla Michelle du regard avant de reporter son attention sur Ethan qui jugea bon de faire diversion.

— Madame Cantrell, croyez bien qu'avec l'aide des autorités locales, nous mettons tout en œuvre pour élucider cette affaire.

— Mmm.

Le ton était ouvertement dubitatif.

— Dans ce cas, pouvez-vous m'expliquer ce que vous faites ici avec l'avocate de cette...

Michelle ne se laissa pas impressionner par cet accès d'agressivité. Au lieu de riposter, elle se tourna vers Ethan et lui adressa un large sourire.

— Merci de me tenir informée, lieutenant. N'hésitez pas à revenir vers moi si vous aviez besoin d'aide.

Sur ce, elle pivota et retourna dans son bureau sans se soucier des regards qui pesaient sur elle.

— Comme je vous le disais, reprit Ethan à l'adresse de Natalie Cantrell, l'enquête est en cours. Si vous n'y voyez pas d'inconvénients, j'aimerais vous poser quelques questions.

— Je propose que nous retournions dans le bureau de M. Dennis, intervint Mme Ayers.

Sans daigner répondre, Natalie Cantrell se dirigea de sa démarche royale vers l'escalier qu'il avait descendu quelques minutes plus tôt.

8

— Cela ne me surprend pas, commenta Kayla après que Michelle lui eut rapporté la scène. Trey était sa fierté. Mais quoi de plus normal pour une mère ?

Les deux femmes s'étaient installées dans le petit salon de la chambre d'hôtel de Kayla. Des affaires personnelles traînaient un peu partout, au point que Michelle se demanda si la jeune femme n'était pas retournée chez elle, malgré les scellés qui lui en interdisaient l'accès. Puis elle remarqua l'étiquette de prix encore accrochée à un plaid en cachemire négligemment drapé sur l'accoudoir du canapé.

Kayla était sortie faire des achats. Michelle ne pouvait pas lui en vouloir. Kayla avait besoin de se changer les idées. Cependant, l'image qu'elle pouvait donner d'une veuve en virée shopping, si peu de temps après le meurtre de son mari, pouvait être mal interprétée.

— Kayla, vous êtes sortie faire des courses ? s'enquit-elle d'un ton qui se voulait neutre.

— Oui. Je n'ai pas emporté grand-chose de chez moi et...

Elle s'interrompit pour balayer la pièce d'un regard navré.

— Et cet endroit manque tellement de couleurs.

Voilà qui pouvait prêter à sourire, venant d'une femme pour qui la couleur la plus vive se limitait au beige.

Elle hocha cependant la tête d'un air compréhensif.

— Je comprends. Mais s'il vous manque encore quelque chose, signalez-le-moi par SMS. J'irai l'acheter pour vous.

— Si je dois être retenue prisonnière dans cet hôtel, autant demander au lieutenant Scott de me mettre en cellule, rétorqua-t-elle d'un ton acerbe.

La méthode douce ayant échoué, Michelle décida de jouer franc jeu.

— C'est précisément là que vous finirez si les gens vous surprennent en train d'acheter autre chose que des tenues de veuve qu'ils veulent voir éplorée. Ils penseront de vous que vous êtes une veuve joyeuse. De là à vous juger coupable, il n'y aura qu'un pas qu'ils seront prompts à franchir.

— Je me fiche bien du qu'en-dira-t-on. Et vous m'avez dit que le lieutenant me pensait innocente.

— C'est exact. Mais vous savez aussi bien que moi que l'accumulation de preuves circonstancielles peut jouer contre vous.

Kayla ne trouva rien à répondre à cela. Elle enroula ses bras autour d'elle, dans un geste visant à montrer qu'elle avait froid.

— Il gèle ici, dit-elle d'une voix plaintive de petite fille. Je n'arrive pas à faire monter la température.

Michelle prit sa main dans la sienne et la tapota doucement.

— Kayla... Je comprends vraiment vos angoisses. Mais je vous assure qu'il vaut mieux limiter vos sorties en public. Du moins, pendant quelques jours.

— Un des adjoints du shérif m'a emmenée à la maison, avoua-t-elle d'une voix contrite. Je voulais récupérer des vêtements pour Ty.

— Mais le légiste...

— Je sais. Mais c'était ça ou je devenais folle. J'en ai profité pour jeter un coup d'œil à ma garde-robe et là j'ai réalisé que je n'avais que des robes de cocktail. Rien d'approprié pour des obsèques.

— Je vois, dit-elle d'un ton radouci. Vous êtes sortie vous

acheter une tenue et vous vous êtes dit que puisque vous y étiez, vous alliez faire d'autres achats.

Kayla acquiesça d'un hochement de tête. Elle était au bord des larmes.

— Je ne sais pas si je pourrais revivre un jour dans cette maison, murmura-t-elle en détournant les yeux.

— C'est normal, Kayla. Vous aviez besoin de vous donner l'illusion que rien n'avait changé dans votre vie.

— Malheureusement, rien ne sera plus comme avant.

— Cela vous demandera du temps, mais vous vous referez une autre vie, avec d'autres habitudes.

En guise de réponse, la jeune femme esquissa une moue dubitative.

— Je vais devoir vous laisser, Kayla. Et n'oubliez pas. Si vous avez besoin de quoi que ce soit, envoyez-moi une liste par SMS.

Sans doute pour repousser un peu le moment où elle se retrouverait seule, Kayla relança la discussion.

— Vous avez beau dire, je suis coincée ici.

Elle faisait tourner le solitaire qu'elle portait à l'annulaire, dans un geste qui trahissait une grande nervosité.

— Pas du tout. Vous êtes libre d'aller et venir à votre guise. Mais faire profil bas me paraît être la meilleure stratégie à suivre.

Elle saisit son sac et en ajusta la bandoulière sur son épaule.

— Harold voudrait que l'ouverture du testament se fasse assez rapidement. Afin d'assurer une transition plus en douceur, selon lui. À mon avis, il n'a aucune idée des modifications qui ont été faites.

— De toute façon Natalie et William le voudront aussi. Ils ne vont même pas attendre que les corps nous soient rendus.

Elle avait parlé d'une voix empreinte d'un mélange de lassitude et de dégoût, qui lui fit tendre la main vers la bouteille d'eau qui se trouvait à côté d'elle et en boire une grande gorgée à même le goulot.

— Avant que je parte, vous pouvez me dire si vous vous êtes procuré une copie du testament ?

— J'ai demandé à l'étude de m'en envoyer une copie par coursier.

— Parfait.

— Ils vont contester ce testament, Michelle. Ils vont dire que c'est moi qui l'ai rédigé et qui ai imité la signature de Tyrone à son insu.

— Cela ne fait aucun doute. Mais il y a l'exemplaire que votre mari gardait en sécurité dans le coffre-fort de son bureau. Celui-ci ne pourra pas être contesté. Vous n'êtes pas allée dans le bureau de Tyrone récemment, n'est-ce pas ?

— Non. Depuis notre mariage, j'évitais d'aller au cabinet. Je ne m'y sentais pas à l'aise. C'était mieux pour tout le monde.

— Parce que vous êtes passée du statut d'employée à celui de femme du patron. Je me trompe ?

Elle secoua la tête.

— Peu de gens étaient au courant que nous étions tombés amoureux l'un de l'autre. Je sentais une telle hostilité que j'ai voulu que notre mariage se passe dans l'intimité. Avec juste quelques proches.

— Où a eu lieu la cérémonie ?

— À la maison du lac.

Elle esquissa un sourire gêné puis reprit :

— J'ai aimé cette maison à l'instant où j'en ai franchi le seuil. Je la sentais pleine de bonnes ondes. C'est là que Ty et moi avons eu notre première discussion sérieuse.

Elle s'interrompit, saisie d'une émotion qui lui fit baisser les yeux sur sa bague.

— Il avait organisé un barbecue auquel il m'avait conviée, poursuivit-elle d'une voix tremblante. Il ne s'attendait pas à ce que je vienne.

— Mais vous y êtes allée.

— Oui.

— C'est là qu'a démarré votre histoire d'amour.

— Oui. Sauf que les histoires d'amour sont censées durer toujours, non ?

Il y avait une telle détresse dans sa voix que Michelle lui reprit la main et la pressa doucement dans la sienne, dans un geste qui se voulait réconfortant.

— Kayla, je sais que ce que je vous demande est difficile, mais il faut vous ressaisir.

La jeune femme acquiesça en silence.

— Je vous promets de ne pas bouger d'ici, à moins d'en avoir d'abord parlé avec vous, dit-elle.

Michelle lui lâcha la main et se leva, son sac serré contre elle.

— Vous savez, je ne suis ni votre mère ni votre chaperon. Je suis votre avocate et en tant que telle je vous engage à vous concentrer sur les dispositions à prendre concernant votre mari. Décidez ensuite de l'endroit où vous voudrez vivre ; de ce que vous ferez plus tard. Et puis, concentrons-nous sur ce qu'il va se passer cette semaine. D'accord ?

— D'accord.

— J'essayerai de parler au lieutenant Scott. Je vous tiendrai au courant.

— D'accord, répéta docilement Kayla.

Enfin rassurée, Michelle traversa la pièce. Arrivée à la porte elle se retourna une dernière fois.

— Kayla… si vous pouvez, évitez de boire. Il va nous falloir garder les idées claires pour affronter tout ce qui nous attend.

— Vous pouvez compter sur moi.

Elle vit dans son regard que ce n'étaient pas des paroles en l'air.

— Vous êtes plus forte que vous ne pensez, assura-t-elle. Je vous appelle plus tard.

Sur ce, elle ouvrit la porte et sortit.

Elle venait d'arriver dans le hall quand une voix l'interpella.

— Mademoiselle Fraser !

Puis d'autres voix s'élevèrent.

— C'est bien elle ! C'est l'avocate de Kayla Powers !

S'ensuivit un bruit de pas précipités. Elle se retourna vers le groupe de journalistes qui arrivaient en courant, micros déjà tendus.

— C'est vrai que vous représentez Kayla Powers ? demanda l'un.

— Ne peut-on y voir un conflit d'intérêts puisque vous étiez l'avocate de l'une des victimes ? questionna un autre.

— Que pense le sénateur Powers du fait que vous défendiez sa belle-sœur ?

Elle essaya de se remettre en marche, tête baissée, cherchant vainement à leur échapper.

— Le sénateur Powers est arrivé cet après-midi, mais rien n'indique qu'il ait rendu visite à Mme Powers, insista un troisième larron qui, en la bousculant, faillit la faire trébucher.

C'en était trop. Elle stoppa toute tentative de fuite et redressa les épaules. Puis elle attendit patiemment que le silence se fasse autour d'elle avant de prendre la parole.

— Comme vous le savez, un double homicide a été commis dans la villa de Tyrone Powers. Lui et son fils y ont laissé la vie. Une enquête est en cours qui m'empêche de faire tout commentaire à ce sujet.

Elle joua alors des coudes pour se frayer un chemin vers la sortie. Elle monta dans sa voiture et en verrouilla aussitôt les portières. Dieu merci, aucun des journalistes n'avait cherché à la suivre. Car en réalité ce n'était pas elle la cible qu'ils visaient tous. C'était Kayla. La veuve. La déjà coupable.

Elle mit le contact, régla le système de ventilation sur son visage échauffé puis expira longuement. Elle envoya ensuite un message à Kayla pour l'avertir de la présence des journalistes dans le hall d'entrée. Enfin seulement, elle s'empara de son téléphone prépayé et appela son contact. Elle attendait patiemment qu'il prenne l'appel quand des coups frappés à sa vitre la firent sursauter si violemment qu'elle en laissa échapper l'appareil qui tomba sur le plancher. Du pied, elle le repoussa sous son siège.

Elle tourna la tête vers Ethan Scott qui la fixait, l'air visiblement inquiet. Elle lui fit signe de monter à côté d'elle.

— Dépêchez-vous ! le pressa-t-elle aussitôt qu'il eut ouvert la portière.

Elle le regarda s'installer, priant intérieurement pour que son contact, intrigué de n'avoir personne en ligne, ne cherche pas à la rappeler.

— J'espère que ce n'est pas une tentative d'enlèvement, plaisanta Ethan.

— Mettez un pied dans cet hôtel et croyez-moi, vous regretterez que ça n'en soit pas une.

— Pourquoi ?

— Parce qu'il grouille de journalistes. Ils ont fini par la retrouver. Cela dit, je suis surprise qu'ils lui aient fichu la paix jusque-là. Mais dites-moi, vous ne seriez pas venu pour vous entretenir avec ma cliente en dehors de ma présence ?

Il porta une main à son cœur, dans un geste exagérément théâtral.

— Moi ? Pas du tout. Je pensais que nous fonctionnions sur la confiance, tous les deux.

— Que faisiez-vous ici, alors ?

— Je vous cherchais. J'ai appelé votre bureau et on m'a dit que vous étiez en réunion avec l'un de vos clients. Comme je suis quelqu'un d'extrêmement perspicace, j'en ai déduit que ce devait être Kayla Powers. Et me voilà.

Il s'interrompit pour reprendre d'un ton plus grave :

— Comment va-t-elle ? Elle tient le coup ?

Elle hésita à lui dire la vérité telle qu'elle la ressentait.

— Disons qu'elle est toujours en état de choc mais que, de temps en temps, elle est rattrapée par la réalité.

— C'est bien normal.

— Elle essaye bien de prendre des dispositions, mais elle se décourage vite. Elle n'est pas vraiment en état d'agir. Ethan, que vouliez-vous me dire ?

— Harold Dennis et Natalie Cantrell pensent que c'est Kayla la coupable.

— Quel serait son mobile ?

— Je vous laisse deviner.

— Le testament ? Mais ils ne savent pas encore qu'il a été modifié.

— Ce qui ne manquera pas d'ajouter de l'huile sur le feu aussitôt qu'ils sauront. Kayla a bien fait d'anticiper en nous disant la vérité.

— Comme elle le soutient depuis le début, elle n'a rien à cacher.

— Cela dit, ce testament ne va pas jouer en sa faveur. D'autant plus qu'elle n'en a volontairement pas parlé à ceux qui ont un intérêt direct dans le cabinet.

— Seriez-vous en train d'insinuer que je fais mal mon travail ? Que j'aurais dû inciter Kayla à les mettre au courant, eux aussi ?

Elle avait parlé d'un ton brusque qui prit Ethan de court.

— Excusez-moi de m'être emportée, dit-elle. Mais depuis ce matin, je me sens attaquée de toutes parts.

— Ce qui me paraît normal pour une avocate de la défense, dit-il en souriant.

Elle fut sensible à ce trait d'humour qui détendit un peu l'atmosphère.

Il risqua un coup d'œil en direction de l'hôtel.

— Je n'aurais pas dû vous aborder sur ce parking ni monter dans votre voiture. Que dirait Dennis s'il apprenait qu'on m'a vu parler avec vous, devant l'hôtel où loge Mme Powers ?

— Je suppose qu'il serait furieux.

— Je ne vous parle pas de la réaction de mon supérieur hiérarchique.

— Dans ce cas, pourquoi avez-vous accepté de monter dans ma voiture ?

En apparence, Ethan Scott était un enquêteur au-dessus de tout soupçon. Pourtant, il y avait quelque chose qui clochait chez lui. Il n'abordait pas son enquête de manière linéaire, comme le font habituellement les flics. Il avait plutôt l'air de vouloir trouver le bon angle d'attaque et de se faire l'avocat du diable.

— Parce que vous me l'avez demandé.

— Vous auriez pu refuser.

Il haussa les épaules.

— Disons que j'étais curieux.

— À quel sujet ?

— Vous.

Elle se mit instinctivement sur la défensive.

— Moi ?

— Je cherche encore ce qui ne colle pas chez vous. En fait, j'aimerais comprendre où se situe votre place dans le puzzle.

Elle le vit lancer un coup d'œil furtif vers l'un des journalistes qui était sorti fumer une cigarette.

— Nous ferions mieux de partir d'ici.

— Vous avez raison.

Elle quitta sa place de stationnement et prit la première rue à droite.

— Que vouliez-vous dire par « j'aimerais comprendre où se situe votre place dans le puzzle » ?

— Comme vous le savez, j'ai rencontré Harold Dennis, Natalie Cantrell ainsi que Delray et William Powers, aujourd'hui.

Elle opina en silence.

— Et... ?

— Et à aucun moment ils n'ont mentionné votre nom.

— Pourquoi l'auraient-ils fait ?

— Parce que, maintenant, vous êtes directement liée à Kayla et qu'il y a des choses à dire à ce sujet, vu le contexte. Non ?

De toute évidence, il voulait l'entraîner sur un terrain qu'elle jugeait glissant. Il était donc urgent de botter en touche.

— Pourquoi n'ont-ils pas parlé de moi, à votre avis ?

D'un hochement de tête il lui indiqua que le feu était passé au vert.

— Je ne sais pas vous, mais moi je meurs de faim.

Elle acquiesça en désignant du menton un drive-in qui se trouvait dans la rue, juste un peu plus haut.

— Ça vous ira ?

— Parfaitement.

Il attendit qu'elle se soit faufilée dans la file d'attente pour répondre enfin à sa question.

— Vous êtes l'une des associées de ce cabinet. Vous représentez la femme qu'ils croient tous coupable d'avoir commis un double homicide et il se trouve que les deux victimes sont son mari et le fils de celui-ci. Il me semble que les raisons étaient suffisantes pour que votre nom soit mentionné au moins une fois au cours de la discussion.

— Peut-être ne me considèrent-ils pas comme une menace ? lança-t-elle.

— Allons, Michelle. Ils savent exactement ce que vous valez. S'ils n'avaient pas eu conscience de vos qualités, ils ne seraient pas venus vous chercher dans votre cabinet de New York. Et c'est vous qu'ils ont chargée de défendre l'héritier présomptif.

— Honnêtement, je pense que personne ne s'attendait à ce que je puisse sauver la peau de Trey. Il s'agissait surtout de minimiser l'impact que cette affaire et un éventuel procès auraient eu sur notre clientèle.

Il ne restait plus qu'une voiture devant eux puis ce serait leur tour de commander.

— Qu'est-ce que vous prendrez ? demanda-t-elle.

— Le combo numéro 2 avec un thé glacé, répondit-il sans même avoir consulté le tableau.

Elle passa commande en y ajoutant un thé sans sucre pour elle. Il sortit son portefeuille de la poche de son jean, un sourire amusé aux lèvres.

— On voit bien que vous n'êtes pas du coin, vous.

— Pourquoi ? Parce que je n'ai pas pris de soda hypercalorique ?

— Pour ça. Mais aussi pour votre accent chic, pour votre manière de vous adresser aux autres sans vous embarrasser de formules de politesse, pour...

— Pardon ? feignit-elle de s'offusquer. Je suis très polie, au contraire.

Pour tout commentaire, il lui tendit un billet de vingt dollars.

— Laissez-moi vous inviter, dit-il en la voyant tendre la main vers son sac.

— Merci.

Elle prit le billet et le tendit à la jeune serveuse qui encaissa la note en leur souriant. Michelle cala leur boisson dans le porte-gobelet mais, avant de s'éloigner, rendit son sourire à l'employée.

— Merci beaucoup, mademoiselle. Bonne journée.

Elle avait parlé en imitant de manière exagérée l'accent traînant des gens du Sud.

Ethan éclata de rire.

— Je vous en supplie, dit-il entre deux hoquets. Plus jamais ça.

— Pourquoi ? Mon accent est pourtant parfait.

— Arrêtez. Il est horrible.

— Vous ne vous êtes pas trompé de boisson, au moins ? lui demanda-t-elle alors qu'elle le voyait planter sa paille dans le couvercle d'un des deux gobelets.

— Aucune chance.

Il sortit la barquette de frites de son sachet en papier et la lui tendit.

— Non merci.

Pourtant, elle en avait l'eau à la bouche.

— Le petit tour est terminé, déclara-t-elle alors qu'elle reprenait la direction de l'hôtel.

Ethan déballa son cheeseburger avec un soin excessif puis mordit dedans sans rien dire. Ne l'avait-il pas entendue ou le feignait-il ? La question fusa sans qu'elle s'y attende.

— Qui êtes-vous vraiment ?

Il l'avait posée de manière si détachée qu'elle fut tentée de lui révéler la vérité, histoire de voir s'il la croirait. Elle y renonça vite. Au Bureau, on l'avait entraînée à ne rien faire ni à ne rien dire sous le coup d'une impulsion.

— Je ne dirai rien, même sous la torture, répondit-elle.

Une tactique qui cette fois ne fit pas rire Ethan qui se remit à manger en silence. Il avala sa bouchée puis tira sur sa paille en l'épinglant d'un regard fixe par-dessus son gobelet.

— En fait, je crois que vous êtes flic. Ou que vous l'avez été.

Une bouffée de chaleur la submergea en même temps que les battements de son cœur s'accéléraient.

— Qu'est-ce que vous racontez ? parvint-elle à riposter avec assurance. Je veux dire… Qu'est-ce qui vous permet de penser une chose pareille ?

— Je suis flic, répondit-il comme si cela suffisait à tout expliquer. Et puis, vous connaissez le vieux dicton : « Qui se ressemble s'assemble. »

Il avait accompagné cette boutade par un sourire en coin qui en disait long sur son scepticisme.

— Justement, je suis avocate. Vous avez oublié ?

— Non. Mais je pense que vous êtes flic aussi. C'est ce que pense également Grace Reed, d'ailleurs.

Il avait ajouté cette information comme si cela représentait l'argument massue ; celui qui allait la faire se dévoiler.

La voyant hésiter sur le parking, il lui désigna l'emplacement où il s'était garé.

— Je ne vois pas pourquoi...

— Vous pouvez me laisser là. Ça ira.

Il referma l'emballage sur son hamburger entamé et remit le tout dans le sachet en papier.

— Écoutez...

— C'est bon, j'ai compris. Il se passe des choses qui m'échappent encore, mais sachez que j'en suis conscient.

Il planta son regard franc et vif dans le sien.

— Je trouverai, Michelle. Vous pouvez me faire confiance. Je trouverai.

— Et moi, je vous le répète : je ne sais pas ce qui peut vous faire penser que je vous cache quelque chose.

— Disons mon instinct. Il me trompe rarement.

Elle ouvrit la bouche pour protester, mais la referma en le voyant lui tourner le dos pour ouvrir sa portière. Une fois dehors, il se pencha à la vitre pour lui décocher une dernière flèche.

— « Qui se ressemble s'assemble », répéta-t-il en guise de conclusion.

— Attendez ! Juste parce que vous êtes flic, vous pensez que je pourrais l'être ou que je l'ai été ? Un peu facile, non ?

Elle avait décelé chez lui une singularité qui le distinguait des autres flics, mais elle était loin du compte. Ethan Scott était vraiment un être à part.

Il secoua la tête.

— Ce n'est pas la seule raison.

Elle en avait soupé de ce jeu du chat et de la souris auquel il voulait la soumettre. Elle préférait l'attaque directe.

— Je vous écoute. Qu'avez-vous d'autre que vos fameuses intuitions ?

Mais une fois encore il esquiva.

— Je percerai votre secret, mademoiselle Fraser. Vous pouvez me faire confiance.

— Vous l'avez déjà dit, lui reprocha-t-elle sèchement. Quoi d'autre ?

Il l'épingla une dernière fois d'un regard scrutateur qui la mit mal à l'aise.

— Ce que vous ignorez, c'est que je suis flic mais, avant, j'ai été avocat.

Sur ce, il s'éloigna d'une démarche nonchalante, son sac en papier à la main.

Elle le suivit des yeux, le cœur battant.

Était-ce un coup de bluff destiné à la déstabiliser ou sa couverture était-elle vraiment grillée ?

Ces questionnements tournaient encore en boucle dans sa tête quand son téléphone prépayé se mit à vibrer sur le plancher.

Sans doute son contact qui voulait s'assurer qu'elle allait bien. Elle se pencha pour ramasser l'appareil. Un message s'affichait :

Dîner pizzas ?

Elle se mordit les lèvres et prit le temps d'une profonde inspiration avant de répondre :

Parfait.

Une fois son SMS envoyé, elle resta un long moment immobile derrière son volant, son téléphone pressé contre son cœur battant.

9

Ethan relut pour la centième fois le rapport médico-légal qui s'affichait sur l'écran de son ordinateur. Mais il avait beau faire, l'analyse des empreintes digitales et des traces d'ADN recueillies sur la scène de crime ne lui apprenaient rien qu'il ne sache déjà. Elles correspondaient toutes à celles de Kayla, du sénateur William Powers et de Harold Dennis.

Tous des proches des victimes, habitués des lieux.

Il se frotta vigoureusement le visage de ses deux mains. Il était resté si longtemps les yeux rivés sur ces lignes qu'il avait l'impression qu'elles étaient imprimées en filigrane sous ses paupières. Ses joues étaient râpeuses. Se raser était à rajouter à la liste déjà longue des corvées qui l'horripilaient. Elle arrivait juste après celle consistant à réunir les indices nécessaires pour confondre Michelle Fraser.

Il secoua la tête. Il avait un double homicide sur les bras et certainement pas la moindre minute à consacrer à une enquête interne qui n'intéressait que lui.

Il redressa les épaules, étira longuement les bras au plafond puis retourna à son écran. Il cliqua sur le lien que lui avait envoyé Grace Reed. Il ouvrait sur les images vidéo de la caméra de surveillance de la résidence secondaire des Powers. Il avait demandé à Grace de lui faire un rapport qu'elle avait conclu ainsi :

« Kayla Powers était tellement ivre qu'elle tenait à peine debout. Dans l'état où elle était, il est impossible qu'elle se soit rendue à Bentonville au volant de sa voiture, qu'elle ait abattu deux hommes et soit retournée tranquillement dans sa maison du lac, le tout sans laisser la moindre trace suspecte. »

Ethan était d'accord avec ça. Les chances étaient minces que Kayla Powers ait parcouru des kilomètres de routes sinueuses pour commettre un double homicide puis soit repartie sans que personne ne l'ait vue. Les vidéos montraient clairement qu'elle n'avait pas décuvé pendant vingt-quatre heures et que, hormis les fois où elle disparaissait du champ de la caméra sans doute pour se rendre aux toilettes, elle n'avait pas quitté son salon.

Donc, s'il excluait Kayla Powers, le sénateur et Harold Dennis de la liste des suspects, il n'avait rien. Il ouvrit à une page vierge le carnet dans lequel il prenait ses notes et se mit à réfléchir aux différentes options qui s'offraient à lui.

En tête de liste figurait la possibilité d'assassinats commandités. Quelqu'un – mais qui ? – aurait payé un professionnel pour se débarrasser des Powers père et fils. Une hypothèse qui bien qu'un poil hollywoodienne pour une ville comme Bentonville n'était pas à écarter.

Il inscrivit ensuite le nom de William Powers mais le ratura aussitôt. Non seulement des centaines de personnes pouvaient témoigner de sa présence au congrès européen où il avait dit se rendre, mais les images des caméras de surveillance de l'aéroport pouvaient également attester qu'il avait bien embarqué à bord d'un jet privé.

Il passa ensuite à Harold Dennis. Ce dernier semblait du genre à ne pas aimer faire de vagues. Mais allez savoir. Les premières impressions pouvaient se révéler trompeuses. Le jet privé à bord duquel il avait voyagé avec le sénateur était censé avoir atterri en Arkansas le lendemain, mais se procurer les plans de vol d'un avion privé à destination d'un État insulaire ne serait pas aisé. En revanche, il pouvait creuser du côté de l'alibi de Dennis. Un alibi que ce dernier avait défendu sans grande conviction et qui, aux yeux d'Ethan, comportait des failles.

L'avocat était divorcé. Il vivait et voyageait seul. Selon les notes que Ethan avait prises, personne n'était venu l'accueillir à l'aéroport. Il avait séjourné dans une résidence privée réservée par l'intermédiaire d'un service de conciergerie privé. Cette même société avait laissé à l'aérogare une voiture louée à son nom. Au retour, il avait rendu le véhicule et avait pris un vol commercial. Pour un homme comme lui, autant dire que cela faisait beaucoup de complications.

Il passa à Kayla Powers. Qu'il le veuille ou non, elle restait la suspecte idéale. Celle à qui profitait le mieux ce double homicide. Sans compter qu'elle avait les moyens de payer un tueur à gages.

Il traça donc un trait qui reliait son nom à « crimes commandités ». Il avait chargé une équipe d'éplucher les comptes du couple Powers. Il attendait les résultats.

Restait Natalie Cantrell.

Elle avait clamé haut et fort les noms de témoins pouvant attester de sa présence à Little Rock au cours du week-end. Elle aurait fait une coupable idéale si Trey n'avait pas été tué lui aussi. Il voyait bien une femme comme elle payer quelqu'un pour tuer son ex et mettre son fils à sa place. Sauf que l'adoration qu'elle vouait à Trey était connue de tous. À moins que la mission ait mal tourné et que Trey ait été une victime collatérale.

Il tourna les pages des notes qu'il avait prises jusque-là. Les seules personnes qu'il avait interrogées dont les empreintes n'avaient pas été trouvées sur la scène de crime étaient celles du fils du sénateur, Delray, et celles de Nancy Ayers, la fidèle assistante que Tyrone et Dennis se partageaient.

Pensif, il s'étira une nouvelle fois les bras et la nuque. Ses cervicales craquèrent sous l'effet de la tension. Les frites trop grasses lui pesaient encore sur l'estomac. Tout comme la discussion qu'il avait eue avec Michelle Fraser. Chaque fois qu'il pensait à elle, il avait ce même sentiment diffus qu'elle ne lui disait pas tout.

Il était du genre à aller droit au but. À quoi bon ruminer d'éventuelles hypothèses quand il avait la possibilité de s'adresser directement à elle ?

Fort de cette décision, il attrapa son téléphone et appela Michelle.

Elle répondit à la deuxième sonnerie.

— Lieutenant Scott. Vous faites des heures supplémentaires ?

— Je n'ai pas le choix. Le temps presse.

— En quoi puis-je vous aider ?

— C'est très simple. Je veux que vous me disiez qui vous êtes réellement et sur quoi vous travaillez.

Un long silence lui répondit.

— Je pensais avoir été très claire à ce sujet, mais visiblement je me suis trompée, finit-elle par dire. Alors, je vais recommencer : je m'appelle Michelle Fraser et je suis avocate. Je représente Mme Kayla Powers qui a trouvé son mari et son beau-fils assassinés dans la maison familiale à son retour de week-end.

— Vous êtes flic.

— Non. Je suis avocate chez Powers Powers &Walton, un cabinet prestigieux de Bentonville. *Vous* êtes flic. Vous avez un joli badge indiquant que vous travaillez pour la police d'État d'Arkansas. Cela vous dit quelque chose ?

— Vous avez été flic avant de devenir avocate, insista-t-il obstinément.

— J'ai fait des études de droit.

— Je sais. Je me suis procuré votre CV.

— Dans ce cas, pourquoi me posez-vous la question ?

— Il y a un blanc de deux ans dans votre parcours professionnel.

— Deux ans que j'ai passés à voyager. Voyez-vous quelque chose à redire à cela ?

— Grace et moi savons que vous êtes flic.

Un nouveau silence s'installa qu'elle rompit d'une voix teintée d'une impatience mal contenue.

— Pour le coup, je vous trouve un brin complotiste, lieutenant. Transmettez mes amitiés à l'agent Reed.

— Sur quoi travaillez-vous ?

— Essentiellement le contraire de ce sur quoi vous-même travaillez.

— Je sens bien que cette affaire vous tient à cœur et que vous essayez de nous aider à la résoudre. Je me trompe ?

— C'est parce qu'il en va de l'intérêt de ma cliente.

— Vous êtes un agent infiltré du FBI.

— Pas du tout. Je suis avocate chez PP&W.

Face à tant d'obstination, il laissa échapper un juron. Une brèche dans laquelle s'engouffra Michelle pour reprendre la main.

— Harold Dennis a prévu une réunion demain matin à 10 heures, dit-elle.

— Dans quel but ?

— Comme William Powers et Natalie Cantrell sont tous les deux présents, je ne serais pas étonnée que cela concerne l'ouverture du testament et son homologation.

— Je suppose que votre cliente et vous-même serez également présentes, munies du nouveau testament établi à Little Rock.

— Précisément.

— À votre avis, comment vont se passer les choses ?

— Eh bien, je pense que ces modifications vont en contrarier plus d'un. Et encore, je pèse mes mots. Pour autant, je ne m'attends pas à ce qu'ils en viennent aux mains. Cela dit, je ne m'attendais pas non plus à me trouver mêlée à une enquête pour double homicide.

L'occasion était trop belle de revenir sur le sujet qui l'intéressait.

— À quoi vous attendiez-vous ?

Elle laissa passer une seconde avant de répondre :

— À continuer à défendre Trey Powers, bien sûr.

Elle avait réponse à tout. Ce n'était pas aujourd'hui qu'il parviendrait à la confondre. Il poussa un soupir de lassitude.

— Bien sûr.

— Quoi qu'il en soit, puisque vous m'avez appelée, j'ai jugé bon de vous tenir informé de cette réunion.

— Vous saviez que votre cliente a passé son week-end à boire ?

— Je vous ai dit qu'elle avait un peu bu.

Il éclata d'un rire railleur.

— Un peu ? Elle était ivre morte.

— Où est le problème ?

Il se renfonça dans son siège.

— Il n'y en a pas. Au contraire, même. Cela joue en faveur de votre cliente. Je dirais à 99,5 %.

— Et les 5 % restants ?

— Les trucs habituels... Le mobile, l'opportunité, la proximité...

— Elle n'est pas la seule.

— C'est vrai. Mais c'est la seule à déclarer à qui veut l'entendre qu'elle a passé le week-end dans sa maison du lac.

— Les vidéos des caméras de surveillance le prouvent, non ? Elle se trouvait bien là-bas et vous savez même ce qu'elle y a fait.

— Qui me dit qu'elle n'a pas une jumelle cachée avec qui elle aurait élaboré ce stratagème ? Une jumelle diabolique.

— Lieutenant, vous avez eu une dure journée. Vous êtes éreinté et la fatigue vous fait dire n'importe quoi. Il est temps d'aller vous coucher.

Ce ton narquois faussement compatissant eut le don de le hérisser en même temps que de le faire repartir de plus belle à l'attaque.

— Vous êtes flic, répéta-t-il encore une fois, comme une

litanie. Je le sais au plus profond de moi-même. Je le vois dans chacun de vos gestes ; je l'entends dans chacun des mots que vous prononcez. Qui êtes-vous ? Sur quoi enquêtez-vous ?

— Écoutez, Ethan, je ne trouve pas ça drôle du tout. Je crois que j'en ai assez entendu.

— Michelle...

— Quoi encore ?

— Vous pouvez me parler, dit-il d'une voix douce qui se voulait encourageante. Vous pouvez me faire confiance, qui sait si je ne pourrais pas vous aider.

Un silence assourdissant lui répondit. Avait-il touché la corde sensible ? L'espace de quelques secondes, il eut l'espoir qu'elle allait se confier à lui.

— Je ne crois pas, non, finit-elle par répondre d'une voix lasse. Et puis, vous avez déjà bien assez à faire. Ne vous inquiétez pas pour moi.

— Michelle... J'ai besoin de savoir.

— N'insistez pas.

— Si cela a à voir avec l'enquête...

— Je peux vous assurer que non.

— Il y a donc quelque chose ?

Il se redressa, peinant à refréner son impatience. Elle allait craquer. Elle allait finir par lui dire la vérité. Un temps qu'il trouva infiniment long s'écoula puis elle déclara :

— Concentrez-vous sur votre enquête, lieutenant.

— Nous pourrions nous aider mutuellement.

— Si vous tenez vraiment à m'aider, trouvez qui a tué Tyrone et Trey Powers. Parce que ce n'est pas Kayla.

— Vous cherchez quelque chose en rapport avec le cabinet ? tenta-t-il encore.

— Bonne nuit, Ethan.

— Attendez...

Trop tard. Elle avait mis fin à l'appel. Sans se donner le temps d'y réfléchir, il la rappela. À sa grande surprise, elle lui répondit.

— Lieutenant Scott, je n'ai rien à ajouter.

Le ton était cassant. Sans appel. Elle vibrait d'une colère contenue.

— Comment dois-je vous le dire ? Aussi, à moins que vous ne vouliez me parler de ma cliente, je vous demanderai de cesser de me harceler.

— Je suis désolé, mais...

— Nous ne sommes pas semblables. Nous ne formons pas une équipe. Nous ne sommes pas partenaires. Nous avons chacun une mission différente à effectuer et si, par hasard, elles venaient à s'entremêler, croyez bien que je me passerais de votre aide.

Elle mit fin à l'appel et cette fois il ne chercha pas à la rappeler. Il resta un long moment immobile dans son siège, taraudé par la même certitude. Michelle Fraser était plus qu'une avocate employée chez PP&W.

Elle était flic et, quelle que soit sa mission, elle opérait seule. Travaillait-elle sous couverture ? Probablement. Son CV était parfaitement verrouillé. Inattaquable. Hormis ces deux années où elle avait disparu des radars.

L'ironie de la situation le fit sourire.

Michelle était une flic qui se faisait passer pour une avocate et lui était un avocat qui avait trouvé sa vocation dans le métier de flic.

Le lendemain matin, Ethan se remit au travail après avoir englouti des œufs au bacon, deux saucisses et un feuilleté au fromage. Le tout arrosé d'un café allongé.

Il commença par appeler l'agent Grace Reed.

— CID, agent Reed à l'appareil, dit-elle de manière si formelle qu'il s'esclaffa.

— Vous ne lisez jamais l'identité de votre appelant ? la taquina-t-il gentiment.

— Jamais.

— Vous répondez toujours de la même façon ? Même si c'est votre sœur ?

— *Surtout* si c'est ma sœur. Il ne faudrait pas qu'elle oublie à qui elle a affaire.

— Je comprends.

— Un problème, chef ?

— J'ai obtenu un demi-aveu de Michelle Fraser, hier soir. Elle a failli tout balancer. Malheureusement, elle n'est pas allée au bout.

— De quoi parlez-vous, chef ?

Par crainte d'être entendu, il baissa la voix pour dire à demi-mot :

— C'est possible qu'elle soit plus que ce qu'elle prétend être.

— Plus qu'une brillante avocate payée pour défendre les gosses de riches qui ont commis un meurtre, vous voulez dire ?

— Exactement. Restent les deux années qu'elle a passées à voyager, selon elle. Certains employeurs aiment s'assurer que leurs nouvelles recrues sont bien formées. Vous pourriez voir si elle a commencé son périple par Washington ou en Virginie ?

Il n'avait pas besoin de lui expliquer que ces lieux pouvaient signifier des liens avec le FBI, la CIA ou la brigade de répression contre les trafics d'alcool, de tabac et armes à feu.

Il l'entendit prendre des notes.

— Je vais fouiller et voir ce que je peux trouver. Autre chose, chef ?

— Oui. Harold Dennis. Pouvez-vous rassembler tout ce que vous avez sur lui et me le transmettre ?

— M. Dennis ?

Sa demande avait l'air de la surprendre.

— Je croyais qu'il était hors du territoire américain au moment des crimes.

— Oui, mais je voudrais que vous vérifiiez quelque chose. Lui et le sénateur Powers ont voyagé à bord du même jet privé. Un avion qui aurait été mis à leur disposition par la société DevCo. C'est un de leurs clients. Pourriez-vous voir, vous ou Thompson, s'il y a moyen d'avoir accès aux plans de vol ainsi qu'à la liste des passagers.

— Je m'en occupe.

Il esquissa un sourire satisfait. Si leurs premiers entretiens avaient été plutôt froids, ils étaient à présent basés sur une confiance et un respect mutuels. Ethan ne pourrait trouver meilleure enquêtrice pour l'assister. Elle avait déjà prouvé ses capacités et son professionnalisme dans l'affaire Mallory Murray.

— Merci, Grace. Je vous rappellerai plus tard.

Il n'avait pas reposé son téléphone qu'il se mettait à vibrer dans sa paume. Il baissa les yeux sur l'écran. C'était Will Hopkins.

— Scott, s'annonça-t-il en attrapant machinalement son stylo.

— Ethan. Où en êtes-vous ?

Une bonne douzaine de réponses lui vinrent à l'esprit mais aucune capable de satisfaire l'exigence de son patron.

— Vous avez reçu mon rapport ? commença-t-il prudemment.

— Justement. Je ne vois pas d'avancée significative dans votre enquête. J'aurais aimé que les choses progressent plus vite.

— Moi aussi, croyez-le bien.

— Parlez-moi de la veuve, lui ordonna sèchement Hopkins.

Ethan savait que Hopkins attendait de lui plus que ce qu'il avait déjà consigné dans son rapport. Il se lança donc dans le récit détaillé de tout ce qui concernait Kayla Powers. Cela allait de ce qu'il savait du couple qu'elle formait avec Tyrone aux opinions recueillies auprès de ses ex-collègues avocats en passant par ce qu'elle-même leur avait confié.

— Pour conclure, je dirais qu'elle s'est montrée pleinement coopérative et que les séquences vidéo des caméras de surveillance de sa résidence secondaire, où elle se trouvait ce week-end, la disculpent totalement.

— Très bien. Qui d'autre figure sur votre liste des suspects ?

— Le sénateur Powers, son fils Delray, Natalie Cantrell, la première femme de Tyrone Powers, et Harold Dennis. Mais honnêtement, je ne vois aucun d'eux commettre de tels actes.

— Un tueur à gages, alors ?

— Possible. Il n'y a pas eu d'effraction et la piste du cambriolage est à écarter.

— En plus, ces gens-là ont de quoi commanditer un double assassinat, pensa Hopkins tout haut.

— Ce matin, la direction de PP&W devrait procéder à l'ouverture du testament.

— Déjà ? Les corps ont été rendus aux familles ?

— Non. Mais, visiblement, Dennis presse un peu les choses. Il en irait de l'avenir de l'entreprise, ce qui n'est pas totalement faux compte tenu du fait que l'héritier présomptif est mort.

— C'est vrai. Et puis ce n'est pas plus mal. Ce testament nous dira sans doute à qui profite le crime.

Ethan ne pipa mot de ce qu'il savait à ce sujet. Il voulait d'abord s'assurer que les choses se passeraient bien.

— Je l'espère, rétorqua-t-il sobrement.

— Je compte sur vous pour me tenir informé.

— Je n'y manquerai pas, capitaine.

Sur ce, Hopkins mit fin à l'appel. Ethan lança un rapide coup d'œil à ses notifications et vit que Michelle Fraser lui avait envoyé un SMS.

En route pour PP&W. Serait-il possible que vous passiez « par hasard » disons pour une nouvelle série d'entretiens au moment de la réunion ? Je pressens que ça pourrait déraper.

Ce message lui donna l'impulsion qu'il lui fallait pour suivre son instinct. Il attrapa ses clés, son insigne, puis se leva, prêt à partir. C'est alors que Stenton pointa la tête par la porte.

— Désolé, shérif, mais je suis pressé. Je dois sortir.

— Pas de problème. Je suis capable de parler en marchant.

Il emboîta le pas à Ethan qui se dirigeait vers la sortie.

— Vous êtes au courant que l'ouverture du testament est pour ce matin ?

— Oui. Comment l'avez-vous su ?

Stenton s'esclaffa.

— Bentonville est une petite ville. Ici, tout se sait. L'ouverture de ce testament est un peu précipitée, vous ne trouvez pas ?

Il acquiesça d'un hochement de tête.

— Il y a tellement d'intérêts en jeu. Je compte aller interroger certains collègues de Trey.

— Bonne idée. Cela ne vous dérange pas si je vous accompagne ?

Ethan lui lança un coup d'œil en biais. Stenton était aussi tendu que lui. Sans doute cette réunion suscitait-elle en lui la même appréhension.

Arrivé à la porte, il s'effaça pour le laisser passer en premier.

— J'ai comme l'impression que la journée va être rude, commenta le shérif.

— J'ai comme l'impression que vous avez raison, répliqua-t-il.

10

Le lendemain matin, Michelle passa chercher Kayla à son hôtel et la conduisit directement chez PP&W. Lorsqu'elles traversèrent la zone des bureaux, elles furent saluées poliment mais avec une certaine réserve. Alors qu'elles montaient le grand escalier central, Michelle vit la main de Kayla trembler sur la rampe.

— Ça va ? lui demanda-t-elle.

— Bien sûr que non, répondit la jeune femme dans un murmure.

— Je peux faire quelque chose ?

— Malheureusement non.

Elle s'interrompit, hésitant à poursuivre.

— Je n'ai même pas pris un verre de vin, hier soir. Mais finalement, je me demande si j'ai bien fait.

— Évidemment que vous avez bien fait. Je vous l'ai dit. Il vaut mieux que nous ayons les idées claires pour affronter ce qui nous attend. Comme je vous l'ai dit hier aussi, c'est une affaire de quelques jours.

— De quelques jours ou de quelques mois, lança Kayla d'un ton morne.

Aussitôt qu'elles furent arrivées au deuxième étage, Nancy vint à leur rencontre pour les accueillir. Elle ouvrit ses bras à Kayla, exactement comme elle l'avait fait pour Natalie Cantrell, la veille. Mais contrairement à cette dernière, qui avait esquivé l'étreinte, Kayla se fondit dans le giron de l'assistante.

En regardant la jeune femme s'extraire de cette étreinte quasi maternelle, Michelle se dit qu'elle n'avait pas été très tendre avec elle. Mais la limite à ne pas franchir était l'un des aspects les plus délicats de son travail. Agir sous couverture lui interdisait toute relation étroite avec quelqu'un.

— Bonjour, Nancy, dit-elle sobrement, une fois les effusions terminées.

— Bonjour, mademoiselle Fraser. M. Dennis vous attend. Avec les autres.

— C'est-à-dire ? feignit de s'étonner Kayla.

— Eh bien...

— Le sénateur Powers et son fils, j'imagine, la coupa Michelle.

— Oui. Et Mme Cantrell, également.

Sur ce, Nancy escorta les deux femmes jusqu'à la salle de conférences où elle entra la première pour les annoncer.

— Mme Powers et Mlle Fraser sont arrivées, dit-elle à l'adresse de Harold Dennis.

Michelle fit entrer Kayla puis lui emboîta le pas. Harold Dennis, William Powers et son fils se levèrent. Natalie Cantrell ne daigna pas esquisser le moindre geste. Elle resta immobile sur son siège, une lueur mauvaise dans le regard.

Les yeux rivés sur sa belle-sœur, William contourna la table de travail pour venir à sa rencontre et la prendre dans ses bras. Il semblait sincèrement bouleversé.

— Je suis tellement désolée, dit Kayla d'une voix pleine d'émotion.

— Kayla, c'est moi qui suis censé te consoler.

Michelle était restée légèrement en retrait. Elle assistait à la scène comme elle aurait regardé une pièce de théâtre. Avec distance et détachement. Elle se demanda si la sollicitude de William Powers pour sa belle-sœur était sincère ou feinte. Que pensait-il vraiment du mariage de son frère avec cette jeune femme de vingt-cinq ans sa cadette ?

Ce fut ensuite au tour de Dennis puis de Delray de s'approcher de Kayla. Ils s'échangèrent des accolades nettement moins chaleureuses accompagnées de baisers distraits.

Égale à elle-même, Natalie Cantrell ne s'embarrassa pas de telles manifestations de courtoisie. À un moment où les autres s'empressaient de se présenter sous leur meilleur jour, elle se fichait royalement qu'on la voie telle qu'elle était, indifférente et distante. Pourtant, elle sembla sincèrement surprise lorsque Kayla lui présenta ses condoléances. Des condoléances auxquelles elle répondit en retour sans paraître se forcer mais d'un ton dénué de toute chaleur.

Michelle et Kayla allèrent s'asseoir aux places qu'on leur avait réservées, face à William, Delray et Natalie. Les lignes de combat étaient toutes tracées.

Harold s'éclaircit la gorge et commença à parler :

— Je sais que l'ouverture de ce testament peut vous paraître prématurée, mais il est dans l'intérêt de tout le monde de s'assurer que l'entreprise ne traverse pas de turbulences durant cette période difficile.

Les grands airs que se donnait Harold Dennis firent doucement sourire Michelle. D'ici à quelques minutes, il n'allait pas manquer de déchanter.

— Des bruits courent, qu'il est impératif de stopper pour la bonne marche du cabinet, poursuivit-il sur le même ton suffisant.

— Laissez-moi deviner, intervint Michelle. Comme ils étaient proches, Chet Barrow pense qu'il lui revient de prendre la place de Trey.

— Il faut avouer que c'est un excellent avocat ; qui plus est issu d'une très bonne famille, le défendit Natalie.

Harold les fit taire d'un regard sévère.

— Je ne citerai aucun nom, dit-il. Tout le monde est sous pression, ce qui est bien normal compte tenu des circonstances. Je ne tolérerai pas non plus que l'on dénigre les ambitions d'autrui. Dans notre métier, l'ambition est une qualité, pas un défaut. Et puis, je préfère laisser à chacun le bénéfice du doute. Les situations stressantes, comme celle que nous traversons en ce moment, ne permettent pas toujours de se montrer sous son meilleur jour.

Michelle lança un coup d'œil à Kayla. Visiblement, elle tenait le coup.

— Mais ce sont des discussions comme celles-ci, pour ne pas employer le mot de spéculations, qui démontrent l'urgence d'établir une hiérarchie temporaire au sein de la société, poursuivit Harold. C'est pourquoi j'assurerai la transition en attendant que Delray se sente en mesure de prendre ma place.

Michelle guetta la réaction de Delray. Mais le visage du jeune homme n'exprimait rien d'autre que l'acceptation du nouveau rôle qui allait lui être dévolu. Où était-ce de la soumission ?

La voix d'orateur de William Powers s'éleva.

— Merci, mon cher Harold. Sachez que j'apprécie votre volonté de voir cette transition se passer au mieux. Je sais que Del...

Il s'interrompit pour poser une main sur l'épaule de son fils, dans un geste viril qui sembla le surprendre.

— Il apprend vite et il est volontaire, reprit-il. Je ne doute pas qu'il saura rapidement gérer PP&W aussi bien que mon frère. D'autant que je sais que vous aviez l'intention de prendre votre retraite bientôt.

— Je suis prêt à la repousser le temps qu'il faudra, dit Harold.

Il se tut pour ouvrir le dossier protégé d'une couverture en cuir qui se trouvait devant lui.

— En fait, je ne fais que suivre les directives qui m'ont été données par Tyrone lui-même au moment où nous avons rédigé ce testament.

— Excusez-moi, dit Michelle. Pouvez-vous nous dire à quelle date ce testament a été rédigé ?

Harold sembla décontenancé.

— La date ?

Perplexe, il consulta la dernière page du dossier.

— Il y a six ans, répondit-il. Au moment où Trey a rejoint le cabinet. Pourquoi cette question ?

— Qui étaient les témoins ? poursuivit Michelle, feignant de ne pas avoir entendu.

— Nancy Ayers et moi-même, répliqua-t-il sèchement. Encore une fois, pourquoi cette question ?

Michelle sortit alors de son sac fourre-tout une lourde enveloppe en papier kraft dont le tampon indiquait qu'elle provenait du cabinet Anderson & Associates à Little Rock.

— Parce qu'il semblerait que le testament que vous avez en main ne soit plus valide, finit-elle par répondre.

Natalie Cantrell fut la première à réagir. Elle fit aller son regard affolé de l'un à l'autre des participants, cherchant à comprendre ce qui, manifestement, lui paraissait incompréhensible.

— Qu'est-ce que vous racontez ?

— La vérité. M. et Mme Powers ont fait établir un nouveau testament qui rend caduc le précédent. Comme l'on peut s'y attendre en cas de remariage.

Les traits de William Powers se crispèrent. Del semblait nager en pleine confusion. Quant à Natalie Cantrell, elle bouillonnait d'une rage intérieure qu'elle peinait à contenir.

— Je n'ai pas connaissance d'un tel document, dit Harold d'un ton pincé. Je m'occupe des affaires personnelles de Tyrone depuis plus de trente ans et il ne m'a jamais fait part de son intention de modifier son testament après son divorce.

Michelle fit glisser l'enveloppe vers lui.

— M.et Mme Powers ont choisi de faire appel à un cabinet de Little Rock, précisa-t-elle. Anderson & Associates.

Harold baissa les yeux sur l'enveloppe. Il esquissa une moue dédaigneuse.

— Je n'ai jamais entendu parler d'eux.

— Une de mes amies est l'une des associées de ce cabinet, précisa Kayla. Tyrone voulait faire appel à quelqu'un d'extérieur à la famille Powers. Il souhaitait que ses dernières volontés soient prises en compte par quelqu'un qui n'aurait aucun intérêt personnel dans la société.

Kayla aurait voulu mettre le feu aux poudres qu'elle ne s'y serait pas prise autrement. En effet, aussitôt qu'elle eut refermé la bouche, Harold, William, Delray et Natalie se mirent à vociférer en même temps, créant une cacophonie insupportable, chacun exprimant une indignation qu'il pensait légitime.

Michelle les laissa exprimer leur frustration un instant avant de lever la main pour demander le silence.

— Vous pouvez lire l'ancien document si vous le souhaitez, dit-elle quand elle put enfin se faire entendre. Mais il n'est plus d'actualité.

Elle ajouta, se tournant vers Kayla :

— À quelle date votre mari et vous-même avez-vous fait établir ce nouveau testament ?

— En avril dernier, répondit Kayla sans hésiter.

— Cette procédure n'est pas régulière, protesta Harold Dennis.

Michelle inclina légèrement la tête sur le côté et le fixa d'un regard scrutateur.

— Vraiment ? Pourtant, en tant que conseiller de la famille Powers, l'initiative de ce nouveau document aurait dû vous revenir. C'est vous qui auriez dû conseiller à Tyrone de procéder à ces modifications au moment de son divorce d'avec Mme Cantrell.

— C'est vrai. Mais c'est à moi qu'il aurait dû s'adresser quand l'idée lui en est venue et pas à ce petit cabinet de province dont personne n'a jamais entendu parler.

Michelle secoua la tête.

— Il n'avait aucune obligation de traiter avec vous. Je connais pas mal d'avocats qui font appel à des conseillers extérieurs pour rédiger des documents juridiques. Cela évite bien des tracas en cas de contestation ultérieure de ces documents. Comme cela semble être le cas en ce moment même.

— Peut-on savoir quels sont les termes de ce nouveau testament ? s'enquit Natalie Cantrell qui peinait à cacher son impatience.

Kayla ouvrit la bouche pour parler, mais Michelle la fit taire d'une main posée sur son avant-bras.

— M. Dennis a les documents en sa possession. Je lui laisse le soin de les lire à voix haute afin qu'il n'y ait aucun doute quant à leur contenu.

Harold attrapa l'enveloppe et l'ouvrit sous l'œil attentif autant qu'inquiet de la petite assemblée.

— Moi, Tyrone Delray Powers Junior, deuxième du nom..., commença-t-il.

Mais très vite il n'y tint plus. Il s'interrompit pour parcourir des yeux le document puis les autres pages, qu'il se mit à feuilleter de plus en plus vite.

— Alors ? s'exclama Natalie Cantrell.

— Il était prévu que Trey reprennent les rênes de la société, rapporta Dennis. Je ne...

— Soyez plus précis, mon vieux ! le pressa William Powers, que cette attente rendait oublieux des règles élémentaires de la courtoisie.

— Bon sang, elle l'a bien eu..., ragea Harold alors qu'il arrivait au terme du testament. Cette garce...

— Vous allez parler, oui ? lança vivement Natalie.

— Tyrone a tout laissé à Trey. Mais au cas où celui-ci viendrait à disparaître aussi, c'est à Kayla que tout revient.

Il avait prononcé ce nom avec un tel mépris que Michelle sentit la jeune femme tressaillir à côté d'elle.

— C'est Kayla qui prend la direction de PP&W avec effet immédiat, conclut sèchement Dennis.

— Eh bien, nous allons contester ce testament, décréta Natalie d'un ton qui avait retrouvé toute son assurance.

— Pour quelles raisons ? s'enquit Michelle. M. Powers et vous êtes divorcés depuis de nombreuses années et vous vous êtes remariée aussitôt le divorce prononcé. Votre fils étant malheureusement décédé, vous n'avez aucun droit ni même un droit de regard sur ce testament.

— Cette femme a embobiné Tyrone, c'est évident, continua de persifler Natalie.

— Eh bien, prouvez-le. Aucun juge n'annulera un testament dûment authentifié en faveur du conjoint actuel au profit d'un ex-conjoint. Par ailleurs, M. Dennis a fait preuve de négligence en ne veillant pas lui-même à ce que son client modifie son testament. Pour conclure, je dirais que je ne comprends même pas votre présence ici.

— Cela ne vous regarde pas.

— En fait, si.

— Qui êtes-vous, d'ailleurs ? En tant qu'employée, vous devriez être renvoyée pour... pour...

Elle s'interrompit, cherchant le mot juste.

— Avoir le tort de dire la vérité, peut-être ? lui souffla Michelle.

— Insubordination, cracha Natalie.

— Le problème, intervint Kayla, c'est que, maintenant, c'est à moi que revient de prendre cette décision. Et je décide de maintenir Mlle Fraser à sa place d'avocate dans notre cabinet.

Craignant que la réunion ne tourne au pugilat, Harold Dennis tenta de tempérer la colère grandissante de Natalie Cantrell.

— Natalie…

— Vous m'aviez assuré que je figurais en bonne place sur ce testament ! le coupa-t-elle.

— Avant que Tyrone et moi n'en fassions établir un autre, précisa Kayla.

— Tyrone avait tout à fait le droit de favoriser son épouse actuelle, intervint William qui était resté jusque-là en dehors de la discussion. Mais lorsque tu dis que Kayla hérite de tout, tu ne peux pas vouloir dire des biens personnels *et* des affaires.

— Si. De tout.

Harold prit le document et le tendit à William.

— Tyrone lègue à Kayla ses intérêts dans la société, la totalité de ses biens personnels, tous ses avoirs et sa part du trust familial.

Natalie fusilla Kayla du regard en même temps qu'elle lui décochait une nouvelle flèche empoisonnée.

— On peut dire que vous l'avez bien manipulé. Votre mariage vous rapporte gros.

— Tout cela n'aurait jamais dû me revenir, se défendit Kayla. C'était votre fils l'héritier direct. Pas moi. Vous pourrez voir dans les codicilles joints que je n'étais censée hériter que des biens acquis durant nos années de mariage. Et si Tyrone et moi avions eu un enfant, c'est lui qui aurait été bénéficiaire majoritaire avec son frère.

Natalie ricana méchamment.

— Mais vous n'en avez pas eu.

— En effet.

Piquée par l'aigreur de Natalie, Kayla redressa les épaules et l'épingla d'un regard froid.

— Vous n'imaginiez tout de même pas que j'allais permettre que vous héritiez d'un centime de la fortune de mon mari.

Sur ce, elle se tourna vers Harold.

— Quant à vous, sachez que si Tyrone a voulu faire appel à

un cabinet de Little Rock, c'est parce qu'il se demandait dans quelles limites vous défendiez ses intérêts.

Harold se leva de son siège, l'air menaçant.

— Écoutez-moi bien...

— Comment pouvons-nous être sûrs de l'authenticité de ce testament ? l'interrompit William.

Kayla se tourna vers l'homme qui l'avait si chaleureusement serrée contre lui quelques minutes plus tôt et se comportait maintenant comme un ennemi.

— Pardon ?

William Powers leva sur sa belle-sœur un regard suspicieux.

— Qui nous dit que ce n'est pas toi qui as trafiqué ce testament ? Un testament tombé du ciel dont toi seule avais connaissance. Je ne vois pas pourquoi Tyrone n'en a parlé ni à son avocat ni à moi, son frère. Un testament qui tombe à pic, décidément.

— Qui tombe à pic ? s'insurgea Kayla.

— J'admets que l'expression n'est pas bien choisie. Disons plutôt qu'il s'agit d'une heureuse coïncidence.

— Que voulez-vous dire ? interféra Michelle.

— Je veux dire que rien ne nous prouve que ce testament n'est pas un faux, répondit William d'un ton faussement détaché.

— C'est facile à vérifier. Tyrone en gardait une copie dans le coffre-fort de son bureau.

— Là encore, rien ne nous dit qu'il n'a pas été placé là après l'assassinat de mon frère et de mon neveu.

— Je n'ai pas mis les pieds dans ce bâtiment depuis des mois. Les vidéos des caméras de surveillance pourront en attester. De même, je n'ai pas quitté l'hôtel dans lequel je suis quasiment consignée. Chaque minute de ma vie est comptabilisée depuis que j'ai retrouvé mon mari et son fils sauvagement assassinés dans ma maison.

Sa voix tremblait d'une rage contenue.

— Qui a accès à ce coffre ? demanda Michelle alors qu'elle connaissait la réponse.

— Tyrone et Trey, je crois.

— Et vous ?

La jeune femme secoua la tête.

— Non. Mais Tyrone m'avait dit où il cachait une liste de ses mots de passe et de ses codes secrets.

— Mme Ayers ou un autre membre du cabinet auraient-ils des raisons d'accéder à ce coffre ? insista Michelle.

— Ce coffre est destiné à notre usage personnel, rétorqua William. Nous ne sommes pas censés y déposer des dossiers professionnels.

Michelle se leva.

— Pour couper court à toute spéculation, je propose que nous allions ouvrir ce coffre.

Kayla acquiesça en silence et se leva à son tour.

— Cela ne constituera pas une preuve, s'entêta Natalie alors que le groupe sortait de la salle de conférences. Même moi je sais où Tyrone gardait ses mots de passe et ses codes.

Michelle vit Kayla esquisser un sourire en coin. Sans doute se réjouissait-elle à l'avance de la victoire qu'elle allait remporter sur cette ex qui se posait en rivale.

Lorsqu'ils furent arrivés devant le bureau de Tyrone, Nancy Ayers leva sur eux un regard inquiet. D'un pas décidé, Harold dépassa tout le monde et alla actionner la poignée de la porte.

— Monsieur Dennis..., commença Nancy.

— Pourquoi cette porte est-elle fermée à clé ? gronda Harold.

— Parce que j'ai demandé qu'elle le soit et qu'elle le reste tant que l'enquête est en cours.

Toutes les têtes se tournèrent dans un même mouvement vers Ethan Scott et le shérif Stenton. Sagement assis dans un angle de la salle d'attente, personne ne les avait vus.

Ethan adressa à Michelle un sourire narquois.

— Le shérif et moi avons pensé qu'il serait mieux pour tout le monde que ce bureau soit sécurisé, ajouta-t-il. Je suis désolé, je pensais que Mme Ayers vous en avait informés.

Dennis lança un regard noir à son assistante.

— Je ... je suis désolée, bafouilla celle-ci. Je pensais que vous n'auriez pas à entrer dans ce bureau.

— Maintenant que nous sommes là, vous pouvez ouvrir, madame Ayers, lui commanda le shérif. Je ne voudrais pas vous mettre votre patron à dos.

— Nous avons besoin d'accéder au coffre-fort de Tyrone, expliqua sommairement Dennis. Il s'agit d'une affaire privée.

— Et moi, je ne vois pas d'inconvénient à ce que ces messieurs nous accompagnent, trancha Kayla. Bien au contraire.

Nancy Ayers prit un trousseau de clés dans un tiroir de son bureau et se faufila parmi le groupe pour atteindre la porte. Michelle et Ethan restèrent en retrait, regardant les principaux intéressés se bousculer pour entrer.

— Vous avez raté le meilleur, murmura-t-elle alors qu'ils pénétraient dans la pièce à leur tour.

Il esquissa un sourire ironique.

— Croyez bien que je le regrette infiniment, répliqua-t-il.

La voix de Harold Dennis s'éleva, à la fois autoritaire et impatiente. De toute évidence, il était pressé d'en finir.

— Quel est le code ?

Natalie Cantrell se précipita vers le bureau, un meuble ancien qu'elle avait elle-même chiné dans un magasin d'antiquités vingt ans auparavant. Mais, lorsqu'elle ouvrit le tiroir secret où était censée se trouver la liste des codes, son visage se décomposa.

— C'est moi qui ai suggéré à Tyrone de la mettre ailleurs.

Kayla avait retrouvé l'assurance et l'aisance de la brillante avocate qu'elle avait été.

— Essayez plutôt le tiroir de gauche. Celui du bas. Vous

devriez y trouver un dossier intitulé : M A J N T. Mise à Jour Nouveau Testament. Tyrone trouvait ça drôle.

Pas l'assemblée, visiblement, qui gardait un visage anxieux.

Un instant plus tard, Harold sortait du tiroir une enveloppe en papier kraft qu'il s'empressa d'ouvrir. Parmi un lot de feuilles blanches il en trouva une qui comportait le code d'accès au coffre-fort. Muni de la feuille, il se dirigea vers un tableau qui représentait un paysage d'automne. Il l'écarta sur le côté.

Tout le monde le regarda faire tourner le cadran circulaire du coffre-fort mural puis glisser la main à l'intérieur. Il en sortit une épaisse enveloppe scellée, la même qui avait été envoyée à Kayla par le cabinet Anderson & Associates. Cependant, contrairement à l'autre, celle-ci était renflée au milieu.

Dennis l'ouvrit et en sortit un objet métallique que, de surprise, il laissa échapper et qui tomba dans un bruit mat sur l'épais tapis qui recouvrait en partie le sol.

Un murmure effrayé parcourut l'assemblée.

11

Ethan s'avança derrière Michelle et se pencha sur le pistolet que chacun, pétrifié, regardait fixement. Le canon était pointé sur les pieds de Kayla, donnant l'impression d'un malheureux présage. Comme les autres, Michelle avait les yeux rivés sur l'arme. Elle semblait incrédule.

— Madame Powers, votre mari possédait-il une arme à feu ? s'enquit Ethan.

Kayla fronça les sourcils. Son visage exprimait la plus vive confusion.

— Oui, répondit-elle finalement. Il en avait même un certain nombre. À ma connaissance, il gardait une arme de poing à la maison et il avait aussi des fusils de chasse. Mais vous n'avez pas dû manquer de les remarquer quand vous avez fouillé la maison, n'est-ce pas ? Ah, et il avait aussi une arbalète, mais je ne sais pas si cela vous intéresse de le savoir.

— Savez-vous si cette arme en particulier pourrait faire partie de la collection de votre mari ? insista Ethan.

— Pour ce que j'en sais, Tyrone aurait très bien pu avoir une arme ici. Je n'en vois pas trop la raison, mais ce serait possible, oui.

Du coin de l'œil, Ethan vit Harold Dennis fléchir légèrement les genoux, dans un mouvement qui le fit prestement réagir.

— Relevez-vous, lui ordonna-t-il.

Harold se figea sur place.

— Éloignez-vous tous. Nous ignorons si ce revolver est sécurisé.

Puis s'adressant au shérif :

— On dirait bien un semi-automatique.

Il s'accroupit et inclina la tête afin de pouvoir examiner l'arme plus attentivement.

— Il n'y a pas de chargeur. Vous avez des gants sur vous, shérif ?

En guise de réponse, Stenton sortit d'une des nombreuses poches de sa ceinture utilitaire une paire de gants en latex qu'il lui tendit.

— J'ai aussi un sachet à scellés, dit-il.

— Parfait. J'aurais besoin d'un stylo ou de quelque chose du même genre pour soulever l'arme.

— Tenez, dit Michelle.

Elle lui donna un coupe-papier en métal argenté qu'elle était allée prendre sur le bureau de Tyrone.

— Merci.

Il posa le coupe-papier à côté de lui et enfila les gants. Puis, à l'aide de l'appareil-photo de son smartphone, il prit plusieurs clichés de l'arme, telle qu'elle était positionnée sur le tapis. Enfin, seulement, il s'en saisit avec précaution puis, la tenant avec le canon pointé vers le bas, il ouvrit la chambre. Elle contenait une balle de 9 mm.

— Shérif ?

— Oui ?

— Il n'y a pas de chargeur, mais il y a une balle.

Il reposa le revolver sur le tapis et en fit d'autres clichés.

— Il semble qu'il s'agisse d'un Glock 17, annonça-t-il à Stenton qui ne manquait pas de prendre des notes. Le numéro de série et la marque sont intacts.

Puis, satisfait de ses trouvailles, il glissa l'arme et la balle dans le sachet à scellés.

— Madame Powers, nous allons confier ce revolver à la police pour des tests balistiques.

— Bien sûr. Faites ce que vous avez à faire.

— Vous ne comprenez donc pas ? glapit Natalie Cantrell qui avait retrouvé son ton offensif. C'est elle qui a tué son mari et mon fils ! D'ailleurs, c'était vers elle que pointait le canon !

Ethan peina à ne pas montrer l'agacement que lui inspirait cette femme.

— Simple coïncidence, madame Cantrell, parvint-il à dire d'un ton neutre.

Il se releva, le sachet contenant les pièces à conviction à la main.

— C'est cela que vous cherchiez dans ce coffre-fort ? demanda-t-il à Harold.

Dennis secoua vigoureusement la tête.

— Non. Pas du tout. Nous étions venus vérifier qu'il y avait bien une copie du nouveau testament que Mme Powers nous a présenté au cours de notre réunion.

— Je ne comprends pas. Si Mme Powers vous avait présenté ce testament, pourquoi en vouliez-vous une copie ?

— Parce qu'ils pensent tous qu'il s'agit d'un faux, répondit Kayla à la place de l'avocat.

C'est alors que Michelle jugea opportun d'intervenir.

— Nous sommes venus ici chercher cette copie pour prouver que le testament présenté aujourd'hui par Mme Powers est bien un document authentique.

— Il devrait y en avoir une autre dans le coffre-fort qui se trouve chez nous, déclara Kayla.

— Nous serons tous d'accord pour dire que la copie qui se trouve ici attestera de la validité du nouveau testament.

— Pas sûr, marmonna William.

Kayla se tourna vers son beau-frère et l'affronta du regard.

— Tu tiens vraiment à donner de toi l'image d'un homme politique capable de contester le testament d'une veuve ? Que penserait ton électorat ? Je ne suis pas certaine que cela soit très judicieux à un an des prochaines élections.

Elle marqua une courte pause puis reprit :

— William, Harold, s'il vous plaît. Je comprends votre frustration. Je comprends que ce testament ne soit pas ce à quoi vous vous attendiez. Mais croyez bien que j'aurais préféré que mon mari soit toujours en vie plutôt que d'hériter trop tôt.

La voix de Natalie s'éleva, stridente.

— Mon fils a été assassiné par quelqu'un qui y voyait son intérêt ! Lieutenant, c'est pourtant clair. Qu'attendez-vous pour l'arrêter ?

Derrière la colère, Ethan devinait la détresse d'une mère qui avait perdu son fils de manière tragique. Il lui fallait un coupable.

— Pour l'instant, nous n'avons aucune preuve, madame Cantrell, répondit-il d'un ton plein d'empathie, dans l'espoir de calmer le jeu.

— Cette femme a été retrouvée couverte du sang de mon fils, poursuivit aveuglément Natalie. Elle est la seule à avoir un mobile. Cela ne vous suffit pas, bande d'incapables ?

— Madame Cantrell, intervint Stenton. Vous ne savez rien de l'avancée de notre enquête. Aussi, je vous demanderai de modérer vos propos.

Ethan poussa un long soupir de lassitude. Il était temps de mettre fin à cette comédie tragique.

— Mademoiselle Fraser, je vais vous demander, à vous ainsi qu'à votre cliente, de bien vouloir vous rendre au bureau du shérif. Vous aussi, monsieur Powers, ajouta-t-il à l'adresse de Delray.

— Nous sommes bien d'accord qu'il ne s'agit pas d'une garde à vue, n'est-ce pas ? s'assura Michelle.

Ethan secoua la tête.

— Je veux simplement m'entretenir avec les principaux bénéficiaires de ce testament. Monsieur Powers, vous pouvez vous faire accompagner d'un avocat, bien sûr.

— Je viens avec vous, lâcha Harold, tentant de s'imposer.

Contre toute attente, Delray refusa.

— Je préfère que vous restiez ici. Les rumeurs auront vite fait le tour de la ville. Plus que jamais, il va nous falloir quelqu'un de fiable et de solide à la barre. Maître Fraser, comme vous ne pouvez pas me représenter, qui me recommanderiez-vous ?

— Chet Barrow, répondit-elle sans hésiter. Malgré les apparences, c'est un garçon vif et brillant. Par ailleurs, il est de la maison, il aura à cœur de vous défendre.

— Bonne idée.

— Shérif, je peux vous demander de rester ici pour sécuriser les lieux ? lança Ethan à Stenton qui, déjà, poussait le sénateur Powers et Natalie Cantrell vers la porte.

— Bien sûr. Je vous rejoins dès que mon adjoint sera arrivé.

Ethan approuva d'un hochement de tête puis sortit le premier.

Ethan se pencha légèrement en avant de manière à regarder Delray droit dans les yeux.

— Vous dites que vous ne connaissiez pas le contenu ni même l'existence du nouveau testament avant que Me Dennis ne procède à son ouverture ?

Ce fut Chet Barrow qui répondit à sa place.

— En effet.

Ethan avait organisé cet entretien dans le local qui lui servait de bureau. Un espace réduit dont il pensait que l'exiguïté exercerait une certaine pression sur ses interlocuteurs.

— Non, crut bon de préciser Del. Enfin, pas vraiment. J'ai toujours su que, à un moment ou à un autre, Trey et moi serions à la tête de l'entreprise. Mais je ne m'attendais pas à en devenir le gérant principal. Je me sens un peu comme un prince né en troisième ou quatrième position dans l'ordre de succession au trône, vous voyez ?

Ethan hocha la tête, l'encourageant en silence à poursuivre.

— Mais peu importe, finalement, dit Del. Je n'ai jamais été très ambitieux. Par conséquent, il n'y avait aucune rivalité entre Trey et moi.

— Vraiment ?

— J'ai compris très jeune, dès l'enfance, que je passerais toujours après lui. Qu'il était l'élu. Mais je m'en suis toujours accommodé. Personne n'attendait grand-chose de moi tant que je me présentais où et quand on me le demandait. Il me suffisait d'obéir docilement et de ne pas faire de vagues pour ne pas nuire à l'image de mon père. Dans l'ensemble, jusque-là, j'ai eu une vie plutôt agréable.

Ethan considéra le jeune homme en silence. Lui pour qui l'ambition était un moteur, il avait du mal à comprendre que quelqu'un en ait si peu, pour ne pas dire en soit totalement dénué.

— Même maintenant que votre oncle et votre cousin ne sont plus là, le pouvoir ne vous intéresse pas ?

— Non.

— Vous en êtes sûr ? insista Ethan sans chercher à masquer son scepticisme.

Cela dit, lui n'était pas né avec une cuillère en argent dans la bouche. Sans doute que lorsqu'on avait déjà tout ce que l'argent peut offrir dès la naissance, on n'avait pas besoin de plus. Être un Powers était une évidence dans la vie de Del et peu lui importait qui était à la tête de l'entreprise.

— Parlez-moi de votre relation avec Trey. Vous aviez à peu près le même âge. Vous étiez proches, tous les deux ?

— Pas vraiment, non. En plus, nous ne fréquentions pas les mêmes personnes et nous n'avions pas le même cercle d'amis.

— Comment caractériseriez-vous les amis de votre cousin ?

— Je ne sais pas. Je ne les connaissais pas vraiment.

— Vos impressions, alors ?

Voyant que Del se fermait, il comprit qu'il devait le rassurer.

— Del, il n'y a pas de piège. Je veux juste savoir avec qui traînait votre cousin. C'étaient des gens sérieux ou plutôt des fêtards ?

— Plutôt des fêtards. Mais cela, vous le savez déjà.

Ethan prit le parti de ne pas relever ce dernier point.

— Et vous, vous n'aimez pas faire la fête ? poursuivit-il.

Del parut piqué qu'on le prenne pour un garçon ennuyeux ; le genre qui n'a pas les mêmes centres d'intérêt que les gens de son âge.

— Je suis capable de m'amuser, si c'est le sens de votre question. Mais je préfère consacrer mon temps libre à autre chose.

— À quoi, par exemple ?

C'est alors qu'il vit du coin de l'œil Kayla Powers et Michelle Fraser s'installer sur des chaises dans le couloir.

— J'adore marcher en pleine nature. Je fais beaucoup de randonnées. J'aime bien la pêche et la chasse, aussi.

— Et le bateau ?

— Un peu, mais pas comme Trey qui adorait la vitesse. Aux bateaux à moteur, je préfère le canoë ou le kayak.

— Je vous comprends. Moi aussi.

— Où voulez-vous en venir exactement ? intervint Chet Barrow. Ces questions n'ont rien à voir avec l'affaire qui nous occupe, que je sache.

Ethan ne fit aucun cas de l'intervention du jeune avocat. Il poursuivit, comme si de rien n'était.

— J'ai grandi près de la rivière Buffalo. À mes yeux, cet endroit est le paradis sur Terre.

Del approuva d'un hochement de tête.

— Pour moi, c'est la maison du lac. Comme je viens de vous le dire, pour pagayer de crique en crique plutôt que pour vouloir battre des records de vitesse à bord de vedettes puissantes.

Comme celle que pilotait Trey la nuit où Mallory Murray s'était noyée dans le lac.

— Vous étiez avec votre cousin la nuit de l'accident ?

— Objection, déclara Barrow en se levant d'un bond.

— Nous ne sommes pas au tribunal, maître, le reprit Ethan d'un ton moqueur. C'était une simple question et la réponse de M. Powers ne l'incriminera en aucune sorte.

Del secoua la tête.

— Non, je n'étais pas avec eux, la nuit de l'accident. D'ailleurs, je n'étais pas en ville ce week-end-là.

Ethan hocha la tête.

— C'est vrai. Maintenant que vous le dites, je crois bien avoir lu cela dans le rapport.

— Je l'ai mentionné à l'enquêtrice chargée de l'affaire quand elle m'a interrogé.

— Grace Reed, précisa Ethan. C'est l'un de nos meilleurs agents.

— À nouveau, je ne vois pas ce que cette information a à voir avec le testament Powers.

Ethan ne répondit pas. Il laissa s'installer entre eux un silence pesant que Del, visiblement mal à l'aise, fut le premier à rompre.

— Chet a raison, affirma-t-il d'un ton sec qui le surprit. Toutes ces questions ne concernent pas ce pour quoi je suis ici.

Ethan esquissa un sourire amusé. Pour la première fois, Delray Powers réagissait vraiment. Enfin, il semblait prendre conscience de la présence de son avocat à ses côtés.

Il haussa les épaules, dans un mouvement qui se voulait désinvolte.

— En réalité, je suis plus préoccupé par la mort de votre oncle et de son fils. Savez-vous si Trey avait des ennemis ? Quelqu'un qui aurait pu vouloir sa mort ?

— Nous avons déjà fait le tour de la question, lieutenant, objecta Chet.

— J'ai déjà dit à l'agent Reed et au shérif Stenton tout ce que je savais des fréquentations de Trey, précisa Del.

— Avait-il de vrais amis ?

— Je crois que cela ne l'intéressait pas. À la véritable amitié, il préférait les relations superficielles. En revanche, il était très attaché aux apparences. C'est la raison pour laquelle il n'a pas supporté l'incident qui s'est produit à la soirée de gala.

— Qu'en savez-vous ? demanda Chet Barrow d'un ton méprisant.

Le visage de Del s'anima d'un coup.

— Vous pouvez y aller, Chet, lui ordonna-t-il sèchement.

Chet accusa le coup. De toute évidence, il n'avait pas l'habitude d'être traité de manière aussi abrupte.

— Pardon ?

— Vous pouvez retourner au bureau. Je vous y rejoindrai dès que cet entretien sera terminé.

— Comme vous voudrez.

L'air pincé, le jeune avocat rassembla ses affaires sous l'œil goguenard d'Ethan qui attendit qu'il soit parti pour reprendre le cours de l'entretien.

— Vous disiez donc que Trey était contrarié le soir du gala. Les gens parlaient dans son dos.

Del opina.

— Et depuis des mois. Mais Trey ne s'attendait pas à être la cible de leurs commérages à cette soirée de gala ; une soirée à laquelle ils avaient été conviés par notre famille.

— Je comprends.

— Je suppose que vous savez qu'il a dit des choses très déplaisantes à Kayla.

— Elle nous en a parlé, en effet.

— La pauvre a encaissé sans rien dire. Elle était sidérée par cette attaque soudaine.

— Contrairement aux autres membres de votre famille, vous ne semblez pas nourrir la même animosité envers Mme Powers, observa Ethan.

— C'est vrai. Je n'ai aucune raison de lui en vouloir. Oncle Tyrone paraissait heureux. Et je croyais que mon père voyait cette union d'un œil bienveillant. Il n'a émis aucune objection quand Tyrone a épousé Kayla.

— Cela aurait changé quelque chose si votre père s'était opposé à ce mariage ?

Del laissa échapper un petit rire.

— Lieutenant, mon père a beau être sénateur, en ce qui concerne les affaires il n'est que le deuxième sur la liste. En fait c'était Tyrone qui détenait le pouvoir.

— Vous avez été surpris quand Trey s'en est pris à Kayla ?

— Surpris ?

Il secoua la tête.

— Trey était un enfant gâté. Il avait une nette tendance à se déchaîner quand quelqu'un lui résistait. Ce soir-là, ça a été Kayla, mais n'importe qui pouvait se trouver dans sa ligne de mire.

— Vous vous rendez compte que vous êtes le seul à ne pas pointer du doigt la femme de votre oncle ? C'est assez rare pour être souligné.

— De quoi est-elle responsable sinon d'avoir épousé l'homme qu'elle aimait ? Dans cette famille, tout le monde a tendance à médire de Kayla. Mais ils oublient que Natalie n'était pas une sainte. Encore aujourd'hui elle continue à venir au cabinet et à se poser en victime alors que c'est elle qui a quitté oncle Tyrone quand elle a trouvé mieux. Je veux dire par là, un meilleur parti, évidemment.

— Pourtant, les Powers sont des gens déjà très fortunés. Et puissants.

— Dans le nord-ouest de l'Arkansas, sans doute. Mais soyons honnêtes, lieutenant, nous ne représentons pas grand-chose hors des frontières de cet État. Si notre fortune est estimable, elle n'est pas illimitée. Le monde est vaste et la plupart d'entre nous ne sortent pas de leur cocon confortable. Mais qui sommes-nous en dehors de notre zone d'influence ? Pas grand-chose.

— Je comprends.

Jugeant qu'il ne sortirait rien de plus du jeune Del, Ethan lui tendit la main. L'entretien était terminé.

— J'apprécie que vous soyez venu pour me parler en tête à tête, lui assura-t-il.

Delray se leva, prit la main tendue puis boutonna la veste de son costume avec dextérité.

— Vous avez une idée du temps qu'il nous faudra encore attendre avant que les corps nous soient rendus ?

— Non. D'autre part, je crains bien que cette information ne soit transmise qu'à Mmes Powers et Cantrell. Mais elles ne manqueront pas de vous en tenir informé.

Delray opina mais n'esquissa pas le moindre geste pour partir. Il restait immobile, semblant hésiter à ajouter quelque chose.

— C'est quand même une sacrée coïncidence, vous ne trouvez pas ? finit-il par dire.

— Il arrive que les coïncidences ne soient que de simples coïncidences, déclara Ethan. Mon travail consiste à trouver si suffisamment de ces circonstances s'additionnent pour former quelque chose de réel et de tangible. Si c'est le cas, et si nous pouvons trouver des preuves pour étayer nos soupçons au-delà de tout doute raisonnable, alors seulement nous pourrons considérer que nous tenons un suspect.

— Merci, lieutenant. Il est temps que je retourne au bureau calmer la colère de Harold.

Au moment où il sortit, Kayla et Michelle se levèrent de leur siège.

— J'ai vu Chet partir, dit Michelle. Tout va bien ?

— Oui. Je ne voyais aucun intérêt à ce qu'il reste avec moi, finalement.

— Il semblait secoué, ajouta l'avocate. Il aimait vraiment beaucoup Trey. Il aurait fait n'importe quoi pour lui.

— Face à ce tragique événement, nous essayons tous de prendre nos marques comme nous le pouvons, convint Del.

Michelle hocha la tête. Elle regarda tour à tour Kayla et Del.

— Suis-je autorisée à retourner au bureau, cet après-midi ? lança-t-elle.

— Bien sûr, répondirent Del et Kayla en chœur.

— Le shérif Stenton assure toujours la sécurité chez PP&W ? s'enquit Ethan, une fois Del parti.

— Je lui ai demandé de rester là-bas un peu plus longtemps, indiqua-t-elle.

Elle marqua une courte pause avant d'ajouter d'un ton grave qui piqua la curiosité d'Ethan.

— Il y a quelque chose dont je dois vous entretenir.

— Quoi ?

— Michelle, vous ne vous inquiétez pas sérieusement pour votre poste chez nous, n'est-ce pas ? demanda Kayla de son côté.

Elle poussa un long soupir.

— Non, répondit-elle. Mais je dois vous parler de mon travail.

D'un geste de la main, il les invita à entrer dans son petit bureau puis referma la porte derrière eux.

— Vous n'avez pas l'intention de démissionner, tout de même ?

— Démissionner ? Non. Quoique...

— Dans ce cas, qu'avez-vous de si important à nous dire ? la pressa-t-il.

— Je pense qu'à la lumière des récents événements et de la lutte de pouvoir qui va s'ensuivre, le moment est venu pour moi de vous dire la vérité.

12

— La vérité ?

Michelle sentit le regard circonspect de Kayla peser sur elle. Ethan, lui, esquissait un sourire en coin qu'elle devinait narquois. Comment lui en vouloir ?

Il ne faisait qu'exprimer sa satisfaction de la voir sur le point d'avouer ce qu'il savait depuis le début.

Si elle voulait boucler son affaire comme elle l'entendait, elle n'avait pas d'autre choix que de griller sa couverture. De faire de Kayla son alliée. Car si le testament était contesté, il était tout à fait possible qu'un juge nomme un médiateur et le charge de régler le problème.

Or, elle, ce qu'elle voulait, c'était trouver ce qu'elle était venue chercher au sein de cette entreprise et mettre les voiles aussitôt sa mission accomplie.

Avec la complicité de Kayla, elle pouvait avoir accès aux informations qu'elle essayait d'obtenir en vain depuis plus d'un an. De même, avec le soutien d'Ethan et de la brigade criminelle, elle pourrait enfin mettre un terme à ce qui se présentait comme le plus gros scandale financier du moment.

Mais, pour cela, elle devait admettre qu'elle était bien ce qu'Ethan Scott et Grace Reed la soupçonnaient d'être depuis qu'ils l'avaient rencontrée : un agent infiltré du FBI.

Recrutée à sa sortie de l'école de droit, elle avait travaillé pour le Bureau pendant la majeure partie des deux années qu'elle prétendait avoir passées à voyager à travers l'Europe. Experte en comptabilité, elle était devenue l'enquêtrice principale de l'Agence travaillant avec la commission électorale fédérale.

Le financement apparemment illimité de la campagne du sénateur William Powers était un sujet brûlant dans les cercles de surveillance de Washington. Peu de candidats pouvaient espérer trouver la poule aux œufs d'or dans un État comme l'Arkansas, en particulier dans une région aussi rurale que celle des monts Ozarks.

— Je suis l'agent spécial Michelle Fraser, commença-t-elle. Je travaille pour le FBI, au service d'enquête de la commission électorale fédérale. Je travaille sous couverture chez PP&W pour tenter de découvrir comment cette société contourne les lois pour financer les campagnes électorales du sénateur William Powers.

Pour tout commentaire, Kayla poussa un soupir empreint de lassitude.

— Kayla, je suis une avocate qualifiée et je ne compte pas vous laisser tomber. Je continuerai à assurer votre défense, je vous l'assure.

— Vous enquêtiez aussi sur mon mari ? demanda Kayla que ces paroles ne semblaient pas rassurer tout à fait.

Elle secoua la tête.

— Non. Je ne crois pas que votre mari ait trempé dans ces magouilles. En revanche, je ne serai pas aussi formelle en ce qui concerne Trey. Pour l'heure, je n'ai pas pu avoir accès aux fichiers cryptés dont j'ai besoin pour savoir exactement qui s'occupait de transférer de l'argent et vers quels comptes, sans doute occultes.

Ethan, qui était resté jusque-là silencieux, se pencha en avant sur son bureau, comme pour mieux se faire entendre.

— Que pouvons-nous faire pour vous aider ? demanda-t-il.

— Je pense que ces malversations et les meurtres de Tyrone et Trey sont liés. Et je suis intimement persuadée que quelqu'un essaye de faire endosser ces crimes à Kayla. J'ignore encore si le meurtrier est un tueur à gages ou s'il s'agit d'une personne de votre entourage, mais ce dont je suis sûre, c'est que l'arme retrouvée dans le coffre-fort du bureau de votre mari est la même que celle qui a été utilisée pour tuer les deux hommes.

Ethan approuva d'un hochement de tête.

— Je suis d'accord avec vous, dit-il. J'ai demandé que l'analyse balistique soit faite au plus vite mais, à mon avis, le rapport ne fera que confirmer ce que nous savons déjà.

Michelle et Kayla acquiescèrent en même temps. Toutes deux avocates, elles savaient qu'il était peu probable d'obtenir des preuves irréfutables à partir d'une arme à feu. L'analyse pourrait déterminer si l'arme avait été utilisée récemment mais ne dirait pas quand exactement. De même, elle pourrait conclure que les balles étaient les mêmes que celles qui avaient tué Tyrone et Trey mais pas si elles provenaient de la même arme. Quant aux empreintes digitales, ce n'était que dans les séries télévisées qu'elles menaient directement au meurtrier.

— C'est à rajouter aux liens circonstanciels que nous avons déjà, pointa Kayla.

— Oui. Ces preuves indirectes commencent à s'accumuler.

— Il faut suivre l'argent, suggéra Ethan. Toujours.

— Parfaitement.

— Vous travaillez chez PP&W depuis des années, Michelle. Comment se fait-il que vous n'ayez encore rien trouvé ?

— C'est une intervention très délicate. Mon plus gros problème est de ne pas avoir accès librement au système central de la société. PP&W dispose d'un système de sécurité ultra-sécurisé, peu justifié pour un cabinet d'avocats. C'est justement cet excès de précautions qui m'a mis la puce à l'oreille.

Kayla esquissa un sourire amusé.

— Dois-je comprendre que, en plus de tout le reste, vous êtes un as de l'informatique ?

— J'ai fait mes études de premier cycle dans ce domaine. À l'origine, j'avais prévu de m'orienter vers le droit d'auteur et le droit des brevets. Je voulais travailler dans l'industrie technologique.

— Mais les fédéraux s'en sont mêlés, termina Ethan à sa place.

— Exactement. Kayla, je suis proche du but. Tout proche. Mais je suis limitée quant au temps que je peux passer sur le serveur du cabinet. Sinon, je risque d'éveiller les soupçons.

— Tout de même, je n'en reviens pas, dit Kayla. J'ai vu votre CV. C'est moi qui ai convaincu Tyrone de vous engager. Je pensais que les avocates étaient mieux perçues par les jurys. Dire que je me suis fiée à mon instinct.

— Votre instinct ne vous a pas trompée, Kayla. Je suis une sacrée bonne avocate. Tout ce que vous avez pu lire dans mon CV est vrai. Simplement, il est incomplet.

— Je vois.

Kayla semblait tiraillée entre l'admiration qu'elle portait à Michelle et la déception d'avoir été victime de ce qu'elle considérait sans doute comme une trahison.

— Kayla, j'ai fait mon chemin dans ce cabinet. J'ai gagné la confiance de gens comme Harold Dennis et votre mari pour en arriver où j'en suis de mon enquête. Nous avons une opportunité à saisir. Avec votre accord, je peux accéder à tous les dossiers dont j'ai besoin pour confondre le coupable.

— Qu'attendez-vous de moi, exactement ?

— J'ai besoin que vous fassiez vider les lieux pour un jour, voire deux.

— Qu'entendez-vous par « vider les lieux » ?

— Fermer le cabinet.

— Sous quel prétexte ?

— Je ne sais pas... Par respect pour Tyrone et son fils, par exemple. Ou pour permettre à la famille de se réunir et de se préparer aux funérailles.

Elle ajouta, s'adressant à Ethan :

— Quand pensez-vous que les corps seront rendus aux familles ?

— Comme je l'ai dit à Delray avant vous, je l'ignore. Mais je peux passer un coup de fil au légiste.

— Tyrone souhaitait être incinéré. Je ne pense pas que je vais être autorisée à le faire de sitôt.

Ethan opina.

— Nous pouvons demander que les corps soient transférés dans une chambre funéraire en attendant que le rapport du légiste soit rendu. Ainsi, vous pourriez organiser un service commémoratif. Je vous déconseille de laisser le cercueil ouvert.

L'image qui vint alors à Kayla la fit frémir.

— Bien sûr. Natalie fera comme elle voudra pour son fils mais, moi, je refuse que l'on voie mon mari dans l'état où il était quand je l'ai trouvé.

— Kayla, pour en revenir à la fermeture du cabinet, vous pensez que ce sera possible ? insista Michelle.

Le regard de Kayla se perdit soudain dans le vide.

— Est-ce que c'est vraiment en train d'arriver ? Est-ce que je suis vraiment sur le point de prendre la barre d'un navire en perdition ?

— Ce n'est pas le cas, Kayla, tenta de la rassurer Michelle.

— Tyrone était si fier de cette entreprise familiale, poursuivit la jeune femme, comme pour elle-même. C'était son père qui l'avait fondée. Il était tellement fier à l'idée qu'un jour ce serait son fils qui en reprendrait les rênes.

Elle marqua une courte pause afin de refouler l'émotion qui la submergeait puis déclara :

— Finalement, je suis heureuse qu'il ne soit plus là. Au moins, le scandale qui se prépare lui sera épargné.

Un silence embarrassant s'installa entre eux, qu'Ethan s'empressa de rompre.

— Et moi, Michelle, en quoi puis-je vous aider ?

— Continuez votre enquête comme si de rien n'était tout en explorant d'autres pistes. J'ai besoin que Kayla reste la principale suspecte aux yeux de tous.

— Je vais creuser la piste du tueur à gages. Je vous avoue que la possibilité d'un meurtre commandité m'avait traversé l'esprit. Un meurtre commandité qui cacherait quelque chose.

Cette hypothèse arracha une plainte étouffée à Kayla.

— C'est tout à fait envisageable, en effet, répliqua Michelle. C'est pourquoi je dois fouiller dans les comptes, voir si ces détournements de fonds ne servent qu'à financer les campagnes électorales du sénateur ou s'ils financent aussi autre chose.

— Assez perdu de temps, trancha alors Kayla d'un ton autoritaire qui avait de quoi surprendre. Retournons au bureau.

— Bravo, Kayla, s'exclama Michelle. Vous devez asseoir votre position de P-DG sans tarder. Il est bon que l'on sache chez PP&W qui a le contrôle désormais.

Kayla laissa échapper un petit rire amer.

— Je ne contrôle rien du tout. Je vous rappelle qu'il y a cinq minutes à peine, je pensais que vous étiez juste une brillante avocate de chez PP&W.

— Je vous le répète, c'est ce que je suis. J'ajouterais que si ma hiérarchie apprenait que je me suis dévoilée et que je vous ai révélé la mission secrète dont je suis chargée, je me retrouverais au chômage dans la seconde.

— Comment comptez-vous procéder ? s'enquit Ethan.

— Comme je vous l'ai dit, j'ai besoin d'accéder aux bureaux sans prendre le risque d'être découverte. Je pourrais simuler une panne informatique sur l'un des principaux logiciels. Un logiciel qui soit basé sur le réseau plutôt que sur un portail Internet.

— Pourquoi pas ? dit Ethan. Mais ces pannes ne se produisent-elles pas généralement la nuit ?

— Ce ne serait pas la première fois que je passe une nuit blanche et ce ne sera probablement pas la dernière.

— Vous allez courir un risque à vous retrouver seule, en pleine nuit, dans des bureaux vides, pointa-t-il.

— Mon métier est un métier à risques, dit-elle. Celui d'agent secret, j'entends.

— Je viendrai avec vous, insista-t-il.

Elle secoua la tête.

— Vous seriez un obstacle. Si on me surprend seule, je pourrai toujours dire que je n'arrivais pas à dormir et que je suis venue travailler sur un dossier. En revanche, si vous êtes avec moi, je ne pourrai pas expliquer votre présence.

— Je ne veux pas rester à l'hôtel, dit Kayla mal à propos.

Ethan et Michelle échangèrent un regard entendu.

— Je peux trouver une société de nettoyage, proposa gentiment Michelle qui comprenait le désarroi de la jeune femme.

— Il faudra bien s'y résoudre, à un moment ou à un autre, approuva Kayla. Mais je ne retournerai pas là-bas. Jamais. L'idée même m'est insupportable.

— Vous pourriez louer une maison, suggéra Ethan à son tour. Ce ne sont pas les locations saisonnières qui manquent, par ici.

L'idée sembla séduire la jeune femme.

— Peut-être.

— Pourquoi ne loueriez-vous pas une maison sur le lac Beaver ? Vous y seriez tranquille.

Pour la première fois, une lueur d'intérêt s'alluma dans le regard de Kayla.

— Le lac..., répéta-t-elle. Je pourrais m'installer chez moi, dans ma maison.

— Kayla, je ne sais pas si c'est une bonne idée. Cette maison appartient aux Powers.

— Appartenait, vous voulez dire, rectifia Kayla. Car selon les dernières volontés de mon mari, cette maison sera la mienne dès que le testament sera reconnu valide.

— Vous ne préféreriez pas être plus proche de la ville ? lança Ethan. Vous allez avoir beaucoup de choses à régler dans les semaines qui vont venir. Sans compter que, désormais, c'est à vous qu'il revient de gérer le cabinet.

— Je sais pouvoir compter sur Nancy. Vous savez, je ne me fais pas trop d'illusions. Mon titre de P-DG ne sera qu'honorifique. Je n'aurai pas grand-chose à faire que me présenter à l'heure qu'elle m'indiquera.

Sur ce point, Kayla avait sans doute raison. Sur celui du logement, en revanche...

— Kayla, réfléchissez bien, persista Michelle. Vous allez vous retrouver à une heure de route de la ville avec pas mal d'affaires à régler sur les bras. Par ailleurs, vous vous voyez vraiment occuper une maison que vous détenez encore conjointement avec votre beau-frère ? Surtout après la manière dont il a réagi ce matin.

Le regard de Kayla s'aiguisa.

— Je pense, au contraire, que c'est une bonne idée. Ce sera une bonne façon de faire savoir aux membres de cette famille qu'il va falloir compter avec moi et que j'ai l'intention d'occuper cette maison comme bon me semble. Bill m'évitera, c'est certain. Il aura trop peur que son électorat m'associe à lui. Vous imaginez un peu ? Le sénateur William Powers, se commettre avec une veuve soupçonnée d'un double meurtre ? Croyez-moi, cela ne se produira pas.

— Comme vous voudrez, soupira Michelle. En revanche, j'aimerais qu'un agent de police assure votre protection.

— Je n'y vois pas d'inconvénient. Il pourra s'installer dans l'annexe que nous réservons habituellement aux invités.

Ethan attrapa son téléphone.

— J'appelle Stenton tout de suite. Je suis d'accord avec Michelle. Je serai plus rassuré si vous ne restez pas seule là-bas.

— Je dois admettre que moi aussi. L'idée d'être en danger dans cette maison que j'aime tant me rend triste. Jusque-là, je m'y suis toujours sentie tellement bien. C'était mon havre de paix.

— C'est par pure précaution, s'empressa de la rassurer Ethan.

— Oui, renchérit Michelle. Vous n'êtes pas plus en danger là-bas qu'ici. Mais au moins, vous serez protégée d'une presse trop intrusive. D'ailleurs, vous devriez engager un gardien pour surveiller la grille d'entrée.

Kayla secoua la tête.

— J'aviserai si vraiment les journalistes me harcèlent. Pour l'instant, je veux vivre dans ma maison le plus discrètement et le plus normalement possible.

Michelle acquiesça.

— Je comprends.

Elle se sentait mal à l'aise, tiraillée comme elle l'était entre ses deux mondes. Elle aurait aimé ne pas se préoccuper de Kayla Powers et des gens qu'elle allait laisser derrière elle, mais elle n'y parvenait pas. Ils comptaient pour elle et cette dualité contre laquelle elle devait se battre était sacrément gênante. Elle avait oublié à quel point il était difficile d'être deux personnes à la fois. En dehors des brefs échanges qu'elle entretenait avec son contact, elle en arrivait presque à occulter cette double vie. Dans ces moments-là, elle n'était personne d'autre que Me Fraser, avocate pénaliste au sein du très prisé cabinet PP&W.

Mais elle était bien plus que cela et ces deux mondes étaient sur le point d'entrer en collision.

— Je vais m'assurer que vous soyez bien installée et que vous ne manquiez de rien, ajouta-t-elle.

Du coin de l'œil, elle vit Ethan prendre des notes.

— Faites-moi une liste de ce dont vous avez besoin. Je m'occuperai de vous les apporter. Et si vous voulez que je passe chez vous chercher des vêtements...

— Merci, mais j'ai ce qu'il faut à la maison du lac. Je devrais pouvoir tenir un moment avec ça.

— Dans ce cas, retournons au bureau si vous le voulez bien. Vous allez montrer à Harold Dennis que, désormais, c'est vous la patronne. Car j'ai l'impression que plus vous lui laisserez la bride sur le cou, plus il sera difficile à déloger.

Kayla inspira profondément tout en acquiesçant de la tête.

— Vous avez raison. Je dois lui faire comprendre qu'il ne peut plus régner en maître.

— Vous en profiterez pour annoncer la fermeture des bureaux. Je peux compter sur vous ?

— Oui. Je dirai à ceux qui ont des dossiers en cours de travailler à distance. Les autres prendront deux jours de vacances.

— Parfait. De mon côté, je m'assurerai que le mail concernant la panne de réseau aille directement à Benny, le responsable du service informatique. Lorsqu'il vous en informera, vous donnerez votre feu vert pour qu'il diffuse l'information à tous les employés concernés.

Ethan se leva, donnant le signal du départ.

— Quand prévoyez-vous de vous rendre sur place pour opérer ?

— Je ne le sais pas encore.

— Vous me le direz quand vous le saurez ?

Elle esquissa un sourire amusé.

— Certainement pas. Je peux me débrouiller seule, lieutenant Scott.

Il lui rendit son sourire.

— Je n'en doute pas, maître Fraser. Sachez toutefois que si vous aviez besoin d'aide...

— Je ne manquerai pas de vous le faire savoir.

— Je suppose que c'est la meilleure réponse que je puisse attendre de vous. Je me trompe ?

— Non.

— Cela dit, j'apprécierais que vous me teniez toutes les deux au courant de toute information pouvant servir mon enquête.

— Cela va sans dire, répondit Michelle la première tandis que Kayla attendait devant la porte, semblant hésiter à ajouter quelque chose.

— Lieutenant, dit-elle finalement, avez-vous pensé à creuser du côté du client qui a mis son jet privé à la disposition de Harold et William ? Je vous demande cela parce que c'est un client relativement nouveau. Il s'agit d'un promoteur immobilier dont la société s'appelle DevCo. Je me rappelle que Tyrone ne les voyait pas d'un très bon œil. Quelque chose le dérangeait chez eux.

— Il vous en a parlé en particulier ? s'enquit Ethan.

— Pas explicitement. Mais je l'ai souvent entendu faire des commentaires à leur sujet. Il avait l'impression que certaines de leurs pratiques n'étaient pas tout à fait légales.

— C'est Harold qui a fait entrer ce client au cabinet ?

— Oui. Je crois que le siège de leur société est basé en Oklahoma, mais ils ont des affaires un peu partout en Arkansas.

— Vous auriez des noms à me donner ?

Kayla secoua la tête.

— Malheureusement non. Je ne m'en souviens pas. Mais j'y pense...

Elle se tourna vers Michelle.

— Vous devriez les trouver sans trop de mal dans les dossiers de la DevCo. Cela ne devrait pas être trop compliqué pour vous.

— Je vais m'en occuper. Vous croyez que c'est ce qui tracassait Tyrone ces derniers temps ? Il avait senti que Harold trempait dans des affaires louches avec ce client ?

— Peut-être. D'autant que Harold s'est vanté un jour auprès

de lui que ce client pouvait être son billet d'entrée pour une retraite dorée. Mais il se peut aussi que Tyrone ait vu le mal partout et qu'il ait mal interprété ces paroles et ces actes. Comme Harold se comportait en patron, Tyrone a pu considérer qu'il était une menace pour lui.

Les recherches que Michelle avait effectuées sur la dynastie Powers lui revinrent en mémoire. Le premier de la lignée, le fondateur de ce qui était aujourd'hui un empire, était parti de rien. Il avait débuté comme simple bûcheron puis avait fait ses armes dans la maçonnerie avant de se décider à étudier le droit. Une fois ses diplômes en poche, il s'était lancé dans la défense des propriétaires terriens. Il s'était lié avec tout ce que Bentonville comptait de personnes influentes jusqu'à en devenir une à son tour. Même si, depuis, ils avaient fait leurs preuves, ses descendants n'avaient eu qu'à récolter les fruits de son travail.

— Merci, Kayla, dit-elle avant d'ajouter à l'adresse d'Ethan : Je reste en contact.

— J'y compte bien.

Il riva alors sur elle un regard pénétrant qui la troubla plus qu'elle ne l'aurait voulu.

— Il y a quelque chose entre le lieutenant et vous, dit Kayla une fois qu'elles furent installées dans la voiture de Michelle.

Cette remarque la prit de court.

— Pardon ? dit-elle, faute de mieux.

— Au début, j'ai pensé que ce n'était rien de plus qu'une banale histoire d'hormones, poursuivit Kayla.

Elle ajouta dans un sourire amusé :

— Il faut dire qu'il n'est pas bien difficile de deviner les pensées du lieutenant Scott. Mais maintenant, je vois...

Comme elle laissait sa phrase en suspens, Michelle la pressa de continuer.

— Que voyez-vous, Kayla ?

— Il y a plus qu'une simple attirance physique. Je dirais qu'il y a une certaine complicité. En fait, vous vous ressemblez beaucoup. Vous avez la même approche directe avec les gens et, paradoxalement, la même capacité à vous en tirer par une pirouette.

Cette analyse plutôt juste que Kayla venait de faire d'elle la fit doucement sourire.

— Je ne sais pas si je dois le prendre comme un compliment.

— Vous pouvez. Vous savez comment nous sommes, nous, les avocats. Nous avons tendance à tourner autour du pot plutôt que de dire les choses de manière claire.

— Vous faites exception à la règle, me semble-t-il, fit-elle remarquer. Vous n'avez pas vraiment attendu pour donner à la police tout ce qu'elle attendait de vous. Vous avez même devancé leurs attentes.

— Parce que je sais que j'ai la conscience tranquille et que je joue gros. Je ne veux pas passer ma vie derrière les barreaux à la place du véritable assassin.

Michelle approuva en silence, l'esprit déjà tourné vers la mission qui l'attendait. La fin était proche. Elle allait enfin toucher au but.

Ensuite, elle reprendrait sa vie là où elle l'avait laissée, loin de la touchante Kayla Powers et du très séduisant Ethan Scott.

13

Michelle entra dans le système d'alarme le code que lui avait procuré Kayla. Une fois dans le hall d'entrée, elle rasa les murs, se déplaçant aussi silencieusement que possible à la faveur des éclairages de sécurité qui ne dispensaient qu'une faible lumière. Elle remercia le ciel qu'on lui ait assigné un bureau fermé, loin de ceux dont les parois totalement vitrées l'auraient obligée à ramper sur le sol.

Pour l'occasion, elle avait endossé une tenue totalement noire censée la faire passer inaperçue. Une tenue qu'elle avait enfilée avec le sourire en se disant qu'elle lui donnait des airs de Catwoman. Elle avait même pensé à cacher sa chevelure flamboyante sous une casquette, noire également. Alors qu'elle déverrouillait la porte de son bureau, une question lui vint, incongrue compte tenu de la situation : garderait-elle cette couleur ou reviendrait-elle à un blond plus sage ?

En attendant de se pencher sur cette question qui n'avait rien d'existentiel, elle alla s'asseoir par terre, se servant de sa table de travail comme d'un paravent qui la cacherait en cas d'intrusion.

Fidèle à sa parole, Kayla s'était glissée dans la peau de la nouvelle dirigeante du cabinet PP&W. Sans trop de mal, avait-il semblé à Michelle.

Quand elles étaient arrivées, William Powers et Natalie

Cantrell étaient déjà partis, et Delray n'était pas réapparu alors qu'il avait quitté le bureau du lieutenant bien avant elles.

Quant à Harold, dans un premier temps, il avait mal reçu l'autorité nouvelle de Kayla. Il était allé s'enfermer dans son bureau, refusant d'en sortir. À force de patience et de douceur, Kayla avait fini par le convaincre qu'il ne devait pas voir en elle une ennemie mais plutôt une alliée. Elle avait ajouté qu'à eux deux ils feraient une équipe de choc mais que, en attendant d'en arriver là, elle aurait besoin de lui et des conseils avisés que lui conférait sa très grande expérience. Bref, elle l'avait flatté, elle l'avait caressé dans le sens du poil et cela avait marché. Le vieil homme avait courbé l'échine. Il s'était radouci, acceptant même l'annonce de la fermeture temporaire du cabinet sans trouver à y redire. En apparence et trop facilement au gré de Michelle qui avait bien compris que Harold Dennis ne tiendrait pas compte des exigences de Kayla. Contrairement aux autres, il n'abandonnerait pas son poste de sitôt.

Fait nouveau : un officier de police montait la garde devant l'ancien bureau de Tyrone, placé désormais sous scellés.

Tout ce petit monde étant occupé, elle en avait profité pour rejoindre son bureau et commencer à mettre en place ce qui provoquerait une panne informatique.

Elle sourit à l'idée de la tête qu'allait faire Benny Jenkins. Le pauvre avait déjà tellement à faire, sollicité de toutes parts par des avocats qui ne prenaient jamais la peine de faire les mises à jour de leurs appareils électroniques.

Un peu plus tôt, elle avait rédigé un mail en utilisant le logo d'un des principaux fournisseurs d'accès puis l'avait envoyé à partir d'une adresse électronique piratée.

N'importe qui d'autre qu'elle verrait dans cette panne un problème épineux à résoudre. Michelle, elle, disposait d'une équipe de spécialistes hors pair prêts à intervenir aussitôt que son contact lui aurait donné l'ordre d'agir.

Elle ouvrit donc son ordinateur portable et attendit.

Un court instant plus tard son smartphone vibrait. Elle le pressa contre son oreille.

— C'est bon. Nous sommes dans le système.

En silence, Michelle regarda les données qui s'affichaient sur son écran.

— Le téléchargement est presque terminé, lui apprit son contact.

— OK.

— Faites-nous savoir quand vous voudrez sortir du système.

— OK, répéta-t-elle.

Sur ce, elle mit fin à l'appel, toute son attention concentrée sur le transfert des fichiers de son ordinateur portable vers sa clé USB. Selon l'indication donnée, l'opération prendrait quinze minutes. Autant dire une éternité durant laquelle, à chaque seconde qui passait, elle pouvait se faire surprendre. Même s'il y avait peu de chances que quelqu'un vienne faire un tour dans les bureaux en pleine nuit. D'autant plus que Natalie Cantrell avait fixé l'heure de la cérémonie dédiée à son fils à une heure matinale le lendemain.

Pourquoi se précipitait-elle ainsi alors que le corps de son fils ne lui avait pas été rendu ? Était-elle si impatiente de regagner Little Rock ?

Toute à ses pensées, Michelle regarda la barre de progression se déplacer millimètre par millimètre. Qu'allaient révéler ces dossiers ? Allait-elle enfin découvrir les pièces du puzzle qui lui manquaient encore ? Tyrone Powers en ressortirait-il blanchi ? Saurait-elle qui avait assassiné les deux hommes et pourquoi ?

Ses pensées dérivèrent vers Harold Dennis et la DevCo, à laquelle il était censé n'être lié que professionnellement. Elle avait trouvé sans mal des informations relatives à ce client si particulier. Informations qu'elle avait transférées aussitôt à Ethan Scott de qui elle n'avait pour l'heure pas eu de retour.

Harold Powers ferait un coupable idéal lui aussi. Depuis des années, s'il n'avait pas le titre de P-DG, il en assurait les fonctions. Il était à la barre de PP&W tout autant que Tyrone l'avait été. N'aurait-il pas voulu régner pour de bon en maître absolu ?

Un claquement sec déchira le silence de la nuit. Michelle se redressa d'un bond, les sens en alerte. Elle retint son souffle, l'oreille aux aguets, le cœur battant. Un temps infini s'écoula sans que le bruit se reproduise. Elle leva les yeux au plafond, sur les tuyaux qui couraient le long des murs. Il était fort possible que ce qu'elle avait entendu soit dû au mauvais fonctionnement du système de climatisation, plutôt vétuste.

Elle abaissa un peu le couvercle de son ordinateur afin d'en réduire la luminosité puis l'enfonça plus profondément sous le bureau.

Pour plus de précaution, elle sortit de son sac son arme de poing et la garda à portée de main, prête à être utilisée. Juste à cet instant, un nouveau bruit l'alarma. Différent du premier, celui-ci donnait l'impression d'un léger frottement, semblable à celui de pas que l'on voudrait feutrés.

Elle prit son arme en main, les yeux rivés en direction de la porte. Si le bruit s'intensifiait, ce serait le signe que quelqu'un s'approchait. Elle lancerait alors un bref coup d'œil, juste le temps de voir si une silhouette se découpait sur la vitre opaque.

Elle entendait derrière elle le ronronnement de son ordinateur. Elle releva le couvercle jusqu'à pouvoir jeter un coup d'œil rapide au téléchargement. Il affichait 50 %.

Elle ne pouvait pas se résoudre à l'interrompre alors qu'elle était si proche du but.

Elle se renfonça un peu plus sous le bureau, ses pensées dérivant vers Ethan Scott.

Une fois rentrée chez elle, lui manquerait-il ?

À quoi bon se poser cette question ? Elle ne le reverrait

probablement jamais. Il était basé dans l'Arkansas. Il était né et avait grandi dans les Ozarks et en était fier. Alors qu'elle, à force de transiter partout, ne se sentait nulle part chez elle.

Le temps qu'elle avait passé à Washington était ce qui se rapprocherait le plus de ce que des gens plus ancrés dans le quotidien pourraient considérer comme de l'enracinement. Un enracinement pourtant bien superficiel qui prendrait fin en même temps que cette mission. Le choix qu'elle avait fait d'une vie clandestine lui interdisait toute relation intime. Il l'empêchait de trop s'attacher aux gens comme Kayla dont le mélange de force et de vulnérabilité la touchait infiniment. Ou d'Ethan Scott dont elle pressentait qu'ils auraient pu vivre, sinon une histoire d'amour, tout au moins une liaison parfaite.

Ce choix, elle l'avait fait à la seconde où le FBI l'avait approchée, en sachant les sacrifices qu'elle devrait consentir.

Elle vérifia encore une fois son écran. Ce n'était plus qu'une question de secondes, maintenant. Le décompte commença. Dix, neuf, huit, sept... À zéro lui parvint le message qu'elle attendait. Le téléchargement était terminé. Elle se releva, récupéra la clé USB et répondit à son contact en utilisant le code dont ils étaient convenus.

Je vais prendre un cachet pour dormir

Sur ce, elle referma son ordinateur, fourra la clé dans son soutien-gorge et s'apprêta à quitter les lieux. Pile au moment où se fit entendre le cliquetis de la poignée de la porte que l'on abaissait.

Elle replongea dans sa cachette exiguë, arma son revolver puis se ratatina tant qu'elle le put avant de se figer sur place. Quelques secondes s'écoulèrent avant que la partie vitrée de la porte vole en éclats. Elle crispa les doigts sur la crosse de son arme. Elle était prête à tirer.

Elle entendit la clé qu'on tournait dans la serrure puis quelqu'un entra. Un pas lourd fit crisser les débris de verre par terre. Elle retint sa respiration tandis que celle de l'intrus devenait plus forte à mesure que celui-ci s'avançait vers le bureau.

Des gouttes de sueur perlèrent sur son front. Le cœur battant, elle attendit le moment inéluctable où, découverte, elle devrait faire usage de son arme.

Par miracle, il ne chercha pas à contourner le bureau. Elle l'entendit prendre son ordinateur et faire tomber une pile de dossiers, sans doute alors qu'il se retournait pour partir.

Les morceaux de verre crissèrent à nouveau sous les pas cette fois précipités de l'homme. La tentation était grande de lui courir après, mais elle résista. Elle avait nettoyé son ordinateur ; quiconque l'avait volé n'y trouverait rien d'autre que des dossiers purement professionnels.

Elle sortit de sa cachette et se précipita dans le couloir juste à temps pour voir une silhouette s'enfuir. La silhouette d'un homme grand, large d'épaules mais pas très agile.

Elle ferma les yeux, cherchant à rassembler ses esprits.

Un homme s'était donc introduit par effraction dans son bureau. Un homme qui ne pouvait pas savoir qu'il trouverait son ordinateur portable sur sa table de travail.

Ce n'était pas un professionnel. Un professionnel aurait fouillé chaque recoin de la pièce pour s'assurer que personne n'était caché quelque part. Un professionnel aurait tiqué en trouvant son ordinateur alors que les bureaux étaient censés être fermés pour deux jours.

Cet intrus était-il l'homme qui avait assassiné Tyrone et son fils ? Ou était-ce quelqu'un qui savait qu'elle travaillait chez PP&W sous couverture et était venu fouiner dans l'espoir de trouver quelque chose qui la confondrait ? Les deux événements n'étaient-ils rien de plus qu'une pure coïncidence ? C'était peu probable.

La première chose à tirer au clair était de savoir comment cet homme avait appris qu'elle serait là cette nuit ?

Les battements de son cœur s'accélérèrent alors que le doute, affreux, s'insinuait dans son esprit.

Kayla et Ethan.

Eux seuls étaient au courant.

Ça ne pouvait pas être Ethan Scott. Elle le ressentait au plus profond d'elle-même.

Restait Kayla. Kayla, qui avait tellement à cœur d'être disculpée. Kayla qui coopérait sans même qu'on le lui demande. Kayla qui avait un alibi tellement solide qu'on pouvait se demander s'il n'avait pas été élaboré de toutes pièces.

Elle affirmait ne pas être chez elle au moment où son mari et son beau-fils avaient été sauvagement assassinés. Selon ses dires, elle se trouvait dans sa résidence secondaire. Sa maison sur le lac. Mais personne ne pouvait en attester en dehors des caméras de surveillance qui la montraient tellement ivre qu'on l'imaginait incapable de prendre le volant. Si elle avait feint d'avoir bu ? Si elle avait trafiqué les caméras ?

Tandis qu'elle réfléchissait encore à cette possibilité, elle appela Ethan sans se soucier de l'heure qu'il était.

— Ça y est, c'est fait ? Vous avez quitté les lieux ? demanda-t-il d'emblée.

Il semblait inquiet.

— Non. Pas exactement.

— Que voulez-vous dire par là ?

— Eh bien, je m'apprêtais à partir quand quelqu'un est entré en brisant la vitre. Il s'est enfui en emportant mon ordinateur.

— Si je comprends bien ce que vous dites, quelqu'un est entré dans votre bureau, juste pour prendre votre ordinateur ?

— Exactement. Ce n'était pas un professionnel. Un professionnel se serait assuré qu'il n'y avait personne de caché dans la pièce.

— Vous avez pu l'identifier ?

— Pas vraiment. J'ai juste vu que c'était un homme, qu'il était grand, massif et pas très agile.

— Michelle, sortez de ce bureau tout de suite.

— Les seules personnes qui savaient que je serais là, c'étaient Kayla et vous, lança-t-elle dans l'attente de sa réaction.

Elle en fut pour ses frais. Il ne fit que répéter l'ordre qu'il lui avait déjà donné.

— Ne restez pas là.

— D'accord.

Son téléphone portable toujours pressé contre son oreille, elle sortit dans le couloir.

— Vous êtes sûre que vous n'avez dit à personne d'autre ce que vous comptiez faire ce soir ? s'enquit-il d'un ton pressant.

Elle attendrait d'être dehors pour lui répondre. Elle se dirigea donc vers la sortie de la même manière qu'elle était entrée, en rasant les murs, tête baissée.

— Et vos contacts ?

— Oui, bien sûr, ils savaient, admit-elle. J'ai effectué l'opération avec une équipe informatique du bureau fédéral.

— Il n'y a aucune chance pour que la fuite vienne de là ?

— Je ne peux pas l'affirmer. Tout comme je ne peux pas affirmer qu'elle ne vienne pas de vous.

— Ce n'est pas moi, Michelle.

— Reste Kayla, alors.

— Possible mais elle n'a pas le profil. En plus, si elle avait informé quelqu'un de votre présence au bureau, c'était prendre le risque d'être d'emblée désignée coupable puisque nous n'étions que deux à savoir et que ce n'est pas moi qui ai parlé. Non, je crois que, là encore, quelqu'un veut lui faire porter le chapeau.

— Vous avez raison.

— Vous êtes sortie ?

— Oui, je me dirige vers ma voiture.

— Il y a un *diner* dans le coin, ouvert la nuit. Vous voyez où il se trouve ?

— Oui.

— Garez-vous à proximité, mais ne sortez pas de votre voiture. Attendez que j'arrive. Si vous avez l'impression que vous êtes suivie, continuez à rouler au hasard jusqu'à ce que je sois là.

— Ethan, je sais comment semer quelqu'un.

— Je n'en doute pas.

Un silence embarrassé s'installa entre eux qu'il rompit le premier.

— Je serai là dans dix minutes.

14

Un sourire amusé aux lèvres, Michelle observait Ethan arroser copieusement de sirop d'érable la pile de pancakes qu'il avait commandée.

— Quoi ? demanda-t-il alors qu'il croisait son regard.

Elle pointa son assiette pleine du menton.

— Vous allez vraiment avaler tout ça ? À 2 heures du matin ?

— Je réfléchis mieux quand j'ai le ventre plein, argua-t-il. Et vous, vous n'avez pas peur que toute cette caféine vous empêche de dormir ?

En guise de réponse, elle reposa sa tasse et tendit la main vers la carafe d'eau.

— Vous croyez toujours que c'est Kayla, n'est-ce pas ?

Puis, comme elle ne disait rien, il insista.

— Pourquoi aurait-elle fait une chose pareille ?

— Je continue de penser que seuls vous et Kayla étiez au courant. Je veux bien croire que ce ne soit pas vous. Dans ce cas, il ne reste qu'elle.

Il prit le temps d'avaler sa première bouchée puis de boire une gorgée d'eau avant de poursuivre.

— Expliquez-moi pourquoi elle aurait engagé quelqu'un pour pénétrer par effraction dans des locaux qui lui appartiennent, qui plus est pour voler quelque chose que personne ne s'attendait à y trouver.

— Elle n'est pas stupide. Elle savait bien que j'aurais mon ordinateur portable avec moi.

— Oui. Mais elle savait aussi que vous seriez là-bas. Or, l'intrus ne vous a pas cherchée. Il a juste pris votre ordinateur avant de s'enfuir avec.

— L'hypothèse que ce soit mon contact ne tient pas plus la route. Tous les fichiers étaient déjà sauvegardés sur le serveur sécurisé de l'Agence quand l'homme est entré.

— Alors c'est peut-être que nous ne considérons pas les choses sous le bon angle. Ce n'était peut-être pas vous ou votre ordinateur qui étaient visés. Peut-être était-ce l'information elle-même.

— En supposant que quelqu'un savait que je serais là pour accéder aux données.

Il mâchonna tranquillement une bouchée de son pancake, semblant réfléchir.

— Dites-moi une chose. Si nous ne savions pas tout ce que nous savons aujourd'hui, soupçonneriez-vous Kayla ?

— Non.

— Vous auriez laissé parler votre instinct ?

Elle n'hésita qu'une seconde à répondre.

— Oui. Je pense que oui.

— Que dirait-elle si nous allions de ce pas frapper à sa porte ?

Elle enroula les doigts autour de son gobelet et prit une gorgée de son café.

— Je ne sais pas. Pourquoi ? Vous pensez que nous devrions aller la voir ? Maintenant ? En pleine nuit ?

Il haussa les épaules, lui laissant le choix de la réponse. Elle se mura dans un profond silence durant lequel il pouvait presque voir s'enclencher les rouages de son cerveau. Il comprit que son festin allait tourner court. Il commençait à la connaître. Elle ne renoncerait pas tant qu'elle n'aurait pas les réponses aux questions qu'elle se posait.

— Vous avez vu comme moi les images des caméras de surveillance, n'est-ce pas ?

— Vous voulez dire que Kayla pourrait être ivre ?

— Elle était tellement pressée de quitter l'hôtel. Sans doute pour avoir toute liberté d'agir comme bon lui semble.

— Ce n'est peut-être pas habituel chez elle de boire comme elle l'a fait ce week-end-là, fit-il remarquer. Elle était contrariée. Elle avait besoin d'oublier les piques que Trey lui avait balancées à la soirée de gala et le fait que son mari n'ait pas trouvé grand-chose à y redire.

— Je n'en suis pas certaine. Je me demande si le problème n'est pas récurrent.

Il reposa ses couverts de chaque côté de son assiette puis s'essuya les doigts à sa serviette en papier.

— Bien. Assez discuté, déclara-t-il.

— Qu'est-ce que vous faites ? lui demanda-t-elle quand elle le vit attraper son smartphone. Qui allez-vous appeler ? Il est plus de 2 heures.

— C'est le bon moment.

Il pressa le téléphone contre son oreille et attendit que son interlocuteur prenne l'appel.

— Bonjour. C'est Ethan Scott. Je suis avec Michelle. Il y a du nouveau.

Il accrocha le regard de Michelle.

— Oui, elle va bien, poursuivit-il.

Tout en parlant, il avait sorti de son portefeuille un billet de vingt dollars qu'il posa sur la table.

— Nous allons venir. Pouvez-vous m'envoyer l'adresse ?

Il écouta encore un instant puis hocha la tête.

— Parfait. À tout à l'heure.

Il rempocha son téléphone portable et se leva.

— Vous l'avez appelée, dit-elle en se levant à son tour.

— Oui. Elle avait l'air d'avoir les idées claires. Pas comme quelqu'un qui aurait bu.

Il lui fit signe de le précéder.

— Je pense que nous devrions y aller séparément et emprunter des itinéraires différents.

— Que de mystères, tout d'un coup, lança-t-elle en souriant.

— Voilà qui ne manque pas de sel, venant d'un agent infiltré, rétorqua-t-il sur le même mode espiègle.

Quand elle planta ses grands yeux bleus dans les siens, il en vint à regretter de lui avoir suggéré de partir chacun dans sa voiture.

— Une fois en chemin, je vous appellerai, dit-il d'une voix un peu rauque.

— D'accord.

— Nous resterons en communication tout au long du trajet. Je prendrai la I 72 et vous la 62. Nous nous rejoindrons à la sortie. À quelque chose près, nous devrions arriver ensemble.

— Le but de cet exercice étant... ?

— De voir si l'un de nous deux est suivi.

— On ne peut pas dire que vous êtes rassurant, vous.

— Vous ne devriez pas avoir besoin qu'on vous rassure. Vous êtes un agent fédéral, non ?

— Exact, lieutenant. Allons-y.

En matière de musique, Michelle Fraser avait des goûts épouvantables. OK. Épouvantable était peut-être un peu fort. Ethan dirait plutôt... très différents des siens. Au bout de vingt minutes il jugea bon de mettre un terme à ce qu'il considérait comme une torture.

— C'est votre playlist ?

— Pardon ?

De toute évidence, ce qu'elle écoutait ne retenait pas vraiment son attention. Pop, rock, métal, rien ne semblait pouvoir la distraire de ses pensées. Au point que cela pouvait la mettre en danger.

— Réveillez-vous, agent Fraser.

— Je suis parfaitement réveillée, lieutenant Scott.

— Dans ce cas, si vous pouviez m'épargner cette cacophonie, je vous en serais éternellement reconnaissant.

La musique s'arrêta net.

— En réalité, je n'écoutais pas vraiment. D'habitude, je me passe plutôt des livres audio.

— Qu'avez-vous écouté, récemment ?

— Le dernier Peterman. Un thriller. J'adore.

— Décidément, vous ne décrochez jamais, vous.

Son trait d'humour la fit s'esclaffer de nouveau.

— Je vous rassure, j'aime aussi les romans d'amour et les récits historiques. Et vous ?

— Contrairement à l'image classique du flic inculte que je peux véhiculer, j'aime beaucoup lire. Tous les genres. Mais j'ai une préférence pour les fictions qui connaissent un dénouement heureux.

— Vous y croyez ?

— À quoi ? Aux dénouements heureux ?

— Oui.

— Bien sûr que j'y crois. Heureusement que tout n'est pas toujours noir dans la vie.

— Beaucoup de gens dans notre métier finissent par s'endurcir, voire même par devenir insensibles.

— À quel métier faites-vous allusion ? Celui de flic ou d'avocat ?

— Les deux.

Il aimait la tournure intime que prenait doucement leur discussion. Il y voyait une manière sympathique de découvrir une facette différente et plus humaine de l'agent Fraser.

— Cela n'empêche pas de trouver la bonne personne. Quand

on est convaincu de cela, tout finit par s'arranger, de manière naturelle, sans même que l'on se pose de questions.

— Vous l'avez trouvée, votre femme idéale ?

— Est-ce une manière délicate de me demander si je suis célibataire ?

— J'ignorais que j'étais délicate.

— Il est vrai que ce n'est pas ce qui vous caractérise le mieux, plaisanta-t-il. Pour répondre à votre question, non, je ne l'ai pas trouvée.

Un silence s'ensuivit que, par crainte de le voir rompre cette intimité naissante, il s'empressa de combler.

— Et vous ?

— Moi non plus. Je travaille sous couverture depuis deux ans, donc, non.

— Et votre famille ? questionna-t-il.

— Mes deux parents étaient militaires de carrière, répondit-elle. Ils se sont séparés alors que j'étais très jeune. Du coup, j'ai été encore plus ballottée que les autres enfants de militaires. Aujourd'hui ma mère est retraitée. Elle vit dans le Maryland. Quant à mon père, il est mort au combat quand j'avais dix-huit ans.

— Je suis désolé.

— Merci.

— Où êtes-vous ? s'enquit-il.

— Pour l'instant, au milieu de nulle part. Mais mon GPS m'indique que je devrais arriver dans quinze minutes. Et vous ?

— Je ne suis pas très loin derrière. Je devrais arriver quatre minutes après vous.

— Vous m'avez vite rattrapée.

— Je vous rappelle que je suis un enfant du pays. Je connais ces routes par cœur.

— C'est vrai que c'est un avantage.

Il sentit un sourire dans sa voix.

— J'imagine qu'atterrir dans les Ozarks a dû être un grand choc pour vous.

— Je suis une citadine qui aime la campagne. Je peux passer des heures à contempler les étoiles.

— Eh bien, vous allez être servie chez les Powers. Le ciel là-bas est magnifique.

— Je vais appeler Kayla pour m'assurer que nous pouvons passer la grille sans problème et la prévenir que nous allons arriver bientôt.

L'idée que pour joindre Kayla ils devaient raccrocher ne l'enchantait guère.

— Nous pourrions passer un appel vocal de groupe, suggéra-t-il.

— Je crains bien que ce soit impossible, lieutenant, rétorqua-t-elle en prenant sa voix d'avocate. Kayla Powers est toujours ma cliente et, en cela, les règles de confidentialité courent toujours.

— Je n'essayais pas de...

— Je sais, le coupa-t-elle sans lui laisser le temps d'exprimer le fond de sa pensée. Mais nous y sommes presque et je vous rappelle, au cas où vous l'auriez oublié, que je suis un agent fédéral qualifié. Je vous laisse. Merci de m'avoir tenu compagnie.

— Vous ne voulez pas attendre encore un peu ? insista-t-il, toujours aussi réticent à couper le contact avec elle.

— Non, je dois vraiment appeler Kayla. Au fait, il y a pas mal de panneaux signalant des virages serrés. Soyez prudents. Il faut vraiment que je vous laisse. Il y a un type qui arrive comme un fou derrière moi et il vaut mieux que je reste concentrée sur ma conduite.

Au moment où elle prononçait ces mots, il avisa un vieux pick-up qui s'engageait sur la route, à quelques mètres de lui. Il n'eut que le temps de donner un coup de frein brutal en jurant puis de rouler presque au pas, comme le lui imposait le conducteur.

— Je vais perdre mon avance, grommela-t-il, un brin agacé par ce contretemps. Une camionnette brinquebalante vient de me couper la route. Elle est entre nous, maintenant, et je vais avoir du mal à la doubler.

— Que fait-elle dehors, à cette heure-là ?

— Ça doit être un fermier. Il transporte du foin. Dans le coin, il n'est pas rare qu'ils se lèvent avant l'aube.

— Évidemment.

— J'espère qu'il ne va pas me bloquer trop longtemps.

— Ne prenez aucun risque, quand même. La route est mauvaise. Cette fois, je vous laisse. Je dois vraiment appeler Kayla. À tout à l'heure.

Trois bips lui indiquèrent la fin de l'appel. Il poussa un long soupir puis réduisit encore sa vitesse afin de laisser une marge de sécurité suffisante entre le pick-up et lui.

Il restait patiemment à distance, ne voulant exercer aucune pression sur le chauffeur. Sans doute sirotait-il le café qu'il n'avait pas eu le temps de prendre chez lui pour se détendre un peu avant d'attaquer une journée qui allait s'annoncer aussi longue que difficile.

Mais, au bout d'un temps qui lui parut infiniment long, l'impatience le gagna.

— Sérieusement, mon gars, c'est ta vitesse de pointe ? grommela-t-il.

Comme un fait exprès, le conducteur ralentit encore. Agacé, Ethan jeta un coup d'œil sur son compteur de vitesse. Ils se traînaient à moins de quarante kilomètres/heure.

— Là, tu te fiches de moi.

Il se déporta légèrement sur la gauche pour vérifier si aucun véhicule n'arrivait en sens inverse. Malheureusement, un panneau annonçait un virage serré sur la droite, ce qui lui rendait tout dépassement impossible.

Il regretta d'un coup de ne pas être un policier en patrouille, habilité à verbaliser quelqu'un pour vitesse excessivement basse.

La route descendait un peu plus à mesure qu'ils s'enfonçaient dans les plaines où le corps des ingénieurs de l'armée avait endigué le cours de la rivière White pour créer des lacs devenus par la suite le paradis des touristes et des amateurs de loisirs nautiques en tous genres.

Ethan freinait régulièrement pour ralentir sa vitesse. Après le premier des virages annoncés, il vérifia de nouveau s'il pouvait doubler. Pile à cet instant, le conducteur du pick-up mit son clignotant, indiquant qu'il s'apprêtait à tourner à gauche.

Ethan poussa un profond soupir de soulagement. Enfin, il allait être débarrassé de cet enquiquineur.

C'est alors qu'il vit les phares d'un véhicule qui fonçait derrière lui à grande vitesse. Il pressa le bouton warning de son tableau de bord pour prévenir le chauffard qu'il se trouvait quasiment à l'arrêt. Peine perdue. Le véhicule, dont il pouvait voir maintenant qu'il s'agissait d'une fourgonnette, continuait sa poursuite folle dans sa direction.

— Bon sang ! qu'est-ce que...

Il appuya alors sans relâche sur son klaxon dans l'espoir de voir le chauffeur du pick-up réaliser la catastrophe qui se préparait s'il ne réagissait pas rapidement.

Mais, contrairement à ses attentes, il le vit poursuivre sa manœuvre et se déporter totalement sur la voie de gauche. Il lança un coup d'œil paniqué dans son rétroviseur. La fourgonnette se rapprochait dangereusement, semblant ne montrer aucune velléité de ralentissement.

Un nouveau panneau indiquait encore un virage dangereux. Les mains agrippées au volant, Ethan appuya sur la pédale de frein, espérant inciter la fourgonnette à faire de même. Il n'en fut rien.

En désespoir de cause, il donna un brusque coup de volant.

Au moment où ses pneus crissèrent sur l'asphalte il crut sa dernière heure arrivée.

Mais non. Finalement les dieux semblaient être avec lui.

Par miracle, sa voiture avait été arrêtée par un rail de sécurité. Il vit la fourgonnette le dépasser en trombe. Il n'eut que le temps d'apercevoir les initiales TDP, LCC inscrites sur la portière avant que le véhicule disparaisse dans la nuit.

Il resta un long moment immobile, en sueur, son cœur battant la chamade. Bon sang, il l'avait échappé belle ! Une fois remis de sa frayeur, il chercha le pick-up du regard. Il était à l'arrêt dans une ornière, quelques mètres plus loin. Visiblement, lui aussi en avait réchappé.

Au moment où il sortait la tête par la vitre, il vit le conducteur relancer le moteur et repartir, cette fois à une vitesse étonnante qui laissa Ethan pantois. La réalité prenait forme dans son esprit. On avait voulu lui faire quitter la route. Le tuer, peut-être.

La voix désincarnée de son GPS le sortit de l'état de choc dans lequel il se trouvait. Il était temps de se remettre en route. Sans attendre, il ordonna à son serveur vocal de composer le numéro de Michelle Fraser.

Elle répondit à la première sonnerie.

— Vous vous êtes perdu ?

Elle semblait inquiète sous une apparente désinvolture.

— Non. Disons que j'ai eu un contretemps.

Il lança un coup d'œil fébrile dans son rétroviseur central. Personne en vue.

— Je vois. Vous vous êtes arrêté en route pour manger quelques pancakes supplémentaires ?

— Je vous jure que non. Et vous ? Le reste du trajet s'est bien passé ?

— Oui. Je suis bien arrivée. Kayla est à côté de moi. Nous buvons un café en vous attendant. Vous êtes encore loin ?

Il consulta son GPS.

— Je suis à onze minutes, exactement.

— Ethan, quelque chose ne va pas ?

— Je vous raconterai plus tard.

— Dites-moi, insista-t-elle, soudain alarmée.

Le GPS lui indiqua qu'il devait tourner à droite. Il serait alors sur la route qui menait à la propriété des Powers.

— La grille d'entrée est ouverte ? demanda-t-il.

— Oui. J'ai dit au policier garé devant de les laisser ouvertes pour vous.

Il sentit ses paumes devenir moites à l'idée que Michelle et Kayla pouvaient être en danger.

— Il faut les refermer, lui ordonna-t-il.

— Mais vous serez là dans moins de dix minutes, maintenant, protesta-t-elle.

— Dans ce cas, dites au gardien de ne laisser entrer personne d'autre que moi. En attendant que j'arrive, enfermez-vous à clé et n'ouvrez à personne. Enclenchez l'alarme et ne vous approchez pas des fenêtres. C'est bien compris ?

— Ethan, vous allez me dire ce qu'il se passe à la fin ?

— Je n'en suis pas encore sûr.

— Et moi, je n'aime pas ça. J'ai le droit de savoir.

Il entendit Kayla lui demander d'un ton inquiet ce qu'il se passait.

— Il faut enclencher l'alarme, résuma plus que sommairement Michelle. Ethan, je *veux* savoir.

— Il s'est passé quelque chose avec des gars du coin juste après que nous avons raccroché.

— Quelque chose… Quel genre ? Et comment savez-vous que c'étaient des gars du coin ?

— C'étaient des fermiers ou des éleveurs. Ils transportaient du foin.

— Pourtant, il n'y a que de la forêt sur des kilomètres. Je n'ai vu aucune propriété agricole en chemin.

Il l'entendit demander à Kayla :

— Kayla, il y a des fermes par ici ?

— Non. Il y en a quelques-unes près de l'autoroute, mais toutes les terres qui se trouvent ici appartiennent en grande partie à des entreprises de bois de construction.

— Justement, j'étais encore sur l'autoroute quand cela s'est produit.

— Que s'est-il passé, bon sang ? demanda Michelle d'un ton impatient.

— Je crois bien qu'on a essayé de me tuer.

15

Michelle attendit qu'ils se soient installés sur les hauts tabourets qui entouraient l'îlot de cuisine, puis elle se lança la première. À tour de rôle, elle et Ethan racontèrent à Kayla ce qu'il s'était passé dans les bureaux de PP&W, événement qui avait justifié, à leurs yeux, cette visite impromptue en pleine nuit. Quand elle arriva au moment où ils avaient raccroché pour qu'elle puisse prévenir Kayla de leur arrivée, elle repassa la parole à Ethan.

— Maintenant, dites-nous ce qui vous est arrivé.

— Eh bien, un pick-up m'a coupé la route, commença-t-il. Il avait l'air pressé de passer mais, curieusement, dès qu'il s'est retrouvé devant moi, il s'est mis à rouler très lentement. Nous approchions des virages en épingle aussi je n'ai pas pu le doubler.

— J'ai vu ça, intervint Michelle. Moi-même je n'étais pas très rassurée.

— À un moment, poursuivit-il, alors que nous arrivions dans une plaine, une fourgonnette a surgi derrière moi à toute vitesse. Le conducteur m'a littéralement foncé dessus. J'étais pris en sandwich entre le pick-up et ce chauffard. Je suis presque certain qu'ils étaient complices.

— Comment cela, « presque » ? le reprit Kayla. Vous avez de bonnes raisons de croire cela ?

— Ce ne sont que des suppositions, mais...

— Vous me semblez très porté sur les suppositions, ces temps-ci, lieutenant, répliqua Kayla d'un ton cinglant.

Piqué au vif, il l'épingla d'un regard glacial qui aurait pu en impressionner plus d'une mais qui laissa la jeune femme de marbre.

— Ethan, dit Michelle d'un ton plus doux, pouvez-vous nous expliquer ce qui vous fait penser que ces hommes se connaissaient et en voulaient à votre vie ?

— Ils avaient l'air de s'être concertés avant. Tout était parfaitement réglé pour que je quitte la route. Le pick-up a fait en sorte que je ne puisse pas le doubler pendant que la fourgonnette fonçait sur moi. Je n'ai pas eu d'autre choix que de donner un coup de volant qui m'a déporté contre un rail de sécurité. Heureusement. Cela m'a sauvé la vie.

Il interrompit son récit pour boire une gorgée de son café.

— À quelques mètres près j'y restais, conclut-il.

— Tout de même, c'est un drôle d'endroit pour ça, s'étonna Kayla. J'aurais trouvé plus logique de le faire alors que vous traversiez les collines plutôt que quand vous longiez la rivière. En plus, elle n'est pas très profonde à cet endroit.

En guise de réponse, il la fusilla de nouveau d'un regard noir.

— Je suppose que vous n'avez pas de fermiers dans vos relations ? s'enquit-il d'un ton narquois.

— En fait, si, répondit-elle.

— Vous pouvez me donner un nom ?

— Powers.

L'annonce leur fit l'effet d'une bombe.

— Vous voulez dire que les Powers possèdent des terres agricoles ? demanda Michelle.

— Il s'agit de pâturages, plutôt, corrigea Kayla. Ils en sont propriétaires depuis des années.

— Il y avait des initiales inscrites sur la portière. TDP, LLC. Cela vous dit quelque chose ?

— Tyrone Delray Powers, répondit posément Kayla. C'est le père de mon mari qui avait acheté ces terres.

— Nous pouvons donc en déduire sans trop nous tromper que les personnes qui conduisent ces fourgonnettes travaillent pour vous, répliqua-t-il sans la lâcher des yeux.

— Je suppose que oui, en effet.

Elle soutenait son regard sans ciller.

— Vous comprendrez donc que quand les liens circonstanciels s'accumulent comme c'est le cas, cela n'augure rien de bon pour vous.

— Je suis entièrement d'accord avec vous.

Elle avait parlé d'un ton détaché qui sembla le déstabiliser.

— Je crois que nous avons compris, lieutenant, intervint Michelle, soucieuse de mettre un terme à cette confrontation. Mais avouez que, justement, tous ces faits concordants tendant à incriminer Kayla sont suspects, eux aussi. Le fait même qu'il y en ait autant est suspect. C'est un peu facile, non ?

Il se frotta le visage de ses deux mains. Il semblait épuisé. Physiquement autant que moralement.

— Rien dans cette enquête n'est facile, rétorqua-t-il.

— C'est vrai, admit Kayla.

— Eh bien nous allons tenter de faire le point et de trouver les bonnes réponses, décréta Michelle.

— Le problème, c'est que je ne sais plus si nous sommes du même côté, finalement, dit-il.

— Je n'ai pas donné l'ordre à des tueurs de vous faire quitter la route si c'est ce que vous entendez par là, se défendit Kayla.

— Ce n'est pas ce que j'ai dit. Mais je trouve curieux que ces gens aient conduit des véhicules qui appartiennent à des sociétés agricoles appartenant aux Powers.

Excédée, Michelle claqua violemment le marbre veiné du comptoir du plat de la main.

— Ça suffit ! s'exclama-t-elle en se laissant glisser de son tabouret.

Surpris par cet excès de colère auquel elle ne les avait pas habitués, Ethan et Kayla la fixèrent avec de grands yeux ronds.

— Vous avez chacun des raisons de vous méfier l'un de l'autre, poursuivit-elle. Mais ce n'est pas en vous chamaillant comme vous le faites que l'enquête sur le meurtre de Tyrone et Trey avancera. Sans compter que cela ne m'aidera pas non plus dans ma propre enquête.

Comme aucun d'eux ne trouvait à y redire, elle continua :

— Nous avons tout intérêt à aller au fond des choses et pour cela nous devons nous serrer les coudes. À trois, nous serons plus forts. Nous pourrons couvrir plus de terrain. Aussi, je vais vous demander de mettre de côté vos ressentiments personnels et de vous concentrer au mieux sur les affaires qui nous occupent.

Ce fut Kayla qui parla la première.

— Que voulez-vous que je fasse ?

— Dites-moi qui d'autre que nous savait que je serais dans les locaux de PP&W ce soir.

— Je ne l'ai dit à personne. Vous devez me croire.

— Moi non plus, s'empressa de rappeler Ethan.

Il marqua une courte pause, sourcils froncés.

— Mais j'y pense... Est-ce que le système de sécurité là-bas comporte des caméras de surveillance ?

— Je sais que Tyrone recevait des notifications à chaque fois que quelqu'un entrait dans le système, répondit Kayla.

Elle ferma les yeux, cherchant à se rappeler les détails.

— Oui, je me rappelle, maintenant. Il devait recevoir des images parce que, une fois, il a fait un commentaire sur Chet Barrow, l'ami de Trey. Il l'a traité de lèche-bottes qui n'hésitait pas à faire des heures supplémentaires le soir pour bien se faire voir de la direction. Il a ajouté qu'il allait en parler à Harold.

— Et lui ? Il était informé chaque fois que quelqu'un entrait dans le système ?

— Étant le bras droit de Tyrone, sans doute. Benny, le responsable informatique doit y avoir accès, lui aussi.

— Cela fait donc deux personnes en plus de vous deux qui pouvaient savoir que j'étais entrée dans les locaux, s'exclama Michelle avec enthousiasme.

— Cela n'explique pas pourquoi l'homme a emporté votre ordinateur sans même chercher à vous retrouver.

— C'est exact, convint-elle. Il faut que je vous dise sur quoi porte l'enquête que je mène. Il y a quelques années, une partie prenante a remarqué que des anomalies apparaissaient dans certains documents juridiques.

— Venons-en au fait, si vous voulez bien, la coupa Kayla. Je suis trop fatiguée pour écouter votre jargon juridique. Si nous voulons qu'il ressorte quelque chose de positif de cette discussion, essayez d'être concise.

— Je suis d'accord, approuva Ethan.

— Très bien, je vais essayer de faire au mieux. Quelqu'un a remarqué qu'on le désignait comme principal actionnaire d'une société de développement immobilier dont il n'avait jamais entendu parler. En y regardant de plus près, ils ont découvert qu'il s'agissait d'une société écran créée par l'un des avocats de PP&W.

— Qui est cet avocat ? s'enquit Kayla.

— William Powers.

Il y eut quelques secondes de flottement avant que Kayla ne dise :

— William a renoncé à son activité d'avocat quand il s'est lancé en politique. Cela fait plusieurs années, maintenant.

— Oui, je sais. Mais il a signé tous les documents au nom

du juge Walton. Nous supposons donc que DevCo apparaît comme un des clients du cabinet et que l'argent issu des transactions immobilières a commencé à circuler sur les comptes de la PP&W. En tant qu'associé, le juge Walton conserve un droit de regard sur les livres comptables. Ce montage financier reste encore assez obscur, mais il en ressort clairement que la majeure partie de l'argent était versée au profit du comité d'action du sénateur et qu'il ne voulait pas que son nom soit mêlé à des transactions douteuses. C'est cette augmentation de l'activité qui, combinée aux transferts effectués sur le compte de la collecte de fonds, a mis la puce à l'oreille de la personne qui a porté plainte.

— Vous pensez que William savait que Tyrone le tenait pour responsable de ces transactions frauduleuses ?

— À ce stade de l'enquête, je n'en ai aucune idée. Mais je pense que j'ai trop simplifié les choses. À mon avis, il n'y aurait pas que votre mari et votre beau-frère qui seraient impliqués dans cette histoire.

— Comment cela ?

— Je vous ai dit que cette société avait été créée au nom d'Anthony Walton.

— Et alors ?

— Quand il est tombé sur les statuts originaux de la société, il a fait des recherches un peu plus poussées. Il a alors porté les premières transactions à l'attention de la Commission électorale fédérale qui a contacté le Bureau. Et c'est ainsi que je me suis retrouvée chargée de l'enquête.

— Qu'espérez-vous trouver dans les documents que vous avez téléchargés ce soir ? demanda Ethan.

— Une trace écrite de ce que nous soupçonnons.

— Que soupçonnez-vous ?

— Nous pensons être en présence d'un système de Ponzi immobilier assez élaboré. Ce que nous ne savons pas encore, c'est si c'est le sénateur William Powers qui se trouve à la tête de cette pyramide ou si quelqu'un utilise son nom.

— Mais Tyrone... Vous croyez que c'est la raison pour laquelle il se méfiait de Harold ?

— C'est possible. Pour l'heure, en ce qui concerne votre mari, je n'ai trouvé aucun lien direct entre lui et la société en question. Ce qui me paraît curieux, en revanche, c'est que le sénateur n'ait rien fait pour se distancier de cette combine.

— Et la DevCo, là-dedans ?

— J'allais y venir. Vous avez trouvé quelque chose sur les plans de vol du jet privé ? demanda-t-elle à Ethan.

— D'après ce que nous savons, répondit-il, l'avion a quitté l'aéroport régional, a fait une escale à Washington DC puis s'est envolé pour la Barbade, comme cela était prévu. Il est revenu se poser à l'aéroport régional lundi matin.

— Vous avez pu obtenir la liste des passagers ?

Il secoua la tête.

— Il n'y a rien eu à faire.

— Sans doute parce que c'est là que se trouve la clé du mystère, déclara Michelle.

— Nous avons la preuve que William s'est bien rendu en Europe, intervint Kayla. Harold, en revanche...

— En effet. Personne ne peut attester du séjour de Harold Dennis à la Barbade. Au retour, il dit avoir pris un vol commercial. Vous avez pu savoir s'il figure sur la liste des passagers ?

— Pas encore. Même là, les compagnies sont réticentes à délivrer ce genre d'informations. J'ai dû passer par le ministère de l'Intérieur pour en faire la demande.

— Et William siège à la commission de la sécurité intérieure du Sénat, pointa Michelle.

— Où tout cela va-t-il nous mener, maintenant ? interrogea Kayla.

— J'ai besoin d'un ordinateur pour voir si ce que j'ai téléchargé peut nous faire avancer dans nos enquêtes respectives.

— Vous pouvez utiliser celui de Tyrone, proposa Kayla. C'est un ordinateur de bureau, mais il a un accès complet au serveur de PP&W.

— Je préférerais un appareil qui ne soit pas aussi connecté au réseau de l'entreprise, de quelque manière que ce soit. Si je pouvais éviter de laisser des traces de ma présence, ce serait mieux.

— Je dois avoir un vieil ordinateur quelque part. Il suffit que je remette la main dessus. À vrai dire, depuis que je ne travaille plus, j'utilise presque exclusivement mon smartphone.

— Si vous vouliez bien aller le chercher...

— Bien sûr. Je pense qu'il doit être dans l'un des placards de l'étage. Je vais voir.

— Ce serait peut-être plus facile d'utiliser l'ordinateur de Tyrone, suggéra Ethan dès qu'ils furent seuls. Après tout, rien ne nous dit que c'est quelqu'un de chez PP&W qui est derrière tout ça. Vous ne pouvez pas encore affirmer que la fuite ne provient pas de quelqu'un de chez vous.

— Ne vous inquiétez pas pour ça, rétorqua-t-elle dans un sourire.

— Pourquoi ?

Elle plongea la main dans son décolleté et en ressortit la clé USB qu'elle avait cachée dans son soutien-gorge.

— Je m'assure toujours de faire la sauvegarde d'une sauvegarde, déclara-t-elle non sans une pointe de triomphalisme.

Ethan et Kayla somnolaient dans des fauteuils disposés de part et d'autre de l'immense bureau de Tyrone. Michelle ne pouvait pas leur en vouloir. Il n'y avait rien de plus assommant que de parcourir des colonnes interminables de données, à la recherche de schémas qui pouvaient paraître énigmatiques pour qui n'en avait pas les codes de lecture.

Un sourire aux lèvres, elle leva les yeux sur Ethan qui marmonna vaguement quelque chose au moment où il changea de position.

L'ordinateur portable de Kayla était un PC qui semblait dater mais dont elle s'était à peine servie. Michelle avait introduit sa clé USB dans le port tout en priant les dieux de l'informatique pour que les données relevées ne se révèlent pas infructueuses.

Portée par l'excitation, elle travaillait sans relâche depuis deux heures sans ressentir les effets du manque de sommeil. Elle sentait son adrénaline monter en flèche à mesure qu'elle se rapprochait de la fin. Elle allait bientôt avoir toutes les réponses aux questions qu'elle se posait depuis deux ans.

Adossée à l'imposant fauteuil en cuir qui fut celui de Tyrone Powers, elle ferma les yeux un court instant et lissa l'arc parfait de ses sourcils.

— Détends-toi. Tu vas y arriver, s'ordonna-t-elle.

Réalisant qu'elle avait parlé tout haut, elle rouvrit les yeux pour vérifier qu'elle n'avait pas réveillé Ethan et Kayla. Mais les seuls sons qui lui parvenaient étaient le ronronnement du ventilateur de l'ordinateur, la respiration régulière de Kayla et le léger ronflement d'Ethan.

Aussi silencieusement qu'elle le put, elle se leva de son fauteuil et attrapa sa tasse vide qu'elle avait posée sur le bureau, à côté d'elle. Elle alla dans la cuisine d'où elle admira le ciel étoilé par les larges baies vitrées qui ouvraient sur le lac. Elle avait une heure devant elle, peut-être un peu plus, avant le lever du soleil. Ensuite, il leur faudrait quitter la maison pour retourner à Bentonville où devait avoir lieu l'office religieux célébré à la mémoire de Trey Powers. Le temps était compté, mais elle avait bon espoir de trouver la clé du mystère.

Une fois sa tasse remplie à la machine à café, elle retourna dans le bureau sur la pointe des pieds et reprit sa place dans le fauteuil, devant l'ordinateur. Ni Kayla ni Ethan n'avaient bougé d'un pouce. Elle les envia un peu de pouvoir se reposer avant d'affronter une journée qui s'annonçait aussi difficile que celle qu'ils venaient de vivre ; mais l'aurait-elle voulu qu'elle n'aurait pas pu dormir. Elle était trop excitée à l'idée d'être si proche du but.

Elle but une gorgée de son café qu'elle avait choisi de faire très serré puis reposa sa tasse sur le sous-verre qui protégeait le bois exotique de la table de travail. Le son infime produit résonna presque comme un bruit assourdissant dans le silence de la nuit.

Elle se couvrit les yeux des mains un bref instant puis prit trois grandes inspirations avant de focaliser de nouveau toute son attention sur l'écran de l'ordinateur. Le court instant de répit qu'elle venait de s'accorder se révéla bénéfique.

En une seconde, tout devint clair. La même séquence de cinq chiffres lui sautait aux yeux encore et encore.

Il s'agissait du numéro d'identification que le serveur enregistrait chaque fois que quelqu'un accédait à un fichier. Or, il se trouvait que c'était toujours la même séquence numérique qui apparaissait.

— Bingo ! s'exclama-t-elle tout haut.

Si haut que, cette fois, Ethan se redressa brusquement dans son siège.

— Vous avez trouvé quelque chose ?

— Plus que ça, répondit-elle avec un frémissement d'excitation dans la voix. J'ai trouvé des transferts d'argent effectués vers la société DevCo et d'autres en faveur du comité de financement des campagnes électorales de William Powers. Nous avons la preuve que les deux noms sont liés.

— Sans blague ?

Tout à fait réveillé à présent, Ethan se leva d'un bond et vint la rejoindre. Il s'appuya d'une main sur le dossier du fauteuil et de l'autre sur le bureau puis se mit à scruter l'écran par-dessus son épaule.

— Comment savez-vous qu'il s'agit de la société DevCo ? demanda-t-il.

— Je vais vérifier encore une fois pour bien m'en assurer, mais je reconnais la séquence numérique. C'est celle que je vous avais fait suivre au cours d'un de nos échanges. Si vous voulez bien vérifier de votre côté.

Il sortit son portable de sa poche et fit défiler ses messages jusqu'à trouver le bon. Puis il lui lut la séquence numérique à voix haute.

— C'est bien la même, affirma-t-elle en pointant du doigt celle qu'elle avait sous les yeux. J'ai réussi à isoler les différentes transactions effectuées par ce numéro. Le seul problème, c'est que je n'ai pas téléchargé les fichiers des ressources humaines. J'ignore donc quel employé correspond au numéro 19544.

La voix ensommeillée de Kayla lui répondit.

— Tyrone avait accès aux fichiers des ressources humaines. Compte tenu de mon nouveau statut, j'ai bien le droit de me connecter à l'ordinateur de mon mari et d'avoir accès à ses dossiers, n'est-ce pas ?

Michelle lui adressa un sourire reconnaissant.

— Oui. Vous avez tout à fait le droit.

Elle fit légèrement pivoter le fauteuil à roulettes sur la droite, de manière à se retrouver face à l'ordinateur de bureau de Tyrone.

— Vous connaissez le mot de passe ? demanda-t-elle à Kayla, venue les rejoindre.

— Oui. C'est Kapow. Ka pour Kayla, Pow pour Powers, expliqua-t-elle en rougissant presque. Le K est en majuscule, le reste en minuscules.

Un sourire attendri se dessina sur les lèvres de Michelle tandis qu'elle levait les yeux sur... pourrait-elle dire son amie ? Elle ne savait pas trop à quel moment leur relation s'était muée en un lien plus amical et plus solide, basé sur une confiance réciproque.

Était-ce suffisant pour faire d'elles des amies ? Seul l'avenir le leur dirait.

— Kapow, répéta-t-elle tout haut alors qu'elle rentrait le mot de passe dans la fenêtre qui s'était ouverte. C'est une bonne idée d'avoir associé vos deux noms.

— C'est ce que nous pensions aussi.

Michelle regarda, émerveillée, tout ce que le tableau de bord lui présentait sur un plateau d'argent. Si elle avait eu accès à cet ordinateur dès le début, elle n'aurait pas eu à s'infiltrer dans les locaux de PP&W comme elle l'avait fait, en prenant tous les risques de se faire prendre sur le fait. Elle ne se serait pas fait voler son ordinateur.

À croire qu'elle s'était compliqué la vie pour rien. Non, pas pour rien. Car cela aurait signifié faire confiance à Kayla à un moment où elle ne la connaissait pas vraiment.

Le cœur battant, elle cliqua sur l'icône Ressources humaines puis regarda le tableau de bord des employés s'afficher. Le numéro qu'elle avait isolé se trouvait quatre cases plus bas.

19544.

Elle suivit des yeux la ligne de données jusqu'à arriver au nom correspondant.

Elle sentait Kayla et Ethan se démancher le cou derrière elle pour pouvoir lire par-dessus son épaule.

— Qui est-ce ? demanda Kayla la première.

Elle s'éclaircit la gorge avant de répondre :

— Il semblerait que le gagnant soit... Harold Dennis !

16

Une fois la cérémonie religieuse achevée, Natalie Cantrell reçut ses invités au manoir de Peele pour une collation. Elle avait fait l'effort d'inviter Kayla et Michelle dans le but évident de couper court à tout commérage. Les deux femmes avaient accepté pour préserver l'illusion de la convivialité au sein de la famille Powers. Un verre d'eau à la main, Michelle passait d'une pièce à une autre, feignant de s'extasier en silence devant les tapisseries anciennes qui décoraient les murs, alors qu'en fait elle surveillait du coin de l'œil les moindres faits et gestes de Harold Dennis.

Ethan, Kayla et elle avaient décidé d'un commun accord de ne pas rester ensemble afin de ne pas afficher une complicité qui pourrait être perçue comme malvenue. Mais, à ce moment précis, elle regrettait de ne pouvoir parler à l'un ou à l'autre de ses compagnons. Cela l'aurait distraite de la fatigue qui commençait à se faire sérieusement sentir.

Alors qu'elle passait dans la salle à manger où était dressé le buffet, elle posa son verre vide et prit une assiette sur la pile qui se trouvait en bout de table. Elle disposa dessus deux miniquiches, un peu de fromage et une sélection de petits-fours. De quoi lui donner un coup de fouet… ou accuser un peu plus sa fatigue.

Son assiette à la main, elle balaya la pièce du regard. Elle vit Ethan sortir son téléphone de la poche de sa veste pour prendre un appel. Kayla, elle, se tenait sur le seuil d'un petit salon adjacent. Elle bavardait avec des avocats de chez PP&W. Michelle avait remarqué qu'elle évitait soigneusement de se retrouver dans la même pièce que Natalie.

Harold Dennis et le sénateur William Powers se tenaient aux côtés de Natalie, ignorant délibérément la jeune veuve. En les voyant tels qu'ils étaient, arrogants et sûrs d'un petit pouvoir qu'ils pensaient sans doute éternel, un sourire se dessina sur ses lèvres. Ils méprisaient ouvertement Kayla. Ce qu'ils ignoraient, c'est qu'ils sous-estimaient sa force de caractère. Elle risquait très bientôt de les surprendre et cette perspective ne manquait pas de réjouir Michelle. Seul Delray avait fait preuve de sollicitude en échangeant quelques mots avec elle. Mais, très vite, son père l'avait rappelé à l'ordre.

Tyrone avait fait le bon choix en nommant sa femme héritière de son empire, songea-t-elle.

— Maître Fraser.

Elle sursauta avant de sourire à l'homme qui venait de la saluer.

— Juge Walton.

Il secoua la tête d'un air navré.

— Quelle terrible tragédie ! dit-il en réponse.

Elle se demanda s'il savait que c'était elle que le FBI avait envoyée pour investiguer suite à ses soupçons. C'était possible, même s'il n'en avait jamais rien laissé paraître. Après tout, il avait bien fallu que quelqu'un tire les ficelles pour convaincre Tyrone et Harold de la faire entrer chez PP&W en remplacement de Kayla.

— Excusez-moi, dit-elle, consciente d'avoir mis trop de temps à répondre. J'avais l'esprit ailleurs. Comment allez-vous ?

Walton esquissa un sourire bienveillant.

— Assez de civilités, dit-il. Nous en avons déjà fait le tour, vous ne croyez pas ?

— Vous avez raison, répliqua-t-elle, légèrement gênée.

Puis levant son assiette pleine devant elle, elle ajouta :

— Je crois que j'ai besoin de manger.

— Excellente idée. Si vous désirez le faire au calme, le jardin regorge de jolis recoins où personne ne viendra vous déranger.

Elle lui adressa un sourire qui se voulait reconnaissant.

— J'y vais de ce pas. Merci beaucoup.

— Merci à vous.

Puis, voyant son air d'incompréhension, il précisa :

— Pour tenter de mettre fin à tout ce cirque. Pour apporter votre aide à cette pauvre Kayla. Tyrone serait dans une rage folle s'il voyait sa propre famille la clouer au pilori, comme elle le fait. Je sais qu'il avait une confiance totale en son épouse.

— Oui... Oui...

Ce fut tout ce qu'elle trouva à balbutier tant elle était surprise du soutien affiché qu'il manifestait à l'égard de Kayla. Mais, très vite, elle se ressaisit.

— Je suis très heureuse de l'avoir rencontrée. Malheureusement dans les circonstances que nous connaissons. Mais au moins, elles m'auront permis de la connaître.

— Je n'aime pas dire du mal des gens, surtout quand ils sont morts. Mais j'imagine que ce cas est plus défendable que celui de votre client précédent.

Une question qui n'en était visiblement pas une, car il enchaîna sans même attendre de réponse :

— Si cela ne tenait qu'à Natalie, je vous fiche mon billet qu'elle mettrait tout en œuvre pour faire canoniser son fils, histoire de le faire passer pour le saint qu'il était loin d'être.

Un éclat de rire lui échappa qui attira sur elle des regards réprobateurs. C'est alors qu'elle vit Harold Dennis quitter la salle d'un pas décidé. Il avait l'air préoccupé.

— J'ai connu Trey à sa naissance, poursuivit le vieil homme. À ma façon, je l'aimais bien. Mais je n'ai jamais été dupe de ce qu'il était devenu au fil des ans. Je sais donc que sa défense vous a donné du fil à retordre. Je connais aussi Matthew Murray et la manière dont fonctionne notre système judiciaire. C'est triste pour la mémoire de Mallory. Mais vous auriez probablement gagné dans la bataille qui opposait Trey au procureur. Et nous savons tous les deux que votre victoire aurait été un témoignage éclatant – un de plus – de vos hautes compétences en tant qu'avocate plutôt que le reflet de la femme que vous êtes vraiment en profondeur.

— Merci, monsieur.

— Allez, je vous laisse aller manger, maintenant. Vous avez l'air d'avoir besoin d'un moment de répit.

— Merci, répéta-t-elle encore, faute de mieux.

Sur ce, elle lui adressa un sourire furtif et se dirigea vers les jardins.

Très vite, elle trouva un banc en fer forgé situé à l'ombre d'une haie végétale. Elle s'y laissa tomber avec bonheur, heureuse de pouvoir enfin soulager un peu ses pieds en compote. Elle n'alla cependant pas jusqu'à se déchausser, de crainte de ne plus pouvoir enfiler ses hauts escarpins lorsque le moment serait venu de retourner à l'intérieur. Son corps et son cerveau se mirent instantanément en mode arrêt. Aurait-elle assez d'énergie pour se remettre en train ? La question ne se posait pas. Il le faudrait.

Elle plaça l'assiette en équilibre sur ses genoux et commença à picorer les cubes de fromage. Elle avait soif. Dans sa hâte à se retrouver au calme, elle avait oublié son verre sur la table du buffet. Elle sortit son portable de son sac à main et envoya un message à Ethan :

Je suis dans le jardin. Pourriez-vous m'apporter un verre d'eau ? Je n'ai pas le courage de me lever. Je suis flapie.

— Bonjour.

En sursautant, elle fit tomber son assiette qui se renversa à ses pieds. Un soupir de frustration s'échappa de ses lèvres. Alors qu'elle contemplait les dégâts, son regard s'arrêta sur le bout d'une paire de chaussures vernies.

Elle leva les yeux sur Harold Dennis. Bras fermement croisés sur son large torse, visage fermé, tout dans sa posture et dans ses traits exprimait une colère contenue.

— Votre cliente a accédé à des dossiers confidentiels depuis l'ordinateur de Tyrone, attaqua-t-il sans préambule. Tant qu'un juge n'aura pas statué sur la validité du testament, elle n'a aucun droit de regard sur ces fichiers.

— Tant qu'un juge ne le considère pas comme non valide, l'exécuteur testamentaire a le droit d'accéder à tous les biens détenus par le défunt dans un délai imparti, répliqua-t-elle aussitôt.

Elle inclina légèrement la tête sur le côté pour fixer sur lui un regard scrutateur qui, elle le vit, le troubla.

— Auriez-vous déjà oublié ces clauses du testament ou leur sens vous aurait-il échappé ?

— J'ignore ce que vous comptez faire, mais..., gronda-t-il d'une voix sourde.

Soucieuse d'échapper à la confrontation qui s'annonçait, elle se leva, prête à partir.

— Je pense que vous savez parfaitement ce que nous comptons faire, Harold. Au fait, qui est le principal actionnaire de la DevCo ? demanda-t-elle en le regardant droit dans les yeux.

Il accusa le coup malgré lui.

— Pardon ? feignit-il de s'étonner. Et pourquoi me questionner au sujet de l'un de nos plus gros clients ? Vous n'avez pas assez à faire avec cette femme qui, dois-je vous le rappeler, est la principale suspecte de l'assassinat de son mari et de son beau-fils ?

Harold n'avait jamais caché son dédain pour tout ce qui touchait au droit pénal. Il préférait se décharger de ce qu'il considérait comme une corvée sur ses associés. C'est ainsi que Kayla avait pu se faire une place au sein du cabinet quand elle y avait été embauchée, puis que Michelle l'avait remplacée quand elle avait quitté ses fonctions. Dennis avait-il la moindre conscience du fait qu'il était largement responsable du monstre tentaculaire qu'il avait créé et que ce même monstre était sur le point de signer sa perte ?

La réponse était non. Des types comme Harold Dennis savaient très bien ce qu'ils faisaient. Ils ne se livraient qu'à des délits ou exactions qui leur permettaient de garder les mains propres tout en faisant porter le chapeau à d'autres qu'eux.

Mue par la colère contenue que suscitait en elle l'arrogance de Dennis, elle renonça à le planter là, préférant enfoncer le clou.

— Qui est derrière la DevCo ? insista-t-elle. Et pourquoi faites-vous transiter de l'argent par leur intermédiaire vers les comptes de campagne du sénateur Powers ?

Cette fois, elle vit qu'elle avait fait mouche. L'avocat sûr de lui, qui se pensait intouchable, perdait de sa superbe.

— De quel droit me parlez-vous sur ce ton ? demanda-t-il d'une voix moins assurée. Pour qui vous prenez-vous ?

— Je ne me prends pas, maître. *Je suis* l'agent spécial Michelle Fraser. Je travaille pour le FBI qui m'a chargée d'enquêter sur ces mouvements d'argent illégaux. Ce que je crois, mais dites-moi si je me trompe, c'est que vous avez transféré de l'argent sur des comptes fictifs afin de pouvoir contourner les restrictions liées aux financements des campagnes électorales. Ce que je crois également, c'est que cet argent sert aussi à financer les dépenses personnelles du sénateur.

Dennis blêmit d'un coup.

— Vous délirez complètement.

— Vous n'avez pas idée du nombre de traces que vous avez

laissées derrière vous, continua-t-elle, imperturbable. Nous avons toutes les transactions en main et il se trouve qu'elles ont toutes été effectuées à l'aide de votre identifiant PP&W. Vous y avez laissé une empreinte numérique.

— C'est que quelqu'un a dû pirater mon compte, lança-t-il d'un ton âpre. Cela arrive tout le temps. La technologie n'est pas aussi sûre que nous aimerions le croire.

— C'est exact. Cependant, les données financières se trouvaient sur un serveur crypté, donc fortement sécurisé. Il nous a fallu faire appel à des as de l'informatique pour craquer ce système. D'ailleurs, Benny y a joué un rôle important. Il mérite que vous l'augmentiez.

À mesure qu'il sentait l'étau se resserrer sur lui, son visage se crispait un peu plus.

— C'est du bluff. Vous n'avez aucune preuve de ce que vous avancez.

— Vous vous trompez lourdement. J'ai assez de preuves pour vous voir finir vos jours derrière les barreaux. Des années et des années de preuves, même. Parce que toute une équipe travaille sur cette affaire depuis bien avant mon arrivée chez PP&W. Si vous avez été piraté comme vous voulez le faire croire, vous l'êtes depuis cinq ans.

Il éclata d'un rire proche d'un hennissement qui lui fit froid dans le dos.

— Vous *pensez* avoir des preuves contre moi. Allez-y. Faites votre petit rapport. Il ne tiendra pas la route. Toutes les données que vous avez volées à notre entreprise ont été... comment dire ? Compromises.

Un nœud se forma au creux de son ventre. Heureusement qu'elle avait eu la présence d'esprit de faire une sauvegarde supplémentaire. Quoi qu'en dise Dennis, elle avait un double de ces fichiers compromettants qui l'incriminaient.

— Il semble que beaucoup de choses aient été compromises.

Votre éthique, votre sens moral. Vous êtes prêt à tout pour obtenir ce que vous voulez, n'est-ce pas ?

— Et qu'est-ce que je veux, d'après vous ?

— Pour commencer le contrôle total de PP&W. Mais nous savons que, désormais, avec le nouveau testament en faveur de Kayla, vous ne l'aurez jamais.

Elle fit un pas en avant pour réduire la distance qui les séparait et, ainsi, mieux l'épingler d'un regard pénétrant.

— Vous serez toujours le numéro deux, reprit-elle. Et je comprends que cela soit frustrant pour un homme sans scrupule comme vous, qui nourrissez de grandes ambitions dont celle, notamment, de vous approprier une société qui ne vous appartient pas.

— Vous ne savez pas de quoi vous parlez.

— C'est pour cela que vous les avez tués, n'est-ce pas ? Tyrone et Trey ? Vous pensiez savoir ce qu'il y avait dans le testament de Tyrone. En vous débarrassant d'eux, vous pensiez régner ensuite en maître absolu. William impliqué en politique et son fils ne représentant pas pour vous un rival sérieux, la voie royale s'ouvrait à vous.

— Je n'écouterai pas plus longtemps ce tissu de mensonges. Et estimez-vous heureuse que je ne vous poursuive pas pour diffamation.

— Et vous, estimez-vous heureux de ne pas être encore derrière les barreaux pour détournement de fonds et double homicide. Mais profitez-en. Cela risque de ne pas durer.

Harold Dennis ne trouva rien à redire à cela. Il se contenta de tourner les talons et de reprendre le chemin du manoir.

Elle ne fut pas étonnée de voir surgir Ethan d'un bosquet, tout près de là avec, à la main, la bouteille d'eau qu'elle lui avait demandée.

— Vous avez tout entendu ? lui demanda-t-elle.

— Aucun des mots de cette discussion ne m'a échappé, affirma-t-il alors qu'il lui emboîtait le pas.

Harold Dennis se retourna vers eux tandis qu'il arrivait en haut des marches du vaste perron de l'entrée.

— Cessez de me persécuter, prévint-il d'une voix sourde. Parce que, à la diffamation, je rajouterai le harcèlement. Je peux d'ores et déjà en toucher un mot au juge Walton puisqu'il se trouve parmi nous.

Il avait prononcé cette dernière phrase dans un rictus mauvais.

Michelle étouffa, elle, un rire sardonique.

— Cela tombe bien, en effet, rétorqua-t-elle. Allons lui en toucher un mot. Je serais curieuse de voir sa réaction.

Ivre de rage, Dennis franchit la porte et alla se planter au beau milieu de la salle à manger, attirant sur lui tous les regards.

— Je vous demande de quitter les lieux sur-le-champ, ordonna-t-il d'une voix tonitruante en pointant du doigt Michelle et Ethan qui le suivaient de près.

Kayla s'approcha, intriguée, tandis que Natalie et le sénateur William s'empressaient auprès de lui.

— Harold, pour l'amour du ciel, dit Natalie tout en jetant des coups d'œil nerveux à l'assemblée.

— Que se passe-t-il ? s'enquit William. Harold, je ne trouve pas le moment opportun de...

— C'est à elle qu'il faut dire ça ! éructa Dennis qui pointait un regard accusateur en direction de Michelle.

— Et moi, je juge opportun de vous demander de me suivre au bureau du shérif afin que nous ayons une petite discussion, monsieur Dennis, trancha Ethan.

— Certainement pas ! Je n'irai nulle part avec vous.

— Ne m'obligez pas à vous passer les menottes devant tous ces gens.

Harold émit un ricanement mauvais.

— Me passer les menottes ? Rien que ça ? Et sur quels chefs d'accusation, je vous prie ?

— Très bien. Si vous voulez avoir cette discussion ici, allons-y. Pour commencer, vous êtes accusé de détournements de fonds en vue de financer les campagnes électorales du sénateur William Powers, ici présent.

— Vous n'avez aucune preuve de ce que vous avancez, s'entêta Dennis.

Ethan interrogea Michelle du regard. D'un hochement de tête, elle lui signifia qu'elle prenait la relève.

— Je ne sais pas qui vous pensez avoir dans votre poche, Harold, mais moi j'ai ceci pour prouver que je ne mens pas.

Elle sortit alors la clé USB qu'elle avait mise dans sa poche et la brandit devant elle.

Ce n'était pas celle qu'elle avait utilisée pour télécharger les données mais une copie qu'elle en avait faite. L'originale était en sûreté dans le coffre-fort de la chambre d'hôtel d'Ethan.

— J'ai là une copie de tous les fichiers téléchargés, déclara-t-elle.

Harold blêmit davantage tandis que les visages de Natalie et William s'assombrissaient. Ils s'approchèrent un peu plus, leurs regards fixés sur lui.

— Qu'est-ce que cela veut dire ? demanda William d'un ton circonspect.

— Monsieur Dennis a créé un comité d'action politique au moment de votre première campagne électorale, commença à expliquer Michelle.

— Je suis au courant, en effet. Mais je ne vois pas...

— Vous ne vous êtes jamais demandé d'où provenaient les fonds ? le coupa-t-elle.

— Comme d'habitude des sympathisants, des entreprises, des organisations, bref de tous ceux qui me soutiennent.

— Vous ne vous êtes jamais intéressé aux mouvements de ces fonds, sur ce compte en particulier ?

William secoua la tête.

— Non. Je ne vérifie jamais les comptes. À vrai dire, je supposais que Tyrone le faisait. Je me reposais entièrement sur lui.

Harold émit un ricanement sinistre.

— Tyrone... Ton frère n'a jamais levé le petit doigt pour t'aider dans tes campagnes.

— C'est faux ! s'écrièrent Kayla et Natalie à l'unisson.

— Et vous ? dit-il en retournant sa rage contre Kayla. Vous ne pouviez pas vous contenter de boire son vin et de dépenser son argent ? Non, évidemment. Il vous fallait plus. Il vous fallait tout.

— Je n'ai rien fait dans ce sens, se défendit posément la jeune femme.

— Vous l'avez manipulé pour qu'il change son testament en votre faveur ! Si ce n'est pas un mobile suffisant, alors je ne sais pas ce que c'est.

— Ce pourrait être un mobile, en effet, concéda Ethan. Mais il n'existe aucune preuve accusant Mme Powers des crimes dont vous l'accusez. En ce qui vous concerne, en revanche nous avons le mobile *et* les preuves.

— Au moment où Tyrone et Trey étaient assassinés, j'étais...

— À la Barbade, le coupa Ethan. Du moins, c'est ce que vous avez voulu faire croire.

— Je suis allé directement là-bas après avoir déposé William à Washington.

— Et vous êtes rentré le lendemain matin. Nous avons pu parler au pilote du jet privé que vous avez pris. Un jet acheté par la DevCo, société écran que vous avez créée au nom d'Anthony Walton pour le compte de William Powers.

— Quoi ? s'étrangla William.

— C'est moi qui ai flairé l'arnaque, annonça le juge Walton.

William, est-ce vous qui avez déposé les statuts de cette société créée à mon nom ?

— Mais non. Bien sûr que non.

— Votre nom apparaît pourtant à côté du mien.

— Oui, mais ils ont été entrés dans le système par Harold Dennis, intervint Michelle. Le matin où il a pris un vol commercial pour revenir à Bentonville, une hôtesse l'a surpris se disputant au téléphone avec quelqu'un. Nous pouvons imaginer sans trop nous tromper que vous vous disputiez avec Tyrone, n'est-ce pas ? Votre ami. Il était sur le point de démolir votre château de cartes et vous ne pouviez pas le laisser faire. Alors vous l'avez tué.

Il répéta une fois de plus ce qui semblait être devenu pour lui un leitmotiv :

— Je veux des preuves.

— Ne vous inquiétez pas, lui répliqua Ethan dans un sourire narquois. Nous les produirons en temps et en heure. Pour l'instant, vous êtes accusé de détournements de fonds, malversations et comptes occultes. C'est déjà un bon début. Le reste ne va pas tarder à suivre.

Michelle se réjouit intérieurement de voir arriver le shérif Stenton qu'elle avait appelé en douce. Elle était heureuse que cette sombre affaire soit sur le point de s'achever.

— Vous avez fait du bon boulot, leur dit Stenton. Je prends la relève. Profitez-en pour vous reposer un peu. Deux heures, le temps de la procédure.

— Deux heures ? s'étrangla Dennis. Ce n'est pas...

— Peut-être plus, ajouta Stenton. Je vous passe les menottes ou vous me suivez gentiment ?

— Vous ne me passerez pas les menottes et j'exige d'avoir un avocat !

— Pas de problème, c'est votre droit le plus strict. En

plus, vous avez de la chance, ils sont tous là. Vous n'avez que l'embarras du choix.

Tous les gens concernés lui tournèrent le dos dans un même mouvement qui les fit ressembler à un banc de poissons s'enfuyant à l'approche d'un prédateur.

Se sentant lâché par tout le monde, Harold lança un regard suppliant à William qui secoua la tête d'un air navré.

— Qu'est-ce que tu as fait ? se contenta-t-il de dire.

— Tu as raison, répliqua Dennis dans un sursaut de fierté. Finissons-en avec cette farce stupide.

Le shérif lui attrapa le bras et l'entraîna dehors.

— Je devrais aller avec eux, dit Michelle. Il faut que j'appelle le Bureau et que je...

Elle ne se rendit compte qu'elle se tordait nerveusement les mains que quand elle sentit celles d'Ethan les presser doucement, dans un geste infiniment tendre.

— Michelle, nous ne serons utiles à personne tant que nous ne nous serons pas reposés un peu et que nous n'aurons pas fait le vide dans nos têtes. Passez un coup de fil si vous voulez mais, ensuite, arrêtez tout.

Il la couva d'un regard doux qui sut la convaincre.

— D'accord.

Ils se dirigèrent ensemble vers le parking où ils s'étaient garés.

— Est-ce que j'ai pensé à vous remercier ? demanda-t-elle.

— Me remercier de quoi ?

— De m'avoir aidée à boucler mon enquête alors que la vôtre est toujours en cours.

— Justement, j'espérais pouvoir vous convaincre de travailler un peu plus avec moi là-dessus. Nous formons une bonne équipe, non ?

— C'est vrai. Et je serais heureuse de pouvoir vous aider.

— Parfait. Envoyez-moi un SMS quand vous aurez dormi

un peu. Nous pourrions nous rejoindre dans les bureaux de Stenton. D'ici là, Harold devrait être prêt à se mettre à table.

Il lui ouvrit sa portière pour qu'elle puisse se glisser derrière son volant.

— Vous voyez, dit-il en la refermant. Je vous l'avais bien dit. « Qui se ressemble s'assemble. » Je savais que vous étiez flic.

Elle lui sourit gentiment.

— Vous avez du flair, lieutenant. À tout à l'heure.

Elle le regarda lui faire un petit signe de la main alors qu'elle s'éloignait.

— Et après ? se demanda-t-elle tout haut. Continuerons-nous à nous voir ?

17

La réunion dans les bureaux du shérif ne se passa pas comme Ethan l'avait prévu. En fait, Michelle ne vint pas le rejoindre. Elle ne lui avait même pas envoyé de texto pour s'excuser. En revanche, les fédéraux n'avaient pas traîné pour investir les lieux.

Pour l'heure, il en avait par-dessus la tête de Harold Dennis et de ses avocats qui lui commandaient de se taire à la moindre question.

Le shérif avait dû sentir sa frustration car, à l'heure de la pause déjeuner, il lui proposa de sortir.

— Vous n'en pouvez plus. Allez prendre un peu l'air. De toute façon, Dennis est coincé ici pour un bon moment. Ah, et passez un coup de fil à la personne dont, manifestement, vous attendez des nouvelles. Vous n'arrêtez pas de regarder votre écran depuis un bon moment. Vous devriez essayer le Daisy Dairy Bar, si vous ne le connaissez pas déjà.

— Vraiment ?

— J'ai entendu votre amie, Me Fraser, dire qu'elle raffolait de leurs milk-shakes à l'ananas.

— Le Daisy Dairy Bar, vous dites ?

— C'est bien ça.

— Pour leurs milk-shakes à l'ananas ?

— Exactement.

Les deux hommes se quittèrent en se souriant, chacun conscient de la scène qu'ils venaient de se jouer. Mais le sourire d'Ethan se dissipa aussitôt avoir après avoir vérifié encore une fois l'écran de son smartphone. Toujours pas de nouvelles de Michelle. Il n'attendait pas d'elle une reconnaissance éternelle, mais il s'était imaginé que, après tout ce qu'ils avaient vécu ensemble, elle aurait partagé l'envie qu'il avait de se revoir une dernière fois.

— Salut, lieutenant.

Il leva la tête. Elle était adossée à la portière de son SUV, un gobelet dans chaque main. Elle avait bonne mine, même si les marques de la fatigue intense accumulées au cours des dernières vingt-quatre heures n'avaient pas totalement disparu.

Il trouva qu'elle était belle.

Trop belle.

Il devait garder en tête qu'elle allait repartir, maintenant que son enquête était bouclée et malgré la promesse qu'elle lui avait faite de l'aider dans la sienne.

— Quelle surprise, dit-il bêtement, faute de mieux.

Heureusement, elle lui fit la grâce de ne pas souligner son manque d'originalité.

— J'ai appelé le shérif pour lui dire que vous aviez besoin de faire une pause.

— Ah, c'était vous le Daisy Dairy Bar ?

Elle émit un petit rire de gorge qui l'enchanta.

— Oui. Bud et moi avons cela en commun.

Elle lui tendit un des gobelets.

— Je n'étais pas sûre pour le parfum, mais je me suis dit qu'avec la vanille, je ne pouvais pas me tromper. Tout le monde aime la vanille, n'est-ce pas ?

— C'est vrai. Je suppose que le vôtre est à l'ananas ?

— Bud ne sait pas garder un secret.

— Je vous assure qu'il ne m'en a pas dévoilé d'autre vous concernant.

— En tout cas, il vous a révélé l'un des plus importants, dit-elle en portant la paille à ses lèvres entrouvertes.

Des lèvres pleines et gourmandes qu'il aurait volontiers embrassées.

— Je n'aurais jamais cru le shérif Stenton capable de livrer les clés permettant de gagner le cœur d'une femme.

— C'est la clé ? Vraiment ? Un milk-shake à l'ananas ?

Elle lui répondit par un sourire avant de pointer du menton la porte du bureau du shérif.

— Comment ça se passe, là-dedans ?

— Il est fermé comme une huître.

— Si cela peut vous faire du bien de l'entendre, il ne lâche rien aux fédéraux, non plus.

— Non, mais vous, au moins, pouvez le coincer. Vous avez les preuves qui l'incriminent.

— Nous en avons, en effet.

— Vous vous êtes fait remonter les bretelles par votre hiérarchie ?

— C'est vrai qu'ils n'ont pas apprécié que j'aie grillé ma couverture. Mais ils ont fini par comprendre que c'était pour la bonne cause.

Il hésita un court instant à lui poser la question qui lui brûlait les lèvres.

— Qu'est-ce qui vous attend, maintenant ?

— Je ne sais pas trop, répondit-elle en tirant sur sa paille. Je crois que...

Elle s'interrompit, laissant son regard errer un court instant dans le vague.

— Je crois que j'ai envie de changer de vie. Du moins pendant quelque temps.

Il sentit les battements de son cœur s'accélérer.

— Vous voulez dire, plus de travail sous couverture ?

— Oui. J'ai envie de mener une vie normale.

Il fut soudain pris d'une envie irrésistible de combler la distance qui les séparait encore.

— Vous l'avez bien mérité, non ? dit-il en allant s'adosser à la portière, tout à côté d'elle.

Ils restèrent ainsi, immobiles et silencieux, un long moment.

— Vous avez une idée de l'endroit où vous voulez la mener, votre vie normale ?

— Je me disais... pourquoi pas ici ?

Maintenant, son cœur battait si fort dans sa poitrine qu'il avait l'impression qu'il bondissait de joie. Pourtant, il n'osait pas y croire tout à fait.

— Vraiment ?

Elle opina d'un hochement de tête qu'il trouva gracieux.

— J'ai un appartement, un travail...

— Vous voulez dire avec Kayla ?

— Nous n'avons pas vraiment formulé les choses, mais je crois qu'elle va avoir besoin de moi.

— Cela dit, je ne serais pas contre un coup de main pour tenter d'élucider ce double homicide.

— Je suis flattée d'être aussi demandée, dit-elle en lui offrant le plus beau des sourires.

— Vous êtes bien plus que cela, même.

— Comment suis-je censée savoir ? s'enquit-elle avec un brin de coquetterie qui n'était pas pour lui déplaire.

Il posa son gobelet en équilibre sur le capot de la voiture puis fit de même avec celui de Michelle. Ensuite, dans un geste d'une infinie tendresse, il enroula un bras autour de sa taille pour la serrer étroitement contre lui.

— Tu le sauras parce que toi et moi, nous sommes semblables.

— Je peux le dire, maintenant. Tu as raison.

Elle tourna alors son visage vers le sien et l'embrassa. Sa

bouche était douce et fruitée sur la sienne. Leur premier baiser avait un goût d'ananas dont il se souviendrait toujours. Il la garda serrée contre lui, rechignant à sortir de cette bulle de douceur et d'amour qu'il aurait voulue éternelle. Si loin de tous ces meurtres et du chaos qu'ils généraient.

— Embrasse-moi encore, quémanda-t-il d'une voix suppliante. La nuit va être longue et j'ai besoin de forces. Tu es ma force, Michelle.

Elle prit de nouveau ses lèvres dans un baiser porteur de promesses infinies.

Quand elle s'écarta de lui dans un soupir d'aise, il pressa son front contre le sien.

— Je dois bien à ce vieux Bud d'aller lui acheter ses rondelles d'oignon frites. Lui, c'est ce qu'il préfère au Daisy Dairy Bar. Tu m'accompagnes ?

Elle secoua la tête.

— Je ne peux pas. Je dois assister à l'interrogatoire du sénateur Powers. Mais tiens.

Elle sortit de son grand sac fourre-tout un sachet en papier taché de graisse.

— Tu les donneras à Bud. De ma part.

Vous avez aimé cette enquête ?
Retrouvez les mystérieux monts Ozarks dans :
Désir de justice.
Et découvrez prochainement
un nouveau roman de Maggie Wells !